Kristina Moninger

Two Lives to Rise

KRISTINA MONINGER

TWO LIVES to Rise

ROMAN

BREAKING WAVES

Forever

Forever by Ullstein
forever.ullstein.de

Originalausgabe bei Forever
Forever ist ein Verlag der Ullstein Buchverlage GmbH Berlin
1. Auflage Oktober 2023
5. Auflage 2024

Umschlaggestaltung: Favoritbuero GbR - Bettina Arlt
Titelabbildung: © Flystock / Shutterstock
Gesetzt aus der Albertina powered by *pepyrus*
Druck- und Bindearbeiten: CPI books GmbH, Leck
ISBN 978-3-95818-717-7

Für Tamia, mein Mädchen

Content Note

Dieses Buch beinhaltet sensible Themen, die für manche Menschen belastend sein können.
Auf S. 383 befindet sich eine ausführliche Triggerwarnung.

Let me see your beauty broken down
Like you would do for one you love

LEONARD COHEN

Prolog

Zehn Jahre zuvor

»Wann haben Sie Josephine Blythe das letzte Mal gesehen?«

»Bitte präzisieren Sie Ihre Angaben!«

»In welcher Verfassung war sie?«

»Wurde sie bedroht?«

»Gibt es Grund zur Annahme, dass jemand sie entführt haben könnte?«

»Wie lange kennen Sie Josephine Blythe bereits?«

»Wie würden Sie Ihre Beziehung zu Josephine beschreiben?«

Im Verhörraum der Polizeistation in Charleston antwortete ich auf alle Fragen wahrheitsgemäß, wie ein Roboter, der gespeicherte Daten herunterrasselt. Der Officer strich sich über die breite Brust. Er schien meinen abgehackten Ton, meinen abwesenden Blick für Sorge um meine Freundin zu halten und senkte sofort die Stimme. Dabei war ich in diesem Moment nur eine gute Schauspielerin. Einen Moment lang befürchtete ich, dem Officer mit dem Schnauzbart direkt auf seinen glatt polierten, leer geräumten Schreibtisch zu kotzen. Das Tonband vor mir blinkte rot, wie eine Bombe, deren Zünder schon aktiviert wurde. Dabei war die Granate doch längst hochgegangen. Josie war verschwunden. Seit mehr als vierundzwanzig Stunden fehlte von ihr jede Spur. Und alles, woran ich denken konnte, alles, was ich wissen wollte, war, ob mit ihr auch mein Geheimnis abhandengekommen war oder ob jetzt alles herauskommen würde. Ich wusste nicht einmal mehr, was ich mir wünschte. Eine verschwundene Freundin für ein verschwundenes Geheimnis. Oder ein Geheimnis, das keines mehr war, und dafür Josie, die wiederauftauchte. Josie, die aus meinem Geheimnis eine unerträgliche Wahrheit machen würde.

Der Officer sah mich fragend an, ich hatte seine letzte Frage überhört.

»Bitte, beruhigen Sie sich. Je detaillierter Sie sich an den gestrigen Tag erinnern, desto besser stehen die Chancen, Ihre Freundin wiederzufinden.«

Eine große, schlanke Frau kam herein, stellte ein Glas mit Wasser vor mir ab und reichte mir verstohlen ein Taschentuch. Ich ließ es unangerührt auf dem Tisch liegen und wünschte mir, meine Seele wäre so weiß wie dieses kleine Rechteck vor mir. Mein Kopf fühlte sich schwer an. Meine Hände verspannt, die Haut rissig und trocken. Trocken wie meine Wangen. Denn weinen würde ich nicht. Niemals. »Versuchen Sie es«, sagte der Officer noch einmal.

Und ja, ich versuchte es. So sehr, dass ich die Hitze spüren konnte, für die meine helle Haut nicht gemacht war. Ich sah vor meinem inneren Auge Avery, die mit ihren Blicken nach Jake suchte. Oder nach Josie. Vielleicht auch nach beiden. Avery, die sich auf die Zehenspitzen stellte und in Richtung Bar stierte. Ich konnte mir den feinen Schweißfilm auf Lees Stirn vorstellen, spürte, wie sich meine Mundwinkel unwillkürlich zu diesem dünnen, bösartigen Lächeln spannten, wenn ich an Josie dachte. Ich schmeckte den süßlichen Rauch des Haschischs noch auf meiner Zunge und bemerkte im Augenwinkel, wie die Absperrbänder leicht im Wind wackelten, bevor aus diesem sanften Wogen ein lautes Rascheln wurde. Die Bänder waren später gerissen, als wollten sie uns sagen: So geht es euch jetzt auch. Mit dem Unterschied, dass ich mein Band zu den Mädchen schon vorher mutwillig durchgeschnitten hatte. Nein, nicht ich war es gewesen, Josie war es. Eigentlich war sowieso alles Josies Schuld.

»Wie meinen Sie das? Was ist Josies Schuld?«, fragte eine tiefe Stimme.

Ich schaute hoch, blinzelte und realisierte, dass ich diesen Gedanken laut ausgesprochen hatte. Ich sah den Officer nicht an, stattdessen blickte ich aus dem niedrigen Fenster in den Innenhof des Charlestoner Polizeigebäudes.

»Das habe ich nicht gesagt«, murmelte ich.

Der Mann seufzte und startete einen neuen Versuch. »Sie waren also alle zusammen bei dem Festival, Miss White. Und Sie haben sich nicht getrennt? Wer hat Miss Blythes Verschwinden zuerst bemerkt? Konzentrieren Sie sich.«

Der gestrige Tag fühlte sich an, als wäre er ein ganzes Leben entfernt, als hätte er auf einem anderen Planeten stattgefunden, als wäre er einem anderen Menschen geschehen. Und gleichzeitig, so paradox es mir selbst erschien, war ich noch immer dort. In einem Paralleluniversum, in dem Josie über die Wiese tanzte, ihr bildschönes Gesicht entrückt, unleserlich, nach innen verspiegelt. Ich schnappte nach Luft und richtete mich auf. Es war gut möglich, dass wir uns überhaupt nie wieder ansehen würden.

Ich holte tief Luft. »Ja, wir waren alle da. Wir haben getanzt, und Josie stand an der Bar, und irgendwann war sie weg. Ich glaube, Avery war es, die zuerst nach ihr gefragt hat.«

»Miss Winter?«

»Ja. Ja, doch, es war Avery, und … Lee hat einen komischen Kommentar dazu abgegeben, von wegen, warum ausgerechnet Avery wissen will, wo Josie steckt. Wo sie sich doch kurz zuvor heftig gestritten hatten.«

Der Officer hob eine buschige angegraute Augenbraue. Er war interessiert. Und ich hatte einen Fehler gemacht.

»Ich möchte jetzt nach Hause. Ich habe Ihnen alles gesagt, was es zu sagen gibt. So wie es aussieht, ist sie einfach abgehauen, oder?«

»Da bin ich mir nicht sicher, Miss White. Wissen Sie, in den meisten Fällen ist nicht alles so, wie es aussieht.«

Nein, das war es nicht. Und es würde auch nie wieder so sein. Wenn Josie verschwinden konnte, dann konnte auch *es* verschwinden. Es musste einfach.

I

»Es wurde eine Frau gefunden, am Moss Lake.«

Odinas Worte spülen wie Treibsand durch meinen müden Kopf, bleiben nicht haften, werden von Wellen der Angst gedämpft, verzerrt, verlieren sich und verzetteln sich mit anderen Gedanken. Odina hat mich aus dem Schlaf gerissen, ein Blick auf den Wecker auf meinem Nachttisch verrät mir, dass es kurz nach fünf Uhr morgens ist. Während Odina redet, erinnere ich mich an Kirsa Jensen, einen jener ungelösten Vermisstenfälle der letzten Jahre. Sie verschwand beim Ausreiten; und Augenzeugen berichteten, sie mit einem Mann in einem weißen Wagen sprechen gesehen zu haben. Die Ähnlichkeiten zu Josies Verschwinden sind frappierend, auch wenn die Fälle nicht zusammenhängen können. Und doch, jedes Mal wenn ich in meinen weißen Mercedes steige, muss ich an diese beiden verloren gegangenen Mädchen denken, die nie wiederaufgetaucht sind.

Am anderen Ende der Leitung wartet Odina geduldig auf eine Reaktion, während mir alle möglichen Dinge in ungeordneter Reihenfolge durch den Kopf gehen. Ich muss an das Verhör auf der

Polizeistation denken, sehe Josies grüne Haarspitzen vor mir, unseren Streit auf der Gästetoilette des Seasons.

»Kannst du das noch mal wiederholen? Bitte, ich bin mir nicht sicher, ob ich dich richtig verstanden habe.«

Odina stöhnt. Nicht ungeduldig, mehr so, als verursachte es ihr große Qualen, den Satz wiederholen zu müssen. »Es wurde eine weibliche Leiche gefunden, am Moss Lake.« Und nach einem kurzen Moment des Schweigens ergänzt sie: »Es könnte Josie sein.«

Meine Brust ist ein tonnenschwerer Betontransporter, meine Beine sind zu schwach, um die Last meines Körpers zu tragen. Die Last einer alten Schuld. All die Vermisstenfälle, die ich über die Jahre verfolgt habe, all die Blogs, die ich gelesen, Erfahrungsberichte von Angehörigen, die ich verschlungen habe. Nichts davon hat mich auf diesen Moment vorbereitet. Denn wenn ich ehrlich bin, habe ich immer geglaubt, dass Josie einfach verschwunden bleiben wird. Wie Kirsa Jensen, Ruth Wilson, Kristin Smart, Conny Converse … Dass Josie gefunden sein könnte, tot in einem morastigen See, scheint wie der Trailer zu einem morbiden Gruselschocker, nicht wie die viel zu brutale Realität.

Odina und ich atmen uns eine Weile durch den Hörer an. Und es hängen viele unausgesprochene Fragen zwischen uns. Ich vermute, dass Avery schon Bescheid weiß. Seit sie auf der Insel ist und Staub aufwirbelt, haben sie und Odina ihre Freundschaft aufgewärmt. Ob Lee auf Hawaii auch eingeweiht ist? Ob es erforderlich ist, dass wir Freundinnen von damals uns zu diesem schrecklichen Ereignis zusammenraufen? Oder ob, wenn es sich wirklich um Josies Leiche handelt, die Vergangenheit damit endgültig und restlos begraben ist.

»Wo bist du?«, frage ich und starre auf meine weißen Fingerknöchel. All das Weiß um mich herum, das glänzende Chrom, die großen blank polierten Fliesen, die streifenfreien Fensterflächen, sind auf einmal zu hell. Zu rein. Sie passen nicht zu einem Moment wie diesem.

»Avery und ich fahren hin.« Sie bittet mich nicht, sie zu begleiten. Dennoch sage ich ohne zu zögern: »Ich komme mit.«

Es ist kein Angebot, sondern eine Feststellung. Dabei würde ich die Worte gerne sofort zurücknehmen. Was will ich da?

»Gut«, sagt Odina, dann legen wir auf. Und atmen vermutlich beide erleichtert aus. Ich muss sie nicht begleiten. Ich will nicht einmal. Niemand zwingt mich, über die Brücke raus auf die vorgelagerten Inseln zu fahren und diesen vermaledeiten See aufzusuchen. Ich gehe wie ferngesteuert in mein Ankleidezimmer, ziehe eine Bluse und Jeans heraus, schlüpfe hinein und greife nach dem Autoschlüssel. Ich aktiviere die Alarmanlage, stelle die Klimaanlage auf 64° und schließe die Tür hinter mir. Draußen fährt ein kühler Windhauch über meine Haut. Ich hätte eine Jacke überziehen sollen, überlege kurz, umzudrehen, entscheide mich aber dagegen. Es ist so früh, dass der morgendliche Nebel sich noch nicht verzogen hat und sich wie ein hauchzarter Schleier bis zum Strand zieht, wo er über dem Meer verschwindet, um eins mit ihm und den Wolken zu werden, einem endlosen Nichts aus tiefem Blau. Dahinter lauert ein warmer, sonniger Tag. Auf der Treppe hinunter zum Carport vor dem Haus muss ich mich am Geländer festhalten. Meine Gedanken sind ebenso vernebelt wie die Umgebung. Sie finden keinen Halt zwischen damals und heute. Zwischen einem desaströsen Abend, der nur die konsequente Folge viel verhängnisvollerer Dinge gewesen ist, und diesem Leben danach, in dem ich mich eingerichtet habe. Ich bleibe stehen, drehe die Schlüssel in den Händen und will schon umkehren, als ein verdrängtes Bild vor meinem inneren Auge erscheint. Die Umrisse eines großen, breiten Mannes mit dunklem Schnurrbart und getönter Brille. Ich will schreien, aber es gelingt mir, den Impuls zu unterdrücken, indem ich mir den Autoschlüssel so fest in die Handfläche drücke, dass es einen Moment lang nicht möglich ist, zu denken. Dann sind sie verschwunden. Der Mann und der Impuls. Mit zitterigen Beinen erreiche ich den Carport, steige in den Wagen, schaffe es beim dritten Versuch, ihn zu starten, und fahre langsam aus der Einfahrt. Und würge prompt den Motor ab.

»Du bist heute besonders früh dran! Dabei wollte ich gerade loslegen«, höre ich meinen neuen Nachbarn gut gelaunt rufen. Ich drehe mich nur weit genug, um zu erkennen, wo er steht. Ansehen will ich ihn nicht. Er lehnt vor dem klapprigen, rostigen Tor seiner Garage, die er seit Tagen geräuschvoll entrümpelt. Ich will den Wagen wieder starten, aber Preston ist noch nicht fertig.

Es gibt Tage, an denen hasse ich es, ein Cabrio zu fahren. Genau genommen hasse ich es, seit Preston Anderson vor zwei Wochen das heruntergekommene Strandhaus neben mir bezogen hat. Er wird nicht müde, mich ständig anzusprechen. Genauso lange verzichte ich darauf, etwas zu entgegnen. Warum sollte ich mit jemandem reden, dem die Umwelt hier offenbar so vollkommen egal ist? Der sich nicht die Mühe macht, die Nistplätze zu erhalten, sondern brütende Vögel vertreibt, indem er pausenlos Lärm macht, rücksichtslos Bäume abholzt, damit er bequemer mit dem Wagen in die Einfahrt kommt, und so oft den schmalen Pfad hoch- und runtergefahren ist, dass kein einziges Grashälmchen mehr wächst.

Ich hatte gehofft, er würde irgendwann aufhören, Small Talk mit mir führen zu wollen. Anfangs hat er mich noch nach meinem Tag gefragt, das Cabrio bewundert, mir seine nachbarschaftliche Hilfe angeboten und dabei geflissentlich die Tatsache ignoriert, dass ich ihm bei unserer ersten Begegnung mit einem verachtenden Blick klargemacht habe, dass ich nicht an freundschaftlichen Nachbarschaftsverhältnissen interessiert bin. Schon gar nicht mit jemandem, der mir das Haus vor der Nase weggeschnappt hat und verhindert, dass die Wildpferde sich aus ihrem Rückzugsgebiet im Westen der Insel heraustrauen und das Grundstück als Weidefläche nutzen. Seit ihm klar ist, dass ich nicht mit ihm rede, fragt er erst recht. Er hasst mich, ich hasse ihn. Uns unterscheidet dabei nur, dass ich einen Grund für meine Abneigung habe. Ich drücke das Gaspedal durch, ein wenig zu fest für den vom Rasensprenger nassen Asphalt, und biege mit quietschenden Reifen aus unserer geteilten Zufahrt auf die Straße, die parallel zum Strand in Richtung Brücke führt.

Spätestens als ich an den Glasfassaden des Seasons vorbeifahre, habe ich Preston vergessen und denke wieder an Kirsa Jensen. Sie wurde zuletzt am 1. September 1983 an der Mündung des Tuaekuri River gesehen. Blutverschmiert. Ihr Gesicht, das ich aus den Vermisstenanzeigen kenne, mischt sich mit dem von Josie. Kirsas Locken werden zu Josies glattem blondem Haar. Kirsas runde Gesichtsform verwandelt sich in Josies spitzes Kinn. Was, wenn es wirklich Josie ist, die verwest im Wasser liegt? Seit verfluchten zehn Jahren. Wie sieht ein Körper aus nach all dieser Zeit? Wird man gleich erkennen, dass sie es ist? Werden Odina, Avery und ich sie identifizieren müssen? Ich versuche, mich auf die Straße zu konzentrieren. Auf der Brücke herrscht für die Tageszeit viel Verkehr. Ob jetzt die halbe Insel zum Moss Lake fährt, um nachzusehen, was passiert ist? Was mache ich hier eigentlich? Ich könnte dort vorne auf der Bike Lane wenden und wieder zurückfahren. Könnte früher mit der Arbeit anfangen, die Schichteinteilungen für die nächste Woche durchsehen oder den Termin mit dem Berater für die neue Website vorverlegen. Ich könnte zurück zum Haus fahren, Sportklamotten anziehen und ein morgendliches Work-out einlegen. Bis zum Outdoorgym am alten Hafen laufen und mich an der Klimmstange unter der amerikanischen

Flagge hochziehen und die Gedanken an Kirsa Jensen und Josie Blythe aus meinem Körper trainieren. Oder ich rufe Aiden an. Aiden steht zu fast jeder Tageszeit zur Verfügung, sofern er nicht gerade durch ein Schwimmbecken krault. Und es würde helfen, ganz bestimmt. Wenn auch nur kurz. Weil auf jedes Treffen mit Aiden ein ekelhaftes, falsches Gefühl folgt.

Statt zu wenden, fahre ich weiter und weiter, biege nach der Brücke zum Marschland ab, dorthin, wo die brüchigen Straßen in Regenzeiten so stark überschwemmt werden, dass sie unbefahrbar sind. Links und rechts der Fahrbahn wächst das Schilfgras wie Unkraut. Es ist so dominant, dass es andere Wildkräuter und Gräser verdrängt hat. Ein Teil des Gebietes rund um den Moss Lake ist wegen der Schilfrohre trockengelegt, weil sich zwischen den dichten Halmen zu viel Schlamm sammelt.

»O Mann, Isa, du und deine Flora-Fauna-Botanik! Wir haben das nachher sowieso wieder vergessen.«

Ich zucke zusammen. Josies Stimme hallt so laut und bedrohlich durch meinen Kopf, dass ich einen Moment lang unaufmerksam bin. Ohne es zu merken, reiße ich das Lenkrad nach links und bremse gleichzeitig. Ein entgegenkommendes Auto hupt wütend, und ich begreife, dass ich gefährlich weit in den Gegenverkehr hineingerutscht bin. Hastig ziehe ich zurück in meine Spur. Eine Thermosflasche, die ich nach dem Training im Auto vergessen habe, donnert durch den Fußraum. Das Geräusch hat fast den gleichen Effekt wie Josies Stimme in meinem Kopf. Ich muss an den Tag denken, an dem wir den Sandhai gefunden haben und Lee Josie ins Gesicht geschlagen hat. Hätte ich mich doch nur nicht ins Auto gesetzt. Wenn die Fahrt zum Fundort einer unidentifizierten Leiche mich schon so durcheinanderbringt, was geschieht dann erst, wenn es tatsächlich Josie ist, die dort liegt?

Ich darf mich damit nicht verrückt machen. Die Finger fest um das Lenkrad gekrallt, nehme ich bewusst den unbefestigten Nebenweg zum Moss Lake. Die Entscheidung stellt sich als goldrichtig heraus. Bereits aus der Ferne sehe ich die blauen Lichter der Polizeiwagen, die den nebelverhangenen See gespenstisch beleuchten. Unter den Rädern meines Mercedes knirscht der Kies. Auf dem offiziellen Anfahrtsweg stauen sich die Autos. Rettungswagen, Einsatzfahrzeuge und die ersten Schaulustigen. Ich reibe mir instinktiv über die Gänsehaut an den Unterarmen.

Am Ufer halte ich an. Wenige Fuß von meinem Wagen entfernt watet ein Mann im Taucheranzug durch das Schilf. Er wirft mir einen kurzen Blick zu, beugt sich nach vorne und übergibt sich. Eilig wende ich mich ab, um nicht wie eine Gafferin zu wirken. Das Seeufer ist mit gelb-schwarzen Absperrbändern gesichert. Ein Trigger für meine Erinnerung. Sofort ist wieder alles da. Klick, als hätte ich ein altes Video gestartet. Das Festival, klick – Josies Haare im Wind, klick – das Rascheln der Werbebanner, wie sie sich im Wind spannen und bauschen. Alles ist so plastisch, dass ich mich gerne dem Mann mit dem Taucheranzug anschließen und meinen leeren Magen auf links stülpen möchte. Neben mir parkt ein schwarzer Dodge, und ich schaue rüber … nein … doch … ich blinzele. Da sitzt Avery neben Odina, und ich sehe ihr direkt durch die Scheibe ins Gesicht. Natürlich war zu erwarten, dass sie hier ist. Schließlich hat Odina mich angerufen, aber dennoch geht mir der Anblick der beiden Freundinnen durch Mark und Bein. Meine Fingerspitzen kribbeln, ich will wegschauen, aber ich kann nicht. Avery hat Tränen in den Augen.

Klick. Ich sehe uns alle auf unseren Brettern in den Wellen schaukeln, fünf Freundinnen in einem längst vergangenen Leben, und ein Lächeln stiehlt sich unweigerlich auf mein angespanntes Gesicht. Ich bekomme es nicht rechtzeitig in den Griff. Avery hat es schon gesehen, Odina ebenfalls. Beide erwidern es überschwänglich. Sie interpretieren mein Lächeln völlig falsch. Das ist kein Zeichen von Verschworenheit, Sisterhood, Freundschaft 2.0 oder irgendeinem anderen Bullshit. Es ist ein Lächeln, das der Vergangenheit gehört.

Ich weiß, was sie beide denken, wenn sie meinen Wagen sehen. Was Odina jedes Mal durch den Kopf geht, wenn sie zu ihrer Schicht ins Seasons kommt. *Warum hat sie sich Josies Traumwagen gekauft?* Und irgendwann werde ich ihnen erzählen, dass es nie Josies Traumauto war, sondern meines. Ich verehre es nicht wegen Grace Kelly, sondern wegen der *Zwillinge vom Zillertal.* Einem jener alten deutschen Heimatfilme, die wir in einem Sommer aus Spaß mit Avery angesehen haben und in deren heile Welt ich mich verliebt habe.

So war das mit Josie. So war das schon immer. Manchmal hat sie sich einfach Anekdoten geklaut, Fetzen aus anderen Leben, Ideen und ganze Geschichten, und sie zu ihren eigenen gemacht. Vielleicht weil sie viel langweiliger war, als sie zugeben wollte. Wahrscheinlich ist es seltsam, dass ich jetzt diesen Wagen fahre, von dem meine Freundinnen glauben, es wäre Josies Auto gewesen, wenn sie noch lebte. Aber ist es nicht viel seltsamer, dass Josie mir diesen Traum gestohlen hat?

Avery und Odina haben offenbar zu ihrem blinden Verständnis von früher zurückgefunden. Ich kann das nicht. Es war ein Fehler, herzukommen. Ich werde nicht aussteigen. Ich werde umkehren.

2

Als ich eineinhalb Stunden später zu meinem Haus zurückkehre, stelle ich fest, dass sich in der Garageneinfahrt meines Nachbarn ein riesiger Berg Müll angehäuft hat. Beide Anwesen, seines und meines, teilen sich den letzten Teil der Zufahrt am Ende einer Sackgasse, dahinter befindet sich nur noch breiter Sandstrand. Mein Haus ist ein Meisterwerk moderner Architektur, Prestons Bruchbude ist auch ohne die alten Fahrräder, rostigen Gartenwerkzeuge und das marode Boot vor der Garage ein Auswuchs von 70er-Jahre-Hässlichkeit. Leider kann man das von ihm selbst nicht sagen. Ich schätze sein Baujahr auf die späten Achtziger. Abgesehen von einigen Details, unter anderem seinem Charakter, könnte er attraktiv sein.

Als ich aus meinem Mercedes steige, bückt er sich gerade über eine Tonne Altöl, und ich erhasche einen ziemlich guten Blick auf seinen Hintern. Knackig, fest, in engen Jeans. Dazu trägt er eines dieser weichen Holzfällerhemden mit gesticktem »JBM« auf der Brust, die er offenbar in Hülle und Fülle und allen erdenklichen Farbkombinationen besitzt. Preston dreht sich um, seine ölverschmierten Hände lassen mich unwillkürlich eine Grimasse ziehen. Er hat ein schönes Gesicht. Ebenmäßige Haut, markante Kieferknochen, einen etwas zu breiten Nasenrücken, hübsche volle Lippen. Meistens verstecken sich seine Augen hinter einer Sonnenbrille, aber heute klemmt sie in der Brusttasche des rot-blau karierten Hemds. Sie zwinkern mir zu, ohne dass er sie bewegt, diese Augen. Ich starre ihn schon viel zu lange an. Frage mich, wie ungerecht die Natur sein kann, einem solchen Scheusal ein so schönes Gesicht und so dichtes dunkelblondes Haar zu verleihen.

»Ehrliche Arbeit«, ruft er mir zu. »Davon verstehst du nichts.« Er macht eine wegwerfende Geste in Richtung meiner Strandvilla. Ich finde ihn bereits deutlich weniger attraktiv. Auf meinen Lippen breitet sich mein tödlichstes Lächeln aus – das Lächeln, das Avery immer als »die Hyäne unter den Gesichtsausdrücken« bezeichnet hat. Bei dem Gedanken muss ich beinahe laut lachen. Das hat gerade noch gefehlt.

»Wen musstest du eigentlich schmieren, um für diesen Protzklotz hier die Baugenehmigung zu bekommen?«, fragt Mr. Unausstehlich und grinst mich an.

Das ist das Gute an ihm. Er lässt einem gar keine Chance, darüber nachzudenken, ob man sich womöglich doch in ihm getäuscht hat. Es ist offensichtlich, was er ist: ein arroganter, nervtötender Mann, der nicht hinter die Fassade der Dinge sehen kann. Denn wenn er das könnte, wüsste er, dass mein Protzklotz nicht nur ein ansehnliches Haus ist, sondern vor allem ein Muster für umweltbewusstes Bauen. Ich schlucke meine Antwort hinunter. Das könnte ihm so passen, dass ich jetzt auch noch reagiere. Ich kann sehr gut schweigend gemein sein. Das hab ich von meiner Mutter gelernt, sie ist Meisterin darin, eine Menge zu sagen, ohne auch nur den Mund aufzumachen.

»Dann fang ich mal mit der Rüttelplatte an«, sagt er und deutet auf ein dick mit Staub bedecktes Gerät. Ich frage mich ernsthaft, ob er beabsichtigt, damit einfach den ganzen Schrott plattzumachen und ihn an Ort und Stelle liegen zu lassen.

»Die Rüttelplatte ist ziemlich laut«, fügt er unnötigerweise hinzu. »Ich hoffe, die Wände deines weißen Ausstellungswürfelchens fangen nicht an zu wackeln.«

Mein *Würfelchen* hat knapp dreihundertfünfzig Quadratmeter, nicht weil ich sie brauche, sondern weil unsinnige Bauvorschriften sie mir auferlegt haben; einen atemberaubenden Blick aufs Meer und, natürlich ... eine einsame Bewohnerin. Ich beiße mir auf die Lippe, bis es schmerzt. Noch einmal atme ich tief ein und lasse die Wut meine Luftröhre hinuntersausen. Vielleicht ersticke ich demnächst an meinen runtergeschluckten Worten, aber auf gar keinen Fall werde ich diesem billigen Fixer-Upper-Verschnitt noch mehr Angriffsfläche bieten, als das Flachdach meines Bauhausstil-Bungalows es schon tut. Ich werde ohnehin nicht lange hier sein, nur duschen, mich umziehen und dann ins Hotel fahren. Ich hätte dem ungehobelten Kerl von nebenan gerne gesagt, dass ich meine Arbeit liebe, wenn ich denn mit ihm reden würde. Und auch, dass es mir ziemlich egal ist, womit er heute die Umgebung zur Verzweiflung treibt.

»Nur zu!«, sage ich genervt und drehe ihm den Rücken zu.

»Was war das? Eine Antwort?«, ruft er mir hinterher. Ich kann sein selbstzufriedenes Grinsen durch meinen Rücken hindurch radioaktiv strahlen spüren, höre den Triumph in seiner Stimme.

Zwei Worte nur, die mir rausgerutscht sind. Zwei Worte, und er hat, was er wollte. Ich ärgere mich so über mich selbst, dass ich Lust habe, trotzig mit dem Fuß aufzustampfen.

»Es könnte sein, dass ich morgen für ein paar Stunden Strom und Wasser abstellen muss«, sagt er dann. Bilde ich mir das ein, oder klingt es fast schon entschuldigend? »Wann würde es dir denn passen? Gleich frühmorgens? Sechs, halb sieben?«

Ich drehe mich nicht um, hebe nur die Hand und mache eine gleichgültige, wegwerfende Bewegung und wünschte, ich könnte eines von Maceys frechen Schildern hochhalten. *Kiss my ass* würde ganz gut passen. Noch einmal wird er keine Antwort von mir bekommen.

Drinnen fahre ich mit der Hand über den weißen Marmor des Küchentresens, als müsste ich überprüfen, ob Devina auch wirklich ordentlich Staub gewischt hat. Dabei tut sie das immer. Devina ist ein »Prestigegeschenk« meiner Eltern. Ich habe eine Haushaltshilfe, die mir so treu ergeben ist, dass sie mir ungefragt Proteinshakes kauft und unbezahlte Überstunden macht. Ich schäme mich dafür. Meine Eltern halten es für angemessen, als Hotelchefin eine Haushälterin zu haben. Ich halte es für unnötig, prätentiös, und seit Preston hier wohnt, ist es mir zudem höchst peinlich. Zumindest kann er den Whirlpool von seinem Grundstück aus nicht sehen. Mein Handy klingelt, und ich ziehe es aus der Tasche, während ich den breiten zweiflügligen Kühlschrank öffne. Ich erwische mich dabei, mir zu wünschen, statt penibel aufgereihter Luxuslebensmittel darin einen alten Joghurtbecher zu sehen. Mit einer Nachricht darauf, wie in der Werbung. *Meiner, bloß nicht essen. Herzchen.* Aber alles hier gehört mir. Die Shakes, die Joghurts, die Einsamkeit.

Am anderen Ende der Leitung ist meine Schwester Suzanna. »Hi, Izzy«, sagt sie. Während ich nach draußen sehe, über die schwarze Ledercouch hinweg durch die breite Fensterfront auf den Ozean, frage ich mich, wie und warum meine ältere Schwester diesen Ort hier gegen Ashland, Oregon, eintauschen konnte, das in etwa so unspektakulär und farblos ist wie sein Name.

»Hey, Suzy. Alles in Ordnung dort drüben auf der anderen Seite des Landes?«

Suzanna lacht ihr herzliches Lachen, das einen von innen heraus wärmt. Doch lange kann ich mich nicht daran erfreuen, denn just in dem Moment, in dem Suzy loslacht, startet draußen das Höllengerät meines teuflischen Nachbarn. Es dröhnt, als versuchte er, einen Tunnel unter meinem Haus hindurch zu graben. Ich halte mir das andere Ohr zu, schlucke den Ärger hinunter und konzentriere mich auf Suzy.

»Aber klar!«, sagt sie gerade, oder etwas in der Art. »… mal, … ist … bei euch los? … heute Morgen in den Nachrichten … dass eine Leiche im Moss Lake …?«

Jedes zweite Wort meiner Schwester wird von diesem Rüttelding platt gewalzt.

»Ja«, schreie ich. Meine Stimme klingt piepsiger als beabsichtigt. »Man weiß noch nichts Genaues. Vermutlich eine Obdachlose oder jemand aus dem Trailerpark.«

Dass niemand auch nur annährend so etwas angedeutet hat, verschweige ich.

»Das klingt so, als würden nur Menschen aus ärmeren Verhältnissen in so eine Lage geraten …«, gibt Suzanna missbilligend zu verstehen. Die Rüttelplatte verstummt plötzlich, wodurch der Satz in seiner vorwurfsvollen Gänze in meinem Verstand landet und laut nachhallt. Ich antworte nicht. Sie hat ja recht. Ich schließe den Kühlschrank und schaue aus dem Fenster. Da draußen steht er, Mister Do-it-yourself, und beugt sich über die Baumaschine, zieht einen Hammer aus der seitlichen Tasche seiner Hose und klopft auf dem Deckel herum. Ich verspüre ein kurzes Gefühl von Triumph. Hoffentlich gibt das Ding ganz den Geist auf. Bei Suzanna im Hintergrund klimpert es dezent. In Oregon ist es jetzt fast Mittag. Sie wird für vier ihrer fünf Kinder kochen und warten, dass ihr Mann Andrew aus der Werkstatt ins Haus kommt. Suzanna ist in allem der pure Gegensatz zu mir. Sie wäre der Typ, der dem neuen Nachbarn ein Brot und Salz zum Einzug vorbeigebracht hätte und wahrscheinlich längst lachend mit Gummihandschuhen seine Fenster schrubben würde. Suzanna ist warm, ich bin kalt. Und das, obwohl wir in exakt dem gleichen Klima aufgewachsen sind, unter dem strengen Regiment von Rhonda White, die wir Schwestern schwarzhumorig »Mama Alaska« nennen.

Suzanna erkundigt sich nach Hailey, ihrer mittleren Tochter, die sich wegen ihrer Lungenprobleme ein paar Wochen in Seeluft auf Harbour Bridge ausruht und derzeit im Haus meiner Eltern in Charleston wohnt, auch wenn ich versuche, so viel Zeit wie möglich mit ihr zu verbringen. Während Suzy gerade etwas von einer Preiserhöhung erzählt, die Andrew zu schaffen macht, beginnt der Lärm erneut. Dieses Mal nützt es auch nichts, meinen Finger ins Ohr zu stecken, und ich verspüre den Drang, einen gewissen anderen Finger aus dem Fenster zu zeigen. Vermutlich würde das die Nervbacke nur weiter anstacheln. Also bewahre ich Ruhe und kann Suzy halbwegs folgen, als sie erzählt, dass Melissa, ihre älteste Tochter, unbedingt Latein lernen will, weil sie von einer Fernsehserie, die im alten Rom spielt, fasziniert ist. Sie schließt ihren Familienbericht – unterbrochen vom Dröhnen von Prestons Gerät – mit Connor, der zum dritten Mal an Windpocken leidet, was doch eigentlich ausgeschlossen sein sollte. Ich wechsele das Zimmer, entferne mich so weit wie möglich von Prestons Hof und dem Lärm, aber es hilft nichts. Mit jeder Sekunde, die ich mich anstrenge, um Suzy zu verstehen, wächst meine Wut.

»Was ist denn das für ein Krach bei dir?«, fragt sie schließlich, nachdem ich zum dritten Mal nachhaken muss, weil mir ganze Satzfragmente entgangen sind.

»Das ist der Idiot von nebenan. Warte kurz, ich kläre das«, sage ich. Ich stapfe in die Küche, lege das Telefon auf die Ablage und reiße das Fenster so hastig auf, dass mir dabei die kleine Orchidee im Übertopf entgegenkippt. Im letzten Moment fange ich sie auf und möchte sie aus Zorn Preston an den Kopf werfen, der draußen seelenruhig mit Ohrenschützern seine Rüttelplatte vor sich herschiebt wie einen Kinderwagen.

»Hey!«, brülle ich. »Hey!«, noch lauter, als er nicht reagiert.

Ich bilde mir nicht nur ein, dass er mir einen kurzen Blick zuwirft und schnell wieder wegsieht, ich bin mir sehr sicher, dass das hier Absicht ist. Ich betrachte den Topf, und wäre er nicht ein Geschenk meiner Nichte zu meinem letzten Geburtstag, würde ich ihn opfern, um ein nachbarschaftliches Exempel zu statuieren. So aber schließe ich mit einem lauten Fluch das Fenster, nehme das Telefon wieder und drücke es fest an mein Ohr.

Ich gehe durch mein Haus und lausche dem lebendigen Treiben bei meiner Schwester, untermalt von Besteckklimpern, Hundegebell und gedämpften Flüchen. Dabei höre ich umso lauter, wie leise es bei mir ist, obwohl Preston da draußen so einen Lärm veranstaltet wie eine ganze Baustellenmannschaft. »Du denkst daran, dass du Hailey heute Abend Kino versprochen hast? Aber wenn du wegen der Leiche … also wenn du …«, sagt Suzanna. Sie stockt, und diesmal liegt es nicht daran, dass ich sie nicht verstehe. Ich weiß aber auch so, was sie sagen will.

»Es ist ganz bestimmt nicht Josie«, sage ich.

»Ja, ganz sicher nicht. Natürlich nicht«, erwidert Suzanna eine Spur zu schnell.

»Ich werde mit Hailey ins Kino gehen, ich hab's ihr ja versprochen.«

Kaum habe ich aufgelegt, schnappe ich mir meinen Haustürschlüssel und renne nach draußen. Meine Schritte erinnern mich unwillkürlich an Hailey, wenn sie sauer auf eines ihrer Geschwister ist. Allerdings ist der Einzige, der sich hier kindisch benimmt, ein Holzfällerhemden tragender Vollhonk namens Preston Anderson.

»Hey«, brülle ich, aber er reagiert wieder nicht. Ich möchte nicht vor das Gerät laufen, es sieht aus, als hätte es einen ziemlich langen Bremsweg. Also nähere ich mich ihm von hinten und boxe ihm unsanft gegen die Schulter, als ich auf seiner Höhe bin. Er zuckt kein bisschen, er dreht sich nicht einmal um. In Zeitlupe streckt er die Hand aus und bringt das dröhnende Ding zum Stehen.

»Ja, bitte? Was kann ich für dich tun?«

»Was soll die Scheiße?«, schreie ich. Ein wenig zu laut, jetzt, da es still geworden ist.

»Hm?«

»Was die Scheiße soll, man versteht ja sein eigenes Wort nicht mehr!«

»Und?«, sagt er mit einer lächerlich schlecht gespielten Unschuldsmiene.

Die Hände in die Seiten gestemmt, baue ich mich vor ihm auf.

»Das fragst du noch?«

»Ja, wieso musst denn du dein eigenes Wort verstehen? Führst du Selbstgespräche?«

»Nein, ich …«

»Na, dann ist ja gut«, erwidert er, und ehe ich mich's versehe, hat er den Schalter nach vorn gelegt und schiebt sein Männerspielzeug wieder vor sich her. Ich hätte das mit dem Blumentopf machen sollen. So bleibt mir nichts anderes übrig, als ihm mit schnellen Schritten nachzulaufen und ihn mit wilden Gesten erneut aufzuhalten.

»Ist noch was?«

»Ich brauche Ruhe!«, kreische ich.

»Ich nicht«, kontert er ungerührt. Dann sieht er an mir hinab und bleibt an meinen flachen Sandalen hängen.

»Ich an deiner Stelle würde aus dem Weg gehen oder mir Sicherheitsschuhe anziehen, wenn du helfen willst.«

»Helfen?« Ich fasse es nicht.

»Du kannst auch gerne wieder reingehen und dir die Nägel lackieren.« Er lächelt, als hätte er mir gerade ein Friedensangebot gemacht.

»Wenn ich von der Arbeit komme, ist Schluss mit dem Lärm«, brülle ich und fuchtele drohend mit dem Zeigefinger vor seinem Gesicht herum. Zu spät merke ich, dass ich diese Runde verloren habe. Prestons Augenbraue zuckt amüsiert. Eins zu null für ihn. Aber wir sind noch nicht fertig miteinander, das Spiel hat gerade erst begonnen.

• • •

Nach einigen Stunden an der Rezeption des Seasons, die ich mit einer Jobannonce für einen neuen Koch, der Beauftragung für eine Reparatur der Klimaanlagen im dritten Stock und der Organisation des diesjährigen Mitarbeiterfests verbracht habe, ist Preston erfolgreich in die hintersten Winkel meiner Gedanken verbannt. Und ich bin fest entschlossen, ihn dort zu lassen.

Das Beste an meinem Job ist ohnehin, dass er so fordernd ist, dass ich wenig Zeit zum Nachdenken habe. Genau deswegen bin ich noch hier, nicht weil ich eine genetisch bedingte Liebe zum Hotelgewerbe hege, wie meine Eltern glauben. Nicht, weil es mir Spaß macht oder ich besonderes Talent dafür habe. Was würde meine Mutter wohl dazu sagen, dass ich manchmal davon träume, das Seasons mit den Waffen der Insel zu zerstören? Regelmäßig fantasiere ich davon, wie das Seasons die Hotelversion von Atlantis erleidet. Wie es langsam von den Fluten umspült und von Plankton überzogen wird und äußerlich unversehrt im Meer versinkt. So groß wie ein Kreuzfahrtschiff, hässlich, wuchtig, scheinbar unverwüstlich. Anstelle von Immobilienpiranhas würden echte Fische die Lobby bevölkern, angriffslustige Zitronenhaie den Westflügel übernehmen, Wasserschnecken auf dem Marmorboden ablaichen und Seewespen in den Blumentöpfen auf naive Opfer lauern.

Ich beschließe den Tag damit, Kenzies Arbeit zu überprüfen. Die Rezeptionistin hat Schweißflecken unter den Armen. Nicht weil sie heute schon so viel gearbeitet hat, sondern weil sie Angst vor mir hat.

»Ich benötige die Reservierungen sofort«, erkläre ich und versuche, den mühsam antrainierten arroganten Unterton einzusetzen. Kenzie darf nicht wissen, dass ich selbst vergessen habe, die Buchungen von der Website durchzusehen. Es muss am Dienstag oder am Mittwoch letzter Woche passiert sein, als ich in Charleston war, offiziell, um dort »ein ernstes Wörtchen« mit unserem Fischlieferanten zu sprechen. Inoffiziell, weil ich Professor Holbecks Vorlesung zu aquatischer Toxikologie nicht hatte versäumen wollen. Und nun kann es gut sein, dass die Zimmer im Westflügel überbucht sind und ich umdisponieren muss.

Ich muss dieses Problem dringend lösen, bevor Hailey kommt. Ob ich den Kinoabend noch einmal verschieben kann? Wenn ich nicht das enttäuschte Gesicht von Hailey vor mir sähe (und das von Suzanna, die die Gefühle meiner Nichte stets wie ein verdammtes Spiegelkabinett reflektiert), würde ich noch bis Mitternacht weiterarbeiten. Um meine eigene, bisweilen durchscheinende Organisationsunfähigkeit wettzumachen.

Kenzie reicht mir eine Liste, auf der sie versehentliche Doppelbuchungen mit einem gelben Leuchtstift markiert hat. Ich überfliege die Liste hastig, wobei ich die Buchungen für die Suiten im Ostflügel, die nicht betroffen sind, streiche. Ich bleibe hängen. An der Nummer der Suite, die vor Kurzem noch von Avery und ihrer

Band gebucht war. Vielleicht hätte ich verhindern sollen, dass Avery im Hotel absteigt, Odina ihr Nachrichten hinterlässt … Dass Avery wieder hier ist, ist nicht nur eine potenzielle Gefahr. Die letzten Wochen haben gezeigt, dass sie ein akutes Risiko darstellt für etwas, das chronisch in mir brodelt.

»Der Wahnsinn, dass Force of Habit bei uns abgestiegen sind, oder?«, plappert Kenzie. »Ich liebe ja vor allem das erste Album. Wie hieß das gleich?«

»*Soulsystem*«, murmele ich. Ich kenne nicht nur die Namen aller Songs und Alben, sondern von den meisten Songs sogar die Texte. Schließlich hat Avery einige davon hier auf der Insel geschrieben.

Ich muss mich am Tresen festhalten und meine Augen fest zusammenkneifen, damit die Bilder nicht hochkommen.

»Alles in Ordnung?«, fragt Kenzie besorgt und berührt mich an der Schulter. Ich schüttele sie ab. Erschrocken weicht sie einen Schritt zurück.

Abrupt drehe ich mich um und drücke der verdutzt dreinsehenden Kenzie die Liste wieder in die Hand. »Kümmere dich bitte darum.« Dann stürze ich hinterm Tresen vorbei zu den Mitarbeitertoiletten. Meine Hände auf die Steinplatte vor dem Waschbecken gestützt, schaue ich in den Spiegel. Ich bin blass, bleicher noch als sonst, und diese Linien links und rechts von meinem Mund haben sich inzwischen so fest in die Haut gedrückt, dass sie aussehen, als würden sie mich mit Gewalt davon abhalten, glücklich auszusehen.

3

Fünfzehn Jahre zuvor

»Gefällt dir, was du siehst?« Suzannas Stimme kam aus dem Nichts, ich zuckte heftig zusammen und konnte in dem großen bodentiefen Spiegel unseres gemeinsamen Badezimmers beobachten, wie mein Gesicht seine Farbe veränderte. Der Fluch heller Haut, auf der man Scham sofort erkennen konnte.

Meine Schwester legte mir die Hand auf die Schulter. Sie musste sich dafür ein wenig strecken. Obwohl Suzanna fünf Jahre älter war, hatte ich sie längst an Körpergröße überholt. Sie scherzte, sie würde eben eher in die Breite gehen. Ich kannte keinen Menschen, der auf so eine positive Art mit sich selbst zufrieden war.

Ich betrachtete ihr liebes Gesicht im Spiegel, die Stupsnase, die hellen, geschwungenen Augenbrauen, ihr krauses rotblondes Haar, das sie von unserem Vater hatte, und ihre reine, ebenmäßige Haut, die in der Sonne rot wurde statt braun. Eine unserer wenigen äußerlichen Gemeinsamkeiten. Suzanna wartete geduldig auf meine Antwort, streichelte über meinen Nacken. Es hatte etwas

Cartoonhaftes, wie wir hier nebeneinanderstanden – die kleine, rundliche, rothaarige Suzy und ich, die groß gewachsene, schlanke Blondine.

»Was denkst du? Gefällst du dir?«, fragte sie, und ich sah im Spiegel, wie sie ihren Kopf drehte und mich direkt ansah. Die Frage war mir unangenehm. Genauso wie die Tatsache, dass sie mich beim Anstarren erwischt hatte. Man stellte sich nicht einfach minutenlang vor einen Spiegel, um sich selbst anzusehen.

Suzanna holte hörbar Luft. »Erzähl mir mal, was du an dir selbst magst.«

»Ich mag …«, begann ich zögernd. »Meine großen Ohren gar nicht.« Hastig griff ich in meine Haare und schob ein paar Strähnen ins Gesicht.

Suzy streckte ihre Hand aus und strich sie zärtlich hinter mein Ohr. Dann schaute sie mich erwartungsvoll an. »Was du magst, Izzy, nicht, was dir nicht gefällt.«

Noch einmal sah ich mich an. Im Vergleich mit meinen Klassenkameradinnen war ich unscheinbar. Ich hatte kein Talent dafür, mich in Szene zu setzen. Nicht ihre Ausstrahlung, ihr Auftreten … ihr Selbstbewusstsein.

Aber Suzy blieb hartnäckig mit ihren liebevoll auffordernden Blicken. Ich atmete tief ein und sagte leise: »Ich … ich glaube, ich mag meine Nase, sie ist gerade und nicht zu groß und nicht zu klein.«

Suzy lächelte mich ermutigend an. Ich schluckte. »Und vielleicht meine Größe?« Ich war mir nicht sicher, ob es gut war, dass ich so hochgewachsen war, oder ob es weiblicher gewesen wäre, kleiner zu sein.

»Ich mag *meine* Größe, und du hast alles Recht der Welt, *deine* zu mögen. Warum denn auch nicht?«

Suzanna zwinkerte mir zu.

»Ich habe ganz passable Beine«, stellte ich fest. »Und eigentlich mag ich auch meine Hände, das große Nagelbett … sie sehen schöner aus, wenn sie lackiert sind, als wenn man kleine Finger hat …«

»Du bist wunderschön«, sagte Suzanna und tippte mit ihrem Zeigefinger auf meine Brust. »Von außen, und was noch viel wichtiger ist, von innen. Das darfst du zeigen. Du solltest mit dir, so wie du bist, glücklich sein. Man kann andere erniedrigen, um sich selbst zu erhöhen. Und kurze Zeit hilft das sogar, um sich besser zu fühlen, aber irgendwann schlägt das zurück. Du musst mit dir selbst zufrieden sein, dann hast du es gar nicht nötig, dir über andere Gedanken zu machen.«

Mit diesen Worten stellte sie sich auf die Zehenspitzen und küsste mich auf die Wange.

Ich stand noch eine ganze Weile vor dem Spiegel und fragte mich, ob Suzanna gewusst hatte, dass ich ihre Worte so bitter nötig hatte. Ob sie wusste, wie unsicher ich mich fühlte, seit ich von der staatlichen Junior High School auf die private Ashley Hall gewechselt war. Dort, wo im Gegensatz zur kleinen Inselschule so viel Wert auf Äußerlichkeiten gelegt wurde und ich gerade an meiner Schüchternheit zu scheitern drohte. Als Tochter der Hotelmoguln Rhonda und Alistor White wurde ich innerhalb kürzester Zeit in den Olymp der beliebten Mädchen erhoben. Olive Yates, Laura Sawyer, Lien Nguyen und Amber Calhoun hatten mich dazu auserkoren, die Fünfte in ihrem Bund zu werden. Die vier waren die High Society der Ashley Hall und allgemein bekannt als die LOLAs, basierend auf den Initialen ihrer Vornamen. Ich hatte alles, was man brauchte, um zu den beliebtesten Mädchen der Schule zu gehören: Geld, die richtige Kleidung, eine schlanke Figur und ein hübsches Gesicht. Doch trotz alldem drohte ich an meiner Schüchternheit und inneren Unsicherheit zu scheitern, die mir keiner ansah, außer wenn ich bis in die Haarspitzen errötete.

Ich lief Gefahr, meinen Platz an Lien, Olive, Laura und Ambers Seite an eines der vielen Mädchen aus reichen Charlestoner Familien zu verlieren, die sich die Finger danach leckten, zu den neuen Top Vier der Schule zu gehören. Vielleicht hatte Suzy recht, und es würde helfen, mich besser zu fühlen, wenn ich mich den Lästereien der Mädchen aus der Cheerleadergang anschließen würde. Erniedrigen, um zu erhöhen … das klang viel fieser, als es tatsächlich war. In Wahrheit bedeutete es mitmachen, um nicht ausgeschlossen zu werden.

Obwohl ich insgeheim natürlich wusste, dass Suzy mit ihren Worten das genaue Gegenteil beabsichtigt hatte.

• • •

Lien stocherte lustlos in ihrem Salat herum, schob das matschige Blatt zur Seite, drückte es zusammen und spießte es auf ihre Gabel. Olive, die neben ihr saß, verzog die Lippen. »Weißt du, wie viele Kalorien diese Soße hat? Wiiiiderlich!«

»Sieh dir Odina an, wie fett sie ist!«, sagte Laura laut, und reflexartig zuckte ich zusammen. Ich hatte mich noch nicht daran gewöhnt, dass niemand vor ihrem Spott sicher war. Und ich wartete auf den Tag, an dem sie erkennen würden, dass ich nur ein Spiel spielte. Dass ihre Gesellschaft mir genauso zuwider war wie Olive die Salatsoße der Schulmensa. Aber offensichtlich kümmerte es die beliebtesten Mädchen der Schule nicht, was ich wirklich dachte, solange ich es nicht laut aussprach. Ich genoss ihren Schutz und ihr Ansehen, während ich gleichzeitig verabscheute, nicht mutig genug zu sein, meinen eigenen Weg zu gehen. Ich war ungern ihr Anhängsel, aber es erschien mir noch schlimmer, vollständig ausgeschlossen zu sein.

Laura zeigte nun unverhohlen zur Essensausgabe, auf den

wohlgeformten Hintern von Odina Bianchi. »Ich wette, sie frisst den ganzen Tag Pasta und Pizza«, fiel Olive ein. »Wiiiiderlich.«

Odina, das neue Lieblingsopfer der LOLAs, drehte sich mit ihrem Tablett zu den Tischen und gab den Mädchen das, was sie sich erhofft hatten. Auf ihrem Tablett befand sich neben einer Diet Coke ein Teller mit einem Burger und Wedges. Ihr Blick traf meinen, und ich hätte gerne gelächelt. Stattdessen sah ich hinunter auf meinen eigenen Teller, auf dem sich ein Apfel einsam fühlte. Auch ohne sie anzusehen, wusste ich, dass Odina mit ihrer gebräunten Haut, den dunklen, glänzenden Haaren und den vollen roten Lippen auf eine Art schön war, die nichts mit vergänglicher Mode, Schmuck oder Make-up zu tun hatte. Vermutlich hatten die LOLAs deshalb Angst vor ihr. Ich blinzelte und sah, wie sie an unserem Tisch vorbeiging, mit erhobenem Kopf, schwingenden Hüften und einem Stolz, den man sich nicht antrainieren konnte, sondern der einem in den Genen liegen musste. Ich hatte Mühe, meine Bewunderung zu verbergen. Bewunderung dafür, wie jemand, der erst wenige Jahre zuvor aus einem weit entfernten Land hierhergezogen und so offensichtlich anders war, dass es sämtliche Konventionen sprengte, sich so selbstbewusst bewegen konnte. Es war, als trüge sie einen dicken Schutzschild, an dem die Gehässigkeiten ihrer Mitschülerinnen einfach abprallten. Im Physikunterricht hatten wir erst kürzlich über die faszinierende Tatsache gesprochen, dass ein Regentropfen, der auf Steinboden traf, in viele kleine Spritzer zerplatzte, während er beim Aufprall auf das Blatt einer Lotuspflanze flach wie ein Pfannkuchen wurde. Odina war ganz eindeutig eine solche Lotuspflanze. Spott konnte ihr nichts anhaben, während er bei Menschen wie mir großen Schaden anrichtete, in alle Richtungen verspritzte und für maximale Unruhe sorgte.

Odina und ich lebten beide auf Harbour Bridge, und wir kannten uns flüchtig. Wir hatten beim Sommerprogramm des Youth Volunteer Corps im gleichen Team Volleyball gespielt und uns bei den gelegentlichen Besuchen unserer Familien in der Kirche zugelächelt. Ich hatte gewusst, dass sie auch auf die Ashley Hall High gehen würde, und gehofft, sie näher kennenzulernen.

Und dann war es anders gekommen. Wir standen plötzlich auf verschiedenen Seiten, hatten eine soziale Grenze zwischen uns, die ich nicht zu überschreiten wagte. Ich wusste, was von mir erwartet wurde. Und auch wenn es mir zutiefst zuwider war, murmelte ich: »Diese Klamotten.« Ich fing im Augenwinkel noch den letzten Zipfel von Odinas zitronengelbem Oberteil und der Leinenhose auf. »Die hat sie aber nicht aus Mailand.«

Lien kicherte gehässig. Ihr anerkennender Blick ging mir durch Mark und Bein, blieb in meiner Magengegend hängen und sorgte für ein seltsames, Übelkeit erregendes Gefühl. »Sieht eher nach Bananenplantage in Sizilien aus«, sagte Amber und lachte.

Ich hätte ihr gerne gesagt, dass das schon rein geografisch betrachtet Unsinn war, aber ich biss mir auf die Unterlippe. Meine Mutter hatte mir mehrmals klargemacht, wie wichtig es war, sich mit den Mädchen gut zu stellen. Lauras Vater saß in irgendeinem Wirtschaftsausschuss, und Liens Eltern hatten Anteile am größten Reiseveranstalter der USA. Es war keine gute Idee, es sich mit ihnen zu verscherzen. Ich wollte keinen Ärger für meine Eltern, vor allem aber wollte ich nicht allein dastehen. Das war die bittere, peinliche Wahrheit.

»Wir fahren über die Feiertage nach Long Island, mein Onkel hat ein Haus in Southampton. Was meint ihr, sollen wir vorher noch mal shoppen gehen?«, erkundigte sich Amber.

Ich nickte geistesabwesend, beobachtete, wie Odina sich allein an einen Tisch setzte und mit Genuss ihren Burger verzehrte.

»Isabella, was habt ihr vor? Wirst du deine einsame Insel übers

Wochenende auch mal verlassen? Oder musst du über Thanksgiving Truthähne im Hotel stopfen?«

Ich zuckte zusammen. Laura gefiel es nur zu gut, es so darzustellen, als würde ich persönlich in der Küche des Seasons stehen. Aber Amber sprang mir überraschend bei. »Hast du nicht erzählt, du fährst mit deinen Eltern nach Florida?«

»Ja, wir haben einen Trip nach Tampa geplant«, sagte ich. Ich konnte noch immer nicht ganz daran glauben, dass der Urlaub, den meine Eltern mir und Suzy seit zwei Jahren versprachen, wirklich stattfinden würde. Während Olive und Amber eine hitzige Diskussion anzettelten, ob man in diesem Jahr in den Hamptons auf weiße Kleider oder auf maritime Outfits setzte, hörte ich nur halbherzig zu. Meine Gedanken flatterten von Odina Bianchi zu meinen Eltern und dem unguten Gefühl, dass Suzy und ich wieder auf vergeblich gepackten Koffern sitzen würden, weil unserem Vater in letzter Sekunde irgendein wichtiger Termin dazwischenkam.

• • •

Suzanna hatte darauf bestanden, dass wir mitten in der Hotellobby Position bezogen. Auf den gepackten Koffern. Damit wir so aussahen, wie wir uns schon unsere ganze Kindheit fühlten: bestellt und nicht abgeholt. Lästig. Abgelegt. Vergessen. Wie die Gegenstände, die Hotelgäste absichtlich zurückließen, damit sich jemand anderes um ihren Verbleib kümmerte. Verwaschene Bikinis, verbogene Sonnenbrillen, ausgelesene Bücher, zerkaute Zahnbürsten, defekte Sextoys und in einem Fall sogar der Ehering, den sich die Besitzerin partout nicht hatte nachschicken lassen wollen.

»Es ist ein Sit-in«, erklärte Suzy mir und ließ gedankenverloren die Schnalle an ihrem Koffer auf- und zuklappen. Es war ein nervtötendes Geräusch. Heather räusperte sich hinter der Rezeption, wagte aber nicht zu verlangen, dass wir verschwanden oder Suzy wenigstens mit dem Geklapper aufhörte.

»Wir demonstrieren gegen die Verletzung der Fürsorgepflicht unserer Erzeuger und sanktionieren sie.«

»Funktioniert aber nur, wenn unsere Erzeuger mitbekommen, was wir hier machen, oder?«

Suzanna überlegte einen Moment lang. »Okay, vielleicht wäre es Zeit für einen außergerichtlichen Vergleich!«

»Vielleicht kommen sie ja doch noch mit«, gab ich leise zu bedenken. Ich wollte einfach nicht glauben, dass unsere Eltern den Urlaub schon wieder absagten. Obwohl alles dafürsprach. Vor einer Stunde war unser Vater in sein Büro verschwunden, unsere Mutter hatte vor zwanzig Minuten verkündet, es wäre etwas Wichtiges dazwischengekommen und wir sollten besser noch einmal in unsere Zimmer gehen und warten. Sie hatte geflissentlich ignoriert, wie ich vorwurfsvoll die Flugtickets hochgehalten hatte.

Suzy ließ die Schnalle los. »Du musst was rausverhandeln«, erklärte sie nachdenklich. Da sie fünf Jahre Vorsprung im Enttäuschtsein hatte, lag sie wahrscheinlich wieder richtig. »Wir beide, wenn nicht jetzt, wann dann. Strafe muss sein. Jetzt kriegst du alles von ihnen. Gibt es irgendetwas, was du schon immer machen wolltest und was sie dir nicht erlaubt haben?«

Ich dachte nach, drehte das Flugticket in meinen Händen, kam aber zu keinem Ergebnis. Für gewöhnlich gab es nichts, was ich nicht bekam. Ich hatte freie Verfügbarkeit über die Kreditkarte, die ich zum letzten Geburtstag bekommen hatte. Solange Suzy und ich uns benahmen und uns hin und wieder mit unseren Eltern auf irgendwelchen Events präsentierten und unsere Noten nicht abfielen, hatten wir ziemlich viele Freiheiten.

»Denk nach!«, drängte Suzy.

Ich sah durch die Glastüren hinaus und beobachtete, wie ein Pick-up langsam am Hotel vorbeifuhr. Auf der Ladefläche türmten sich bunte Surfbretter, Kitesegel und allerlei Kram. Die grelle Aufschrift konnte ich nicht entziffern, nur erkennen, dass irgendetwas mit »Break« darauf stand.

»Ich könnte surfen lernen«, murmelte ich und sah zu Suzy.

»Surfen?«

»Ja, surfen«, behauptete ich. Nicht weil ich das dringende Bedürfnis verspürte, zu surfen, sondern weil ich mir sicher war, dass meine Mutter absolut dagegen sein würde. Unsere Eltern legten schon Wert auf Sport, und natürlich, Suzy und ich nahmen Tennisunterricht, weil unser Vater ein riesiger Sampras- und McEnroe-Fan war. Tennis war das Einzige außerhalb des Hotels, für das er Leidenschaft aufbringen konnte. Suzy war eine passable Spielerin, aber ich war furchtbar. Doch da unsere Eltern keine Zeit hatten, uns bei Turnieren zuzusehen, war es im Grunde egal.

Harbour Bridge war ein beliebtes Urlaubsziel für Wassersportler, aber unsere Eltern waren – seit ich denken konnte – weder im Meer baden gewesen, noch hatten sie sich jemals auf irgendeine andere Art und Weise am Strand amüsiert. Der diente nur als Kulisse. Wie wir.

Vielleicht würde ich eine gute Surferin sein. Der Gedanke gefiel mir irgendwie. Ich hatte wesentlich mehr für den Strand, die Natur und das Meer übrig als für den Kunstrasenplatz im Maybank Tennis Center. Über Suzys Gesicht breitete sich ein verschwörerisches Grinsen aus. »Surfen werden sie hassen!«

Meine Mundwinkel verzogen sich zu einem diebischen schwesterlichen Geheimbundlächeln.

Eine Weile sahen wir uns stumm in der Lobby um. Das Sit-in fing an, mich zu langweilen.

»Ich bestehe darauf, trotzdem wegzufahren«, meinte Suzy schließlich.

»Wohin? Den Flieger nach Tampa kannst du knicken.«

»Egal! Zur Not fahre ich nach Idaho oder nach Oregon.«

»Was willst du in Idaho? Gold schürfen? Und wer bitte will Urlaub in Oregon machen?«

Suzanna zuckte unbeeindruckt mit den Schultern. »Irgendwann bin ich hier weg. Und dann lebe ich in einem Staat mit vielen Bergen und satter, saftiger Natur. An meiner Seite ein echter Naturbursche, ein Ranger oder so – mit Bauchansatz, sodass ich auch einen haben kann, ohne mich schlecht zu fühlen. Und ich werde sechs bis sieben Kinder bekommen. Die den Bauch mehr als rechtfertigen.«

Ich starrte sie an. »Das ist dein Ernst?«

»Mein voller«, erklärte sie.

Wir saßen noch eine geschlagene Stunde in der Lobby. Und dann schickten meine Eltern Jekaterina aus der PR-Abteilung. Überhaupt entsandten sie gerne Leute. Zum Elternabend ging die Köchin, die Putzfrau bastelte mit uns Poster für den Veterans Day, und bei den Sommerfesten unserer Schulen halfen Rezeptionistinnen oder andere Angestellte. Vieles, was Suzy jetzt für mich tat, war in ihrer Kindheit ebenfalls in fremde Hände gegeben worden. Es waren Büroangestellte, die Suzy französische Vokabeln abhörten, ein Zimmermädchen, das ihr erklärt hatte, wie man einen Tampon richtig benutzte, und Wade von der Haustechnik, der ihr gezeigt hatte, wie man einen Schaltwagen fuhr.

Und jetzt reiste eben Jekaterina mit uns in den Urlaub, ich hatte das Versprechen, nach unserer Rückkehr Surfstunden nehmen zu dürfen, und Suzy die Erlaubnis, auf ein Festival irgendwo in Salt Lake City zu fliegen, das meine Eltern ursprünglich verboten hatten, aus Sorge, Suzy könnte zu den Mormonen überlaufen.

Man konnte sich vieles kaufen im Leben. Sogar Zeit, indem man ungeliebte Dinge von anderen erledigen ließ. Liebe hielten unsere Eltern auch für ein Tauschgut.

• • •

Mit Jekaterina fuhren wir nicht nach Oregon, nicht nach Idaho und natürlich auch nicht nach Tampa, sondern auf eine 132 Meilen entfernte Insel in Georgia.

Genau genommen waren wir auf einer Zwillingsinsel von Harbour Bridge gelandet, wie Suzy nicht müde wurde zu betonen. Tybee Island war wie unsere Heimat eine Barriereinsel, im Hinterland eingekesselt von Marschland, von vorn umgeben vom Ozean. Und obwohl ich es im Biologieunterricht in der Primary School gelernt hatte, wurde mir erst in diesem Sommer mit Jekaterina bewusst, wie besonders das war.

Wir verbrachten die Ferien im Elternhaus unserer Hotelangestellten, die sich redlich Mühe gab, uns eine unvergessliche Zeit zu bereiten. Was mich betraf, so gelang ihr das. Ich genoss jede einzelne Minute. Suzanna dagegen behauptete noch Jahre später, sie hätte sich nie wieder in ihrem Leben so gelangweilt. Jekaterinas jüngerer Bruder Alexis war irgendeine Art von Biologiestudent und nebenbei verdammt gut aussehend. Er hatte lange helle Haare und trug die ganze Zeit hautenge Longsleeves und olivgrüne Shorts, und ich war schrecklich verliebt. Täglich schrieb ich schwülstige Liebesbriefe, die ich in Flaschen steckte und im Ozean versenkte. (Eine Umweltsünde, auf die ich rückblickend nicht sehr stolz bin.)

Jekaterina selbst hatte ein paar Semester Biologie in Boston studiert, bevor sie auf Tourismus umschwenkte, und sie lachte laut und herzlich, wenn Suzy Tybee Island mit Harbour Bridge verglich. »Was meinst du, warum ich ausgerechnet ins Seasons gekommen bin? Wegen der schönen Architektur?«

Weil ich hemmungslos in Alexis verliebt war, suchte ich, sooft es ging, seine Gesellschaft und begleitete ihn auf endlosen Spaziergängen ins Hinterland der Insel. Er erklärte mir alles geduldig, sah in meinem Wissensdurst nur kindliche Neugier und nicht die verknallte Bewunderung, die ich für ihn empfand. Und doch gelang es ihm, mich für das Marschland zu begeistern. Dort, wo Ebbe und Flut den Rhythmus bestimmten und Veränderung die einzige Konstante war, wie er nicht müde wurde zu betonen. Wir fuhren gelegentlich mit einem kleinen Außenmotorboot durch die Flüsse und Priele im Marschland und kontrollierten die Messgeräte. Wie kleine Funkmasten standen sie mitten im untiefen Gelände, das mit seinen flachen Seen und Grasfeldern wirkte, als wäre es nicht von dieser Welt. Hier hatten Zebra-Killifische, winzige Krebse und andere Bewohner der sandigen Untergründe ihr Zuhause gefunden. Von Tag zu Tag fühlte ich mich stärker mit meiner Heimat verbunden. Mit diesem Streifen Erde an der Ostküste Nordamerikas, mit den wilden Marschlandinseln, mit Tybee Island und Harbour Bridge. Stundenlang studierte ich die Gezeiten und staunte, wie sich bei Ebbe die Landbewohner zielsicher näherten, als hätte man eine Horde Wölfe mit Fleisch aus dem Dickicht gelockt. Bald konnte ich Dunkelenten, Kanadareiher und Spitzschwanzibisse benennen und wusste, welche Fischarten bei Flut zum Fressen heranströmten.

Morgens war ich vor allen andern wach, betrachtete den Sonnenaufgang über der Weite des Marschlands und wartete darauf, dass Jekaterina mir eine dampfende Tasse Tee vor die Nase stellte und dabei »Seelenfrühstück« murmelte, bevor sie sich neben mich setzte und schweigend mitansah, wie ein neuer Tag voller kleiner und großer Wunder begann.

Am Ende der Ferien hatte ich eine klare Vorstellung von meiner Zukunft. Ich wollte Naturforscherin oder Meeresbiologin werden – jemand, der diese einzigartige Natur schützte und sie vor Gefahren bewahrte. Doch als ich Suzy von meinen Plänen erzählte, lachte sie laut. Als wäre das viel abwegiger, als sich eine Zukunft mit sechs Kindern in Oregon zu wünschen. »Du wirst schon sehen, meistens kommt es anders, als man denkt.« Und ich dachte trotzig, dass das vielleicht auf sie zutreffen mochte, auf mich dagegen ganz sicher nicht.

4

Ich fahre aus der Tiefgarage hinaus auf die breite Center Street, die über die Brücke nach Charleston und Mount Pleasant führt. Ich drehe das Radio lauter, als ich einen alten Song von Force of Habit höre. Kurz danach ertönt die monotone Stimme der Nachrichtensprecherin und ich horche auf.

»… und so wurde bekannt, dass ein männlicher Verdächtiger auf dem Polizeirevier Charleston festgehalten und verhört wird. Jesper S. geriet nach seinem Erscheinen am Moss Lake sowie einer anonymen Anzeige schnell ins Visier der Ermittler. Inwieweit seine Verhaftung mit der weiblichen Leiche …«

Ruckartig schießt meine Hand nach vorn und dreht das Radio aus. Mein Herz donnert ungesund schnell in der Brust, und einen Augenblick lang ist da dieser unbändige Drang, umzudrehen und nach dem Seasons in die Waterfront Avenue abzubiegen, nach Avery zu sehen oder meinen SL über den unebenen Weg zu dem Haus zu jagen, in dem Odina lebt. Aber ich bleibe auf gerader Strecke und verbiete mir jeden weiteren Gedanken.

Vor dem Haus meiner Eltern in Charleston angekommen, parke ich, ohne den Motor abzuschalten, und schaue auf meine Armbanduhr. Eine Rolex Oyster Perpetual Day Date mit 18 Karat Everose-Gold und einer diamantbesetzten Lünette. Das letzte Weihnachtsgeschenk meiner Mutter. Pure Verschwendung, wenn man bedenkt, dass sie auch nichts anderes kann, als die Uhrzeit anzuzeigen. Es ist bereits kurz vor acht. Bloß nicht daran denken, dass die Leiche jetzt irgendwo – vermutlich in Charleston ganz in der Nähe – in der Rechtsmedizin liegt. Dass dieser Körper vielleicht Josies ist. Ein Körper, den ich so oft angesehen, bewundert, umarmt, berührt und vermisst habe. Und darin, in dieser Hülle, so viele Gedanken, Wünsche, Hoffnungen, Sehnsüchte, Ängste und Geheimnisse, die mit ihm gestorben sind.

Ich öffne den Haargummi in meinem Nacken, löse den strengen Zopf und schüttele mein hellblondes Haar kurz über den Kopf. Als ich hochsehe, hat sich die Tür des Hauses geöffnet. Hailey hüpft auf dem Treppenabsatz des Hauses im Kolonialstil, dessen Eingangsbereich so sehr an das Weiße Haus in Washington erinnert, dass ich mich frage, ob meine Mutter es deswegen ausgesucht hat. Als Statement in Bezug auf unseren Nachnamen oder weil sie sich als eine Art Präsidentin der Charlestoner High Society sieht.

Ein paar Jahre nach meinem Auszug haben meine Eltern das oberste Stockwerk des Seasons, in dem sich unsere Privaträume befunden haben, umgebaut und sind nach Mount Pleasant gezogen. Mein Vater beschäftigt sich vorrangig mit einer Sache, seit er wegen seiner Knie nicht mehr Tennis spielen kann: Golf. Und meine Mutter, die es nicht ertragen kann, zu viel Zeit mit ihrem Mann zu verbringen, wie sie es schon früher mit ihren Töchtern nicht konnte, hat die Aufgabengebiete im Seasons, die mein Vater innehatte, zu ihren eigenen gemacht. Obwohl die Geschäfte längst formal auf mich übertragen werden sollten, ist noch immer Rhonda White die offizielle Inhaberin und CEO des Seasons, und obwohl sich ihr Spitzname »Mama Alaska« auch unter den Hotelangestellten durchgesetzt hat, ist sie für Hailey und ihre anderen Enkel eine erstaunlich liebevolle Großmutter. Sie drückt Hailey einen Kuss auf die Stirn. Ich winke ihr aus dem offenen Verdeck heraus zu, sie grüßt steif zurück. Ich könnte aussteigen, sie könnte herunterkommen. Keine von uns beiden tut es.

Hailey trägt das hellgrüne Spitzenkleid, das ich ihr geschenkt habe. Ihr steht es trotz ihres hellen Teints hervorragend, während Grün meiner Haut endgültig einen ungesunden Touch verleiht. Das Kleid ist nicht wirklich aus Boston, wie sie glaubt. Ich musste es online bestellen, weil ich mein versprochenes Mitbringsel vergessen hatte. Ich versuche schon fast zwanghaft, mich an meine Versprechungen zu halten, was nicht leicht ist. Meistens erfülle ich sie erst mit beträchtlicher Verspätung. Weil es wichtig ist, das zu tun, was man auch von anderen erwartet. Genau genommen basiert mein ganzes Lebenskonstrukt auf einem einzigen Versprechen. Und auch wenn Avery davon nichts weiß, so habe ich doch seit ein paar Wochen das Gefühl, als wäre mit ihr auch das Monster meiner Vergangenheit wieder auf die Insel gekommen.

Vor dem Kino taut Hailey ein wenig auf. Die Aussicht auf einen Abendfilm, der erst ab zehn ist, macht sie kribbelig, und ich vermute, dass sie ihren Geschwistern morgen am Telefon von dem Abenteuer erzählen wird.

Wir sehen ein Movie über eine jugendliche Surferin, die Freundschaft mit einem Wal schließt. Der Film heißt *Two Lives* und wurde mit »Die schönste Geschichte seit *König der Löwen*« beworben, und so war ich davon ausgegangen, schmerzfrei irgendetwas von süßen kleinen Tierbabys in Afrika anzuschauen. Hätte ich nur mal besser recherchiert oder mir ein Plakat angesehen, bevor ich die Karten gekauft habe. Das Thema ist denkbar ungeeignet für meine Verfassung. Ich muss die Augen schließen, als ich Milly, die Protagonistin, durch einen palmenbewachsenen Urwald mit Surfboard unter dem Arm aufs Meer zulaufen sehe. Und frage mich automatisch, was Lee macht. Ob sie noch auf Hawaii lebt, ob sie noch surft. Ganz sicher surft sie noch. Meine Lippen verziehen sich zu einem Lächeln bei dem Gedanken an Lee und ihre Leidenschaft für das Board. Ich kann fast hören, wie sie mir zuruft: »Wir sehen uns in der nächsten Welle.« In all den Jahren bin ich nie mehr surfen gewesen. Ich habe Hailey nie erzählt, dass es einst meine Leidenschaft war. Und den Walsong, den habe ich ihr auch nie vorgesummt.

Während ich noch gegen diesen Strudel alter Sehnsüchte kämpfe, schlingt sich plötzlich ein kleiner Arm um meinen Hals. Hailey kniet auf dem Kinositz und umarmt mich fest. »Nicht weinen, Tante Izzy«, sagt sie zu meiner Überraschung. Meine Wangen sind trocken, ich hab schon viele Jahre nicht mehr geweint, aber vielleicht sieht mein Gesicht danach aus. Hailey ist so warm, die Umarmung so fest und echt, dass mir die Luft wegbleibt und ein Winkel meines Herzens mir etwas zuflüstert, das ich nun Hailey ins Ort wispere. »Isa«, erkläre ich. »Wie wär es, wenn du ab jetzt Isa zu mir sagst, Liebes. So haben meine Freundinnen mich früher genannt.«

Ich frage mich, ob Odina nach Josie je wieder Bee genannt wurde und ob man Spitznamen ablegen kann, wie verloren gegangene Identitäten. Ob ein Klarname dagegen zu einem Pseudonym für jemanden werden kann, der man nie hatte werden wollen. Isabella White, Hotelmanagerin. Nicht Isabella White, Meeresbiologin, oder Isabella White, Surferin; Isabella White, Naturforscherin.

Hailey krabbelt zurück auf ihren Sitz und wirft mir hin und wieder prüfende Blicke zu, ich schaffe es, zu lächeln. Aber als Milly dann in der Schlussszene auf ihrem Board sitzt, aufs Meer hinausschaut und ihren Freund in der Ferne auszumachen versucht, geht ein tiefes, schmerzerfülltes Zucken durch meinen Körper. Ich kann auch den kleinen traurigen Laut nicht mehr zurückhalten.

»Hast du dich verschluckt?«, raunt Hailey mir zu, ohne den Blick von der Leinwand zu nehmen.

»Nein«, erwidere ich und klinge heiser. »Alles gut.« Auf der Leinwand paddelt Milly jetzt durch den Regen auf den Wal zu. Ich blinzele und bin erleichtert, als der Abspann läuft. Gleichzeitig rumort da ein Gefühl durch meinen Magen, das ich noch kenne, mir aber verboten habe. Ich verspüre eine unbändige Sehnsucht nach dem Meer, nach einem Brett unter meinen Füßen. Und nach den Mädchen.

Nachdem wir den Saal verlassen haben, komme ich mir vor, als wäre ich in Watte gepackt und würde mich von außen betrachten. Vielleicht bin ich in Wirklichkeit noch dadrinnen auf der Leinwand, bei Milly und dem Wal. Vielleicht habe ich es nie aus diesem Jahr herausgeschafft, in dem Josie verschwand.

Ich spreche mit Hailey, lasse sie Teile des Films Revue passieren und lache mit ihr über die Szene, in der der Wal versucht hat, wie ein Delfin zu springen. Hailey lässt sich nicht davon überzeugen, wieder zu ihren Großeltern gefahren zu werden, sie möchte bei mir übernachten. Am Meer, wie sie sagt. Ich gebe nach. Dabei hätte ich gerne heute Abend noch Aiden angerufen, ihn hergebeten, für schnellen, harten Sex. Aiden, der versteht, dass ich keine Zärtlichkeiten haben will, sondern nur die Kontrolle über seinen festen, muskulösen Körper. Mit ihm muss ich nicht reden, und die Vorstellung hat auch fast schon etwas Lachhaftes. Aiden Bradley Ravenel ist vieles: Mitglied des alten Charlestoner Adels, Freiwasser-Silbermedaillengewinner, Vorsitzender von zahllosen Vereinen, aber er ist bestimmt kein Typ, der gerne über Gefühle redet.

Allerdings kommt es absolut nicht infrage, dass Aiden mein Grundstück auch nur betritt, wenn Hailey bei mir schläft.

Die ganze Fahrt zurück nach Harbour Bridge plappert meine Nichte über den Film, die Surferinnen und wie toll es wäre, wenn sie das auch könnte. Surfen mit Delfinen. Ich muss mir auf die Zunge beißen, um ihr nicht zu erzählen, was für ein verdammter Schock es sein kann, wenn man eine Welle steht und plötzlich ein Delfin über einen springt. Die Angst, mit einem tausend Pfund schweren Tümmler zusammenzustoßen, gegen das unbeschreibliche Gefühl, so nah an der Natur und ihrer Unberechenbarkeit zu sein. So eins mit dem Meer und seinen Bewohnern. Hailey hätte die Geschichte verdient, aber ich glaube nicht, dass ich heute mit ihrer Begeisterung umgehen könnte. Morgen vielleicht.

Es kommt dann, wie es kommen musste. Hailey steckt unter den weißen Laken im weiß getünchten Gästezimmer in meinem weißen, stillen Haus und kann nicht einschlafen.

»Kann ich doch zu Grandma?«, fragt sie. Leise schüttele ich den Kopf. »Nein, Liebes, du wolltest hier schlafen, ich fahre dich jetzt nicht wieder zurück zu Grandma.«

»Kannst du dann was singen, Isa?«

Isa … Sie hat tatsächlich Isa gesagt. Ich fahre mir mit der Zunge über die Lippen. Nicht zum ersten Mal an diesem Abend, meine Lippen fühlen sich schon ausgetrocknet und spröde an.

»Es ist so leer hier, es klingt komisch, und da kann ich nicht einschlafen«, erklärt Hailey und schaut mich mit großen Augen an.

»Was klingt komisch?«

»So, als wäre hier ein Echo. Weil du so wenig Möbel hast und keine Kinder, und zu Hause gibt es eben viele Möbel und viele Kinder. Es ist ganz komisch ruhig.«

Ich muss lachen. Sie trifft den Nagel auf den Kopf. Ich habe mich schon sehr oft genauso gefühlt, ohne so passende Worte dafür zu finden wie Hailey.

»Bitte sing was!«, fordert sie mit weinerlicher Stimme.

Ich kenne keine Kinderlieder, kein einziges. Was daran liegen könnte, dass man mir nie welche vorgesungen hat.

»Was singt Suzy dir denn vor?«, frage ich und suche verzweifelt in meinem Kopf nach irgendeiner Kindermelodie. Was war das noch mal mit der alten Eule, oder war es eine Taube? »Yankee Doodle« fällt mir ein, aber dafür ist Hailey zu alt.

»Alles Mögliche, was ihr so einfällt, manchmal denkt sie sich was aus.«

Sehr hilfreich. Meine Gedanken schweifen wieder zu dem Kinofilm. Und ehe ich es mir noch einmal anders überlegen kann, fange ich an, leise zu summen. Ich darf nicht zu lange nachdenken, sonst verliere ich den Faden, muss einfach weitersummen, wie Josie es immer getan hat. Diese irre Geschichte von dem Wal … Ich lächle und summe und lächle noch breiter und summe weiter. So lange, bis Haileys Lider schwer werden und sie ebenfalls lächelnd mit ruhigen, gleichmäßigen Atemzügen wegschlummert. Ich zupfe die Decke zurecht und verlasse das Zimmer auf Zehenspitzen. Stelle mich in meine leere, kalte Küche und überlege, wie es wäre, wenn Odina und Avery hier wären und wir gemeinsam über unsere verlorene Freundin reden würden. Lass es nicht Josie sein, flehe ich innerlich. Die Frau am Moss Lake darf nicht Josie sein.

5

Später liege ich vollständig angezogen auf der Couch und finde keine Ruhe. Die Nachrichten der lokalen und nationalen Sender sind voll von Berichten über »die Tote vom Moss Lake«. Über Josie, flüstert mir eine innere Stimme wieder und wieder zu. Ich schalte den Fernseher aus, weil ich die immer gleichen Bilder, die sich mit denen in meiner Erinnerung mischen, nicht ertrage. Ohne die Geräuschkulisse der Nachrichtensendungen ist es zu still im Raum. Und in meinem Kopf. Der Tag hat mein gedämpftes Leben unterbrochen und wie starke Wellen den Sandboden aufgewühlt, in dem die Vergangenheit lauert. Ich rappele mich hoch und gehe hinaus auf die Terrasse, die das Meer überblickt. Tief sauge ich die salzige, frische Luft in meine Lunge und spüre, wie ich ruhiger werde. Doch beim zweiten Atemzug fahre ich heftig zusammen. Zunächst kann ich den plötzlichen Lärm nicht richtig deuten, als hätten meine Ohren eine Fehlermeldung abgegeben. Mitten in der Nacht … das kann doch nicht … Dann erkenne ich das Geräusch. Es kommt eindeutig von nebenan, und es ist ohne Zweifel ein Presslufthammer.

»Das darf doch nicht wahr sein«, knurre ich.

Jetzt, da Hailey endlich schläft, macht dieser unsägliche Mensch Lärm. Der Presslufthammer röhrt und donnert, dass man in der Dunkelheit das Gefühl hat, der Himmel würde über einem einstürzen. Ich schleiche mich auf Zehenspitzen nach drinnen, was ungefähr so sinnvoll ist, wie zu flüstern, während ein Jet über einem die Schallmauer durchbricht. Ich sehe nach Hailey, knipse vorsichtig das Licht im Flur an. Ihr rotes Haar züngelt wie Flammen über dem weißen Kissen, ihr Körper hebt und senkt sich kaum sichtbar in ruhigen Atemzügen. Sie schläft tief und fest und scheint völlig unbeeindruckt von dem Krach. Ich will das Gleiche versuchen wie sie. Mich hinlegen und schlafen. Vergessen, dass Josie tot sein könnte.

Aber die Dreistigkeit, mit der dieser Mensch da draußen werkelt! Als wäre es selbstverständlich, nachts eine Bruchbude einzureißen! Es macht mich so wütend, dass ich es nicht auf sich beruhen lassen kann. Ich mache mich auf den Weg zur Haustür. Sobald ich sie öffne, verstummt der Lärm. Ich bleibe stehen und warte, aber es dauert keine fünfzehn Sekunden, dann fängt er wieder an. Mit großen Schritten eile ich die Treppe hinunter und überwinde den geringen Abstand zwischen unseren Häusern, während die Wut in meinem Bauch Blasen wirft.

Die Tür zum Untergeschoss seines Hauses steht offen. Die Geräusche scheinen von dort zu kommen. Vorsichtig trete ich ein, mache einen großen Schritt über die alten Holzdielen im Eingangsbereich und steige über Eimer mit Schutt und Mauerstücken. Ein Baustrahler beleuchtet den Raum, aber das Licht wirkt trotz der Strahlkraft düster. Alles ist voller Staub. Ich huste und halte mir die Hand vor den Mund. Trüge er nicht eines dieser unsäglichen, dreckigen Karohemden, so hätte man schlecht sagen können, was das für eine Person ist, die da vermummt mit Schutzmaske, Ohrenschützern und einer dicken Taucherbrille vor einer

Wand steht und sie mit einem Hammer bearbeitet. Preston sieht aus wie ein Minenarbeiter, der sich durch einen Tunnel gräbt. Es könnte fast lustig sein, wenn ich nicht Opfer dieser Lärmbelästigung wäre. Dann nimmt er den Arm herunter, als hätte er meine Anwesenheit gespürt. Vermutlich aber kann er das Ding nur nicht mehr halten. Er sieht schwer aus, der Hammer … Allerdings seine Arme … Ich halte die Luft an, aber nicht nur, weil sie zum Schneiden dick ist, sondern weil mein Blick auf seine Unterarme fällt. Das Hemd hat er bis zum Ellbogen hochgekrempelt, und seine Muskelstränge sind beeindruckend. Ich starre einen Moment zu lange darauf, denn als ich wieder hochsehe, hat dieser ungehobelte Mensch sich umgedreht, die Taucherbrille abgenommen, die Maske heruntergezogen, den Bügel der Ohrenschützer um seinen Nacken gelegt und sieht ohne die Gesichtsvermummung erstaunlich frisch und … verdammt gut aus. Ich starre in sein Gesicht, auf die sauberen, vollen Lippen, die gebräunte Haut, die umrahmt ist von einer Staubschicht. Preston starrt zurück, und es huscht ein Hauch von schlechtem Gewissen über seine Züge. Der Hammer vibriert noch in seiner Hand, jedoch viel leiser, weil er nicht auf Beton stößt. Er schaltet das Gerät ab und geht einen Schritt auf mich zu.

»Verdammt«, sagt er.

Ja, verdammt … Ich muss wegschauen und starre statt in sein Gesicht auf das Loch in der Mauer hinter ihm. Was macht er da eigentlich? Ich presse die Zähne aufeinander, bis sie knirschen, um nicht nachzufragen. Sein *Verdammt* könnte alles bedeuten, klingt aber wenig entschuldigend.

Ich stemme die Hände in die Hüften, einfach damit sie aufhören zu zittern. Wie er mich ansieht, so durchdringend. Ich habe das Gefühl, dass er alles sieht. All das Dunkle in mir, das wenige Helle, das dahinter verborgen ist. Dieser Blick aus seinen graublauen Augen ist zu intensiv, zu tief, zu entlarvend. Alles, woran ich denken kann, ist dieses Lied von Force of Habit. »In a dark night« stammt aus dem ersten Album und könnte nicht treffender formulieren, wie ich mich fühle. *There are holes that can't be filled, deep lines cut into my heart.*

Dieses Loch in mir, das im Sommer 2004 entstanden ist und sich seitdem in mich gegraben hat, ich bin mir sicher, dass Preston es sehen kann. Ich will, dass er aufhört, mich anzustarren, und will gleichzeitig aus einem unerfindlichen Grund, dass er tatsächlich sehen kann, worüber ich nie mit jemand anderem außer Josie gesprochen habe.

»Hör auf«, rufe ich dann. Meine Stimme klingt fremd, *ich* fühle mich fremd.

Preston schaut runter auf sein Werkzeug, das er auf den Boden gelegt hat, zuckt dann mit den Achseln und sagt: »Ich hab schon aufgehört.«

»Hör auf«, sage ich noch einmal, etwas kraftloser. »Es ist eine bodenlose Frechheit, hier nachts so einen Lärm zu machen! Da schlafen schließlich«, sage ich und deute vage zur Tür, »Kinder.«

»Du hast gar keine Kinder!«, stellt er fest.

»Das tut doch jetzt nichts zur Sache! So einen Lärm zu veranstalten, den ganzen Tag, die ganze Nacht … Immer nur Lärm und Dreck. Ich habe es wirklich satt! Du … du bist …«, ich suche nach einem passenden Vergleich, und mein Blick fällt auf eine Motorsäge. »Du bist die Stihl unter den Nervensägen«, schimpfe ich und rede mich in Rage. »Was wird das hier überhaupt? Ein Versuchslabor für gescheiterte Hobbyhandwerker? Frei nach dem Motto ›Der Nagel ist erst besiegt, wenn er nachgibt‹?« Ich atme aus und schaue in Prestons Gesicht. Eine Mischung aus Amüsement und Schrecken liegt darin. Ich hätte gerne mehr Schrecken und weniger von diesem fast schon ansteckenden Grinsen. Denn etwas in mir fühlt sich an, als hätte man mich in Brand gesteckt. Was bisher eine schwach flackernde Flamme war, lodert plötzlich. Es fühlt sich gut an, lebendig irgendwie.

»Ich hab ein wenig die Zeit vergessen. Ich bin schon den ganzen Tag hier unten und versuche, diese Wand herauszustemmen, dahinter hat sich Schimmel gebildet, ich meine, es ist vermutlich das einzige Haus auf dieser Insel mit einem massiven Erdgeschoss. Möchte gar nicht wissen, wie oft es schon unterspült war. Ist es schon dunkel draußen?«

»Natürlich ist es dunkel draußen«, sage ich. »Es ist elf Uhr!«

»Oh«, formt er mit seinen vollen Lippen.

»Ja, oh!«, äffe ich ihn nach, auch wenn es nicht annähernd so genervt klingt, wie ich gerne möchte.

»Du sprichst ja nicht mit mir!«, sagt er daraufhin und wirkt schon viel weniger entschuldigend. »Mit den anderen Nachbarn habe ich geredet, sie waren einverstanden, dass ich etwas länger arbeite. Ich habe das Gerät nur heute …« Er deutet sinnloserweise auf den Schlaghammer am Boden. »Ich hätte dieses Loch da gerne noch …«

There are holes that can't be filled …

»Schluss jetzt!«, sage ich, meine eigentlich mich selbst und sage, weil Preston mich immer noch durchbohrt mit seinem Blick: »Du hast mich aufgeweckt.«

Jetzt zieht er die Augenbrauen nach oben, wischt sich mit dem Handrücken über die schweißnasse Stirn, sodass sich schnell ein grauschwarzer Schleier darüber bildet.

»So schläfst du also?«, meint er und deutet auf mein Outfit. Er kommt einen Schritt näher. Wir stehen so voreinander, dass ich im Baustrahlerlicht kleine Details in seinem Gesicht erkennen kann. Einen Kratzer am Kinn, ein Muttermal an der Schläfe, die Bartstoppeln …

»Sieht ziemlich unbequem aus, oder hast du dich extra noch mal schick gemacht für mich und meine Bruchbude?«, unterbricht er meine Gedanken.

Richtig, ich trage noch immer die Jeans, das weiße Top. Nur den Blazer habe ich ausgezogen, und plötzlich fröstele ich.

»Natürlich nicht«, blaffe ich. Da ist ein winziger, frischer Schnitt an seiner linken Wange, ein Abdruck über seiner Nase von der Schutzmaske und der Taucherbrille. Seine Augen funkeln lebendig. Es kommt mir vor, als übertrüge sich dieses Funkeln direkt auf mich, als hätte es einen ähnlichen Effekt wie Koffein. Oder Sport.

»Natürlich nicht.« Er verschränkt die Arme vor der Brust, und jetzt spannt das Hemd an den Muskeln seiner Oberarme. Ich fühle mich wie am Set eines billigen Sexfilmchens. Gleich reißt er sich das Hemd herunter und … Stopp, befehle ich mir.

»Es ist das erste Mal, dass wir uns unterhalten! Sonst rennst oder fährst du immer vor mir davon. Ich weiß auch echt nicht, was ich dir getan habe«, sagt er.

Ich ringe um Worte. Ich will ihm sagen, dass es doch gar nicht um mich geht. Dass es mich aufregt, dass ich sein Haus nicht abreißen und Weidefläche daraus machen kann. Wie unverschämt es ist, dass er mich für ein reiches Schickimickigör hält, wo er doch derjenige ist, der keine Rücksicht auf andere nimmt. Aber irgendwie bekomme ich all das nicht raus. Denn die Wut, die in mir glomm, ist verpufft.

»Also, ist hier jetzt Ruhe, oder was?«, presse ich stattdessen nach der viel zu langen Pause hervor. »Wie gesagt, es ist elf Uhr abends.«

»Ja, Zeit fürs Bett für manche von uns!«, erklärt er lächelnd, und mein Magen flattert, dabei kann ich in seinem Ton nichts Doppeldeutiges oder gar Anzügliches erkennen. Er hätte Hailey wecken können, es könnte sein, dass ich gar nicht mehr einschlafen kann, es ist unhöflich, nachts so einen Lärm zu machen.

»Was soll das überhaupt werden? Die Bruchbude hier kann man wohl kaum renovieren, am besten lässt du ein Abrissunternehmen kommen, hier hilft auch kein Bauschaum mehr. Du solltest diese Baracke dem Erdboden gleichmachen.«

»Um dann so einen hässlichen Würfel hier zu bauen, wie du einen hast, ja?«, fragt er, und auf einmal ist seine Stimme um einige Grad kälter. »Das ist das Einzige, was Leuten wie dir einfällt. Abreißen, was Besseres errichten, plattmachen und teuer neu bauen, für die, die es sich leisten können. Was mit dem Rest passiert, ist euch egal!«, schimpft er genauso laut wie ich.

Das ist so ziemlich das Allerletzte, was ich mit seinem Haus gemacht hätte. Wirklich das Allerletzte.

Und ich weiß nicht, wo sein Zorn herkommt, meine Worte allein können es nicht gewesen sein. Dennoch, ich rühre mich nicht. Stehe an Ort und Stelle und warte auf etwas, was ich selbst nicht benennen kann.

»Ich gehe jetzt, und ich hoffe wirklich, dass hier endlich Ruhe herrscht!«, schaffe ich es schließlich zu sagen.

Er hebt die Hand an die Stirn, salutiert affektiert und schlägt die Hacken zusammen. Und lächelt, ohne dass es nach einem Lächeln aussieht. Vielmehr nach einer hämischen Grimasse.

»Freut mich wirklich sehr, dass du dich endlich dazu herabgelassen hast, mit mir zu sprechen! Aber eine halbe Stunde werde ich wohl noch machen müssen.« Er gestikuliert mit gespielt bedauernder Miene zur Wand. »Soll ich dir die hier leihen?« Er deutet auf die Ohrenschützer, die um seinen Nacken liegen.

»Ganz sicher würde ich mir diese verschwitzten, verdreckten Dinger nicht auf den Kopf setzen«, erkläre ich. »Ich gehe jetzt schlafen. Ich brauche meine Ruhe, wenn ich zu Hause bin! Es gibt nichts mehr zu sagen.«

»Na dann, gute Nacht, Isabella!«

Die Art, wie er meinen Namen sagt, ist frostig, abweisend. Die Gänsehaut auf meinem Rücken hat mehr damit zu tun, dass er ihn überhaupt laut ausgesprochen hat. Was stimmt nicht mit mir? Als ob ich an einem Baumfällertyp ohne Manieren interessiert wäre. Ruckartig mache ich einen Schritt zur Tür, nur raus hier. In der nächsten Sekunde stößt mein Schienbein schmerzhaft gegen etwas Hartes. Ich schaue nach unten und stelle fest, dass ich gegen einen der Stützbalken gestoßen bin. Fuck.

Ich höre Schritte, und dann steht dieser nervige Mensch neben mir, legt seine warme Hand an meinen Rücken, beugt sich zu mir und fragt ehrlich besorgt: »Alles okay?«

»Ja«, knurre ich und schüttele ihn ab. Dabei war seine warme Hand an meinem kühlen Rücken ein wahnsinnig aufregendes Gefühl.

»Vorsichtig«, sagt er, als ich mich losreiße und über die Eimer steige.

»So ein Saustall«, sage ich beim Hinausgehen.

Sein schadenfrohes Lachen klingt mir den ganzen Rückweg nach, hallt in mir, als längst der Presslufthammer wieder seine Arbeit aufgenommen hat, und vibriert in meiner Brust, als ich eine Stunde später noch immer hellwach im Bett liege. Auf dem Garderobenstuhl vor meinem begehbaren Kleiderschrank liegt das weiße Top, auf dem ein staubiger Abdruck zu sehen ist. Von Prestons Hand an meinem Rücken.

6

Die Sonne steht noch tief am Himmel, als ich aufwache, und es scheint fast, als wären ihre Strahlen so träge wie meine strapazierten Muskeln. Ich lausche kurz, bevor ich aufstehe und auf den Balkon vor meinem Schlafzimmer trete. Ruhe. Tatsächlich ist kein einziges Geräusch zu hören. Kein Hammer, keine Säge, nicht das Klirren von Metallteilen. Ich atme beruhigt aus und betrachte den Himmel. Ein paar Quellwolken ziehen über den Ozean, der Ostwind ist scharf. Perfektes Wetter für einen ausgedehnten Lauf. Perfektes Surfwetter, will mich ein vorwitziger Gedanke korrigieren, den ich schnell von mir schüttele. Ich sehe kurz nach Hailey und lege meiner tief schlafenden Nichte einen Zettel auf den Nachttisch, damit sie sich nicht wundert, wo ich bin.

Die ersten Schritte in den Laufschuhen sind ungewohnt quälend, aber als ich die Einfahrt verlasse und zum Strand jogge, wird es besser. Meine Füße finden ihren Rhythmus, mein Atem wird ruhig und gleichmäßig, passt sich den dumpfen Schlägen der Schuhe auf dem sandigen Boden an. Ich schlage die Richtung des alten Hafens ein, der an der dem Festland zugewandten Seite von Harbour Bridge liegt. Anstelle des alten Spielplatzes hat die Gemeindeverwaltung vor ein paar Jahren dort ein Outdoorgym gebaut. Dort ist selten etwas los, der Ort ist eigentlich zu abgelegen für die meisten Inselbewohner. Inzwischen ist es hauptsächlich ein Treffpunkt für kiffende Jugendliche. Mir gefällt die Einsamkeit. Ich mache ein paar Klimmzüge mit Blick auf die alte Marina, an der jetzt, anders als früher, nur noch ein paar marode Kähne vertäut sind, und benutze die Stahlbank für Sit-ups und Push-ups. Auf dem Rückweg hat die Sonne den Kampf gegen die Wolken gewonnen, das Laufshirt klebt an meiner Haut, und ich bereue, mich für eine lange Hose entschieden zu haben. Die Aussicht auf eine Dusche ist so verlockend, dass ich die letzte Meile im Sprint hinter mich bringe. Vor meiner Haustür gehe ich keuchend in die Knie, die Hände auf die Oberschenkel gestützt. Mir ist leicht schwindelig, was an dem langen, intensiven Lauf in Kombination mit zu wenig Schlaf liegt.

»Ob das eine gute Idee war«, höre ich eine vertraute dunkle Stimme hinter mir sagen. Preston Anderson, die größte Nervensäge auf dieser Erde. Seine Schuhe knirschen auf dem Boden, und ich denke an ein sich heranpirschendes Raubtier. Definitiv werde ich mich auf kein weiteres Gespräch mit ihm einlassen.

Demonstrativ bleibe ich in der Hocke und wende ihm weiterhin meinen Rücken zu, aber er kommt um mich herum und schnüffelt in der Luft wie ein räudiger Hund. Er sieht für seine Verhältnisse, und soweit ich das von hier unten beurteilen kann, recht ordentlich aus. *Was interessiert dich das, Isa …*

»Mmh, du hättest vielleicht ein bisschen früher aufstehen müssen«, sagt er. Dann geht er tatsächlich vor mir in die Knie, sodass unsere Köpfe sich fast berühren. Er trägt ein sauberes Hemd, ist frisch rasiert, die Haare sind gekämmt, und – was die größte Überraschung ist – er hat einen Autoschlüssel in der Hand. Und jetzt rieche ich ihn. Er duftet erstaunlich gut. »So würde ich nicht unter

Leute gehen!«, erklärt er. Konträr zu meinen Gedanken über seinen guten Körperduft scheint er meinen eher widerlich zu finden.

»Wie bitte?«, fauche ich.

»Du müffelst.«

»Ich müffele nicht«, sage ich und schnappe nach Luft, schaue hinunter auf den Boden, als würde ich dringend die Sandkörner zählen müssen. »Ich habe Sport gemacht, da duftet kein Mensch nach Bleu de Chanel!« Wenn ich mir die Zunge abbeißen könnte, dann wäre dies der richtige Zeitpunkt. Jetzt ist nicht der richtige Zeitpunkt, ihn über mein Lieblingsparfum aufzuklären.

Ich reiße den Kopf im gleichen Moment nach oben wie er. Meine Stirn knallt gegen seine. Ein heißer Schmerz zieht durch meinen Kopf. »Was soll das?«

»Entschuldigung«, sagt er und reibt sich, wie ich, mit der Hand über die Stirn. Die Bewegung erinnert mich an seine Hand gestern Nacht auf meinem Rücken. Es ist, als könnte ich sie noch fühlen.

Wir stehen auf, und ich registriere, dass er eine Aktentasche trägt. Ich hätte mein Monatsgehalt darauf verwettet, dass dieser Mann höchstens einen abgewetzten Koffer besitzt, aber sicher keine schicke Ledertasche mit einem silbernen Emblem, auf dem sein Name steht. Preston J. Anderson. James? Junior? Jakob?

Ich räuspere mich, doch ehe ich etwas sagen kann, erklärt er mit breitem Grinsen: »Guilty«, und fügt auf meinen verständnislosen Blick hinzu: »Das Parfum. Guilty von Gucci.«

»Wie passend«, kontere ich spitz.

»Soll ich es dir leihen? Man sagt ja, ein gutes Parfum ersetzt locker die Dusche.«

»Ich kenne keinen einzigen halbwegs vernünftigen Menschen, der so etwas sagt. Wie auch schon bei den Ohrenschützern lehne ich dankend ab, mein … wie sagtest du doch … mein *Ausstellungswürfelchen* verfügt über ein Bad!«

Genau genommen sind es drei. Bauvorschrift. Aber das werde ich ihm nicht unter die Nase reiben, um seine vorgefertigte Meinung von mir in Beton zu gießen.

»Aber leider kein fließendes Wasser«, sagt er feixend, dehnt die Worte dabei, damit mir klar wird, wie sehr er es genießt, mir das aufs Brot zu schmieren. »Wie du dich erinnerst, habe ich es für heute abstellen müssen. Ebenso wie den Strom. Heute kommen der Installateur und der Elektriker, am Abend sollte es wieder funktionieren.«

»Was?«, kreische ich. Ich bin von oben bis unten in Schweiß gebadet. »Kein Wasser?«

»Kein Wasser«, wiederholt er. »Ach ja, und auch kein Strom.«

Ich will triumphierend erklären, dass ich bei Tageslicht durch meine PV-Anlage mit Strom versorgt bin, aber er kommt mir zuvor.

»Einen schönen Tag, Isabella!« Wieder salutiert er und marschiert dann davon. Fassungslos starre ich ihm nach, bleibe viel zu lange an seinem Hintern in seiner engen Anzughose kleben. Ich versuche, mich auf die Frage zu konzentrieren, was schlimmer ist: die Tatsache, dass ich in den nächsten Stunden kein fließend Wasser haben werde, oder die Tatsache, dass mir nicht einfallen will, wie ich mich gebührend für seine Unverschämtheiten rächen kann.

• • •

»Wieso regst du dich auf?«, fragt Hailey, nachdem ich fluchend alle Wasserhähne aufgedreht und festgestellt habe, dass ich mir keinen Kaffee machen kann. Natürlich könnte ich einfach ins Hotel fahren, aber so, wie ich aussehe, will ich nicht einmal durch den Dienstbotengang schlurfen.

»Du regst dich doch sonst nie auf!«

Das stimmt, ich rege mich eigentlich nie auf. Meine Gefühlsebene sind die Great Plains, nicht der Grand Canyon. Und das ist auch gut so. Ich bin niemand, der schnell wütend wird. Keine Frau, die bei einem Kinofilm weint, und keine, die laut schimpfend von Zimmer zu Zimmer läuft. Vor allem bin ich keine, die sich Gedanken um einen ruhestörenden Idioten mit dickem Bizeps und noch dickerem Ego macht. Ich habe noch nie in meinem Leben wach gelegen und über eine simple Berührung am Rücken nachgedacht, ihr geradezu nachgeschmachtet.

»Du hast recht, ich rege mich nicht auf. Mach ich auch jetzt nicht.«

Hailey sieht nicht überzeugt aus.

»Und was machen wir jetzt?«, frage ich sie.

Sie zuckt mit den Achseln. »Bei Granny schaue ich fern, wenn ich vor ihr wach bin.« Das scheidet ja nun aus. Die Uhr an der Wand zeigt halb acht. Es könnte ein langer Morgen werden. Ich werde wohl oder übel noch bis neun Uhr warten müssen, bis ich bei meinen Eltern aufkreuzen kann. Die Arbeitstage meiner Mutter beginnen spät und enden spät, deshalb ist der Morgen ihr heilig. Vor acht steht sie nicht auf. Auch weil Dad bereits um sechs zum Golfplatz aufbricht, um die kühle Zeit des Tages zu nutzen, und sie die Zeit allein genießt.

Also schlage ich Hailey vor, im South Side Café zu frühstücken, aber sie möchte lieber ihren Kinderkrimi zu Ende lesen. Avery und Lee haben früher auch immer Stephanie-Plum-Romane verschlungen. Ich habe noch die Titel und Cover vor Augen. Jetzt, da sich der Krimi vor unseren eigenen Augen abspielt. Erstaunlich, was in den letzten vierundzwanzig Stunden an vergessen geglaubten Erinnerungen wieder aufgetaucht ist. Gut, dass Hailey nicht ins Café wollte, dort wäre die Tote vom Moss Lake

Gesprächsthema Nummer eins. Meine Gedanken schweifen ungehindert zu Josie, und weil jeder Impuls, der unmittelbar mit ihr zusammenhängt, schmerzhaft ist, stehe ich steif auf und gehe zum Briefkasten. Vielleicht gibt es irgendwelche Schreiben zu bearbeiten. Aber da die meiste Post, die ich bekomme, ans Seasons adressiert ist, beschränkt sich der Inhalt meines Briefkastens auf Werbeblätter des neuen Harris Teeter, die ich aus alter Loyalität zu Red sofort im Altpapier entsorge, eine Postkarte von zufriedenen Hotelgästen irgendwo aus Michigan und die aktuelle Ausgabe des *Harbour Chronicle*. Neuerdings wird mir dieses Insel-Käseblatt ungefragt zugesandt, dabei habe ich nie Interesse an einem Abo geheuchelt, geschweige denn eines abgeschlossen.

Zurück in der Küche, hole ich aus dem Kühlschrank einen Eiscafé-Latte in einem Plastikbecher, dessen Mindesthaltbarkeit um vergangenes Weihnachten herum datiert. Ich öffne ihn dennoch, schnuppere und beschließe, dass es riecht wie immer. Eklig nach Industrieplörre und viel Chemie. Aber Koffein ist Koffein. Mit dem Becher in der Hand blättere ich lustlos durch die kleine Lokalzeitung, die zum größten Teil mit Werbung gefüllt ist. Ich lese einen Bericht über den Zahnarzt, der seine Praxis wegen der gestiegenen Mieten aufgibt und nach einem Nachfolger sucht, frage mich, wann der *Harbour Chronicle* über die Leiche am Moss Lake berichten wird, und streiche gedankenverloren über das Foto einer pausbäckigen Frau im Oversize-Hoodie und eines untersetzten Mannes mit Glatze. Die Überschrift lautet: »Macey & Burt – Kultrestaurant feiert 30-jähriges Jubiläum«. Wie lange habe ich schon keinen Carolina Crab Cake mehr gegessen oder Krabben aus einem Blecheimer gepult? Die nächste Seite ist voll mit Anzeigen zu allen möglichen Themen, die nicht zueinanderpassen wollen, aber die volle Bandbreite des Lebens widerspiegeln. Die Todesanzeige von Jadie Bloom neben der Danksagung für die Gratulationen zu Janine und

Martin Hendersons fünfzigstem Geburtstag, die dringende Bitte, das vor der Primary School abhandengekommene Fahrrad doch bitte wieder zurückzubringen (Straffreiheit garantiert), und die Ankündigung des Flohmarkts, dessen Erlös der Renovierung des Kirchturms von Our Lady of Good Counsel zugutekommen soll. Die Exxon-Tankstelle sucht einen Nachtwächter, und … dann ist da noch … ich stocke. Die Verlobungsanzeige von Mason Summers mit Lien Nguyen … Ich presse die Hand auf den Mund, so unangenehm ist die Erinnerung, dass ich am liebsten meinen Eis-Latte ausgespuckt hätte. Die Lust am *Harbour Chronicle* ist mir vergangen, es ist, als hätte die Zeitung geradewegs meine einstigen Sünden abgedruckt.

7

Vierzehn Jahre zuvor

Es hatte harmlos begonnen, mit einem Gespräch auf dem Schulflur zwischen der Turnhalle und den Klassenräumen, mit einem lauten Lachen und einem Blick am folgenden Tag. Und vielleicht wäre auch der Moment, in dem er Odina nach dem Softballspiel der Seniors seinen Kapuzenpulli angeboten hatte, ohne Konsequenzen verstrichen. Aber die Tatsache, dass Mason Summers, der offiziell Lien Nguyen datete, von zwei Mitschülerinnen der Ashley Hall High dabei erwischt wurde, wie er sich in der Schulkantine den letzten Brownie *und* einen Erdbeermilchshake mit Odina teilte, war zu viel des Guten. Lien und der Rest der LOLAs liefen Amok. Zwei Tage nach Browniegate wurde Odina vom gesamten Jahrgang geschnitten, als Schlampe bezeichnet, wann immer sie jemandes Weg kreuzte, und war von einem auf den anderen Tag zum Staatsfeind Nummer eins der LOLAs und damit indirekt auch von mir geworden. Obwohl es das Gegenteil dessen war, was ich wollte. Jeder Tag brachte eine neue Gemeinheit. Ein aufgebrochener Spind, ein zerfleddertes Mathebuch, Schmierereien auf ihrem Tisch …

Und Odina selbst? Die hielt den Kopf hoch und beging den größten Fehler, den man machen konnte, wenn man zum Abschuss freigegeben war: Sie verhielt sich nicht wie ein Opfer, sie schlug zurück. Lien Nguyen fand am Nachmittag nach dem Vorfall mit dem Spind einen akkurat in zwei Hälften geteilten Brownie auf ihrem Tisch im Chemiesaal, Ambers Fahrradschloss war mit Kaugummi verklebt, und Olive und Laura hatten gut sichtbar Infobroschüren über magersüchtige Jugendliche an ihren Spinden stecken. Dass sich die LOLAs das nicht gefallen ließen, war klar und ihre Rache nur eine Frage der Zeit.

Am Donnerstag, dem Spaghettitag der Cafeteria, überschlugen sich die Ereignisse. Odina saß wie immer allein an ihrem Tisch, und während ich mit meinem Tablett zu unserem Stammplatz ging, wunderte ich mich noch über Lien, die sich tatsächlich für Spaghetti entschieden hatte, statt wie an jedem anderen Donnerstag auf den Obstsalat zurückzugreifen.

»Es ist ziemlich verdächtig, dass du gar nichts von Odinas Schikane abbekommen hast. Ich meine, du gehörst zu uns …«, erklärte Laura mit spitzem Ton. »Isabella?«

Ich zuckte mit den Achseln, hatte aber auch keine Erklärung parat, warum Odina mich von ihrer Racheaktion ausgenommen hatte.

»Es wird Zeit, dass wir deutlicher werden«, erklärte Olive laut, und ehe wir an der langen Reihe von leeren Stühlen an Odinas Tisch vorbeigegangen waren, hatte Lien kurzerhand ihren gesamten Teller über Odinas Kopf ausgekippt. Ich stieß einen spitzen Schrei aus und sah, wie die Tomatensoße über Odinas Nase tropfte, die Nudeln wie Regenwürmer in ihren Haaren klebten und ein pudriger Rest Parmesan auf ihrem Shirt landete.

»Spaghetti für die Spaghettifresserin, guten Appetit, Bianchi!«, erklärte Lien. Ich hörte die Cafeteria den Atem anhalten und dann vereinzeltes Lachen. Aus dem Augenwinkel beobachtete ich Mason Summers, der sich abwandte und die Cafeteria verließ.

Ohne weiter nachzudenken, stellte ich mein Tablett ab und ging zu den Serviettenspendern an der Essensausgabe, als Lauras scharfe Stimme mir den Weg abschnitt. »Wo willst du hin, Isa?«

Ich zuckte zusammen.

»Komm zurück«, befahl Amber mir eisig.

»Setz dich zu uns!«, kommandierte Lien, die sich inzwischen seelenruhig an unserem Platz niedergelassen hatte. Mein Blick schweifte von Odina zu den LOLAs und zurück. Odina saß regungslos, aufrecht wie immer und machte keine Anstalten, zu flüchten oder sich zumindest die Pasta aus dem Gesicht zu wischen. Ich wollte zu ihr gehen, ihr helfen, ihr sagen, dass ich nicht in Ordnung fand, was man mit ihr machte, aber ich konnte nicht. Die Worte meiner Mutter schwirrten in meinem Kopf: *Lass dich nicht ausschließen, Isabella. Wir leben auf einer Insel, auf der jeder auf den anderen angewiesen ist.* Und die dringende Mahnung meines Vaters, doch unbedingt Schönwetter mit Lien zu machen, damit ihre Eltern den Werbedeal für das Seasons endlich im Vorstand durchsetzten. Und auch die Angst, selbst aus der Gemeinschaft ausgestoßen zu werden, hielt mich zurück. Ich wusste, dass das noch schlimmer war, als wenn ich ihr die Nudeln selbst übergeschüttet hätte. Lien hatte mit Überzeugung gehandelt, ich handelte gegen meine eigene.

Nach dem Unterricht drückte ich mich so lange im Schulgebäude herum, bis die LOLAs ohne mich gegangen waren, und wartete bei Odinas geparktem Roller.

»Was willst du?«, blaffte sie mich an, als sie endlich auf dem Parkplatz auftauchte.

»Mich entschuldigen«, erwiderte ich lahm und sah auf meine Füße.

Odina streckte ihren Arm, hatte mein Kinn in Sekundenschnelle gepackt und hob entschlossen, aber nicht grob mein Gesicht. »Sieh mich an, wenn du dich entschuldigen willst!«

»Ich wollte das nicht … es waren die anderen, und ich finde es nicht gut, das musst du mir glauben.« Wie hohl und erbärmlich das klang. »Es tut mir leid, dass sie so gemein zu dir sind.«

Odina ließ mich los, starrte mir weiter hasserfüllt ins Gesicht. An ihrer Augenbraue klebte ein kleiner Rest Tomatensoße, ihre dichten dunklen Locken glänzten nass. »Gemeinheiten sind nicht das Problem«, fauchte sie. »Leute wie du sind es. Leute, die zusehen und nichts sagen, weil sie panische Angst haben, jemand könnte bemerken, was für arme Würstchen sie selbst sind.« Je länger und schneller sie sprach, desto deutlicher färbte ihr italienischer Akzent ihre Stimme, mischten sich fremde Wörter in ihre Sätze, die mir klar sagten, dass sie mich für die schlimmste Sorte Mensch hielt. Mit jedem ihrer Sätze wuchs mein Bedürfnis, mich zu erklären, bis ich herausplatzte: »Ich bin nicht so wie die!«

Odinas Miene veränderte sich nicht, blieb hart und verkniffen. »Man kann sich seine Freunde aussuchen«, erwiderte sie. »Und du hast dich offenbar entschieden.«

Sie ließ mich stehen, stülpte einen Helm über ihren Kopf, schwang sich auf den Roller und brauste davon. Doch mein schlechtes Gefühl blieb. Ich hatte mich selbst erhöht, indem ich sie erniedrigt hatte.

Am darauffolgenden Freitag waren die Klodeckel der Toiletten im Erdgeschoss der Ashley Hall High mit meinem Bild gepflastert. Ein Foto, das Odina aus dem Jahrbuch kopiert haben musste. Unter dem Bild stand »Shit on me«. Es war eine ziemlich gemeine Art, mir zu zeigen, was sie von mir hielt. Die LOLAs waren empört.

Und ich fühlte mich ein bisschen besser. Als Odina mir im Flur begegnete, schenkte ich ihr ein breites Grinsen. Erst viel später sollte ich begreifen, dass sie es *für* mich gemacht hatte.

Spaghetti- und Browniegate wurden wenige Tage später abgelöst von dem Gerücht, dass Tonja Field eine Affäre mit Mr. Algate, dem neuen Englischlehrer, hatte und man die beiden in flagranti im Mattenraum der Turnhalle erwischt hatte. Odina Bianchi hatte ihre Ruhe, und ich konnte weiterhin ungehindert so tun, als wären die LOLAs und ich auf einer Wellenlänge, wo wir doch Ozeane voneinander entfernt waren. Ich wusste nur noch nicht, wie ich ihnen das klarmachen und den Mut dafür aufbringen sollte.

Im Verlauf der folgenden Wochen schien es, als würde jeder Tag mit einem Schlag direkt in die Magengrube beginnen. Suzy gestand mir, dass sie den Sommer in Europa verbringen würde. Eine Rucksackreise zum Abschluss der Highschool mit ihren Freundinnen, die sie unseren nichts ahnenden Eltern als Sprachkurs in Paris verkaufte. Ich würde allein sein. Den ganzen verdammten Sommer lang. Am Samstag musste ich für eine krankgemeldete Rezeptionistin den Dienst übernehmen, was ich abgrundtief hasste. Der Tiefschlag folgte zwei Wochen später an einem Samstagmorgen. Ich hatte Jekaterina seit Tagen nicht gesehen, und alle Büroangestellten hüllten sich zu ihrem Verbleib in Schweigen.

Ich baute mich vor dem Rezeptionstresen auf, hinter dem meine Mutter, die hellblonden Haare zu einem strengen Pferdeschwanz gebunden, Buchungslisten studierte. Einen Augenblick lang stellte ich mir vor, an ihrer Stelle zu stehen, und schauderte.

»Wo ist Jekaterina«?, wollte ich wissen und legte die Hände flach auf das Holz, was sie hasste, weil sie der Ansicht war, es würde hässliche Fettflecken hinterlassen.

Meine Mutter sah auf und schaute genervt über ihre randlose Brille.

»Miss Orlow hat uns verlassen.« Sofort sah sie wieder hinunter auf das Sheet.

»Was?«, schrie ich.

Meine Mutter schloss kurz die Augen und seufzte leise, so leise und dabei gleichzeitig furchtbar genervt, wie sie es nur bei mir und Suzy tat.

»Wieso denn bitte?«

Dass »hat uns verlassen« für »haben wir rausgeschmissen« stand, war mir klar, aber der Grund wollte sich mir nicht erschließen.

Meine Mutter reagierte nicht.

»Ist sie etwa schon weg? Ohne sich von mir zu verabschieden? Sie kann doch nicht einfach schon weg sein?«

»Himmel, Isabella, du tust ja geradeso, als hätte man dir ein Bein amputiert. Sie war nur eine Angestellte.«

Eine Angestellte, die in den letzten beiden Jahren mehr Zeit mit mir verbracht hatte als meine eigene Mutter. Ich hätte gerne noch etwas gesagt, ihr einfach all das an den Kopf geworfen, was ich empfand, aber sie hätte es ohnehin nicht verstanden. Und meine Tränen sollte sie nicht sehen.

• • •

Ein paar Tage später parkte Suzy den Wagen auf einem sandigen Parkplatz am östlichen Ende von Harbour Bridge und verkündete mir, dass ich von heute an ein Surfcamp besuchen würde.

»Sag das noch mal!«, fauchte ich Suzy an, die den Fahrersitz nach hinten geschoben hatte, um die Arme bequem vor der Brust zu verschränken. Sie drückte mir den Anmeldeschein für die Surfschule in die Hand, und ich starrte ungläubig auf die Zeilen. Surfcamp, fünf Teilnehmerinnen und ein Lehrer.

»Du musst Freunde finden, Izzy«, sagte Suzy. Es klang wie ein Befehl, verpackt in liebevolle Sorge. »Das Surfcamp ist deine Gelegenheit.«

Suzanna hatte noch in der vorherigen Woche gemeint, dass das einzig Gute an Jekaterinas Kündigung war, dass unsere Eltern endlich mit mir in den Urlaub fahren mussten. Aber da hatte sie sich geschnitten. Ich war nicht mehr zwölf. Das Letzte, was ich wollte, war Urlaub mit meinen Eltern. Ich wollte einfach nur hierbleiben. Mit Suzy. Ich zerknüllte den Anmeldeschein und vergrub mein Gesicht in meinen Händen, damit Suzy meine Tränen nicht sah. Ich konnte Suzanna nicht sehen, wusste aber auch so, dass sie das Gesicht verzog. Hierbleiben. Undenkbar für meine Schwester. In meinem Magen krampfte ein vertrauter Knoten der Angst. Ich würde Suzy verlieren. Sie würde weggehen und mit ihr der einzige Mensch, mit dem ich reden konnte. Der mich wirklich verstand. Es ging nicht nur um diesen Sommer in Europa. Danach, so wusste ich, würde Suzy das tun, was sie schon immer am besten gekonnt hatte: Pläne in die Tat umsetzen. Sie würde ihr Glück irgendwo anders finden, in Oregon oder in Washington oder sonst wo weit weg von South Carolina, und sie würde eine Mutter werden, wie sie selbst keine gehabt hatte. Die Sehnsucht, die sich bei diesem Gedanken in mir ausbreitete wie ein hochansteckendes Virus, war kaum auszuhalten.

Ich wollte surfen. Der Gedanke hatte mich seit letztem Sommer nicht mehr losgelassen. Aber ich hatte mich für Privatstunden angemeldet. »Du …«, krächzte ich, »du hast gesagt, du hast das mit den Einzelsurfstunden klargemacht.«

»Du bist zu viel allein« war Suzys Antwort, in der noch so viel mehr steckte, als sie tatsächlich sagte. Ich konnte das »Was soll werden, wenn ich weg bin« deutlich heraushören.

»Ich bin immer für dich da, okay? Aber manchmal braucht

man auch jemanden, der … vor Ort ist. Und ich glaube, du wirst gute Freundinnen finden. Ich denke, das Camp ist genau das Richtige.«

»Fuck, Suzy, ich will nicht in ein blödes Camp!«, schimpfte ich.

Sie zuckte mit den Schultern. Ihre orangeroten Haare leuchteten in der Mittagssonne. Sie hatte ein selbstgefälliges Lächeln auf den Lippen, und weil Suzy auf sehr viele verschiedene Arten lächeln konnte, wusste ich, was dieses hier mir sagen sollte. »Manchmal muss man jemanden, den man liebt, zu seinem Glück zwingen.«

»Aber … ich will nicht mit anderen Mädchen surfen lernen. Was, wenn ich es nicht kann? Was, wenn ich mich total blamiere …« Ich war fassungslos.

»Das sind alles Anfängerinnen, Izzy!«

Ich gab ein abfälliges Geräusch von mir. Das hatte ich von der Ashley Hall High auch gedacht. Dass das alles Anfängerinnen waren, wie ich. Dabei waren sie Profis. In jeglicher Hinsicht. Darin, andere fertigzumachen, darin, sich selbst für perfekt zu halten, und darin, zu urteilen. Es war, als hätte man diesen Mädchen vor Schulbeginn ein Handbuch ausgehändigt. *Friss oder stirb – der Highschool-Code.* Mein Handbuch war beim Versand verloren gegangen … genauso wie Odina Bianchis. Ich schluckte schwer bei dem Gedanken an unser Wortgefecht auf dem Schulhof und konnte mich der Bewunderung für sie noch immer nicht entledigen. Ich wäre gerne wie sie gewesen und wollte doch auf gar keinen Fall eine Ausgestoßene sein. Wie sie.

Suzy seufzte und warf mir einen Blick zu, der wie Röntgenstrahlen durch Mark und Bein ging. Ich rieb meine Arme, auf denen eine unangenehme Gänsehaut ausgebrochen war. Wie immer, wenn mir Dinge bevorstanden, für die ich nicht bereit war. Ich wollte doch gar keine gleichaltrigen neuen Freunde. Die LOLAs waren mir schon zu viel. Da blieb ich besser allein, als dem nächsten Zickentrupp beizutreten.

»Dein Problem ist, dass du immer allen gefallen willst. Das Leben ist so viel einfacher, wenn man das Gefühl, sich für jemanden verbiegen zu müssen, ablegt«, sagte sie. Aber Suzy hatte gut reden, sie strengte sich nicht an. Nie. Es war ihr völlig egal, was andere von ihr hielten, und im Gegensatz zu mir war sie bisher sehr gut damit gefahren.

»Steig aus, lauf da runter, und dann hab verdammt noch mal Spaß!«, drängte Suzy.

»Holst du mich wieder ab?«, fragte ich mit einer Verzweiflung in der zitternden Stimme, die einer Dreijährigen, die ihre Eltern in einer Mall verloren hatte, gut gestanden hätte.

Suzy lachte nicht. »Natürlich hol ich dich wieder ab.«

Ich gab missbilligende Geräusche von mir und knallte in einem Anfall von Dramatik die Tür hinter mir zu, bevor ich ohne einen Blick zurück zum Strand stapfte. Draußen zupfte ich den Neoprenanzug zurecht, den meine Eltern mir zum dreizehnten Geburtstag geschenkt hatten und der nur so gut passte, weil es Jekaterinas Handschrift auf der Karte gewesen war.

Es herrschte Ebbe. Das Meer war ruhig und der Strand leer bis auf ein älteres Ehepaar in weißen Shorts und T-Shirts, die identische Schildkappen trugen. Touristen, dachte ich innerlich grinsend. Die ernsthaft glaubten, man könnte an diesem Abschnitt Muscheln sammeln. Und keine Ahnung hatten, dass die Brandung hier so stark war, dass sie die Schalen der Muscheln zerbröselte. Wenn man hier etwas fand, dann nur noch Bruchstücke. Die Hütte des Point Break, die Suzy mir als Treffpunkt genannt hatte, kannte ich von einer Exkursion der Inselschule. Der Ort war mir damals ein wenig verlottert vorgekommen, mit all dem wettergegerbten Holz, den staubigen Getränkedosen und den vernachlässigten

Topfpflanzen. Jetzt fand ich, dass sie durchaus Charme hatte. Ich schirmte meine Augen gegen die Sonne ab und betrachtete das kleine Grüppchen vor der Hütte. Der Surflehrer war auf Anhieb zu erkennen. Neben ihm stand ein Mädchen, das heftig mit den Armen fuchtelte. Sie trug eine Art fransigen Bob, zupfte immer wieder die Träger ihres Bikinis zurecht und kam mir vage vertraut vor. Was kaum verwunderlich war, auf einer Insel wie Harbour Bridge begegnete man den Einheimischen zwangsläufig immer wieder. Ich ging langsam auf die kleine Gruppe zu, wer war das hinter dem Mädchen mit dem Bob? Ich stockte. Am liebsten hätte ich eine ruckartige Kehrtwende vollzogen.

»Du!«, platzte ich heraus.

»Du?!«, rief sie ebenso unfreundlich und überrascht zurück. Eben hatte ich mir selbst noch erklärt, was für ein Dorf Harbour Bridge war, da hatte ich den Beweis. Das Schicksal, grausam, wie es war, hatte mir doch tatsächlich Odina Bianchi beschert. Wie hoch war bitte die Wahrscheinlichkeit, dass von allen Mädchen meiner Schule ausgerechnet die, die mich am meisten verwirrte, den gleichen Surfkurs besuchte?

Das Mädchen mit dem Bob schien unbeeindruckt von den feindseligen Blicken, die Odina und ich uns zuwarfen, als ich zu ihnen trat. Ihr breiter Südstaatenslang – unterbrochen von ständigen Einwürfen wie fuck, c'mon, Dude! – ließ mich unweigerlich an meine Mutter denken. Denn sie fand jede Art von Slang abscheulich und achtete penibel darauf, wie Suzy und ich uns ausdrückten. Es war der erste echte Grund, zu bleiben, auch wenn ein Blick auf Odinas säuerliche Miene Fluchtreflexe weckte.

»Ich …«, fing ich zögerlich an und wandte mich an den Surflehrer. »Ich bin Isabella White und würde gerne den Kurs wechseln.«

Ich vermied es, Odina dabei anzusehen.

»Sie kann mit mir tauschen. Also ich bleibe, sie geht«, schlug das Mädchen mit dem Slang vor.

»Der Kurs bleibt, wie er ist, und ich habe auch keinen Platz in anderen Kursen«, erklärte der Surflehrer genervt.

»Aber ich würde gerne ... vielleicht kann ich stattdessen Einzelstunden nehmen«, versuchte ich es erneut. Unmöglich, die nächsten Wochen mit Odina Bianchi zu verbringen. Einfach unmöglich.

»Einen Moment bitte«, sagte der Surflehrer und schüttelte unmissverständlich den Kopf in meine Richtung. Er hieß Andy, wie ich mich erinnerte, auf dem Anmeldeschein gelesen zu haben, der in meiner schwitzigen Hand klebte und den ich ihm jetzt verzweifelt entgegenstreckte. Er lächelte mich an und bedeutete dann dem anderen Mädchen, ihm zu folgen. »Wir kommen gleich wieder.« Hilfe suchend sah ich ihm nach, beschwor ihn telepathisch, mir sofort einen Platz in einer anderen Gruppe, am besten auf einer anderen Insel zuzuweisen. Und zu allem Überfluss war ich jetzt auch noch allein mit Odina.

Odina rührte sich nicht. Sie starrte mich nur an. Es machte mich wütend, dass sie dastand, als könnte sie kein Wässerchen trüben. Sie steckte in einem alten, engen Neoprenanzug, aber ihrer Ausstrahlung tat das keinen Abbruch. Ich kam mir dämlich vor, overdressed und awkward mit dem neuen, teuren Wetsuit. Genau das machte Odina mit mir. Dinge, die ich noch wenige Momente zuvor für gut erachtet hatte, mit denen ich zufrieden gewesen war, machte sie zunichte. Es war furchtbar irritierend. Ich spürte die Wut, die wie eine Flutwelle in mir hochkroch und mein Selbstbewusstsein zu Geröll verarbeitete.

Es vergingen endlose Minuten, in denen sich in meinem Kopf immer wieder die Szene vom Schulhof wiederholte. Dann rettete uns die Ankunft eines weiteren Mädchens aus der unangenehmen, vorwurfsvollen Stille. Auf Anhieb war mir klar, dass sie nicht von der Insel sein konnte. Wie eine Touristin sah sie aber auch nicht aus. Ihr hellbraunes Haar wehte im frischen Wind, sie trug einen einfachen dunkelblauen Wetsuit, in dem sich ein schmaler Körper verbarg. Ihr Mund wirkte fast ein wenig zu groß für ihr Gesicht, mit den hübschen, herzförmigen Lippen und einem Lächeln, das weiße, gerade Zähne entblößte.

Bevor sie etwas sagen konnte, kamen Andy und das Mädchen mit dem Fransenbob zankend aus der Hütte. Es ging um irgendeine Art von Gutschein. Andy erklärte gerade: »Das ist mein letztes Wort, Lee, ich kann das nicht machen.«

»Aber ich bin nicht Lee, mein Name ist Elisabeth Warren, ich wohne im Seasons, ich bin Touristin! Behandelst du so zahlende Gäste? Eine Frechheit ist das. Ich habe einen Gutschein.« Sie wedelte mit einem Zettel, wie ich zuvor, nur energischer.

Fast hätte ich laut gelacht, so abwegig war die Vorstellung, diese Lee könnte Touristin sein. Allein die Art, wie sie sich bewegte, wie ihre Haut tiefengebräunt in der Sonne glänzte und sie die Aura eines Mädchens an sich hatte, das zum Meer gehörte wie die Brandung selbst, verriet sie. Ehe ich mich davon abhalten konnte, sagte ich amüsiert: »Die Warrens haben vorgestern ausgecheckt.« Ich bereute es sofort, denn Lee wirbelte herum, durchbohrte mich mit Blicken und erklärte unbeeindruckt: »Umso besser, dann nehme ich«, sie malte Gänsefüßchen in die Luft, »der ›anderen‹ Elisabeth Warren ja nichts weg. Was ist jetzt, Andy, lässt du mich mittrainieren? Ich kann diesen Bitches hier noch einiges beibringen.«

Dann drehte sie sich weg und wandte sich der Neuen zu.

»Ich bin Lee«, erklärte sie und fügte schnell hinzu: »Du darfst aber auch Elisabeth zu mir sagen.«

»Avery«, erwiderte die Neue.

»Isabella White«, beeilte ich mich zu sagen, hörte, wie arrogant das klang, und wünschte, ich könnte anders klingen und anders sein, als ich wirkte. Der Gedanke machte mich rasend. Es lag an Odina, ich stellte mich in ihrer Gegenwart ständig selbst infrage. »Möchtest du dich nicht auch vorstellen, Odina? Wenn wir schon mal hier sind«, pampte ich. Odina sah zu Boden, und hätte ich es nicht besser gewusst, hätte man sie fast für schüchtern halten können.

Ich musste hier weg. Weg von Odina. Im Augenwinkel beobachtete ich, wie Lee sich eine Coladose schnappte und zischend öffnete. »Lässt sich da denn nichts machen?«, versuchte ich es erneut bei Andy und kassierte wieder eine Abfuhr.

»Hab ich dir vorhin schon gesagt. Entweder du bleibst in diesem Kurs, oder du lässt es.« Andy betrachtete seine Anmeldezettel, die an die Bretterhütte genagelt waren. »Jetzt warten wir nur noch auf … Sue Fisher.«

Das Mädchen, das als Letzte zu uns stieß, trug einen Seesack, der überdimensional groß wirkte, weil sie so klein war. Ich wünschte, ich wäre auf die gleiche Idee gekommen. Einen so großen Rucksack zu besitzen, dass ich mich den Rest des Kurses darin verkriechen könnte und Odinas Röntgenaugen nicht ausgesetzt wäre.

»Heilige Scheiße«, murmelte Lee.

Der Surflehrer fing an, die Boards von den Wänden seiner Hütte zu lösen. Ihm entging gänzlich, was Lee und ich sofort bemerkt hatten. Das Mädchen mit dem riesigen Seesack, das sich zu uns gesellte, war kein normaler Teenager mit ihrer besonderen Augenform, ihrer zierlichen Figur und dem hellen Haar, sondern, wie Lee es ausdrückte, »Josie Blythe, ein fucking Star«.

Jetzt, da sie vor uns stand, war es gar keine Frage mehr, wer sie war, und eher die Frage, was sie hier wollte. Auf Harbour Bridge.

An der Bretterbude am Ostende. Mit Odina und mir und Avery. Mit Andy.

»Sie hat recht, oder? Du bist Josie Blythe, geboren in Pasadena. Erste Hauptrolle in *Killing Tyler*. Deine Patentante ist Meryl Streep, und du hast den *Mickey Mouse Club* moderiert«, platzte es aus mir heraus. Die LOLAs wären begeistert gewesen über mein Fachwissen.

»Hast du die *US Weekly* gefrühstückt, oder was?«, kicherte Lee und stupste mich an. Ich presste ertappt die Lippen aufeinander.

Ich frühstückte nicht nur die *US Weekly*, ich inhalierte auch die *J-14* und betete die *Teen Vogue* an. Zumindest zum Schein. Eigentlich hätte ich lieber *National Wildlife* gelesen, aber das gehörte eindeutig nicht zu den heiligen Schriften der Ashley Hall High. Es war nicht wichtig, die Nase regelmäßig in ein Mathebuch zu stecken oder Vokabelhefte zu führen, nicht zu wissen, wer das aktuelle Cover der *Seventeen* zierte, war dagegen eine strafbare Bildungslücke.

Und so achtete ich peinlich darauf, nicht durch Unwissenheit in ein Fettnäpfchen zu treten. Somit beobachtete ich die anderen vier Mädchen genau, und am Ende unserer ersten gemeinsamen Woche im Surfkurs hatte ich viel über sie herausgefunden:

Avery hatte einen Akzent. Er klang zunächst schwedisch, vielleicht auch russisch oder deutsch. Der Klang hinter ihrem Englisch war hart, und auch wenn sie sich bemühte, gelang es ihr nicht ganz, die Betonung ihrer Worte amerikanisch klingen zu lassen. Das Seasons beherbergte häufig internationale Gäste, und nach kurzer Zeit war ich mir sicher, dass sie Deutsche war. Avery war herzlich, aber auch schüchtern, unsicher und entschuldigte sich ständig für Dinge, die nicht entschuldigenswert waren. Und Avery hatte die Familie, die ich mir immer gewünscht hatte. Nicht einmal Marge, die sie liebevoll Honeybunch nannte, wenn sie Avery vom Surfen abholte, entsprach dem Klischee der bösen Stiefmutter.

Lee kam aus ärmlichen Verhältnissen und hatte vermutlich dort auch gelernt, erfinderisch zu sein. Sie war die Einzige von uns, Andy mit eingeschlossen, die ganz ohne Feuerzeug oder Streichholz ein Strandfeuer entfachen konnte. Sie wusste, dass man zu eng gewordene Pullis mit einem Bad aus warmem Wasser und Conditioner in zehn Minuten eine Größe wachsen lassen konnte, verblüffte uns mit der Aussage, dass sie ihre Sneakers mit Zahnpasta putzte, um sie wie neu aussehen zu lassen, und brachte Josie Peeling aus Kaffeesatz mit, als diese von ihrer Allergie gegen bestimmte Inhaltsstoffe in Kosmetika berichtete. Lee, die sämtliche Lebensmittelpreise bei Red's Market und im Großraum Charleston im Kopf zu haben schien, hatte ein ausgeklügeltes System für sich ausgeheckt, mit dem sie Rabattgutscheine von Harris Teeter sammelte und gegen Gutscheine von höherem Wert bei Walmart und Piggly Wiggly eintauschen konnte. Sie war eine Überlebenskünstlerin durch und durch.

Josie war einsam. Heimkinder erkannten sich untereinander, hatte ich einmal gelesen, und so war es wohl auch mit Kindern aus reichen Familien, deren Eltern Herzenswärme nicht zu ihren Statussymbolen zählten. Die Art, wie sie sich um Andy bemühte, wie sie um jeden Preis gefallen wollte und an sich selbst scheiterte, war herzzerreißend. Ich ertappte mich dabei, wie ich mit ihr um die Anerkennung von Andy konkurrierte, sah in ihren Augen, was sich sicher auch in meinen spiegelte: der unbedingte Wunsch, irgendwo dazuzugehören. Vielleicht war Josie bereit, mehr dafür zu tun, bestimmt hatte sie weniger Hemmungen. Denn während es für mich Grenzen gab, hatte Josie nicht einmal jemanden, der ihre überwachte.

Und dann natürlich Odina. Alles, was ich beim Surfen an ihr beobachtete, hatte ich bereits vorher gewusst. Sie strahlte Kraft und Überlegtheit aus in allem, was sie tat. Über Odina hatte ich nur eins neu dazugelernt: Sie verachtete mich wirklich.

• • •

Wenn man eine neue Sportart lernt, bekommt man von allen, die diese Sportart schon beherrschen, versichert, dass es die schwierigste überhaupt sei. Das hatte man mir beim Tennis erzählt, und ich hatte es geglaubt, und nun behauptete Andy, es gäbe nichts Komplizierteres als Surfen. Keine Welle sei wie die andere, und ich dachte an meinen alten Tennislehrer, der mir erklärt hatte, dass kein Ball wie der andere komme. Andy sagte: Der Wind ist entscheidend, die Gezeiten und Strömungen haben massiven Einfluss, und kein Tag ist wie der andere. Ich hörte meinen Tennislehrer sagen: Kein Tag ist wie der andere, du musst den Wind einkalkulieren. Andy predigte: Bei keinem anderen Sport ist die Technik so wichtig. Ich schmunzelte, weil ich den exakt gleichen Wortlaut schon Hunderte Male auf dem Kunstrasenplatz gehört hatte.

Andy sagte: Beim Surfen kommt es auf die Nerven an! Mein Tennislehrer hatte skandiert: Beim Tennis kommt es auf die Nerven an! Nur in einer dieser vielen Phrasen unterschied sich das Surfen elementar von der mir verhassten Ballsportart: Wenn man es konnte, war es der schönste Sport der Welt. Das glaubte ich Andy von Anfang an.

Und ich wollte es können. So schnell wie möglich. Ich wollte Odina beweisen, dass ich mehr war als ein puppenhaftes Anhängsel der LOLAs, und vielleicht wollte ich das nicht nur ihr, sondern vor allem mir selbst zeigen. Ich spürte die Verbissenheit, die mich gepackt hatte, und ich hielt mich an ihr fest wie an einem Strohhalm. Mit meinen Muskeln, die stärker wurden, wuchs auch das Gefühl, meinen Körper kontrollieren zu können. Viel besser als meine Gedanken. Mein Körper ließ mich nicht zweifeln, und das Meer lockte mit Herausforderungen, die nicht mein Geist oder mein Verhalten zu bewältigen hatte, sondern einzig und allein meine Physis.

Wenn wir fünf auf den Brettern lagen und Trockenübungen machten, Theorielektionen über Tide und Windstärken über uns ergehen ließen und wenn wir unsere Boards für die ersten Versuche ins Meer zogen, dann war da etwas, das ich außer mit Suzy noch nie gespürt hatte: Verbundenheit. Nur die Spannung zwischen Odina und mir gefährdete mein Hochgefühl, war wie ein Splitter im Fuß, den man im Wasser nicht spürte, der an Land aber schrecklich schmerzte.

Am Ende unserer zweiten gemeinsamen Woche waren wir zum ersten Mal im Crab & Bones zum Lunch. Während des Essens hatten Odina und ich nicht mit gegenseitigen bissigen Sticheleien gespart.

»Ich geh mal auf die Toilette«, wandte ich mich an die anderen Mädchen und schob mich aus der Bank. Odina erhob sich gleichzeitig und folgte mir schweigend ins Innere des beengten Gebäudes. Ich versuchte zu ignorieren, dass mein Herz schnell und laut schlug, dass ich eine Konfrontation mit ihr fürchtete. Die Tür zu den Sanitäranlagen schlug laut hinter ihr zu, ohne dass ich mich zu ihr umdrehte. Ich besah mir die Wände und tat so, als wollte ich meine Hände in dem muschelförmigen Keramikbecken waschen. Die Toilette des Crab & Bones war eine Schau. Über die gesamte Wand gegenüber den Toilettenkabinen streckte ein farbenprächtiger Oktopus seine Tentakel aus. Ich folgte der imposanten Malerei mit den Augen vom Boden bis an die Decke, wo die Saugnäpfe des Kraken sich um den Rauchmelder schlangen.

»Das muss aufhören«, sagte Odina.

Ich wandte den Blick nicht von dem riesigen Kraken ab, aber Odina schob sich in mein Blickfeld.

»Wusstest du, dass sie einen Lieblingsarm haben, den sie häufiger benutzen als die anderen Arme?«

Odina schüttelte verwirrt den Kopf.

»Kraken, meine ich.«

»Aha.«

»Das ist ein Blaugeringelter, der Einzige seiner Art, der wirklich giftig ist.«

»Giftig ist auch das, was hier zwischen uns passiert«, sagte sie, und in ihrer Stimme lag etwas so Entschlossenes, dass ich nicht länger so tun konnte, als wäre ich wirklich an dem Oktopus interessiert.

»Ja«, stöhnte ich. »Wir sind eben verschieden …«

»Das Problem ist, dass wir uns verdammt ähnlich sind. Nur dass du so tust, als wärst du etwas Besseres.«

»Was?«, fuhr ich sie an. »Ich tue doch nicht so, als wäre ich etwas Besseres.«

Odina stemmte die Arme in die Hüften. »Du tust also nicht nur so, du denkst wirklich, du *bist* etwas Besseres?«

»Nein!«, protestierte ich.

»Hör mal, wir können bei Schulbeginn wieder so tun, als würden wir uns nicht kennen, aber bitte verdirb mir nicht meinen Sommer. Ich hab hart für diesen Kurs hier gekämpft, und ich bin nicht nur zum Spaß hier!«

Wozu denn sonst, fragte ich mich kurz verwirrt, kam aber gegen Odinas durchdringenden Blick nicht an.

»Aber ich …«, stotterte ich. »Verstehst du nicht … ich …«

Odinas Augen ließen mich nicht los. »Abgemacht? Ich hab keine Lust, jeden Tag Angst zu haben, von dir sabotiert zu werden.«

Sabotiert? War sie denn völlig verrückt geworden?

»Ja … aber …«

Odina hatte sich bereits umgedreht und hatte den Türknauf in der Hand, um den sich der letzte Arm des Oktopus kringelte.

»Odina?«, rief ich ihr hinterher.

Sie zögerte, und ich nutzte den Augenblick, um nach ihr zu greifen. Jetzt kam ich mir vor wie der Krake an der Wand. »Ich …«, fing ich an und schluckte, gab mir einen Ruck. »Ich will doch gar nicht so tun, als würde ich dich nicht kennen.«

Odina drehte sich zu mir um. »Aber vielleicht möchte ich dich nicht kennen«, sagte sie zu meiner Überraschung. Ganz ohne Boshaftigkeit in der Stimme, mehr als schlichte Feststellung.

»Ich mag Menschen mit Charakter, Isa«, erklärte sie, als ich heftig blinzeln musste.

»Und ich mag Menschen ohne Vorurteile«, erwiderte ich mit einem Kloß im Hals.

In ihren Augen blitzte etwas, doch dann nickte sie, und um ihren schönen Mund zuckte ein Lächeln, bevor sie es vor mir verbergen konnte.

Das war er, unser kleiner Friedensvertrag. Odinas und meine Freundschaft begann auf einer Toilette mit einem dicken Kraken als Zeugen, und meine Freundschaft zu Josie sollte viele Jahre später an einem ähnlichen Ort im Seasons jäh enden.

• • •

»Die richtige Welle darf nicht größer sein als du selbst, das gilt zumindest für Kooks wie euch.«

Andy hatte uns in einem Sitzkreis auf dem Sand vor dem Point Break versammelt, ich kam mir ein wenig vor wie in der Gruppenstunde eines Kindergartens. Er sah streng zu Lee, die sich generell nicht an seine Golden Rules hielt, sondern tat und ließ, was sie wollte. Lee zuckte mit den Achseln und murmelte etwas Unverständliches.

»Isabella, das Board ist kein Schutzschild, ich will nie wieder sehen, dass du das Brett lose zwischen dir und Meer floaten lässt. Was meinst du, was passiert, wenn dich die Welle crasht und dir das Ding gegen den Körper schlägt?« Ich nickte schuldbewusst.

»Hab ich auch schon gemacht«, gestand Odina und zwinkerte mir aufmunternd zu. Ich erschrak fast über so viel Freundlichkeit. Spürte, wie meine Wangen sich färbten, und nickte ihr zu, ehe ich den Kopf senkte und den Blick peinlich berührt abwandte.

Avery vergrub das Gesicht in den Händen. Andy beugte sich zu ihr hinüber und sagte langsam und mit so sanfter Stimme, dass sie fast fremd klang: »Wir werden alle mal gewaschen. Es ist nicht das erste und nicht das letzte Mal. Du warst maximal fünf Sekunden unter Wasser, selbst die größten Wellen spülen dich nach dreißig Sekunden wieder an die Oberfläche. So schnell wirst du nicht ertrinken.«

Ich sah zu Josie, beobachtete sie, während Andy Odina erklärte, dass ihr größter Feind nicht die Welle, sondern ihre eigene Angst sei. Josie schien fasziniert, weniger von dem, was Andy sagte, sondern davon, wie wir alle darauf reagierten.

»Wir üben den Take-off jetzt zur Sicherheit noch ein paarmal an Land«, schlug Andy vor. »Und dann gibt es ein bisschen Wetterkunde. Ich wette, keine von euch hat je von der Corioliskraft gehört oder weiß, was Einfluss auf die Wellengröße hat.«

Lee stöhnte genervt. »Sollen wir uns jetzt vielleicht noch an den Händen fassen und ein Lied singen«, raunte sie. Ich musste kichern.

»Alles, was ich vom Wetter weiß, ist, dass es sich ganz plötzlich ändern kann«, sagte Josie leise, sodass nur ich, die neben ihr saß, es hören konnte. »Ich dachte, auf Sonnenschein folgt immer eine Schlechtwetterfront … auf Sonne immer Regen, auf Glück immer eine Pechsträhne.« Sie redete jetzt nicht mehr vom Wetter. Ich hielt den Atem an, so sehr trafen ihre Worte den Kern meiner Gefühle.

»Aber hier, keine Ahnung, ich hatte noch nie in meinem Leben das Gefühl, der Sommer könnte wirklich ewig dauern. Ich wollte noch nie irgendwo lieber sein als auf Harbour Bridge. Mit euch.«

»Ich auch nicht«, stimmte ich zu und lächelte sie an.

Josie grinste breit und glücklich. Als wäre sie ein Vögelchen in einem Käfig, dessen Türen man zum ersten Mal geöffnet hatte.

Lee sprang als Erste auf und zog ihren Neo nach oben, schlüpfte ungeduldig in die Ärmel. »Machen wir jetzt weiter, oder was? Ist ja nicht so, dass wir zum Spaß hier sind. Andy, die Killer in der Baja California warten schon sehnsüchtig auf mich.« Dann klopfte sie sich auf die Brust und rief: »Watch out for Lee Baker!«

Andy tippte sich an die Stirn, und wir lachten alle. Wir waren dabei, eine Gruppe zu werden. Freundinnen. Ein Team.

• • •

»Letzter Tag«, seufzte Avery und schaute über die Brüstung des Balkons in ihrem Ferienhaus hinunter auf den tosenden Ozean. Ein paar Kinder liefen am Strand entlang, Averys Bruder Noah unter ihnen, und spielten Fangen mit der Gischt. In Averys Zügen lag eine tiefe Sehnsucht, vorzeitiges Fernweh, wie sie sagte. Ich verstand, dass sie das Meer vermissen würde. Dennoch spürte ich, wie jedes Mal, wenn wir in der Waterfront Avenue bei Averys Familie zu Besuch waren, den Neid auf sie wie Marschwasser durch meine Adern kriechen und alles unterspülen. Es war kein schönes Gefühl, und ich schämte mich dafür zutiefst.

Marge stellte lächelnd eine Schale mit Erdnüssen vor uns auf den Tisch. Ihr Arm streifte dabei meine Schulter. Ich sehnte mich so sehr nach einer mütterlichen Umarmung, dass ich jedes Mal rot anlief, wenn Averys Stiefmutter den Raum betrat.

»Was war das Schönste an diesem Sommer?«, rief Lee und legte ihre tief gebräunten Beine unfein auf dem Geländer ab, als Marge außer Sichtweite war. Missbilligend sah ich auf den blätternden Nagellack an ihren Zehennägeln und hätte sie am liebsten runtergeschubst. Lee sah meinen Blick und grinste nur, dann griff sie nach den Nüssen und stopfte sich eine Handvoll in den Mund. Lee aß nicht, sie fraß. Alles, was ihr in die Finger kam.

»Isas Gesicht, als du vom Balkon im ersten Stock in den Pool des Seasons gesprungen bist!«, schlug Josie vor und grinste breit. »Wie du an den Schlüssel für das Zimmer gekommen bist, ist mir immer noch ein Rätsel!«

»Mir auch«, brummte ich und lächelte innerlich. Eigentlich war diese Aktion auch eines meiner Highlights. Auch wenn der Zorn meiner Mutter bei Sichtung der Aufnahmen der Überwachungskamera, auf denen leider mein Gesicht zu sehen gewesen war, mich fast die Teilnahme am Surfkurs gekostet hätte und nur der überraschenden Intervention meines Vaters zu verdanken war, dass sich die Wogen geglättet hatten.

»Schlüssel?«, fragte Lee kopfschüttelnd. »Wieso denn Schlüssel? Sagt bloß, ihr kennt den Zusammenhang zwischen einem Kleiderbügel und einer Hotelzimmertür nicht?«

Wir lachten, und Josie sagte unbeeindruckt: »Ein dicker Draht tut es auch.« Dann wackelte sie mit den Augenbrauen und verkündete: »Also mein Highlight waren die Jungs am Pier! Der dunkelhaarige mit dem gelben Kite, der immer oben ohne gesurft ist! Mann, war der heiß.«

»Pierson Mackay? Der Immobilientyp?«, rief Odina empört.

»Ich bitte dich, wie alt ist der, fünfunddreißig? Da würde ich lieber Parker Johnson nehmen.«

»Dein Ernst? Was will ich denn mit so einem Milchbubi wie Parker Johnson!«

Lee nahm die Beine vom Geländer und verpasste ihr einen kräftigen Tritt. »Parker ist in Ordnung.«

Josie hob die Hände. »Ave? Was sagst du?«

Avery überlegte kurz, richtete sich auf und erklärte: »Ich sage, dass alles hier gut war. Von den Crab Cakes über die endlosen Paddeltage«, sie schwang ihre Hände durch die Luft und lachte. »Bis zu dem hier, Mädels. Der Tatsache, dass wir hier gemeinsam sitzen und Odina und Isa sich noch nicht zerfleischt haben.«

Ich suchte Odinas Blick, fand ihn und hielt ihn fest. Ein Lächeln breitete sich auf ihrem Gesicht aus, und in mir brandete eine Welle der Zuneigung.

»Was ist der Satz des Sommers?«, fragte sie dann in die Runde. »An welchen Spruch werdet ihr euch erinnern?«

»Mädchen, benutzt eure Zehen!«, riefen Lee und ich gleichzeitig und brachen in schallendes Gelächter aus.

»Was werde ich froh sein, dass es den ganzen Herbst und Winter keinen Menschen interessieren wird, was ich mit meinen Zehen mache!«, gluckste Avery.

»Die Füße dürfen nicht flach über das Board hinausschauen, niemals über die Knie aufstehen, ihr kommt nicht rechtzeitig auf die Beine!« Odina imitierte Andy fast perfekt. Wir lachten erneut. Nur Josie nicht. Sie verzog ihr Gesicht zu einer Grimasse. Ich sah sie lange an, aber sie wich mir aus. Und ein paar Minuten später, als Lee zum tausendsten Mal schilderte, wie es ihr tatsächlich gelungen war, einen Top Turn zu surfen, und wir uns alle versicherten, im nächsten Jahr wieder gemeinsam das Camp zu besuchen, hatte ich vergessen, dass ich Josie hatte fragen wollen, ob es etwas gab, worüber sie mit mir sprechen wollte.

Als es dämmerig wurde, die lauten Rufe der Kinder am Strand verklungen waren und Noah uns die letzten Erdnüsse stibitzt hatte, nachdem wir uns schon wieder geweigert hatten, mit ihm Karaoke zu singen, kam eine schwere Wehmut über mich, legte sich auf meine Seele wie ein Sandsack und konnte den Dammbruch, der später in meinem Zimmer folgte, nicht verhindern. Vielleicht war es gut, dass es bis auf einen verwackelten Schnappschuss vom Strand keine Bilder von diesem Sommer gab. Wem hätte ich sie zeigen sollen? Und doch, so wurde mir am nächsten Morgen klar, als ich mit geschwollenen Augen erwachte, war diesem Sommer etwas gelungen, das ich nicht für möglich gehalten hatte. Ich hatte Freundinnen gefunden. Echte Freundinnen.

8

Zwei Tage später habe ich noch immer kein fließendes Wasser, aber einen Frischwassertank vor der Garage und eine mittelgroße Kiste mit Batterien und Akkus in allen möglichen Größen per FedEx erhalten, für die ich mich selbstverständlich nicht bedankt habe. Schließlich habe ich nicht darum gebeten, mir den Saft abdrehen zu lassen, und schließlich kann Preston, der mich für ein verwöhntes Luxusgirl hält, nicht wissen, dass ich auf seinen Strom gar nicht angewiesen bin. Zumindest nicht, wenn die Sonne scheint. Denn dann sorgt die Fotovoltaikanlage auf dem Dach für meinen Strom. Aber es gefällt mir ganz gut, ihn glauben zu lassen, mein Haus hätte seinetwegen weniger Komfort als der Trailerpark am Forest Hill Retreat, in dem Lee mit ihrer Mutter gewohnt hat.

»Was wird das?«, frage ich ihn, als er am Morgen des dritten Tages ohne Wasser vor meiner Tür steht. Dass er sich überhaupt noch hierhertraut. Wegen ihm lebe ich wie in der Steinzeit, fehlt nur noch, dass er mir anbietet, einen Brunnen zu bohren, aus dem ich mein Wasser selbst schöpfen kann. Dieses arrogante Arschloch. Ich stemme mich mit der rechten Hand in den Türrahmen, als könnte und müsste ich verhindern, dass er mein Haus betritt.

Preston trägt ein T-Shirt, das bestimmt mal weiß war, in den Achtzigern vermutlich, und sehr tief sitzende Jeans, in deren Taschen seine Hände stecken. Hinter ihm erkenne ich eine Schubkarre, beladen mit einem Gerät, das für mich aussieht wie der Motor eines Trucks.

»Das ist ein Notstromaggregat«, erklärt er langsam und mit starker Betonung der Silben, als spräche er mit einem Kleinkind. »Damit deine Leichen in der Kühltruhe nicht auftauen.«

Ich zucke zusammen. Nicht wegen des Spruches, sondern weil ich schon wieder das Gefühl habe, er würde durch mich hindurchschauen. Dieser Blick … Nicht unangenehm, aber auch so, als könnte ich ihm nichts vormachen.

»Du hast da doch welche, oder? Jeder hat welche …«, hakt er nach, weil ich ihn nur anstarre und er das kurze ängstliche Zittern bestimmt gesehen hat.

»Bei mir gibt es keine Leichen … ich habe auch keine Gefriertruhe«, erwidere ich. »Ich muss keine Toten kühlen, und ich esse keine Fertigprodukte und kein Fleisch, schon lange nicht mehr, genau genommen …«

Infodump, denke ich gerade noch rechtzeitig. »Wann ist denn endlich wieder Strom da? Und Wasser?«

»Könnte beides noch dauern«, erklärt er, verzieht den Mund dabei.

»Wie lange?«

»Ähm, vielleicht ein paar Tage! Die Baufirma hat eines der wichtigsten Versorgungskabel erwischt, nicht so einfach, das …«

»Ein paar Tage!«, unterbreche ich ihn. »Das geht nicht!« Und dann, weil ich nicht zugeben will, dass mir das hauptsächlich aus Prinzip nicht passt, füge ich unüberlegt hinzu: »Da geht mir doch alles kaputt in …« Ich halte inne und muss fast lachen, kann es aber noch zu einer Grimasse umfunktionieren. Selbstironie, wo kommen wir da hin.

»In deiner nicht vorhandenen Gefriertruhe?«, fragt Preston.

»Ja … vielleicht hab ich eine in einem … Paralleluniversum.« Da ist es wieder, dieses Gefühl, das Preston in mir weckt. Eine Mischung aus Wut und Aufregung, die sich irgendwie lebendig anfühlt.

Er hebt die Augenbrauen. »Darüber sollten wir uns unbedingt mal ausführlich unterhalten, jetzt, da wir endlich miteinander reden.«

»Im Paralleluniversum vielleicht«, erwidere ich, bemüht, mein ernstes Gesicht an Ort und Stelle zu halten. Nicht auszudenken, was wäre, wenn ich jetzt auch noch vor ihm einen Lachanfall bekäme.

»Ich würde dir ja anbieten, bei mir zu wohnen, wenn ich selbst Strom hätte!« Er hebt die Hände in einer theatralisch-übertriebenen Geste. Das T-Shirt verrutscht dabei, entblößt einen Streifen tief gebräunter Haut an seinem flachen Bauch mit einem blonden Haarstreifen. Ich hoffe, er hat den Blick nicht gesehen, weil ich mir vorkomme, als hätte ich etwas viel Intimeres gesehen als einfach nur ein paar Inch nackte Haut.

»Danke, ich habe andere Möglichkeiten, auf der Insel unterzukommen.«

»Tatsächlich.«

Ich weiß, dass er sich denkt: *Warum hat sie diese anderen Möglichkeiten nicht wahrgenommen?*

»Sag bloß, du hast Freunde? Einen heißen Lover? Mehrere solcher weißer Ausstellungswürfel, die du an andere reiche Lebedamen vermietest? Oder warte, am Ende gehört dir dieses hässliche Hotel, das Four Seasons, das den ganzen Strandabschnitt verschandelt.«

Ich schnappe nach Luft. Weil er ein paarmal ins Schwarze getroffen hat und bei der entscheidenden Frage ins Leere.

»Seasons ohne Four. Wir unterscheiden hier nach Regen und Trockenzeit, aber davon hat ja ein zugezogener Möchtegerninsulaner wie du keine Ahnung!«

So, das saß. Er sagt nämlich erst einmal nichts mehr. Auch wenn ich mich ein wenig verhöhnt fühle von diesem miesen Trick mit der Haarlocke. Das macht er doch extra, dass ihm die so betont lässig nach vorn über die Ohren fällt, dass man sie anfassen möchte. Zurückstreichen will.

»Wie dem auch sei, ich habe auch keinen Strom, also kann ich dir auch kein Obdach anbieten.«

»Als ob ich dieses Angebot je annehmen würde. Dazu muss ich weder Freunde noch einen Lover noch Immobilien oder ein *Hotel* besitzen«, schnappe ich.

»Man lernt sich am besten kennen, indem man zusammenlebt oder in den Krieg zieht«, erklärt er ungerührt.

»Wir haben schon Krieg! Und ich will dich nicht kennenlernen.«

»Haben wir das? Willst du nicht?« Jetzt ziehen sich feine Lachfältchen um seine Augen, spielen Foul Play, weil ich darauf schauen muss und einen ähnlichen Impuls verspüre wie mit der Haarlocke. Wahrscheinlich leide ich unter einer Art Stockholm-Syndrom, nur dass ich ein Lärmopfer bin und nicht entführt wurde. Ich wette, dass sie eine tiefenpsychologische Erklärung hat, diese Sache hier.

»Mit welchen Waffen gedenkst du denn weiterzuspielen?«, fragt er wie durch Watte, so tief bin ich in Gedanken versunken. Er nimmt seine Hände aus den Hosentaschen und fährt sich durch seine wuscheligen Haare. Aber die Locke hängt ihm immer noch in der Stirn. Ich starre auf diese Hand, denke daran, wie sie neulich, als ich nachts bei ihm war und mich gestoßen hatte, auf meinem Rücken lag. Und bilde mir ein, die Stelle genau fühlen zu können. Wie einen Leuchtturm auf meiner Landkarte.

»Waffen?«, wiederhole ich lahm.

»Ja, Waffen in unserem Nachbarschaftskrieg.«

Ich will auch meine Haare zurückstreichen, merke dabei, dass ich sie nicht gekämmt habe. »Na gut, du hast mir den Strom abgestellt und das Wasser gekappt, mich mental fertiggemacht mit dem ganzen Lärm und dem Dreck und dem Staub … Es ist Zeit, angemessen zurückzuschlagen.«

Er nickt auffordernd. »Du könntest eine fette Party schmeißen und die ganze Nacht über schreckliche Musik spielen.«

Ich pruste. »Damit du dich selbst einlädst? Krach ist doch voll dein Ding, außerdem weiß ich nicht, was für dich schreckliche Musik ist.« Ob Force of Habit für ihn in die Kategorie »schreckliche Musik« fallen würde? Was mag er für Musik, frage ich mich, merke, dass ich es gerne wüsste, und sage gerade deshalb, Stellvertreter-Stockholm-Syndrom und so: »Und ich will es auch gar nicht wissen.«

Darauf erwidert er erst einmal nichts. »Na ja, ich schätze, wenn man so ein Haus hat«, er sieht an mir vorbei in den Flur, »veranstaltet man keine Partys. Am Ende gibt es noch ein paar Flecken auf dem makellosen Weiß.« Das »Weiß« spricht er aus, als wäre es eine Hautkrankheit.

»Geschmäcker sind eben verschieden«, erkläre ich. »Oder man hat gar nicht erst Geschmack.« Ich sehe betont an ihm vorbei auf seine Baustelle. Aber er wirkt keineswegs beleidigt.

»Auf jeden Fall brauche ich dieses Aggregat nicht«, erkläre ich und mache Anstalten, die Tür zu schließen.

»Okay«, sagt er, und vielleicht wartet er auf ein Danke, das er nicht bekommen wird.

»Übrigens hast du Spatzennester unter deinen Dachbalken«, sage ich und deute auf den First seiner Bruchbude, wo trotz der langen Nägel eindeutig ein Nest zu erkennen ist. »Da das vermutlich das einzig Wertvolle an deinem lächerlichen Do-it-yourself-Projekt ist, möchte ich dich bitten, die brütenden Spatzen nicht zu vertreiben!«

»Spatzen?«, wiederholt er ungläubig.

»Hausspatzen, präzise gesagt. Hat man aus Europa eingeschleppt, um den damaligen Siedlern etwas Heimeligkeit zu bieten.«

Preston reißt die Augen auf. Aber das ist leider so ein Thema, bei dem ich nicht zu stoppen bin. »Im Übrigen haben Spatzen ein wesentlich besseres Sozialverhalten als Leute wie du. Sie kümmern sich nämlich um die verwaisten Jungen aus ihrer Kolonie. Du dagegen bist der Schreck aller Nachbarn!«

»Ich wusste nicht, dass es außer dir noch Problemnachbarn gibt. Mit den übrigen«, er deutet in die Ferne, dorthin, wo knapp eine halbe Meile entfernt die nächsten Häuser stehen, »verstehe ich mich blendend. Oder meinst du, die Spatzen stören sich an meinem Baulärm?«

»Ich hoffe, sie kacken dir in die Einfahrt!«, entgegne ich wütend.

Jetzt lacht er tatsächlich. »Da braucht es schon mehr, um mich zu verschrecken. Wie du weißt, stehe ich noch *am Anfang* eines sehr langen Renovierungsprozesses.«

Wie ich diese Möchtegern-Fixer-Upper-Verschnitte hasse, die meinen, sich an ihren Häusern verwirklichen zu müssen.

Ich schnaube, sehe, wie er sich umdreht, die Hand hebt und mein Blick dabei automatisch nach unten zu seinem Hintern rutscht. *Gut gebaut.* Weil ich den Gedanken ganz schnell wieder loswerden muss, rufe ich ihm hinterher. »Ich wette, das J. hinter Preston steht für Jerk.«

»Ich wette, du machst dir schon sehr lange Gedanken um das J. in meinem Namen. Woran denkst du noch, wenn du über mich nachgrübelst, Isabella W.?«, ruft er mir über die Schulter zu. Ich schließe die Tür mit einem Rums und schimpfe laut: »Das kann doch gar nicht sein!« Was genau ich damit meine, weiß ich selbst nicht. Dass es nicht sein kann, hier noch monatelang neben einer Baustelle zu leben, oder vielmehr, dass es nicht sein kann, dass ich etwas fühle, wenn er in meiner Nähe ist. Ganz eindeutig.

• • •

Wir wollen mit dir über Josie reden. Morgen Nachmittag 16 Uhr im Southside Café?

Ich habe Odinas Nachricht unzählige Male gelesen, was nichts daran ändert, dass mein Herz heftige, unkontrollierte Schläge von sich gibt. Ich will nicht über Josie reden. Ich kann nicht über Josie reden. Denn das bedeutet automatisch, dass ich über *mich* reden muss.

Ich drehe das Display in meinen Händen und starre dabei aus dem Fenster. Als ob man durch die Bewegung etwas an der Nachricht ändern könnte oder als ob sich Presslufthammer-Preston von meinen bösen Blicken beeindrucken ließe.

Jeder will mit mir über Josie reden. Nicht weil jeder weiß, dass ich sie gekannt habe, sondern weil die Leiche und der alte Vermisstenfall wieder im Rampenlicht stehen. Die Angestellten unterhalten sich über nichts anderes, meine Mutter erkundigt sich mit spitzen Lippen und diesem scheinheilig mitfühlenden Blick, und überhaupt geht mir alles und jeder auf die Nerven.

Da ich noch immer nicht zu Hause duschen kann, habe ich versucht, eine weniger schweißtreibende Sportart – Yoga – auf der Terrasse auszuüben. Aber wie soll ich mich an Asanas versuchen, wenn Preston mit dem Vorschlaghammer den Anarchisten spielt?

Vielleicht ist es wirklich an der Zeit, drastischere Maßnahmen zu ergreifen. Ich beäuge noch einmal den Blumentopf, doch dann komme ich auf eine viel bessere Idee.

Ich verbinde mein Handy mit dem Bose-Soundsystem, dann öffne ich alle Fenster, die zu Prestons Seite des Hofes hinausgehen, und beschalle ihn auf höchster Lautstärke mit dem zweiten Album von Force of Habit. *Hell, America* ist laut und wütend. So wütend, dass ich mich frage, ob Avery die Songs für exakt diesen Moment und für Menschen wie Preston geschrieben hat. Zwar gelingt es dem Sound nicht gänzlich, das stetige Geklopfe, Gesäge und Gehämmere zu übertönen, aber er beflügelt mich, sodass ich mir weitere Gemeinheiten überlegen kann.

Während Avery mit rauchiger Stimme »Here comes trouble« schmettert, gebe ich Prestons Adresse bei zahllosen Newsletter-Anmeldungen an, die hoffentlich seinen Briefkasten überschwemmen werden. Als Nächstes lehne ich mich aus dem Fenster, mache einen Schnappschuss von seinem Haus und poste es auf einer Immoseite zum Billigpreis von 10 000 Dollar. Ich nehme mir vor, an seine Handynummer heranzukommen und sie dort zu ergänzen, damit er von Kaufanfragen überrannt wird. Zufrieden google ich »Nachbarschaftsstreit – die besten Pranks« und lasse mich von neuen Ideen inspirieren. Ich bestelle ein Schallgerät, das Wühler vertreiben und Menschen mit dem Piepton in den Wahnsinn treiben soll (sehr schlechte Onlinerezensionen), und entscheide mich in letzter Sekunde gegen die Bambussamen, die ich schon in meinen virtuellen Warenkorb gelegt hatte. Naturschutz geht in jedem Fall über Nachbarschaftshass. Sogar bei Preston. Als ich darüber nachdenke, für die geteilte Auffahrt ein Tor zu besorgen, für dessen Öffnung man einen zwanzigstelligen Code eingeben muss, werfe ich einen Blick nach draußen und schnappe nach Luft. Preston scheint die Beschallung alles andere als zu stören. Während er mit der Motorsäge alte Balken in kurze Stücke zerlegt, wippt er rhythmisch zu den Songs von Force of Habit. Ich schaue hastig weg, damit er nicht bemerkt, wie ich gebannt auf seinen schweißnassen Oberkörper starre, seine tief sitzende Hose, den Ansatz seiner Leisten, diesen festen Hintern …

Hinzu kommt, dass er Track 4 auf der LP, »Shutter«, offenbar auswendig kann.

Verdammt, ich hätte ihn mehr für den Typ Country & Folk gehalten.

Er besitzt die Dreistigkeit, mir auch noch zuzuwinken, und meine Wut kocht wieder hoch. Ich werfe das Handy auf den Tresen, wodurch auch die Musik abrupt verstummt. Jetzt ist nur noch die Motorsäge zu hören, die meine Nervenbahnen in ihre Einzelteile zerlegt.

Ich stapfe aus dem Haus wie eine Rachegöttin, die der Unterwelt entsteigt. Ehe ich Preston erreiche, hört er auf zu sägen.

»Schade, ich bin großer Force-of-Habit-Fan«, sagt er und zieht eine Grimasse.

»Du machst jetzt dieses nervige Ding hier aus und lässt mich in Frieden, sonst …«, drohe ich, ohne zu wissen, was nach dem »sonst« kommen soll. Es fällt mir schwer, ihm in die Augen zu sehen. Da ist dieser feine Schweißfilm auf seiner Brust, und ich verspüre den völlig irrwitzigen Wunsch, mit meinen Fingern eine Spur auf seiner Haut zu hinterlassen. Ich schüttele mich innerlich. Was ist nur los mit mir?

»Ist schon aus«, sagt Preston gelassen. Einen Augenblick lang weiß ich nicht, wovon er spricht. »Du hast guten Musikgeschmack!« Breit grinsend und breitbeinig stellt er sich vor mich. Ich will zurückweichen und gleichzeitig näher kommen. Ich kann ihn riechen. Sein frischer Schweiß und der Duft des Holzes ergeben einfach eine toxische Kombi. Das ist doch Absicht. So eine Art Biowaffe. Irgendetwas, das an meine Hirnrezeptoren anknüpft und sie lahmlegt.

»So geht das nicht!«, schimpfe ich. »Du bist eine Zumutung!«

»Die Stihl unter den Nervensägen?«, wiederholt er meine Worte.

»Schlimmer!«, schreie ich. »Du bist die Mutter aller lockeren Schrauben, die durchbrochene Schallmauer in meinem Nervenkostüm, das ... das ...« Ich hole zum finalen verbalen Schlag aus, aber da streckt er seine Arme, verschränkt sie hinter dem Kopf, und ich sehe den Muskelstrang, der sich unter der Haut spannt, und bin sofort wie ausgeknipst. Seine körperliche Präsenz hat den Effekt einer Abrissbirne. Mein Hirn ist Matsch. Letzter Ausweg: Flucht.

...

Später im Hotel geht es katastrophal weiter. Der Arbeitstag beginnt mit einem kalten Check-out, dem Albtraum jedes Hoteliers. In Suite 7 ist ein älterer Herr einem Schlaganfall erlegen, und das Zimmermädchen, das ihn gefunden hat, wurde wegen des Schocks ins Krankenhaus eingeliefert. Die ganze Zeit denke ich an Prestons Leiche-im-Keller-Bemerkung und schaudere. Auch wenn ich für diesen Toten nichts kann, so bin ich mitschuldig an Josies Schicksal. Wenn das damals alles nicht passiert wäre, läge Josie nicht tot in der Pathologie. Je länger ich darüber nachdenke, je länger es keine Hinweise auf eine andere Identität des Opfers gibt, desto überzeugter bin ich, dass es nur Josie sein kann. Auch wenn ich sie nicht selbst umgebracht habe, so habe ich eine schreckliche Ahnung, wer es gewesen sein könnte.

Morgen Nachmittag im Southside Cafè. Ich hab nicht zugesagt, nicht abgesagt, sondern einfach nicht auf Odinas Nachricht reagiert. Und bin fast ein wenig dankbar für die Hektik im Seasons. Auf den kalten Check-out folgt eine wahre Abreiseflut. Sie liegt wahrscheinlich nicht nur an dem Schlaganfallopfer, sondern auch an dem Leichenfund, der sich inzwischen bis ins Hotel herumgesprochen hat. Als wäre Unglück pandemisch, ergreifen die Gäste die Flucht. Dazu kommt, dass meine Mutter im Hotel so überpräsent ist, dass ich mich ins Hotelgym zurückziehe. Nach einer Kardioeinheit schiebe ich einen Kraftzirkel mit Antonio, unserem hauseigenen Fitnesstrainer, hinterher und überlege, noch einmal meine Notizen für die neue Homepage zu überarbeiten. Doch sosehr ich versuche, mich abzulenken, meine Gedanken landen immer wieder bei Josie. Und bei Odinas Nachricht. Die Erinnerungen, die mit Averys Erscheinen auf der Insel hochgekommen sind und sich mit dem Fund der Leiche am Moss Lake nicht mehr aufhalten lassen, machen mich rastlos. Und dann folge ich doch dem Impuls, der mich ohnehin nicht loslassen wird, und mache mich auf ins Southside Café. Nur mal schauen, ob Avery und Odina überhaupt da sind. Ich kann ja jederzeit wieder gehen. Ich muss nicht über Josie reden. Und schon gar nicht über mich.

Ich verlasse das Hotel frisch geduscht in einer hellen Leinenbluse. Meine Haare sind zu einem ordentlichen High Bun frisiert, und meine Beine stecken in Ermangelung einer anderen Hose in dem schwarzen Stoff der Hoteluniform. Obwohl es dafür viel zu heiß ist.

Am Seasons vorbei gehe ich in Richtung Pier, biege aber nicht auf den langen Holzsteg ab, der tausend Fuß weit ins offene Meer hinausführt, sondern nehme die Straße, die, je weiter man sich vom Seasons entfernt, immer unspektakulärer wird. Abseits der asphaltierten Straße findet sich meist feiner Sand, der sich je nach Wind auch wie Puderzucker überall auf dem heißen Beton verteilt. Der kräftige Ostwind pustet einzelne Strähnen aus meinem Bun. Meine Schritte werden entschlossener, energischer. Mein Herz weitet sich, und ich spüre plötzlich ein tiefes Verbundenheitsgefühl zu meiner Insel. Es tut gut, zu laufen. Die Häuser hier, so nah am Meer, sind alle gepflegt, und nur an wenigen Häusern hängt patriotisch die amerikanische Flagge aus dem Fenster, wie es auf dem Festland viel häufiger vorkommt. Nach etwa eineinhalb Meilen fällt mir das Holzschild ins Auge. Ich zögere kurz, biege dann doch ab. Das Southside Café hat sich in den letzten Jahren zu einer hippen Location gemausert. Die lockere Beachatmosphäre und eine überschaubare, aber gute Speisekarte haben dafür gesorgt, dass an den Wochenenden ohne Reservierung nichts zu machen ist. Ich war ein paarmal hier, meistens wenn Suzy zu Besuch war, einmal mit Aiden. Der lächerliche Versuch, gemeinsam zu frühstücken, scheiterte, als Aiden seine Hand besitzergreifend auf meine legte und, ohne zu fragen, Eggs Benedict mit Bacon für mich bestellte. Aiden und ich funktionieren in gewissen Positionen – liegend zwischen den Laken –, einander gegenübersitzend in einem Café gehört nicht dazu. Hier, am östlichen Zipfel der Insel, hat das Southside Café eine Art Alleinstellungsmerkmal, die meisten Restaurants konzentrieren sich um den Kern von Harbour Bridge, in dessen Mitte das Seasons liegt. Eine Handvoll Autos stehen auf dem staubigen Parkplatz vor dem Café, darunter ein großer schwarzer SUV mit getönten Scheiben, neben dem mein SL wie ein Spielzeugauto aussehen würde. Ich nehme den schmalen Weg aus Holzbohlen und ziehe mir, einem spontanen Impuls folgend, die Schuhe aus. Was Odina, die ständig Angst hatte, in irgendetwas hineinzutreten, nie verstanden hat. Und in dem Moment, in dem ich an Odina denke, sehe ich Avery. Sie sitzt mit dem Rücken zum Meer. Ich bleibe stehen, obwohl die Holzbohlen von der Sonne zu heiß für meine nackten Füße sind und ich mir die Sohlen verbrenne. Ich könnte noch umdrehen, aber ich schaffe es nicht. Wenn man eine Schwester hat, die 2900 Meilen entfernt am anderen Ende des Landes lebt, und eine alte Freundin, die jetzt nur noch eine Angestellte ist, dann sehnt man sich nach Gesellschaschaft. Odina … die nirgendwo zu sehen ist.

»Hey, Isa«, ruft Avery und steht auf, als sie mich entdeckt. In meinen Körper kommt unfreiwillig Bewegung, meine Füße danken es mir augenblicklich, denn die Sohlen fühlen sich schon an, als wären sie durchgebrannt. Avery lässt sich wieder auf ihren Stuhl fallen.

»Setz dich!« Jake lächelt mich an. Da liegt noch viel von dem jungenhaften, spitzbübischen Grinsen in seinem Gesicht, aber ich bemerke vor allem, wie er Avery ansieht. Liebevoll, aber auch erwachsen und ernst. Vielleicht nehme ich deswegen die Aufforderung an und sitze dann tatsächlich zum ersten Mal seit so vielen Jahren an einem Tisch mit meiner ehemaligen Freundin und ihrer großen Liebe. Zwischen Avery und mir ist einer der Stühle frei. Ich schaue auf das Sitzkissen, als würde jeden Moment Josie ihre schlanken Beine darauf schwingen und uns mit ihren munteren blaugrauen Augen anblitzen. Die Vorstellung jagt einen brennenden Schmerz durch meine Kehle.

Avery greift nach dem Glas vor sich und schenkt aus einer Dose nach.

»Basil Berry!«, sage ich überrascht beim Blick auf das knallbunte Etikett mit einer lachenden Erdbeere. Einen Moment lang vergesse ich, dass ich das nicht wollen sollte. Neben Avery sitzen. Mit einem Josie-Platzhalter zwischen uns. »Das habe ich schon

Jahre nicht mehr getrunken! Ich dachte, die hätten die Produktion eingestellt!«

Avery lächelt. »Das ist so eine Art Retro-Edition, aber …« Dann bricht sie ab, winkt einer Kellnerin zu und bestellt, ehe ich widersprechen kann, für mich auch eine Dose Basil Berry. Auf dem Tisch liegen Notenblätter voll mit Notizen. Als eine Windböe aufkommt, legt Jake die Hand darauf. Und Avery legt ihre wie selbstverständlich auf seine. Als hätte jemand einen Knopf gedrückt, kann ich Prestons Berührung an meinem Rücken wieder fühlen. Punktgenau. Ich widerstehe der Versuchung, nach der Stelle zu tasten.

»Ich hatte gehofft, dass du kommst«, sagt Avery leise.

Ich schlucke. Das Getränk rettet mich zunächst vor einer Antwort. Ich öffne die Dose und gieße das zischende, süße Zeug in das Glas. Sauge vorsichtig am Strohhalm und warte auf das vertraute Zusammenspiel von Erdbeere, Basilikum und Limonade auf meiner Zunge. Doch etwas ist anders.

»Schmeckt anders als früher, oder?«

Nichts schmeckt mehr wie früher.

»Sie wird gleich hier sein«, sagt Avery, und unsere Blicke treffen sich über dem leeren Stuhl zwischen uns. »Odina«, stellt sie klar, als ob die Option bestehen würde, dass Josie auftaucht.

»Die Leiche, Isa … Sie prüfen gerade die Zähne. Cora, meine Assistentin, hat sich umgehört. Der James-Bond-Effekt«, sie wirft Jake einen Blick zu, und er nickt. »Auf jeden Fall«, fährt Avery an mich gewandt fort und holt tief Luft. »Auf jeden Fall gibt es drei Möglichkeiten. Drei vermisste Frauen, die infrage kommen. Eine davon ist Josie.«

Eine davon ist Josie. Dieser Satz rast mit der Gewalt eines Kategorie-5-Wirbelsturms durch meine Gedanken.

Ich starre Avery eine Weile an, forsche in ihrem Gesicht, wundere mich, ob sie dieselbe Panik fühlt wie ich. Panik gepaart mit furchtbaren Schuldgefühlen. Dass Jake aufsteht, Avery einen Kuss auf die Stirn drückt, sie ihm zulächelt und etwas sagt, nehme ich kaum wahr.

Avery rückt mit dem Stuhl näher an den Tisch. »Die Untersuchungen sind noch nicht abgeschlossen, aber Summerstone, die Klinik, in der Josie hier war, hatte Zahnunterlagen von ihr, warum auch immer. Die werden jetzt abgeglichen.«

»Sie hat sich einen Zahn ausgeschlagen, in dem Jahr, in dem deine Mutter auf der Insel war«, sage ich gedankenverloren und denke an Josies blutverschmierten Mund, als sie nach einem heftigen Aufschlag mit dem Kopf auf das Brett aus dem Wasser kam. »Sie haben ihren Kiefer geröntgt und den Zahn dann irgendwie wieder befestigt.«

»Ich kann mich gar nicht dran erinnern«, murmelt Avery zerknirscht. »Aber offensichtlich habe ich so einiges nicht mitbekommen.« Sie sieht in die Richtung, in die Jake verschwunden ist und aus der jetzt Odina auf uns zuläuft. Im Hotel gehe ich ihr so gut es geht aus dem Weg, lege ihre Schichten wann immer möglich so, dass wir uns nicht begegnen. Odina gehört zu den wenigen Frauen, denen Älterwerden steht. Sie ist so zeitlos schön, dass Reife in ihrem Gesicht kein Makel sein wird, sondern das i-Tüpfelchen ihrer Weiblichkeit. Sie trägt ein hellblaues Kleid in A-Linie, die Haare zu einem losen Zopf gebunden und eine Sonnenbrille auf dem Kopf. Sie legt ihre Hände auf meinen Stuhlrücken und lächelt Avery an.

Mir entgeht das leichte Zittern ihrer Lippen nicht, als ihr Blick zu mir schwenkt. »Isa«, sagt sie knapp, aber herzlich. Dann setzt sie sich auf den Platz, den Jake verlassen hat.

»Hey«, erwidere ich mit kratziger Stimme.

»Ich hab es ihr schon gesagt«, erklärt Avery. Odina massiert mit den Zeigefingern ihre Schläfen. Dann sagt sie mit diesem pragmatischen Ton: »Also, Isa. Dann bringen wir dich mal auf den aktuellen Stand unserer Nachforschungen. Wir wollten nicht warten, ob es wirklich Josie ist. Wir dachten, wenn sie es nicht ist, dann … Egal, du willst bestimmt wissen, was wir bisher herausgefunden haben.«

Nein, das will ich ganz und gar nicht, möchte ich sagen und bleibe doch stumm. Wenn Odina in Fahrt gerät, dann komme ich nicht mehr mit. Und da ist immer noch der leere Stuhl, der mich anklagend ansieht.

»Es fing alles mit diesem Artikel im *Harbour Chronicle* an«, sagt Avery. »Dieser Satz … W(h)er(e) is Witty Sue Fisher?«

Und dann fängt Odina an zu erzählen. Davon, wie sie und Avery wieder zueinandergefunden haben. »Es tut gut, euch wiederzuhaben!«, sagt sie, und ich hoffe, sie meint Avery und Jake. Nicht Avery und mich.

»Und dann haben wir in Andys alten Unterlagen gesucht.«

Entweder habe ich mein Pokerface gut im Griff, oder in ihrem Enthusiasmus fällt Odina gar nicht auf, dass ich ihn nicht teile. Sie berichtet von Averys Einbruch in Jesper Sandstroms Haus, die Beweise, die sie dort gefunden haben.

»Sandstrom hatte sich bei Andy einen Mietwagen gemietet und die Insel verlassen. Es gab wohl eine zweite Vermietung an diesem Tag. Aber wir konnten noch keinen Zusammenhang herstellen. Und nun verläuft diese Spur im Sand.«

Avery übernimmt irgendwann mit einem Bericht über ihre Eifersucht auf Josie. Und spätestens da müsste ich einhaken. Sie liefert mir die perfekte Vorlage, endlich meinen Teil der Geschichte zu erzählen. Aber ich kann nicht.

Odina und Avery sind ein wenig näher gerückt, lehnen sich über den Tisch, ihre Stimmen sind gedämpft, fast schon verschwörerisch. Mir wird klar, dass sie noch immer glauben, wir wären so etwas wie Komplizinnen, Verbündete in einem Drama, das vor sehr langer Zeit seinen Anfang genommen und nie aufgehört hat.

»Was genau hat der Artikel im *Chronicle* mit Josie zu tun? Habt ihr das herausgefunden?« Ich presse den Satz heraus, weil er von mir erwartet wird. Nicht weil ich es wirklich wissen will. Ich will nichts mehr davon hören. Ich kann mich einfach nicht wieder mit Josie beschäftigen. Vor allem nicht mit dem Kapitel unserer Geschichte, das ich so gerne streichen will.

Odina schaut betreten auf die Tischplatte. Avery sieht mir offen ins Gesicht und lächelt schief. »Ehrlich gesagt, das bleibt ein Rätsel. Und als dann die Leiche gefunden wurde, dachten wir, na ja, wir dachten, jetzt kann es ja wirklich nicht Josie gewesen sein, die uns einen Hinweis geben wollte.«

»Ihr habt ernsthaft geglaubt, Josie selbst hätte diese Zeilen im *Harbour Chronicle* hinterlassen?«, frage ich hämisch.

»Es könnte ein Zeichen sein! Von ihr, dass sie noch lebt, dass wir weiter nach ihr suchen sollen!«, bekräftigt Odina.

»Wer könnte denn die Frau aus dem Moss Lake sein, wenn nicht Josie?«

Odina wirft Avery einen schnellen Blick zu, stockt kurz, bevor sie antwortet. Mit dieser Frage hat sie wohl nicht gerechnet. Ich verschränke die Arme vor der Brust, spüre, dass ich mich langsam wieder unter Kontrolle bekomme. Dass ich aufstehen und gehen könnte. Wenn Josie nicht tot ist, dann kann ich auch so weitermachen wie bisher. Wenn sie nicht die Leiche im Moss Lake ist, dann kann ich weiterhin so tun, als würde sie irgendwo leben. Als wären nicht meine Entscheidungen, meine Feigheit schuld daran, dass sie verschwunden ist.

»Seit heute Morgen ist klar, dass die Tote schon sehr lange dort liegt. Ich hab es vorhin im Radio gehört«, sagt Odina langsam.

Keine von uns sagt etwas, zu schwer wiegen Odinas Worte.

»Wie lange?«, frage ich.

»Schätzungsweise zehn Jahre, vielleicht länger, vielleicht auch etwas kürzer. Das werden die Untersuchungen zeigen.«

Keiner von uns wagt es, ihren Namen auszusprechen.

»Vielleicht ist es …«, Odina zögert kurz, während Avery mit der Hand über ihr Gesicht fährt. »Barefoot-Annie.«

Barefoot-Annie, die zwar von einem auf den anderen Tag verschwunden ist, aber die ich nie meiner Vermisstenliste hinzugefügt hätte.

»Wie kommen sie auf Barefoot-Annie?«, sage ich um den Kloß in meinem Hals herum.

Odina seufzt. »Ihre Schwester hat sie wohl vor ein paar Jahren als vermisst gemeldet, aber niemand hat das ernst genommen. Bis zum Fund der Leiche. Ich meine, Annie war eine Obdachlose ohne festen Wohnsitz.«

»Zehn Jahre …«, sinniert Avery und wird blass.

Ich überlege, wie erstaunlich es tatsächlich wäre, wenn die Tote Barefoot-Annie wäre. Eine Frau, die niemand wirklich vermisst hat, taucht einfach so wieder auf. Im wahrsten Sinne des Wortes. Und eine, nach der die halbe Welt sucht, bleibt wie vom Erdboden verschluckt.

Barefoot-Annie, hallt es durch meinen Kopf, und jetzt knallt endgültig eine Sicherung durch. Auch ganz ohne Prestons Zutun.

Da sitzen wir. Drei ehemalige Freundinnen. Der klägliche Rest. Ganz am Anfang eines Rätsels. Wieder einmal. Und haben keine Ahnung voneinander. Wenn Josie verschwunden bleibt, ist auch mein Geheimnis sicher. Wenn sie wieder auftaucht, ist nichts mehr sicher. Dann wird herauskommen, was ich allen verschwiegen habe. Dann werden Avery und Odina mich mit anderen Augen sehen. Die ganze Insel wird das. Die Alteingesessenen ebenso wie die

Zugezogenen. Wie Preston … der hier mein geringstes Problem sein dürfte. Ich stehe steif auf und kann Avery und Odina nicht ansehen. »Ich möchte nicht mit euch nach Josie suchen. Entweder sie ist tot, oder sie bleibt verschwunden. Ich will ein für alle Mal abschließen.« Dann lege ich zehn Dollar auf den Tisch und sage: »Nichts schmeckt mehr wie früher, und das wird es auch nie mehr.«

9

Dreizehn Jahre zuvor

Barefoot-Annie trat an einem Dienstag im Frühjahr 2001 in mein Leben. Es regnete seit Stunden so heftig wie seit Monaten nicht mehr, und ein halbes Dutzend Gäste in Zimmern mit Meerblick bat darum, ihre Zimmer tauschen zu dürfen, weil ihnen der Anblick des Ozeans Angst bereitete. Im März 2001 war Annie nur eine von vielen obdachlosen Wanderarbeiterinnen, die vom Festland auf die Insel kamen, um im Trailerpark am Rande des Marschlands einen Unterschlupf zu finden. Viele Menschen hatten in den vorangegangenen Jahren ihre Wohnung in Charleston verloren, die Mietpreise waren in die Höhe geschnellt, die Gehälter dagegen nicht adäquat gestiegen. Die meisten von ihnen waren von Werbeplakaten angelockt worden, die Harbour Bridge als »The sunny side of Charleston« oder »The edge of America« bewarben und dabei vergaßen, dass die Knappheit an bezahlbarem Wohnraum hier nicht etwa ein Ende hatte, weil man sich am Rande von Amerika befand, sondern dass es sich vielmehr so anfühlte, als hätte sie hier erst begonnen.

Barefoot-Annie, die mit vollem Namen Annabelle Lepraun hieß, war nicht ohne Schuhe auf die Insel gekommen, hatte aber den Fehler begangen, sie vor Eintritt des sinnflutartigen Regens vor dem heruntergekommenen Wohnwagen ihrer Cousine abzustellen. Die Schuhe kamen ihr ebenso abhanden wie das Dach über dem Kopf, denn mit ihrer Cousine geriet sie in einen heftigen Streit, dessen Ursache sich später nicht mehr rekonstruieren ließ. Zum ersten Mal begegnete Annie mir an jenem Dienstagmorgen auf dem Weg in die Wäscherei. Ich hatte einen Brocken Sediment in meiner Tasche und wollte ihn im Keller verstecken, um ihn genauer zu untersuchen. Nicht, dass ich wirklich Ahnung gehabt hätte, wie, aber ich hatte Alexis auf Tybee Island dabei beobachtet.

Die Wäscherei war ein guter Ort, um das Stück Marscherde hinter allerlei Chemikalien zu verstecken, und die beiden Frauen, die hier seit über zwanzig Jahren arbeiteten, Tante Zadie und Tante Ireen, waren wie echte Verwandte und hüteten gerne meine kleinen und großen Geheimnisse. Und dann sah ich sie. Ich fuhr heftig zusammen, und fast wäre mir der mühsam gestochene Batzen Erde aus den Händen gefallen, denn da saß eine spindeldürre Frau auf einer der Waschmaschinen. Barfuß und eine Banane essend. Ihre Füße waren dunkler als der Boden, ihr mageres Gesicht, aus dem die Augen überdimensional groß wie bei einer Hornisse herausragten, umrahmt von zottigem Haar. Die Klamotten hingen an ihrem Körper herunter, und ich musste zweimal hinsehen, um zu verstehen, dass das, was da spitz durch die Hose stach, offensichtlich ihr Knie war.

»Hi«, sagte sie, während ich zwei Schritte zurückwich.

»Äh …«, machte ich.

»Ich bin Annie.«

»Du bist barfuß«, sprach ich aus, was mir als Erstes auffiel.

»So ist das, wenn man keine Schuhe mehr hat«, entgegnete sie, lächelte und entblößte erstaunlich weiße und gerade Zähne. Ich korrigierte ihr geschätztes Alter von Anfang vierzig auf vielleicht doch erst dreißig.

»Was machst du hier?«

»Ich esse eine Banane«, erklärte sie.

»Aber du hast hier nichts zu suchen, das ist ein Hotel.«

»Ja, das dachte ich mir schon.« Sie grinste.

»Wer hat dich reingelassen?«

Sie verzog das Gesicht. »Ich hätte eher mit der Frage nach der Herkunft meiner Banane gerechnet.«

»Ich bin Isa-«, fing ich an und stockte. Ich hatte sagen wollen: »Ich bin Isabella White, und meinen Eltern gehört das Hotel.« Aber dann musste ich an Suzy denken und aus irgendeinem Grund an Jekaterina und Alexis und daran, wer ich viel lieber wäre als die Tochter meiner Eltern.

»Hallo, Isa«, antwortete Annie und schaukelte mit den Beinen vor und zurück, was so kindlich wirkte, dass ich ein drittes Mal über ihr Alter nachdachte.

»Oh«, erklärte sie und deutete auf den Batzen Erde in meiner Hand. »Du bist eine kleine Forscherin?«

Ich sah auf den Brocken. »Nein«, musste ich zugeben. »Ich habe keine Ahnung, was ich damit anfangen soll.«

»Aber du interessierst dich für die Natur?«

Ich nickte eifrig.

»Auch für Pferde?«

Ich nickte wieder.

»Ich hätte einen Vorschlag für dich!«, sagte Annie.

Der Deal war einfach: Barefoot-Annie würde mir alles über die Mustangs und ihr Leben hier beibringen, was sie wusste. Und ich würde sie dafür in der Wäscherei wohnen lassen, bis sie eine neue Bleibe gefunden hatte.

Wie sich herausstellte, hatte Annie viele Jahre in Currituck gewohnt, auf den Outer Banks, wo wie hier auf Harbour Bridge der Legende zufolge die Nachkommen spanischer Mustangs, Überlebende eines Schiffbruchs, lebten.

Barefoot-Annie hatte eine ganz andere Herangehensweise an die Natur als ich. Sie sah darin weniger Forschungszweck und mehr praktischen Nutzen. Während ich in den Stunden nach der Schule mit Barefoot-Annie über die Insel schlich, lernte, wo die Herden sich bei welchem Wetter sammelten, was ihre liebsten Weidegründe waren, und Annie mir erklärte, dass sie meistens zwischen April und Juni ihre Fohlen gebaren und in welchen Hierarchien sie lebten, fiel es mir in der Schule immer schwerer, angepasst zu sein. Meine Freundschaft mit den LOLAs war fragil, es gab so viele Mädchen, die in ihren Kreis drängen wollten, während es mich herauszog. Ich würde lieber mit Odina hinterm Fahrradständer stehen, als mit den LOLAs zu kichern, wäre lieber mit Odina surfen gegangen, als shoppen mit Lien. Und ich hätte lieber mit Odina gelacht als mit Amber über andere Mädchen.

Manchmal versuchte ich, ein Gespräch mit ihr anzufangen. Aber sie blockte meine Kontaktversuche ab, hielt sich an ihre eigene Regel, dass der Rest des Jahres nichts mit dem Sommer zu tun hatte. Dass Schule und Ferien wie Jahreszeiten waren, die nicht zueinandergehörten. Auf Sommer folgte kein Winter. Auf Winter kein Sommer. Und ohne einen Übergang dazwischen schien es unmöglich, von der Distanz unseres Alltags auf die Nähe im Camp zurückgreifen zu können.

Mit Lee war es einfacher. Vielleicht weil Lee die Freieste unter uns war. Sie ging zur Schule, wann sie es für richtig hielt, und nie, wenn die Brandung gerade gut war. Es war zum Ritual geworden, dass wir uns während der Schulzeit samstags am Pier trafen. Meistens hatte Lee eine Flasche Selbstgebrannten dabei. Nicht weil sie ihn trinken wollte, sondern weil er eine Art Währung war. Sie tauschte ihn gegen Wachs für ihr Board, Sonnencreme und, wenn sie von beidem genug hatte, auch gegen Bargeld.

Von Barefoot-Annie lernte ich über die Mustangs so viel wie von Alexis über das Marschland. Und während Alexis der erste Junge war, in den ich mich verliebt hatte, so war Annie die erste Frau, die ich wirklich bewunderte. Sie wurde zu einer Mentorin für kurze Zeit. Denn als der Sommer begann, die ersten Fohlen längst staksig ihre Mütter hinauf in die Dünen begleiteten und auf der Insel eine heftige Diskussion zwischen Vogelschützern und jenen, die sich ehrenamtlich um die Pferde kümmerten, entbrannte, war Barefoot-Annie von einem auf den anderen Tag verschwunden. Sie war so gegangen, wie sie gekommen war – unerwartet. Ich machte mir keine Sorgen um sie. Annie war weitergezogen, wie die Herden, die ich mit ihr beobachtet hatte. Ich war mir sicher, dass sie ihren Platz einfach anderswo gefunden hatte. Wahrscheinlich lag in der ultimativen Freiheit auch ihre größte Gefahr: Wenn man ungebunden war, vermisste einen auch niemand. Und wenn man sich überall einfügen konnte, schien es auch kein großer Verlust zu sein, wenn man wieder verschwand.

Ich hielt dennoch den ganzen Sommer lang Ausschau nach Barefoot-Annie, nichts ahnend, dass ich ihren Namen in den Jahren danach vergessen sollte und ihre tragische Geschichte sich beinahe nahtlos in das Schicksal unseres ungleichen Freundschaftskleeblatts fügen sollte. Wie die Pferde in die Natur. Ein Vergleich, der ihr sicher gefallen hätte.

• • •

»Willkommen zurück«, erklärte Andy an dem Tag, als das Surfcamp startete. Er band sich das Bandana fester um seinen Kopf, sodass seine Locken darunter in alle Richtungen von seinem Kopf abstanden. Sein wettergegerbtes Gesicht verzog sich zu einem breiten Grinsen, das ein wenig schmaler wurde, als er bemerkte, dass Lee noch immer fehlte. Sein Liebling, der Star unserer Truppe.

»Wo ist sie?«, wollte er wissen und sah sich um. »Sie wollte doch ab heute dabei sein?«

Ich zuckte mit den Schultern. »Wahrscheinlich kann sie die Kursgebühren dieses Jahr nicht zahlen.« Es war eine Feststellung und nicht böse gemeint. Lee hatte mir selbst erklärt, wie eng es bei ihr finanziell war. Einen bösen Blick von Odina kassierte ich dennoch.

»Können wir jetzt surfen? Es sind Ferien, Odina.« Ich spürte, wie meine Mundwinkel zuckten und ihre ganz eigene Sprache sprachen. Odina verstand. Sie streckte den Arm aus, und Hand in Hand gingen wir hinunter zum Strand, um unsere Bretter in die Gischt zu schieben. Es war endlich Sommer geworden.

Lee kam auch am nächsten Morgen nicht, und wir wollten sie besuchen, um nachzusehen, was los war, als sie schließlich in ihrem bunten Bikini vor uns stand. Ihre Beine waren länger als im letzten Jahr, der Bikini um die Brust herum ein wenig zu klein. Aber um ihre Mundwinkel spielte der gleiche fröhliche, leicht überhebliche Zug, und so fragten wir nicht weiter nach. Sie hatte einen verknitterten Umschlag bei sich, den sie Andy in die Hand drückte und den er nickend und ohne hineinzusehen an sich nahm.

»Was ist denn jetzt? Wollt ihr surfen, oder was? Es sind Ferien!«, wiederholte er meine Worte. Und wir zögerten keine Sekunde länger. Wir stürzten uns gemeinsam in die Wellen, entschlossen, zu vergessen, was man sowieso nicht ändern konnte. Dass Zeit, wenn sie einmal vergangen war, als unwiederbringlich verloren galt.

• • •

»Wann wart ihr das letzte Mal schwimmen?«, wollte Andy wissen und sah in fünf ratlose Mädchengesichter. Wie die Orgelpfeifen aufgereiht standen wir vor dem Point Break am Strand neben unseren Brettern.

»Ihr legt jetzt jeden Tag eine halbstündige Fitnesseinheit ein, ihr Luschen!«, polterte er.

Avery zuckte zusammen, Lee grinste breit. Josie setzte ein möglichst unbeteiligtes Gesicht auf, und Odina sah an sich hinunter, als wären allein ihre Pfunde ein Grund, sie zu kritisieren.

»Kraulen, Isabella«, sagte Andy an mich gewandt. »Kein Wasserballett.«

»Nur weil ich blond bin, bin ich noch lange keine Ballerina«, gab ich beleidigt zurück.

»Du bist hier aber auch nicht auf deinem Tennisrasen, sondern im Wasser. Josie steht nicht vor der Kamera, Odina knetet keine Pizza, und Lee, na ja, Lee, dich nehme ich aus, aber Avery, sag, haben alle deutschen Mädchen so dünne Oberarme?«

Avery zog eine Schnute.

»Im Ernst, ihr wollt doch surfen und nicht boogieboarden. Ihr braucht Kraft, und daran arbeiten wir jetzt.«

Fast schon fürchtete ich, er würde meinen Oberarm packen, aber Andy kannte unsere Grenzen und tippte nur mit dem Zeigefinger auf die Stelle an seinem eigenen Arm, an der sich auch bei uns besser schnell ein ausgeprägter Beuge- und Streckmuskel bilden sollte.

»Großmaul«, sagte er und deutete auf Lee, die amüsiert ihren Kaugummi vor sich in den Sand spuckte.

»Du machst die Bande jetzt mal fit, ich komme in einer Stunde wieder. Dann will ich Schweiß sehen! Ich trainiere keine flügellahmen Enten, ich will Powerfrauen!«

Lee klatschte begeistert in die Hände, Odina stöhnte, und Josie sah aus, als würde sie am liebsten die Flucht ergreifen. Avery und ich beschlossen, dass es das Beste war, uns in unser Schicksal zu fügen und tatsächlich Lee das Kommando zu überlassen.

»Los, ihr Regulars«, drängte Lee, die sich wahnsinnig viel darauf einbildete, als einziger Goofy unserer Truppe die Leash am linken Knöchel zu tragen.

Vielleicht hätte Andy Lee sagen müssen, dass sie sich nur ausnahmsweise als Chefin aufspielen durfte, so aber schien es, als sähe sie es als ihre neue Aufgabe an, uns zu jeder sich bietenden Gelegenheit zu drangsalieren. Dank Andys Vertrauen in Lee und Lees unbedingtem Willen, Surfprofi zu werden, joggten wir regelmäßig am Strand, kraulten durch die ruhigeren Buchten der Insel, machten Liegestütze und Kniebeugen, bis uns vor Anstrengung übel war.

Man konnte über Lee denken, was man wollte, sie war zur Anführerin geboren. Sie war streng, aber gerecht, unerbittlich, aber nicht gnadenlos. Sie schätzte uns realistisch ein und brachte jede von uns an ihre physischen Grenzen, ohne sie zu überfordern. Dank ihr gelang es uns, im Weißwasser den Pop-up zu beherrschen, sodass wir uns langsam zum Line-up vorarbeiteten. Lee schrie uns an, lobte uns selten und korrigierte beinahe jede unserer Bewegungen. Ihre Kritik saß, tat manchmal weh, war aber immer darauf bedacht, uns zu neuen Höchstleistungen anzustacheln.

»Avery, what the fuck? Hast du Angst vor der Welle, oder warum klammerst du dich an den Rails fest, als wärst du in Seenot?« – »Wenn du nicht willst, dass dir das Brett wegkippt und dir in die Fresse knallt, dann musst du deine Beine parallel halten, Isa.« – »Was bist du, Odi, ein Reissack? Nicht? Warum chillst du dann auf dem Board, statt ein Hohlkreuz zu machen?« – »Katastrophe, Josie. Wo glotzt du denn hin? Sind da etwa ein paar heiße Boys? Schau gefälligst dahin, wohin du sollst!« Zu sich selbst allerdings war sie am strengsten. Jedem misslungenen Take-off folgten mindestens fünf weitere Versuche, nach jedem Waschgang strafte sie sich selbst mit zwanzig Liegestützen, und wenn sie wieder einmal zu weit hinten auf ihrem Brett gestanden hatte, schimpfte sie minutenlang vor sich hin.

Wir wurden besser. Dank Andy, aber vor allem dank Lee und ihrem unermüdlichen Willen, für den ich sie nicht genug bewundern konnte.

• • •

Abends lungerten wir in diesem Jahr noch häufiger am Pier herum als zuvor. Oft kamen wir frühmorgens, bevor die Touristen über den breiten Holzsteg flanierten. Wir tranken Kaffee, obwohl ich den Verdacht hatte, dass bis auf Odina selbst keine von uns ihr starkes italienisches Gebräu mochte, und wir pfiffen den Jungs hinterher, weil man das tat (wie Kaffee trinken eben) und nicht weil wir ernsthaftes Interesse gehabt hätten. Vermutlich wären wir alle rücklings vom Geländer des Stegs gestürzt, hätte einer von ihnen uns je angesprochen. Josie vielleicht ausgenommen. Ich wartete darauf, mich zu verlieben, und verlor mich dafür in zusehends unrealistischen Tagträumen über Alexis. Für Avery gab es Jake an ihrer Schule. Und sie merkte gar nicht, wie häufig sie seinen Namen erwähnte. Lee war mit irgendeinem Parker befreundet, und Odina erklärte, sie sei vielleicht ein klein wenig verliebt in ihren Großcousin. Josie prahlte mit ihren Erfahrungen, die weit über erste Küsse hinausgingen, und schwor, sich niemals in jemand anderen zu verlieben als in diesen Typen aus der Fixer-Upper-Show, die sie drehen wollte. Alle waren irgendwie verliebt, und ich fragte mich, wie sich das anfühlen musste. Seltsamerweise gehörte unsere aufblühende Sexualität nicht zu den Themen, über die wir sprachen. Es waren Dinge, über die ich in der Schule oberflächlich mit den LOLAs diskutierte. Hier, in unserem Sommer, ging es um Gezeiten, um Frames, Line-ups und die Frage, ob irgendeine von uns einmal ein Pro werden würde.

»Auf Hawaii«, erklärte Lee zum wiederholten Male selbstbewusst, als wir eines Morgens am Strand vor Andys Hütte Wellen beobachteten. »Ich surfe irgendwann in O'ahu auf Hawaii!«

»Pipeline, hä?«, sagte Josie. »Der Ursprung aller Wellen.«

»Der Gott unter den Wellen«, ergänzte Lee ehrfürchtig.

»Gegen die Pipeline verblassen selbst die Jaws und die Supertubes«, fachsimpelte Odina.

»Sechs Meter rasiermesserscharfe Riffe unter dir und pure Perfektion!«, schwärmte Lee weiter.

»Wenn du nur redest, wirst du nie gut genug sein, Pipeline zu surfen. Dann reicht es vielleicht für Watergate Bay in Cornwall«, mischte sich Andy ein, der hinter uns Bretter für seinen Anfängerkurs bereitlegte.

»Reden, wer spricht denn hier vom Reden!«, schrie Lee, sprang auf und rannte lachend aufs Meer zu.

Avery sah ihr nach.

»Woran denkst du?«, fragte ich.

Avery drehte sich zu mir und lächelte mich an. »Was für Lee O'ahu ist, ist für mich Berlin. Da will ich spielen. Mit Jake.«

Ich nickte. Avery war so gut, so talentiert. Ich liebte es, sie singen zu hören.

»Odina will Medizinerin werden und helfen«, erklärte Avery mit warmem Blick auf Odina. »Und du, Josie? Was ist dein Oahu? Die Oscars?«

Josie schüttelte langsam den Kopf. »Nein«, sagte sie schlicht. »Ganz bestimmt nicht.«

Damals glaubte ich noch, dass es falsche Bescheidenheit war, und lachte ihre abwehrende Antwort weg. »Ganz ehrlich, als ob du jemals etwas anderes machen könntest, als Schauspielerin zu sein. Kannst du dir ernsthaft vorstellen, dein Leben lang Crab Cake zu backen oder, schlimmer noch, Hotelbetten zu beziehen?«

»Das ist doch nicht das, was du vorhast, Isa, oder?«, wandte sich Avery an mich.

Ich zeichnete mit dem Finger eine Spur in den Sand. »Nein«, sagte ich nachdenklich. »Ich hab andere Pläne.«

Und vor meinem inneren Auge sah ich mich an der Colorado State University über den Campus streifen. Die beste Uni, um Biologie zu studieren. Ich sah mich Proben nehmen und in einem Hightechlabor analysieren, Bücher über die Flora und Fauna des Marschlands schreiben, die natürlich Bestseller wurden, und im nationalen Fernsehen über die Mustangs auf Harbour Bridge referieren. In der naiv-überheblichen Traumvorstellung meiner Teenagerjahre war ich nicht nur irgendeine Biologin, sondern die nächste Anwärterin auf den Nobelpreis. Die Frage war gar nicht, ob, sondern nur, wann. Ich hielt meine Pläne für realistischer, als Rockstar zu werden, die schwierigsten Wellen der Welt zu surfen, einen Oscar zu gewinnen oder wie Odina vom Durchbruch in der Krebsforschung zu träumen.

10

»Ich habe bei den Nachbarn drüben angeklopft«, sagt Devina, meine Reinigungskraft, und deutet im Hinausgehen auf Prestons Haus.

»Ich dachte, da kann man bestimmt viel putzen und der Mann hat Geld.« Ein breites Lächeln zieht sich über ihr faltiges, tief gebräuntes Gesicht. Devina lächelt nur, wenn es um Geld geht. Ich habe keine Ahnung, wie sie davon Lachfalten bekommen konnte.

»Aber es ist«, sie überlegt kurz, »*impecable.*«

Impecable … ? Ordentlich? Sie meint ja wohl nicht, dass Prestons Bude zu ordentlich ist, um eine Putzfrau zu beauftragen. Ich muss sie falsch verstanden haben. Oder mein Schulspanisch ist schlechter als gedacht. Bevor ich nachfragen kann, hat Devina sich umgedreht, die zusätzlichen Dollarscheine, die ich ihr immer zustecke, in ihrer weißen Schürze verschwinden lassen und eilt die Treppe hinunter. Impecable … Oder picobello, wie Odina sagen würde. Makellos, tadellos, perfekt. Ein deutsches Wort zu Averys Ehren fällt mir nicht ein. Aber es ist sicher etwas ähnlich Unaussprechliches wie *splitterfasernackt*.

Devina dreht sich auf dem Treppenabsatz um und ruft mir zu: »Aber *el hombre* hat schon wieder fließendes Wasser!«

»Was sagst du?«, rufe ich perplex zurück.

»Agua, ich habe gesehen, wie er die Hände gewaschen hat!«

Als Devinas dunkelblauer, quietschender Pontiac die Sackgasse verlässt, stehe ich noch immer im Türrahmen und starre fassungslos hinüber zu Prestons Haus. Er hat schon wieder Wasser?! Ich versuche, mich nicht aufzuregen. Aber mein Körper gehorcht mir nicht.

Prestons Wagen steht beladen mit allerlei Kram in der Einfahrt. Er ist also zu Hause. Und duscht vermutlich ausgiebig, während ich noch immer auf dem Trockenen sitze.

So nicht. Das kann ich einfach nicht auf sich beruhen lassen. Auch wenn ich mir nach meinem letzten Wutausbruch fest vorgenommen habe, mich nicht mehr provozieren zu lassen.

Ich möchte klingeln, dann fällt mir ein, dass es keinen Strom gibt. Ich versuche es trotzdem, falls er mich auch mit dem Strom reingelegt hat. Aber es ertönt kein Geräusch. Also hämmere ich mit den Fäusten gegen das Holz. Nichts passiert.

Kurzerhand steige ich die Treppe zur Veranda hoch und bleibe vor der ersten Balkontür stehen.

Die Scheibe ist von einer leichten Staubschicht bedeckt, was an dem Sandsturm letzte Nacht liegen könnte. Ich wische vorsichtig darüber, lege dann die Hände wie ein Fernglas an die Scheibe und versuche hineinzuschauen. Ich entdecke ein leeres Wohnzimmer mit frisch abgeschliffenen Holzdielen. Der Kerl malträtiert mich mit Dreck, Staub und Geräuschen und … Mein Blick schweift weiter, sucht nach herumliegenden Socken, Spinnweben, Umzugskartons, nach irgendetwas. Leider kann ich die Küche nicht sehen, nicht einmal, wenn ich mich schwanenhalsmäßig verbiege. Was mache ich da überhaupt? Ich sollte schleunigst runter von seiner

Veranda. Stattdessen drücke ich die Stirn noch fester gegen das Glas und schrecke panisch zurück, als ich merke, dass es etwas nachgibt. Der Bügel der Schiebetür ist nicht nach unten geschoben. Das Haus ist offen. Und ehe ich entscheiden kann, ob ich reingehen oder im besten Fall einfach abhauen sollte, gehe ich in die Knie und linse weiter nach innen. Aus diesem Winkel kann ich mehr sehen. Bis sich plötzlich ein dunkler Schatten vor mein Gesicht schiebt. Ein menschlicher Schatten. Preston.

Meine Stirn an der Scheibe ist ungefähr auf Höhe seines … Ach du Scheiße.

Preston ist so gut wie nackt.

Er hat nur ein Handtuch um die Hüften.

Der Arsch hat tatsächlich geduscht.

Er hat Wasser. Schnell richte ich mich auf. Stehe noch viel zu nah vor ihm. Gut, dass da eine Scheibe ist. Sonst würde das hier wie ein … nein, ich fasse meine wirren Gedanken nicht in Worte.

»Hi!«, sagt er. Ich trete einen Schritt zurück, während er die Tür aufschiebt.

»Preston«, keuche ich.

»Der wohnt hier«, erwidert er gelassen und verschränkt die Arme vor der nackten Brust, »und fragt sich, was du da machst.«

»Ich versuche eigentlich zu vermeiden, dir zu begegnen«, platze ich hervor. *Blowjob*. Das hier muss ausgesehen haben wie ein Blowjob. O Gott, das Handtuch spannt so eng um seine Hüften, dass ich seine Ausstattung darunter mehr als nur erahnen kann.

Preston hebt eine Augenbraue. Er hat wirklich schöne Augen.

»Du willst mir aus dem Weg gehen, indem du in mein Haus schaust?«

Sein Haar ist nass. Zum Glück fällt mir wieder ein, warum ich eigentlich hier bin. Bestimmt nicht, um sein … zu bestaunen.

»Du hast geduscht!«, rufe ich und verschränke ebenfalls die Arme vor der Brust.

Er nickt langsam. »Und?«

»Und ich habe kein Wasser! Wie kann es sein, dass du duschen kannst und ich nicht! Willst du mich eigentlich verarschen?«

»Du kannst bei mir duschen«, sagt er, tritt beiseite und macht eine einladende Geste.

»Was?«

»Du kannst bei mir duschen.«

»Das hättest du wohl gern«, zische ich.

»Ja«, erwidert er. »Du brauchst eine Dusche, ich habe Wasser. Ganz simpel.«

»Äh«, mache ich.

»Deswegen bist du doch hier, oder? Um zu duschen?« Seine Stimme ist so freundlich, als wären wir keine verfeindeten Parteien, die um jeden Zentimeter Frontlinie kämpfen, sondern … Freunde oder so.

»Moment mal, wolltest du mich ausspionieren?«

»Nein!«, sage ich schnell. Jetzt sitze ich in der Falle.

»Also, möchtest du jetzt duschen oder nicht?«

»Äh, ja …«, höre ich mich sagen. Verdammt, warum sage ich das?

»Das Master-Bad ist noch nicht fertig, aber das kleinere, das an mein Schlafzimmer angrenzt, ist okay«, sagt er und läuft einfach los. Mir bleibt nichts anderes übrig, als ihm zu folgen. Schlimmer kann es eigentlich nicht werden. Ich möchte diesen Kerl auf den Mond schießen und trotte ihm wie ein dummes Kalb hinterher in sein Schlafzimmer.

Meine nackten Füße hinterlassen kleine Schweißflecken auf den Dielen, und mein Blick huscht über die weißen, blanken Wände, bis ich an einer gigantischen Landkarte aus Holzstücken hängen bleibe. Es sind die Umrisse von einzelnen Inseln, die sich über die gesamte Breite der Wohnzimmerwand ziehen. Kein Fernseher, kein Bastteppich, kein einziges Sandkorn. *Impecable*. Verdammt.

Keine Bilder von einer Frau, stelle ich zufrieden fest. Zufrieden? Warum denn? Warum schaue ich überhaupt nach Spuren einer Freundin? Stopp, Isabella. Ich presse die Augenlider zusammen. Es ist ein sehr kurzes Handtuch, das er da um seine Hüften geschlungen hat. Am besten lasse ich die Augen einfach zu. Ganz egal, ob ich Gefahr laufe, mir die Zehen zu brechen.

Natürlich ist vieles noch improvisiert, die Wände teilweise unverputzt. Aber alles ist erstaunlich sauber. Mein Bild von Preston beschränkt sich auf Holzfällerhemden, Staub und Primitivität. Wie passen da die Umrisse der Outer Banks hinein, wie die Tatsache, dass dieser Mann meterweise Bücher besitzt? Denn das ist das Erste, was mir auffällt, als wir sein Schlafzimmer betreten. Damit ich nicht auf das Bett schaue, konzentriere ich mich auf die Wand. In einem Regal aus Treibholz reihen sich zahlreiche Bildbände. Ich folge Preston rasch ins Bad. Weil es so klein ist, stolpere ich fast in ihn hinein. Ich kann sein herbes Duschgel riechen, spüre die Wärme seines Körpers. Er beugt sich vor mir nach unten und holt ein Handtuch hervor.

»Hier.«

Ich achte penibel darauf, dass sich unsere Hände nicht berühren, als er mir das Handtuch reicht.

Ich will Danke sagen, stattdessen reiße ich mich zusammen und knurre: »Das ist ja wohl das Mindeste.«

Er lacht. »Wenn du mich brauchst, ruf mich.«

»Wozu sollte ich dich brauchen?«

Er zuckt mit den Schultern, und kann es sein, dass er plötzlich verlegen wirkt? Nein, ich muss mich täuschen. Preston Anderson ist alles, aber bestimmt nicht verlegen. Oder schüchtern.

»Bis nachher«, sagt er.

Und dann bin ich allein in seinem Bad, mustere die hellen Fliesen, den Holzboden und die kleine, saubere Duschkabine.

Ich dusche lange und ausgiebig, reibe mich mit seinem Duschgel ein und fühle mich dabei auf eine sehr unpassende Art erregt. Ein Schauer fährt über meinen Rücken, als ich mir kurz – wirklich nur sehr kurz – vorstelle, Preston würde mit mir in der kleinen Kabine stehen und mich einseifen. Die Nippel meiner Brüste stellen sich auf, und ich lasse kurz und grob die Hand darübergleiten, bis ich mich zusammenreiße. Das fehlt noch, dass ich Preston zu einer erotischen Fantasie manifestiere.

Nachdem ich mich abgetrocknet und wieder angezogen habe, schleiche ich auf leisen Sohlen in Prestons Schlafzimmer.

Jetzt, da ich allein hier bin, werfe ich doch einen Blick auf das Bett. Es ist nicht gemacht, eine Decke nur hastig darübergeworfen. Ob er sich hier mit anderen Frauen wälzt?

Neugierig gehe ich näher an sein Bücherregal. Es sind alles Fotosammlungen von Dekorateuren und Architekten und DIY-Handwerkern.

Insbesondere ein gewisser James »Breezeblock« Mason und eine Autorin namens Ayla Brennan haben es ihm wohl angetan, denn von den beiden besitzt er mehrere dicke Bücher.

Neben dem Bett steht noch ein einzelner, nicht ausgepackter Umzugskarton. Obendrauf stapeln sich noch mehr Fotobände, die bei der geringsten Bewegung herunterzufallen drohen. Vielleicht finde ich hier endlich irgendwelche Fotos. Kondome. Liebesbriefe. Ich schaue zur Tür. Ich kann nicht anders, ich möchte mehr wissen über diesen Kerl. Natürlich nur, um es irgendwie gegen ihn zu verwenden. Unter einem der Fotobände lugt ein Umschlag hervor.

Ich ziehe vorsichtig daran, bis ich ein paar große kartonierte Fotos in der Hand halte. Auf allen sind Häuser zu sehen. Auf einigen steht Preston selbst davor. Manchmal steht eine hübsche dunkelhaarige Frau neben ihm. Zu weit voneinander entfernt für ein Paar? Zu nah für Kollegen? Und warum posieren sie vor verschiedenen Häusern? Ich schiebe die Bilder zurück und bemerke darunter einen Aktenordner mit der Aufschrift »Projekt W. – Steuer«.

Ich bücke mich stattdessen zum Nachttisch, zögere, kann nicht fassen, was ich da tue.

»Was wird das für eine Yogapose? Der tote Hamster?«, ertönt plötzlich Prestons tiefe Stimme. Mein Herz rast schneller als Odinas gepimpte Vespa. In flagranti beim Schnüffeln erwischt. Ich rappele mich hoch, ziehe die verräterische Hand von seinem Nachttisch und falle geradewegs mit dem Hintern auf sein Bett.

»Du hättest anklopfen können!«, sage ich vorwurfsvoll. »Was, wenn ich noch nackt wäre?«

»Ich wollte mir nur ein T-Shirt aus dem Schrank holen, damit du nicht glaubst, ich liefe immer oben ohne herum.«

Mein Gesicht beginnt zu glühen. Schnell wegsehen, bevor er merkt, dass mein Blick an seinem Körper hinabschweift. Dass ich die Qual der Wahl habe, geradeaus auf seine Hüften und die zu tief sitzende Hose zu sehen (immerhin trägt er jetzt eine) oder hoch in sein Gesicht, und dabei an seiner nackten Brust vorbeimuss.

»Was, dachtest du, könntest du hier herausfinden?«, fragt er, den Kopf leicht zur Seite geneigt. Ich spüre seine Blicke überdeutlich auf mir. Dann fällt mir ein, dass ich auf seinem Bett sitze, und ich springe auf, als hätte ich mir den Hintern verbrannt.

»Ich wollte, ich will …« Verdammt, ich gebe mir einen Ruck und haue das Erste raus, was mir einfällt: »Ich wollte wissen, was du liest.« Vage deute ich auf das Bücherregal mit den Bildbänden. »Ich brauche dringend einen Buchtipp.«

»Einen Buchtipp?« Er nickt, als wäre das die vernünftigste Behauptung überhaupt, eine absolut legitime Rechtfertigung für mein nicht zu rechtfertigendes Herumschnüffeln.

Er grinst breit. »Wie wäre es mit *Sherlock Holmes*? Oder vielleicht *Wer den Hausfrieden stört*? Warte, besser noch: *Der Untergang des Hauses White*?«

»Haha«, mache ich lahm.

Hat er mir gerade auf die Nippel geschaut? Es wäre kein Wunder, die stehen nämlich vor Aufregung, und ich trage keinen BH.

»Es ist eigentlich nicht meine Art, in fremden Sachen herumzuwühlen.« Ich komme mir vor ihm ziemlich klein vor.

»Frag das nächste Mal einfach.«

»Es wird kein nächstes Mal geben. Ich gehe jetzt besser.«

»Ohne ein Buch?«

Sein Arm zuckt. Und einen völlig verrückten Moment lang glaube ich, er will mich berühren, mich festhalten. Aber ich muss es mir eingebildet haben, denn er tritt einen Schritt zurück. Und warum sollte er mich auch berühren wollen? Ich bin beim Schnüffeln erwischt worden, und mein Hirn zapft gerade an den falschen Botenstoffen. Dopamin statt Adrenalin. Oder so.

»Ja … nein …«

Er sieht mich so ernst an, als würde er mir plötzlich die Geschichte mit dem Buchtipp abkaufen. Tut er natürlich nicht. Er bringt mich nur in Verlegenheit und macht mich irrational wütend.

Preston zieht ein Buch aus dem Bücherregal und streckt es mir entgegen. Das Cover zeigt zwei Frauen auf Surfbrettern.

»Warum das?«, keuche ich. Einen Moment lang hatte ich das Gefühl, Lee würde mir direkt vom Umschlag entgegenspringen. Die Frau auf dem Buch ist nicht Lee. Aber sie könnte es sein.

»Und, willst du es?«

Erst jetzt merke ich, dass ich den Bildband anstarre, als könnte er Haare und Zähne, Arme und Beine bekommen und mich angreifen. Ich bin mir nicht sicher, ob ich das Gewicht aushalte. Das Gewicht, das nicht in Pfund zu messen ist, sondern in Erinnerungsmasse. Dafür müsste es eine Maßeinheit geben. Avery hätte sicher ein passendes deutsches Wort dafür parat.

»Danke«, murmele ich. »Das ist genau das, was ich gesucht habe.«

»Ja, du siehst so aus, als hättest du genau danach gesucht«, erwidert Preston ohne jegliche Ironie in der Stimme.

»Ich gehe dann mal …« Ich zwinge mich, ihn nicht noch einmal anzusehen. »Danke für die Dusche.«

»Nichts zu danken, jederzeit. Obwohl du auch gerne in deinem eigenen Bad duschen darfst.«

»Wie bitte?«

»Na, du hast jetzt wieder Wasser«, erklärt er. Dann zieht sich das unverschämteste Grinsen der Menschheitsgeschichte über sein Gesicht. »Seit …« Er sieht auf seinen Arm, auf dem sich gar keine Uhr befindet. »Genau einer Stunde.«

Der Kerl hat mich tatsächlich verarscht. Es steht schon wieder eins zu null für Preston.

»Und warum«, fauche ich und balle meine Hände zu Fäusten, »hast du mir das nicht gleich gesagt?«

Er zuckt mit den Achseln. »Du hast so gern das letzte Wort …«

»Du hinterhältiger Hinterwäldler«, keuche ich und schiebe mich an ihm vorbei. Mein Körper bebt vor Wut.

»Bis bald, Isabella!«

»Mich siehst du hier nicht wieder. Ganz bestimmt nicht!« Ich schreie fast.

Er lacht schallend.

»Aber du wirst mir doch das Buch zurückgeben?«, ruft er mir

nach, als ich durch das Wohnzimmer zurück auf die Veranda fliehe und auf einmal sehr froh bin, dass nichts im Weg steht, worüber ich tatsächlich fallen könnte.

II

Ich presse meine Lider zu, mache die Augen wieder auf, greife nach dem Glas Wasser auf meinem Nachttisch, trinke ein paar Schlucke, mache das Licht an und wieder aus. Es ist diese verdammte Wolfsstunde, mit der ich schon seit Jahren hadere und die mich besonders an Vollmond völlig fertigmacht. Wenn ich zwischen drei und vier Uhr nachts aufwache, jaulen meine Probleme laut, und nichts kann sie dazu bringen, still zu sein. Meine Gedanken sind so wach wie ein Rudel Wölfe. Ich wälze mich im Bett. Die Angst kommt in Wellen. Es ist, als hätte ich beim Aufwachen einen Stein ins Meer geworfen und damit die Oberfläche zum Schwingen gebracht. Mein erster Gedanke gilt Josie, dann Avery und Odina, die nicht aufhören wollen, in der Vergangenheit zu bohren, und dann landen sie dort, wo sie nicht landen dürfen. Eine Schwingung, die sich kreisförmig immer weiter ausbreitet, bis sie zu einer Naturkatastrophe wird. Die Bilder aus Prestons Buch haben zu viel Sediment aufgewühlt.

Ich mache das Einzige, was mir immer hilft: Ich stehe auf, ziehe mich an und schnüre meine Laufschuhe. Der milchige Vollmond erleuchtet die Landschaft vor meinem Haus schon fast unverschämt hell, und in seinem Schatten renne ich los, über den Hügel hinter meinem Haus, weiter hoch in die Dünen. Fast automatisch werden meine lauten, schnellen Schritte leiser. Ich denke an Barefoot-Annie. Ich bücke mich, löse die Schnürsenkel meiner weißen Asics und lasse sie im Sand stehen, ziehe die Laufsocken aus, sodass meine Füße sich nackt in den kalten Dünensand graben. Und dann schleiche ich, wie Annie es mir vor vielen Jahren gezeigt hat, über die Dünen, auf und ab, bis ich schließlich die Hayberry Dunes erreiche. Hier ist das Weidegras üppiger als an anderen Strandabschnitten, die Dünenzäune sind verwittert und teilweise vom Wind umgeworfen. Es ist ein Ort, an den sich die Herden nachts zurückziehen. Ich erschrecke, als eine Fledermaus direkt über meinen Kopf saust, und plötzlich entdecke ich die Herde. Etwa sechzig Fuß von mir entfernt liegt eine fuchsbraune Stute im Sand, daneben erkenne ich ein Fohlen. Eine Stute mit schwarzen Beinen und dunkler Mähne grast. Das Alphatier, vermute ich. Und etwas weiter abseits steht ein dunkler Hengst, den Kopf entspannt gesenkt. Ich mache mich klein und komme näher, nicht zu nah, nur so nah, dass ich sie beobachten kann. Es gibt nichts Beruhigenderes als die Natur. Als das Wunder dieser wild lebenden Pferde in ihrem Reservat. Nichts Schöneres, als sie über den Strand galoppieren zu sehen, und nichts Erhabeneres als das Gebaren der Hengste, die ihre Familie schützen.

Ich knie mich in den Sand und suche mir eine halbwegs bequeme Position. Die liegende Stute hebt den Kopf, als hätte sie mich gewittert. Ich halte den Atem an und bin so darauf konzentriert, mich nicht zu bewegen, dass ich den Schrei fast nicht schlucken kann, als sich auf einmal eine kräftige Hand um meinen Oberarm legt und mich nach hinten zieht. Gänsehaut breitet sich auf meinem Körper aus und lähmt mich. Der Schreck weicht Panik. Ich hole aus und schlage um mich. Ich treffe, und ich treffe gut, denn bevor ich etwas sehen kann, höre ich ein unterdrücktes Stöhnen. Ein Blick zur Herde verrät mir, dass die Stute und ihr Fohlen aufgestanden sind. Die Geräusche haben sie alarmiert. Ich drehe mich um und sehe, wie mein Angreifer sich neben mir im Sand krümmt. Volltreffer in die Weichteile.

»Was soll das?«, zische ich, und erst dann wird mir klar, dass ich Angst vor dem Mann haben sollte und nicht davor die Herde aus dem Blick zu verlieren. Die Pferde verharren, auch wenn sie inzwischen alle auf den Beinen sind. Es sind acht Tiere, mehr, als ich erwartet hatte. Der Hengst hebt angespannt den Kopf.

»Das …«, keucht der Mann. »Das war ein guter Schlag.«

Ich erkenne die Stimme nicht sofort. Doch das helle Mondlicht leuchtet auf einen Fetzen Karohemd. Ohne sein Gesicht zu sehen, weiß ich, wen ich hier vor mir habe. Die kurze Welle der Panik weicht Wut.

Preston J. Anderson.

Wer sonst macht Krach, immer und überall.

Jetzt bin ich es, die ihn am Arm packt. »Verschwinde! Du vertreibst die Mustangs!«, wispere ich.

»Ich?«, zischt er erbost. »Ich vertreibe niemanden, du bist diejenige, die viel zu nah dran ist.«

Unsere Blicke treffen sich, verheddern sich ineinander. Ich will wegschauen, aber es geht nicht. Noch immer halte ich seinen Arm, spüre unter meinen Fingern die Wärme seiner Haut.

»Was machst du hier?«, fragt er leise. Ich lasse seinen Arm los und spüre, wie diese Mischung aus Erregung, Wut und Irritation durch meine Adern pumpt wie eine flüssige Droge. Er richtet sich ein wenig auf, bis er neben mir im Sand kniet. Es trennen uns keine fünf Inch voneinander.

»Ach, weißt du«, flüstere ich. »Ich suche hier nachts immer nach Edelsteinen als Deko für meinen Ausstellungswürfel.«

Er schnaubt wie ein Pferd und raunt: »Und ich dachte schon, du suchst jetzt auch schon in den Dünen nach Büchern und …«

Ich unterbreche ihn: »Wenn du nicht endlich leise bist, sind sie weg!«

»Die Edelsteine?«, fragt er.

»Die Mustangs!«

Er rutscht näher und flüstert in mein Ohr, leise und mit warmem Atem: »*Du* bist wegen der Mustangs hier?«

»Ja, und du? Sind neuerdings deine Abwasserrohre verstopft, und du hast beschlossen, wild pinkeln zu gehen? Ich kann ja froh sein, dass du das nicht in meinem Garten machst!«

»*Ich* bin wegen der Mustangs hier«, zischt er.

»Ja … klar.« Ich ziehe die Augenbrauen hoch. Er und die Mustangs. Niemand interessiert sich für die Tiere. Die Touristen vielleicht für Fotos oder wenn sie meinen, ihre Küchenabfälle an die Tiere verfüttern zu müssen, und damit riskieren, dass sie an dem ungewohnten Futter elendig krepieren. Zwei Fälle gab es allein im letzten Jahr. Und der Wildlife-Fonds, der außer mir aus zwei älteren Damen besteht, muss dennoch jedes Jahr mit der Gemeindeverwaltung um strengere Umgangsregeln ringen.

Preston beugt sich zu mir. »Die Herde hier – vier Stuten, zwei Fohlen und zwei Hengste – der stärkere mit dem deutlich ausgeprägten Ramskopf und der andere mit dem schwarzen Schweif und der stark abfallenden Kruppe – beobachte ich seit Wochen. Er erinnert mich an ein Pferd, das ich aus meiner Kindheit kenne. Weil ich«, er hält inne und fixiert mich mit zusammengekniffenen Augen, »sogenannter ›Möchtegerninsulaner‹ – nur damit du im Bilde bist – auf Hatteras Island aufgewachsen bin.«

»Hatteras Island?«, stottere ich. »Auf den Outer Banks?«

Damit erklärt sich das Bild der Inseln in seinem Wohnzimmer.

Ich will noch etwas sagen, aber er hält den Finger vor seinen Mund. »Psst, sonst hauen sie wirklich noch ab.«

Und dann schweigen wir und sehen der Herde dabei zu, wie sie langsam wieder zur Ruhe kommt, wie einzelne Tiere eine bequeme Haltung einnehmen. Den Hinterhuf anwinkeln, laut schnauben. Das Fohlen fängt an zu saugen, und der junge Hengst, den Preston so treffend beschrieben hat, knabbert an der hellen Mähne einer Stute, die ich zuvor nicht bemerkt habe.

Prestons Körper ist so nah, dass ich eigentlich zur Seite rutschen sollte.

Preston ist tatsächlich Insulaner. Und mich überkommt eine schleichende Ahnung, warum es ihn nach Harbour Bridge verschlagen hat. Ein Hurrikan der stärksten Kategorie hatte 2003 fast alle Siedlungen auf Hatteras Island zerstört. Ich mustere Preston von der Seite und frage mich, was ich noch übersehen habe. Er beobachtet entspannt die Herde, lächelt so echt und glücklich, dass ich mir wünsche, das Lächeln würde bleiben. Hier. Auf seinem Gesicht. Für immer. Und dann fängt er ihn ein, meinen Blick, hält ihn fest. Meine Lippen werden trocken, und meine Gänsehaut erlebt ein intensives Comeback.

»Welcher Hurrikan war es?«, wispere ich ihm zu. Nicht weil ich es wirklich wissen will, vielmehr weil ich Angst habe, was ich mit meinem Mund anstellen könnte, wenn ich nicht spreche. Über Hurrikans, Wildpferde, Inseln, irgendetwas. Prestons Augen haben einen eigenen Glanz, eine dunkle Tiefe, etwas Geheimnisvolles. Es ist schwer, an Ort und Stelle zu verharren. Unmöglich fast.

»Isabel …«, haucht er, und dann passiert es, noch ehe er die letzte Silbe meines Namens aussprechen kann, entwickeln meine Hände ein Eigenleben, und meine Lippen beeilen sich nachzukommen. Meine Finger legen sich langsam und vorsichtig um seinen Nacken, ich rutsche mit den Knien nach vorn, drehe den Kopf und sehe ein letztes Mal in seine Augen, bevor ich meine schließe. Sein heißer Atem weht wie warmer Sommerwind über meine sehnsüchtigen Lippen. Ich überwinde den Abstand zwischen uns. Ich suche und finde ihn. Ganz vorsichtig küsse ich seine Lippen, spüre den überraschten Gegendruck, eine Sekunde, in der er zögert, bevor er seine Hand um meinen Rücken legt und die Stelle findet, die für immer ihm gehören wird. Ich stöhne tief in meiner Kehle. Seine Lippen sind weicher, als ich sie mir vorgestellt habe. Diese Sanftheit will nicht zu diesem großen, starken Kerl passen. Seine Hand zieht mich nicht zu sich, baut keinen Abstand auf, drückt nicht und zerrt nicht. Liegt einfach da und hält mich. Langsam taste ich mit meiner Zunge, spüre, wie er seinen Mund öffnet. Während mein gesamter Körper sich anfühlt, als würde er schmelzen wie zerlassene Butter, drückt sich seine Nasenspitze an meine Wange, kitzelt mich. Mit der freien Hand streicht er mir übers Gesicht, und ich lehne mich tiefer in die Berührung. Dann öffne ich leicht die Augen, bemerke, dass er seine gar nicht geschlossen hat, dass er mich ansieht, als wäre er sich selbst nicht sicher, ob das hier passiert, ob das hier Wirklichkeit ist. Seine Zunge erkundet meine Lippen, als ein Gedanke mich jäh zurückweichen lässt. *Isabel war der folgenschwerste Hurrikan der atlantischen Hurrikansaison 2003*, hallt es mit der CNN-Stimme von Christiane Amanpour durch meinen Kopf. Ruckartig ziehe ich meine Hand von Prestons warmem Nacken, weg von den feinen Haaren und der gebräunten Haut unter meinen Fingern, vom Stoff des Hemdkragens.

»Isabel!«, keuche ich und halte mir die Hand vor den Mund, als könnte ich ungeschehen machen, was eben geschehen ist. »Der Hurrikan, der Hatteras Island zerstört hat, hieß Isabel!«

Hinter mir höre ich ein lautes Wiehern, Hufe donnern über den Sand, die Pferde fliehen. Und ich wünsche mir nichts mehr, als mit ihnen davongaloppieren zu können. Ich habe Preston J. Anderson geküsst, und mein Kuss hat auf einer völlig falschen Annahme basiert … Ich bin ein Hurrikan!

»Psst«, sagt Preston, der Ausdruck in seinem Gesicht unmöglich zu interpretieren.

Macht er sich lustig über mich? Oder ist er … genervt? Habe ich ihn überrumpelt und … noch schlimmer … etwas getan, was er nicht wollte?

»O Gott«, stöhne ich. »Du hast gar nicht meinen Namen gesagt, du … hast nur auf die Frage geantwortet!«

Preston lacht leise. Dann etwas lauter, als ihm klar wird, dass ich die Pferde schon längst vertrieben habe. Ich spüre, wie ich rot werde.

»Wenn das immer so einen Effekt hat, können wir gerne weitermachen. Katrina, Irma, Sandy …«

Er fährt sich mit seiner Hand durchs Haar. Die Hand, die gerade noch … Der Mund, der eben …

»Ich muss los«, rufe ich. »Es … es tut mir leid. Das ist mir so peinlich.«

Aber er lacht noch immer. Wahrscheinlich haben ich und meine Kussinitiative jetzt für einen Dauerschenkelklopfer auf allen möglichen Karohemdenträgerpartys gesorgt. *Da nenne ich ihr den Hurrikan, der zufällig wie ihr Name klingt, und sie stürzt sich auf mich wie ein verdammter Wirbelsturm.*

Ohne einen Blick auf ihn zu werfen, renne ich davon.

»Warte doch, Isabella!«, ruft er, aber alles, was die Nennung meines Namens aus seinem Mund fortan bewirken wird, ist der starke Impuls, den Kopf in den Sand zu stecken. Unterwegs greife ich mir meine Schuhe, und erst als ich atemlos vor meiner Haustür stehe, wird mir bewusst, dass ich ziemlich leicht bekleidet bin. Nur das durchsichtige weiße Shirt, das abgewetzte Bustier darunter, das auch nicht wirklich blickdicht ist. Ich zerfließe vor Scham.

Dass ich, ausgerechnet *ich,* mich *so* auf einen Mann gestürzt und ihn praktisch zu einem Kuss genötigt habe, ist mir unfassbar peinlich.

12

Zwölf Jahre zuvor

Der Winter war ruhig und einsam. Aber es gefiel mir. Tagelang wurde ich im Hotel nicht gebraucht, schlich in den Dünen herum, stemmte mich gegen den kälter werdenden Wind und begann an sicheren Stränden ganz allein zu surfen. Ich war einsam, und ich liebte es. Es gab zwei Herden, die ich regelmäßig aufsuchte und deren Fohlen ich beim Wachsen zusah. Ich hatte mir im Wäschekeller des Seasons ein kleines Labor eingerichtet und mit *Wild Roots* ein neues Lieblingsbuch gefunden. Ich war zweimal mit Lee im Kino gewesen und hatte mich an Popcorn überfressen und für ein Wochenende Suzy in ihrem Wohnheim besucht. Doch das Leben meiner Schwester in Oregon war mir fremd. Odina sah ich nur in der Schule, zu unseren gemeinsamen Kursen in Biologie und Englisch. Auf der Insel waren sie und ihr Bruder Andrea nur selten bei Festen oder öffentlichen Anlässen zu sehen. Und die LOLAs merkten, dass ich immer weniger an ihnen interessiert war, sodass es mich kaum wunderte, dass ich immer seltener gefragt wurde, ob ich mit auf Partys oder zum Shoppen in die Mall kommen wollte. Es störte mich nicht, im Gegenteil. Ich war glücklich in meiner kleinen Blase. Es war schön, die Insel ohne Touristen zu genießen, zu wissen, dass ich auf meinen Wanderungen niemandem begegnen würde, der nach dem Weg fragte. Je kälter und unwirtlicher das Wetter wurde, desto unwahrscheinlicher wurde es, dass ich unterwegs leere Skittles-Packungen, Dr-Pepper-Dosen oder den Verpackungsmüll der Chick-fil-A-Hühnchensandwiches auflesen musste. Die Natur wurde wieder zur Natur, bevor das Ganze von vorne losging und der Rummel mir meine Insel im Sommer erneut rauben würde.

Die Ruhe endete unversehens an einem Mittwochmorgen Ende Februar. Ich saß im Biologiesaal am Tisch hinter Odina. Es war seltsam, ihr so nah zu sein und doch eine tiefe Distanz zu spüren, jene, die uns überfiel, sobald der Sommer sich neigte und wir beide nicht mehr Teil einer Gruppe waren. Sie hatte die Füße unter ihrem Stuhl überkreuzt, den Kopf in die Handfläche gestützt und studierte konzentriert ihr Arbeitsblatt. Gerade als ich mich selbst wieder auf die Tabelle vor mir fokussieren wollte, durchschnitt eine Sirene die Stille des Klassenzimmers. Der Schulalarm drang durch Mark und Bein. Wir waren unangekündigte Übungen zu Terrorwarnungen, Shootings und Feuer gewohnt, allerdings hatte es erst eine in der Woche davor gegeben. Unsichere Blicke flogen durchs Klassenzimmer, Laura in der ersten Reihe gab einen Schrei von sich, Mrs. Porter-Michaels zuckte zusammen, reagierte, bevor die ersten Worte durch die Sprechanlage drangen, rannte zur Tür und verschloss sie von innen.

Ihre Stimme verbarg nur schlecht ihre Angst, als sie rief: »Weg von den Fenstern, begebt euch unter eure Tische! Ich lösche das Licht.«

Wir wussten, was das bedeutete. Erst im Januar waren in Virginia an einer juristischen Fakultät drei Menschen von einem ehemaligen Studenten erschossen worden. Jemand war in unsere Schule eingedrungen. Und dieser Jemand war vermutlich bewaffnet.

Mit weichen Knien schob ich den Stuhl beiseite und kroch unter den Tisch. Vor mir drehte sich Odina um und rutschte zu mir. Sie kauerte zwischen meinem und ihrem Tisch, und irgendwie fanden unsere Hände zueinander. Erst da merkte ich, dass meine Arme bis hinauf zu den Ellbogen zitterten.

»Ssssst«, machte Odina. »Stell dir vor, wir wären auf dem Meer. Wir warten auf eine Welle.« Aber es funktionierte nicht. Ich hatte plötzlich den unbändigen Drang, aufzustehen und zu flüchten. Durch ein Fenster, die Tür … irgendwohin, nur weg. Aber Odina hielt mich eisern an der Hand fest, nahm ihre andere zu Hilfe und drückte mich hinunter. »Du musst sitzen bleiben.«

Mehrere Mädchen schluchzten, Layken rief: »Wir werden alle sterben«, und Mrs. Porter-Michaels versuchte sich an beruhigenden Worten, die am Beben in ihrer Stimme scheiterten.

»Erzähl mir was«, flüsterte Odina. »Vom Marschland.«

»Ich …«, fing ich an, sah mich panisch um. Neben mir drückte Elinor ihre Stirn gegen den Boden, Max weinte leise, und Brenda betete. Ich würde Suzy nie wiedersehen. Nie wieder surfen. Was, wenn ich in diesem Klassenzimmer starb, bevor mein Leben richtig angefangen hatte?

»Erzähl mir was vom Marschland!«, wisperte Odina. Und erst da merkte ich, dass sie genauso viel Angst hatte wie ich. »Wusstest du, dass Marschland so produktiv ist wie ein Weizenfeld?«

Odina schüttelte den Kopf. Und in der nächsten halben Stunde, die wie ein ganzes Leben schien, erzählte ich Odina alles, was ich vom Marschland wusste. Und sie hielt meine Hand. Schwitzig, nass, kalt vor Angst, aber sie hielt sie. Und ich hielt die ihre. Durch den lauten Knall eines Schusses hindurch, durch die

Schreie und trappelnden Schritte auf dem Flur, durch das panische Weinen unser Klassenkameradinnen und die verzweifelten Versuche der Lehrerin, souverän zu wirken.

»In heißen Jahren wachsen die Pflanzen nicht so gut, es ist hauptsächlich das Gras, was dafür verantwortlich ist, dass …«, flüsterte ich heiser, als der Lautsprecher knackte und die Durchsage »All clear« ertönte. »Entwarnung. Sie können die Klassenzimmer langsam und geordnet verlassen.«

Ich verstummte, und wir blieben sitzen, bis das Sondereinsatzkommando der Polizei ins Klassenzimmer kam, und wir hielten uns auch dann noch an den Händen, als wir in der Aula die kurze Ansprache einer Psychologin und die erleichterten Worte des Direktors hörten. Niemand war ums Leben gekommen, eine Schülerin leicht verletzt, der Amokläufer von der Polizei verhaftet.

Vielleicht hätte unsere Freundschaft ihre Fühler auch ohne dieses einschneidende Erlebnis vom Sommer in den Winter gestreckt, die Brücke zwischen den Ferien und der Schulzeit auch so überwunden, aber von diesem Tag an verband Odina und mich etwas anderes. Etwas, das größer war als eine Sommerfreundschaft. Wir hatten gemeinsam Angst gehabt. Und plötzlich kam es mir so vor, als kannte ich Odina schon mein halbes Leben. Ich wollte nie mehr so tun, als wären wir Fremde.

Es dauerte ein paar Wochen, bis Odina nicht mehr panisch hochschreckte, wenn ein Vogel gegen das Blech des Schornsteins klopfte. Ungefähr so lange, wie es dauerte, bis ich mich traute, meine Tür nachts nicht mehr abzuschließen. Ich wusste das von ihr, und sie wusste das von mir. Aber wir hatten stillschweigend vereinbart, weder Josie noch Avery oder Lee etwas davon zu erzählen. Es war unser beider Geheimnis. Manchmal saß ich nachmittags bei den Bianchis und knetete Pizzateig, was ungemein beruhigend war. Hin und wieder trafen wir uns auf ein Eis oben an der Exxon-Tankstelle. Es gab Tage, manchmal auch Wochen, an denen wir uns nur in der Schule sahen, und Odina nahm mich auch nie auf ihrem italienischen Monstrum mit, wie sie es mit Avery im Sommer tat. Aber wir hatten einen stillen Frieden gefunden, der über unsere Waffenruhe hinausging. Wir waren Verbündete, auf dem besten Weg, auch abseits des Sommers Freundinnen zu werden.

13

Spätabends am Tag nach der seltsamen Wolfsnacht klopft es an meiner Tür. Klingelt und hämmert, und ich schaffe es nicht, es zu ignorieren. Ich schlurfe an die Tür, mit bis zum Hals pochendem Herzen, weil ich mir schon vorstellen kann, wer da steht. Ob er mit mir über diesen Kuss reden will ... Ich will nicht über diesen Kuss reden ... ich will ... ihn rückgängig machen. Oder besser noch, schlimmer noch: Ich will ihn wiederholen. Ich trippele von einem Bein aufs andere und wieder zurück, ringe meine Hände und bringe mich dann dazu, die Tür aufzumachen, lässig zu schauen und so etwas wie »Dafür, dass ich dich überrumpelt habe, hast du aber ziemlich schnell mitgemacht« zu sagen oder: »Ach was, ist doch gar nichts passiert!«.

Nur dass nicht Preston vor mir steht, sondern Aiden. Ein Mann, den ich noch nie auf den Mund geküsst habe. Mit dem mich eine ganz und gar ungesunde Beziehung verbindet. Das wirft mich völlig aus der Bahn. Weil ich enttäuscht bin, ihn zu sehen. Und nicht Preston.

»Hey, Babe!«, sagt er. Täusche ich mich, oder lallt er?

»Aiden!«, grüße ich wenig enthusiastisch und versuche, an ihm vorbeizuschauen, um zu erkennen, ob Preston schon zurück ist.

»Komm gerade von einer Party«, sagt er. »Wollte noch nicht schlafen, dachte, ich schau vorbei. Dachte«, er hickst, »wir machen ein bisschen Happy Hour bei dir.«

Schlimm ist nicht, dass Aiden hier steht und schlechte Wortwitze reißt, sondern dass ich ihn letzte Woche tatsächlich reingelassen hätte. Ich hätte mich von ihm gegen die Küchenanrichte drücken und ihn ohne jede Zärtlichkeit meinen Körper nehmen lassen. Ich hätte vorübergehend ein Gefühl der Kontrolle verspürt, welches sich danach stets in Selbsthass auflöst. Ganz schön armselig.

»Es passt mir gerade gar nicht, Aiden!«, presse ich hervor.

Das wiederum passt ihm nicht. Ich sehe es daran, wie er die Lippen aufeinanderdrückt, sodass sie sich wie kleine Würste rollen. Er sieht aus wie ein großes, beleidigtes Kind mit Schmollmund. Fast lache ich. Dann aber legt er seine Hand, die für seine massige Gestalt und seine Unterarmmuskeln lächerlich klein geraten ist, gegen den Türrahmen, und ein seltsames Gefühl überkommt mich. Ich frage mich, ob ich wirklich immer die Kontrolle innehatte. Oder ob es nur so gewirkt hat, weil schneller, harter Sex ohne Gefühle und Liebkosungen einfach zufällig genau das war, was Aiden auch wollte.

»Das ist Ruhestörung!«, sage ich zu Aiden und meine gar nicht ihn. Denn eigentlich hoffe ich, dass Preston endlich wiederkommt und die Säge anschmeißt.

Er lacht gekünstelt. »Ruhestörung, Babe, wird sein, wenn du und ich gleich zugange sind.« Er ist definitiv betrunken.

Mich schaudert es. Aber nicht wohlig. Sondern weil ich seine Ausdrucksweise plötzlich furchtbar anwidernd finde. Weil ich nichts mehr möchte, als die Tür vor seiner Nase zuzuschlagen.

Dieses Arrangement mit Aiden beenden, das begann, als ich betrunken in einer Bar in Charleston in ihn reinstolperte. Als er sagte: »Wanna fuck?« und ich bereit war, alles zu tun, um zu vergessen, wem ich gerade über den Weg gelaufen war.

Warum ist es auf einmal nicht mehr okay? Mein Leben, mein Arrangement mit Aiden? Ich habe es doch anders versucht und bin so oft gescheitert. Mit der Zärtlichkeit ist es wie mit der Farbe Grün. Sie steht mir einfach nicht.

»Aiden, weißt du, mir ist jetzt nicht nach dir. Und morgen auch nicht. Vielleicht gar nicht mehr.«

»Was soll das denn heißen?«, brummt Aiden. »Bin extra früher von der Party gegangen.«

Er sieht mich mit seinen glasigen Augen an, als hätte ich dadurch die Verpflichtung, mit ihm zu schlafen.

»Tja, das ist dann leider dein Pech.«

»Aber jetzt bekomme ich doch keine …« Er bricht ab, und so viel Restanstand schwimmt noch in seinem alkoholisierten Schädel, den Satz nicht zu beenden, den ich im Geiste mühelos vervollständigen kann. *Bekomme ich doch keine andere mehr ab fürs Bett.*

»Verschwinde, Aiden«, sage ich.

Und mit einem beleidigten Zucken seiner Schwimmerschultern dreht Aiden sich um und meint: »Ruf mich an, wenn du es dir anders überlegst. Aber warte nicht zu lang.«

Als sein breites Kreuz endlich die Sicht auf das Nachbarhaus freigibt, zucke ich heftig zusammen. Preston steht dort. In Hörweite. Er hat eine Hand lässig in die Hüften gestemmt, die andere steckt in seiner Hosentasche. Seine Haltung ist abwartend.

Jetzt habe ich ihn nicht nur auf Basis falscher Annahmen geküsst, jetzt sieht es auch noch so aus, als hätte ich mir den nächsten Callboy gleich ins Haus bestellt. *Ruhestörung, Babe, wird sein, wenn du und ich zugange sind.* Wenn er das gehört hat …

»Aber meine Hanteln kann ich noch schnell holen, oder?«, schiebt sich jetzt Aiden wieder ins Gespräch.

Ein panisches Lachen klettert aus meiner Kehle nach oben und entlädt sich in einem seltsamen Geräusch. Ich möchte verhindern, dass Aiden reinkommt und Preston einen falschen Eindruck bekommt. Aber da ist es schon passiert, und Aiden marschiert an mir vorbei zum Gästezimmer. Preston steht eine Weile da, sieht mich an. Dann dreht er sich um und geht.

• • •

Als ich am nächsten Morgen ins Seasons komme, sitzen Avery und Odina in der Lobby, nebeneinander auf einem der Zweisitzer, direkt am Eingang. Beide springen auf, als sie mich sehen. Und ich weiche instinktiv zurück.

»Können wir noch mal reden?«, will Odina wissen. Sie trägt ihre Hoteluniform und sieht kurz auf die Uhr. »Meine Schicht beginnt erst in einer halben Stunde.«

»Ich habe keine Zeit, meine beginnt jetzt«, sage ich knapp.

Auf keinen Fall will ich das Gespräch aus dem Southside Café wiederholen.

»Bitte, Isa, es ist wichtig«, sagt Avery ruhig. Sie hat eine schwere Tasche dabei, deren Riemen in ihre nackte Schulter schneidet.

Kenzie mustert uns neugierig von der Rezeption aus. Noch weniger als eine Wiederholung der Szene im Café will ich, dass das Personal zu tratschen anfängt. Und am Ende irgendwelche falschen Schlüsse zieht.

Also mache ich eine ungeduldige Handbewegung und führe die beiden in einen der Festsäle, die für Meetings oder Hochzeiten genutzt werden. Es ist kalt in dem leeren Raum, und meine Stimme hallt, als ich sage: »Setzt euch.« Sie wechseln einen Blick und bleiben stehen. Avery auf der einen, Odina auf der anderen Seite von mir. Wie zwei Säulen, die mich stützen. Einen verrückten Moment lang rührt mich das. Als wären wir eine Familie oder die beiden meine emotionalen Bodyguards.

Doch plötzlich und unbarmherzig kommt die Angst. Wenn Avery und Odina mit mir reden wollen, wenn sie so neben mir stehen, als müssten sie mich auffangen können, dann gibt es schlechte Neuigkeiten. Dann ist Josie tot.

»Josie«, keuche ich. »Ist sie …«

Ich wage kaum, eine der beiden anzusehen. Ich spüre Odinas warme Hand an meiner Schulter, höre Avery laut ausatmen.

Jetzt, jetzt werden sie mir sagen, dass sie tot ist. Meinetwegen.

O Gott, ich und meine Feigheit haben Josie das Leben gekostet. Ich spüre, wie alles in mir weich wird, wie sich mein Geist von mir lösen will, wie ich mich fremd fühle an diesem Ort. Fremd in meinem eigenen Körper.

Josie lag seit zehn Jahren im Moss Lake, weil ich sie geopfert habe. Für meinen Frieden.

Jemand ruft wie von fern meinen Namen. Ich reagiere nicht.

Bis jemand mich an der Schulter rüttelt.

»Isa!«

»Josie ist tot«, flüstere ich.

Avery schreitet ein. »Nein, ist sie nicht. Die Frau im Moss Lake ist nicht Josie. Wir wollten dich nicht erschrecken!«

»Wer ist es dann?«, höre ich eine Stimme fragen, die wie meine klingt. »Wer ist die Tote?«

»Es tut mir so leid, Isa, es ist Barefoot-Annie.«

Ich merke, wie Odina zur Seite tritt, und höre dann das kratzende Geräusch eines der Stühle auf dem Boden, den sie hinter mich schiebt. Aber ich will mich nicht setzen, auch wenn Übelkeit in mir aufsteigt. Ein galliger Geschmack in der Kehle, der sich aus diffuser Erleichterung und schwerer Traurigkeit speist. Und aus einem anderen Gefühl. Aus Angst.

Dass Barefoot-Annie jetzt aufgetaucht ist, rührt einen anderen Gedanken in mir an. Wenn jemand, den niemand vermisst hat, plötzlich wieder da ist, können auch Dinge ans Licht kommen, nach denen niemand sucht.

»Siehst du, das macht uns alle fertig. Wir müssen weitermachen«, haucht Odina Avery zu. Nicht leise genug. Dann sagt sie, auch an mich gewandt: »Wir müssen doch endlich abschließen. Herausfinden, was mit Josie passiert ist.«

Aber ich kann nicht antworten. Viel zu viel vermischt sich in meinem Kopf und wird zu einem Brei aus Vergangenheit und Gegenwart.

»Komm, jetzt setz dich doch mal«, sagt Odina und drückt mich auf den Stuhl. »Du kippst ja gleich weg.«

Avery holt aus dem Kühlschrank in der Ecke eine Flasche Wasser, schiebt einen Tisch heran und wuchtet ihre Tasche darauf.

»Wir haben erfahren, dass die Ermittlungen gegen Jesper eingestellt wurden«, verkündet Odina und zieht einen Ordner aus der Tasche.

Ich sehe zu ihr, in ihr ernstes Gesicht. Was ist hier eigentlich los? Woher der drängende Wunsch, Detektiv zu spielen? Warum begreift Odina nicht, dass nicht jede von uns den Wunsch verspürt, im Dreck der Vergangenheit zu wühlen?

In ihrer Miene ist irgendetwas zu sehen, das ich nicht richtig greifen kann. Etwas, das in einer Sprache geschrieben ist, die ich nicht verstehe. Vielleicht liegt es aber auch an mir. Und dem Schwindel, der meinen Kreislauf noch immer betäubt.

»Woran ist sie gestorben? Barefoot-Annie?«, frage ich.

Avery räuspert sich. »Sehr wahrscheinlich eines gewaltsamen Todes.«

Ich will sie fragen, woher sie das weiß, aber Avery kommt mir zuvor. »Der Bruder eines unserer US-Roadies arbeitet bei der Polizei. Mehr weiß ich auch nicht, aber es ist klar, dass Fremdeinwirken vorliegt und …«

Sie schluckt. Einmal, zweimal. Deutlich hörbar.

»Und wahrscheinlich ist sie schon sehr lange tot. Vielleicht zehn Jahre, vielleicht länger.«

Ich schaue auf. »Das heißt, es war ein Mörder auf der Insel in der Zeit, als Josie verschwand?«

»Möglich«, sagt Avery. »Oder er ist noch immer da.«

Ich schaudere. »Ja …«

»Und es ist nicht ausgeschlossen, dass …«

»… er es noch einmal tut«, vervollständige ich ihren Satz.

»Oder bereits getan hat«, flüstert Avery.

Odina bleibt stumm, es entgeht mir nicht, dass sie nicht in unsere schaurige Vorstellung eines frei herumlaufenden Mörders auf Harbour Bridge einstimmen will. Und wer kann es ihr auch verdenken. Stattdessen schlägt sie den Ordner auf, blättert darin und meint: »Seht euch das mal an.«

Auf einer Seite befindet sich eine Zeichnung, eine Art Zeitdiagramm, unter dem Odina in ihrer geschwungenen Schrift Notizen gemacht hat.

»Was ist das?«, frage ich vorsichtig.

»Ich habe ein paar Fakten kontrolliert.«

Ich schaue auf Daten, auf den Namen Jesper Sandstrom, den sie mit einem Lineal fein säuberlich durchgestrichen hat.

»Ist er nicht mehr verdächtig?«, frage ich überrascht.

Odina schüttelt entschieden den Kopf. »Nein. Der Unfall mit dem Mietwagen ging zwar tatsächlich auf Jespers Kappe, allerdings hat er sich mehrere Hundert Meilen von Harbour Bridge entfernt bei einem Zusammenstoß mit einem Reh in Pennsylvania ereignet.«

»Meine Assistentin Cora hat die Unterlagen der Versicherung besorgt«, erklärt Avery.

Odina fährt fort. »Dass die Reparatur des Autos erst viel später erfolgt ist, lag daran, dass Sandstrom nicht für den Schaden aufkommen wollte. Er hat den Toyota an einer Mietwagenstation im Niemandsland im Perry County abgegeben, wo er mehrere Wochen unvermietet herumstand. So hat man den Schaden erst spät bemerkt.«

»Dazu kommt, dass Sandstrom in Williamsport bei der *Sun-Gazette* ein Vorstellungsgespräch hatte.«

Odina deutet auf den Ordner, auf ihre Timeline, blättert und zeigt dann auf einen handschriftlichen Vermerk Sandstroms. »›Werde J. B. beim Festival nicht sehen, Jobinterview *Sun-Gazette*, Williamsport‹.«

»Aber wer weiß, ob er dort war«, gebe ich zu bedenken. Avery murmelt zustimmend.

»Auf jeden Fall ist er auf freiem Fuß.«

»Aber der Kerl ist gefährlich. Stellt euch vor, er hat doch tatsächlich die Dreistigkeit besessen, bei Cora um ein Exklusivinterview mit mir zu bitten. Für den *Chronicle* und die Zeitung, für die er sonst noch arbeitet.«

Avery schüttelt sich, und ich sehe ihr an, dass der Gedanke, Jesper könnte sie nun auch stalken, ihr alles andere als behagt.

Nur Odina wirkt davon seltsam unbeeindruckt. Ausgerechnet sie, die sonst wegen allem Möglichen besorgt ist, wirkt aufgekratzt, fast schon aufgeregt. Als wäre die Suche nach Josie ein Abenteuer statt einer Katastrophe.

»Josie ist also wieder ein Cold Case«, stelle ich fest.

Odinas Augen blitzen. »Nur wenn wir einen aus ihr machen.

Aber wir haben es in der Hand. Irgendwo hier liegt die Lösung.« Sie macht eine ausschweifende Handbewegung, die den Ordner einschließt. Und ich denke mir, dass sie weiter ausholen müsste mit ihrer Hand, einen Kreis um mich ziehen. Einen Kreis mit einem fetten Pfeil auf mich. »Ich glaube nicht, dass sie tot ist. Ich meine, wer sollte Josie Blythe ermorden wollen?« Odinas Stimme lässt keinen Zweifel daran, dass sie noch immer daran glaubt, unsere Freundin würde leben.

Als sich unsere Blicke treffen, muss ich wegsehen. Ich halte es nicht aus. Habe zu große Angst, dass sie mir ansehen kann, dass ich nur zu gut weiß, wer Josie auf dem Gewissen haben könnte. Und dass ich unter keinen Umständen darüber reden will.

14

Zwölf Jahre zuvor

Mit dem Beginn der Ferien hatte sich der Schrecken des Amoklaufs ein wenig abgemildert, war weicher geworden, schnitt mir nicht mehr täglich in die Seite. Wenn ich nun Bilder im Fernsehen sah, von den zahlreichen Schießereien, für die mein Land traurige Berühmtheit erlangt hatte – Attentaten auf Schulen, Flughäfen, Ehefrauen –, dann hatte das nicht mehr so wenig mit mir zu tun wie in den Jahren zuvor. Aber es fühlte sich dennoch fremd und weit entfernt an. Vielleicht funktionierte die menschliche Seele so, sie musste Dinge verdrängen, ihnen den Stempel des Fremden aufdrücken, um nicht an ihnen zu ersticken.

Der Juli schritt voran, und ich dachte wieder an leichtere Dinge; daran, was man in diesem Sommer trug: Kleider über Jeans und am besten noch einen Gürtel dazu. Wir kauften uns Hosen ohne Gesäßtaschen, über deren Bund gerne ein Tanga herausschauen durfte. Jedes Mal wenn ich die Lobby verließ, kam irgendjemand angerannt, um mir die Hose hochzuziehen. Ich nahm an, meine Mutter hatte das Personal angewiesen: »Sorgen Sie dafür, dass meine Tochter ordentlich angezogen das Haus verlässt.« Josie wurde auf Harbour Bridge der Trendsetter für Tube Tops, die es Ende August sogar im Point Break zu kaufen gab. Ich besaß ein schwarzes, ein dunkelrotes und eines in Blau. Alle eigneten sich hervorragend dazu, mein Fake-Bauchnabelpiercing zu zeigen, das ich natürlich erst an meinem Nabel befestigte, sobald ich außer Sichtweite des Hotelpersonals war. Lee dagegen waren Modetrends egal, oder aber sie konnte es sich nicht leisten, jedem Hype zu folgen. Das einzige »It-Accessoire«, das sie besaß, war eine Von-Dutch-Truckerkappe, die sie zu ihrem immer gleichen Bikini trug und die am Ende des Sommers so viel Farbe verloren hatte wie die Sonne an Strahlkraft.

Wir warteten hungrig auf dem großen Wellenbrecher am Strand auf Lee, die versprochen hatte, heute fürs Abendessen zu sorgen. Eine Art Auftaktessen zu unserem gemeinsamen Sommer. Avery war aufgekratzt, erzählte von ihrem Winterurlaub in Deutschland, von Jake … Natürlich, Avery erzählte immer von Jake, und Josie ließ stets dämliche Bemerkungen fallen. Es machte mich wütend, auch wenn ich glaubte, dass Josie nur ein Spiel spielte, ihre Grenzen auslotete und hoffte, sie in uns zu finden. Es gab kaum einen Kerl, für den sie sich nicht interessierte. Nur vor Odinas älterem Bruder Andrea schien sie Respekt zu haben. Oder vielleicht war er auch nur aufgrund seiner Ernsthaftigkeit nicht empfänglich für ihre Spielchen.

Als Lee von der Straße auf uns zulief und zwei Plastiktüten schwenkte, studierte ich sie. Sie trug nur Shorts und ihr Bikinioberteil, ihre Gesichtszüge waren kantiger geworden. Sie trug ihre Haare jetzt auf beiden Seiten gleich lang, sie reichten ihr knapp auf die Schultern. Durch eine der Tüten in ihrer rechten Hand, um die sich zahlreiche bunte Armbänder rankten, schimmerte die Verpackung billiger Weizentoastscheiben. Lee warf sich vor uns auf den

Boden und packte ihre Einkäufe aus. Auf den meisten Sachen klebten Rabattprozente, der Käse war seit zwei Tagen abgelaufen, und das einzig Frische war eine Salatgurke, von der ich mir ziemlich sicher war, dass Lee sie unterwegs aus einem Garten gestohlen hatte. Wir breiteten alles auf einer Decke aus und fingen an, uns Sandwiches zu schmieren. Odinas selbst gemachte Mayonnaise rettete die Mahlzeit, die vermutlich nur deswegen schmeckte, weil alles in Gemeinschaft besser schmeckte. Auch matschiger Toast mit abgelaufenem Käse und billigem Schinken war zu fünft immer einem mehrgängigen Menü allein im Seasons vorzuziehen.

»Wusstet ihr, dass alles hier auf der Insel aus verschiedenen Schichten besteht, ihr müsst euch das vorstellen wie einen Toast, den man dick belegt. Ganz unten ist die Toastscheibe, das Meer. Darüber streicht man eine Schicht Butter – den schlammigen Untergrund der Flut, dann kommt der Käse, die untere Marsch, schließlich der Salat, die obere Marsch mit ihren salzigen Rinnsalen und darüber das Schlickgras …«

»Ich esse nie mehr ein Sandwich«, murrte Josie und strafte ihre Worte Lügen, indem sie noch einmal kräftig abbiss.

»Isaaaa!«, stöhnten Avery und Odina.

»Was?« Ich musste lachen. »Verdirbt euch das den Appetit?«

»Jaaa!«, kam es erneut im Chor. Nur Odina lächelte milde. Vermutlich dachte sie an die Schreckensminuten unter dem Tisch im Klassenzimmer. Vielleicht hatte sie all meine Worte vergessen, vielleicht aber hatte sich jede Sekunde dieser Zeit so sehr in ihr Gedächtnis gebrannt wie mir.

Wir blieben sitzen, bis die Sonne sich hinter den Horizont senkte, die Möwen kreischend angeflogen kamen, um die Krümel von unserer Decke zu picken, und Avery sich überreden ließ, »Fuck Fahrenheit« zu singen. Es war rundum perfekt, so perfekt, dass es mir Angst machte. Wie schnell stürmte jemand mit einem

Maschinengewehr ein Klassenzimmer, wie schnell war ein Leben vorbei, wie schnell eine Freundschaft zerstört, wie schnell gingen Menschen für immer auseinander. Ich hatte begriffen, dass das Leben keine endlose Abfolge von Ereignissen war, dass alles endlich war. Wusste jetzt, dass Glück mir nicht naturgemäß zustand, sondern mir so zufällig vor die Füße fiel wie die Brotkrumen dieser Möwe. Da, wo es Glück gab, gab es auch immer Menschen, die es einem wegnehmen konnten. Ich hatte gelernt, Angst zu haben. Und am meisten fürchtete ich mich davor, ohne meine neu gewonnenen Freundinnen zu sein. Denn so viel Glück, dachte ich, als Avery die letzte Zeile des Songs noch einmal sang, konnte doch nicht von Dauer sein.

• • •

Das Surfcamp startete zwei Wochen später als im Jahr zuvor. Odina, so erfuhr ich von Andy, war in Italien gewesen, weil ihre Großmutter verstorben war, ich plagte mich sieben gähnend langweilige Tage in einem Camp für wirtschaftlich interessierte Jugendliche, der Kompromiss, den meine erfolgsorientierten Eltern eingegangen waren, um mir zu erlauben, auch in diesem Jahr mit ins Surfcamp zu dürfen. Auch Avery kam später auf die Insel, weil Marge kurzfristig einen Halbtagsjob bei Cabela's in East Grand Forks angefangen hatte und dort montags, mittwochs und freitags ausgestopfte Tiere abstaubte. Ihre Einarbeitung in die Kunst der Jagdtrophäenreinigung zog sich bis in unsere Ferien hinein. Lee tauchte zunächst gar nicht auf, und es wunderte uns kaum. Bei Lee wusste man schließlich nie so genau. Einzig Josie war schon zwei Wochen auf der Insel, und als ich sie beim Surfcamp das erste Mal diesen Sommer sah, erschrak ich. Sie war noch dünner geworden, falls das überhaupt möglich war, und auf ihrem Nasenrücken klebte ein breites Pflaster.

»Was ist das?«, fragte Andy und tippte ihr unsanft mit dem Zeigefinger mitten auf das Pflaster. Sie zuckte nicht einmal.

»Das ist meine neue Nase.«

Andy legte den Kopf schief und tippte erneut unbarmherzig gegen das Pflaster.

»Aus Silikon?«

»Nein, Andy, Silikon gehört in Brüste. Nasen bricht man und setzt sie dann schöner und in meinem Fall kleiner wieder zusammen.«

»Warum?«, wollte Andy wissen und rümpfte seine eigene, leicht windschiefe Nase.

»Weil ich im Gegensatz zu dir nichts kann, außer besagte Nase in eine Kamera zu halten, und dazu sollte sie verdammt noch einmal schön sein.«

»Ist mir egal, wie schön deine Nase ist«, sagte Andy. »So surfst du nicht.«

»Was?« Josie riss den Mund auf und fasste sich an das breite Pflaster, als wollte sie es abreißen. Ich schaute zur Seite, weil ich nicht sehen wollte, ob sich darunter ein blaues, angeschwollenes Ungetüm befand.

»So surfst du nicht. Zu gefährlich. Was meinst du, was passiert, wenn du dir das Ding brichst?«

»Das Ding ist schon gebrochen«, beharrte Josie.

»Noch mal brichst«, korrigierte Andy. »Wenn das Pflaster ab ist und deine Nase darunter nicht mehr so aussieht, als wärst du ein Segelboot mit gebrochenem Mast, dann gebe ich dir ein Board und Unterricht. So lange bleibst du hier sitzen, machst Trockenübungen oder filmst die anderen. Verstanden?«

Andys Blick ließ keine Widerrede zu. Nicht einmal die von Josie. Vielleicht auch, weil sie wusste, was auf dem Spiel stand. So wie wir alle es wussten. Josies Leben war komplizierter als unser aller zusammen. Und so langsam bekamen wir einen Eindruck davon, wie kompliziert.

Auch wenn das Internet erfunden war, so hatte es seinen bahnbrechenden Durchbruch noch vor sich. Schlagzeilen gab es hauptsächlich in gedruckter Form. Das machte sie haltbar. Gerüchte und Fotos konnten monatelang zirkulieren. Und natürlich hatten wir alles über Josie Blythe gelesen. All die Headlines, Artikel und Fotoserien. Die guten und die schlechten. Seit Josie *American Idol* gewonnen hatte, überschlug sich die Presse mit Meldungen. Dass sie all die Jahre von den Paparazzi verfolgt gewesen sein musste wie ein Stück Fleisch von einer Horde Fliegen, wurde mir erst Jahre später bewusst. Wann immer es ein Foto von Josie gab, war jemand in ihrer Nähe gewesen. Ganz egal, ob sie nur schnell eine Flasche Wasser an einem Kiosk kaufen wollte, Volleyball spielte, um sich auf ihre nächste Rolle vorzubereiten, oder scheinbar unbeobachtet im Garten auf einer Liege lag. Jeder ihrer Pickel war besser dokumentiert als die Kindheit eines US-Durchschnittsbürgers.

Hat Josie sich den Titel nur gekauft? – Josie Blythe – talentfrei, aber reich – Ist das Josies neuer Freund? – Affäre mit dem Juror von American Idol – beste Freundin von Josie Blythe packt aus – Vierte Staffel von Urban Oath *in Gefahr – Hauptdarstellerin drogensüchtig? –* American Idol *– warum die schlechteste Sängerin gewonnen hat!*

Wir fragten nicht nach diesen Schlagzeilen. Wir sagten nichts, auch wenn wir sie zu gerne genauso ausgefragt hätten. Wir hatten *American Idol* natürlich verfolgt, und ja, es stimmte, sie war nicht die beste Sängerin. Aber sie war Josie Blythe, und neben ihr verblasste nun einmal jedes Durchschnittsmädchen. Wir hielten zu ihr, und Josie hielt durch. Bis sie nach einer ganzen quälenden Woche endlich aufs Board durfte und sich ihre Laune sichtlich besserte.

• • •

Mit den Tagen, die folgten, gewöhnte ich mich an das Glücklichsein, wie man sich im Sommer an die Sonne gewöhnt und sich nicht vorstellen kann, dass die Tage irgendwann wieder dunkler werden könnten. Wir waren zu einer echten Gruppe herangewachsen. Lee nannte uns zärtlich ihre »Squad«, und Josie schwor, dass unsere Fortschritte damit zusammenhingen, dass sie angefangen hatte, unsere Surferlebnisse in ein Tagebuch einzutragen, unsere Menstruationszyklen in Tabellen zu vermerken, und so auf mehr Einklang mit dem Mond hoffte. Uns war das Thema unangenehm, nur Lee war sofort Feuer und Flamme. Lee, die ohnehin keine Tabus und kein Schamgefühl kannte. Lee war jeden Abend die Letzte, die den Strand verließ. Manchmal nahm ich Abfälle aus dem Hotel mit, und wir fütterten die streunenden Katzen und Hunde der Insel. Meine Haare waren immer irgendwie voll Sand, meine Haut salzig, und ich war zufriedener als je zuvor.

Wir lösten das Geheimnis des Carolina Crab Cake, fanden einen Namen für Averys Band und hörten in Endlosschleife Good Charlotte auf den iPods, die uns Josie schenkte.

Manchmal zickten wir uns noch an, Odina und ich. Mehr aus Gewohnheit denn aus Notwendigkeit. Aber sobald unser Ton zu ernst wurde, konnte ich ihre Hand in meiner spüren, als wäre sie noch immer da, den Druck ihrer warmen Haut in diesen schwitzigen Stunden unter dem Tisch im Biologiesaal. Als mir klar wurde, dass es gut war, in einer Krise nicht allein zu sein. Aber dass es noch besser war, wenn man Odina bei sich hatte.

• • •

»Das wird später mal mein Auto! Nur in Silber, nicht in Rot«, sagte ich und deutete auf den Bildschirm. Das Video pausierte, und die Protagonistin war festgefroren in jenem Moment, in dem sie aus einem Wagen ausstieg.

»Du bist für mich schon irgendwie ein Rätselchen«, erklärte Josie und betrachtete mich nachdenklich. Wir lümmelten auf der Couch im Ferienhaus von Averys Eltern herum und schauten alte deutsche Filme, von denen wir kaum ein Wort verstanden, die wir aber gerade deswegen so lustig fanden. Wir machten uns einen Spaß daraus, die Dialoge zu erraten, die Avery dann bestätigen oder korrigiert übersetzen musste. Sie war mit Lee gleichzeitig auf die Toilette gestürmt, nachdem sie sich zwei Liter Eistee einverleibt hatten; Odina war von ihrer Mutter dazu verdonnert worden, im Großmarkt auf dem Festland einzukaufen.

»Warum?«, erkundigte ich mich überrascht und drehte mich zu Josie. »Warum bin ich für dich ein Rätsel?« Sie sah noch zierlicher aus als sonst, in dem schmal geschnittenen Sommerkleid mit den kleinen rosaroten Blümchen.

»Na ja, du könntest absolute Inselelite sein, du hast Geld, einen guten Namen, reiche Eltern, aber du gräbst mit deinen Händen lieber in der Erde und suchst nach Würmern und Larven. Auf der anderen Seite bist du total das Kind deiner Eltern. Sieh dich an, du bist bildschön, du weißt, wie man sich anzieht, und du hast was übrig für Mode, Autos.« Sie deutete auf den Fernseher. »Für Luxus eben. Als würden zwei Herzen in deiner Brust schlagen. Mein Rätselchen.« Das letzte Wort klang ungewohnt zärtlich.

»Rätselchen?« Ich lächelte. »Gefällt mir. Das klingt interessanter, als ich bin.«

Josie lachte bitter. »Du bist interessanter, als du denkst. Ich dagegen …« Sie machte eine wegwerfende Bewegung. »Ich bin nicht einmal halb so interessant, wie alle glauben. Jede von euch ist aufregender als ich. Das ist alles nur ein dummer Zufall, dass ich bekannt geworden bin. Eigentlich wollte ich das nicht einmal …«

Doch bevor ich nachhaken konnte, war Lee vom Klo zurück, und Josie hatte ihr oscarreifes Lächeln wieder aufgesetzt.

»Marges Pfirsichgebräu wirkt so abführend wie Nieren- und Blasentee«, stöhnte Lee und ließ sich neben mich auf die Couch fallen. Dann legte sie einen Arm um mich und einen um Josie. Lee, die mit körperlichen Zärtlichkeiten so freigiebig war wie mit ihren flapsigen Sprüchen.

»Kunststück, wenn du mehrere Liter trinkst, ist selbst Wasser abführend.«

»Stimmt auch wieder«, gab sie freimütig zu. »Alles gut?«

Als Avery zurückkam, der Film weiterlief und den roten Mercedes wieder zeigte, sagte Josie: »Das wird später mal mein Auto. Aber in Silber.«

Ich verbiss mir den Kommentar, dass sie mir den Satz geklaut hatte, als wären mein Leben und meine Wünsche ein Drehbuch, an dem sie sich beliebig bedienen durfte.

Ein halbes Jahr später wurde sie in einem Interview bei MTV News gefragt, welchen materiellen Wunsch sie für die Zukunft habe. Und sie schaute in die Kamera, als sähe sie mir direkt in die Augen, schlug die Beine übereinander und antwortete mit einem leisen Lächeln: »Sollte ich je eine Rolle in einem Coen-Film ergattern, würde ich mir als Belohnung einen Oldtimer kaufen. Ein deutsches Auto. Einen Mercedes 190 SL Cabrio, in Silber. Ich liebe *High Society* heiß und innig, den Film, in dem Frank Sinatra Grace Kelly in genau solch einem Wagen herumkutschiert.«

Vielleicht schämte sie sich, zuzugeben, woher ihre Inspiration kam, vielleicht tat sie es aus Anstand. Vielleicht aber glaubte sie zu diesem Zeitpunkt schon ganz fest, dass der SL 190 ihr und nicht mein Traumwagen war. Bei Josie konnte man das nicht genau sagen.

• • •

In der Nähe von Andys Surfhütte war ein Hai gestrandet. Natürlich hatten wir davon gehört. Alles, was hier am Meer geschah und aus den Tiefen dieses unendlich scheinenden Ozeans kam, war für Josie und Avery fremdartig und ein wenig unheimlich, während Lee und ich, geborene Insulaner, stolz auf unsere einzigartige Natur waren. Die anderen machten keine großen Anstalten, uns zu begleiten, als wir uns zum morgendlichen Training an der Surfhütte einfanden. Josie lehnte lässig an der Wand von Andys Strandverschlag und schien sich innerlich über mich zu amüsieren. Odina hielt sich raus. Aber ich merkte ihr an, dass ihr der Tod des Tieres leidtat. Sie war einfach zu gut für diese Welt.

Wir starrten dem Hai ins Maul, auf mehrere Reihen Zähne, auf die unheimliche Fratze, die er uns zeigte. Das Tier musste etwa neun Fuß groß sein und wog sicher um die 400 Pfund. Die kleinen Augen wirkten in ihrer Leblosigkeit traurig.

Josie brach als Erste das Schweigen. »Dem möchte ich nicht beim Surfen begegnen.«

»Das ist ein Sandhai«, erklärte ich ihr eifrig, bemüht, das Tier zu verteidigen. »Kein Tigerhai. Unfälle mit Sandhaien sind nicht einmal nachgewiesen. Sandhaie sind nicht aggressiv.«

»Es ist ein Hai. Mehr muss ich nicht wissen«, stellte Josie fest, und Avery sah so aus, als wäre ihr die genaue Artbezeichnung völlig egal. Dabei war es wichtig zu wissen, um welchen Hai es sich handelte.

»Wenn ich sage: Das ist eine Katze, dann möchtest du doch

auch wissen, ob es sich um eine Hauskatze oder um eine ausgewachsene Löwin handelt. Das macht einen Unterschied.«

»Wenn du mit mir über einen Löwen sprichst, wirst du ihn kaum Katze nennen«, beharrte Josie.

»Sandhaie sind nicht gefährlich. Man verwechselt sie nur häufig, wenn man keine Ahnung hat«, stellte ich klar.

»Keiko ist auch gestorben«, erklärte Josie, als wäre das eine Antwort. Und gähnte ausgiebig.

»Oh, das tut mir leid«, sagte Odina mitfühlend. Josie prustete los. Sie war in einer gefährlichen Stimmung. Gereizt, angriffslustig, bereit, ihren eigenen Weltschmerz auf andere abzuwälzen und mit Worten um sich zu schlagen.

»Kanntet ihr euch gut? Dieser Keiko und du?«, hakte Odina nach. Es tat weh, zu sehen, wie sie in Josies Falle tappte, ohne es zu merken.

»Kann man so sagen.« Josie lachte abfällig. Ich musste an die LOLAs denken. An all die Menschen, die laut über andere lachten. Daran, dass auch ich zu ihnen gehörte. Irgendwie. Und dann sah ich auf den Sandhai. Das Tier, das zu Wasser so verhasst war wie an Land nur der Wolf. Ein Außenseiter blieb ein Außenseiter blieb ein Außenseiter. Wie Odina, wie ich ohne die LOLAs.

»Sie meint *Free Willy*«, sagte ich und schenkte Odina einen entschuldigenden Blick. Dafür, dass nicht Haie, sondern Menschen die grausamsten Wesen auf Erden waren.

»Aber Willy ist doch ein Wal!«, sagte Odina und schaute erneut auf den toten Hai. »Das hier ist ein Hai.«

Josie hielt sich theatralisch den Bauch, löste sich von der Wand, trat auf uns vier zu, die im Halbkreis um das tote Tier standen, und ging vor dem Hai in die Hocke. »Odina, ich kenne niemanden, der so dumm ist wie du. Glaubst du, es interessiert mich, ob irgendwo auf dieser Welt ein toter Hai liegt? Oder ein toter Wal oder ein toter Mensch.« Sie stupste den Kadaver mit dem Ellbogen an.

Odina schwieg. In ihren Augen schimmerte eine Mischung aus Wut und Verletzlichkeit.

Ich versuchte abzulenken. »Sandhaie tendieren zum vorgeburtlichen Kannibalismus. Nur die zwei ältesten Jungen entwickeln sich weiter und werden auch tatsächlich zur Welt gebracht. Sie bekommen rasch Zähne, und in der späteren Tragezeit fressen die Ältesten die unbefruchteten Eier und ihre Geschwister einfach auf.«

Aber ich hatte die Rechnung ohne Josie gemacht. »Die Natur ist wirklich geschickt darin, ihre ganz eigenen Lösungen zu finden. Seltsam, dass die Selektion bei uns Menschen nicht so gut funktioniert.«

Josie sah Odina an. Dann schweifte ihr Blick langsam über mich zu Avery und blieb dann an Lee hängen. Verharrte dort. Ich wusste nicht, was sie damit bezweckte, mit der Biestigkeit, die sie manchmal an den Tag legte. Mit Provokationen wie diesen.

Niemand außer Josie lachte. Ich spürte, wie meine Lippen sich zusammenpressten, einen schmalen Schlitz bildeten. Und ich sah, dass sich in Lee etwas zusammenbraute. Sie hielt Josies Blick mühelos stand und trat einen Schritt nach vorn, beugte sich zu Josie nach unten, und ehe eine von uns eingreifen konnte, verpasste sie ihr eine schallende Ohrfeige.

Statt sich zu wehren, starrte Josie sie an. Sekundenlang, die wie Minuten wirkten. Dann streckte sie ihr die andere Wange hin, und Lee schlug noch einmal zu.

»Schätze, das habe ich verdient«, sagte Josie mit einer Stimme, die mir fremd erschien. Hohl und leer.

Aus irgendeinem Grund waren sie jetzt, endlich, ebenbürtig. Gewalt war nicht die Lösung ihres Problems. Und doch hatte Lee

Josie ihre seelischen Grausamkeiten mit diesen beiden Schlägen vor Augen geführt. Dann rappelte Josie sich auf und lief davon. An der Treppe, die über die Dünen führte, wartete einer der Männer in den schwarzen Anzügen. Der, mit dem ich sie hinter den Dünen gesehen hatte. Ich lief ihr hinterher, holte sie aber nicht ein, sondern sah sie nur noch in einen Wagen schlüpfen.

Auf dem Beifahrersitz saß ein Mann, der mich aus kalten Augen musterte, bevor er eine Sonnenbrille aufsetze.

• • •

In diesem Sommer saßen Josie und ich manchmal in der Lobby des Seasons und beobachteten die Hotelgäste. Dann, wenn Avery sich den wenigen Familienausflügen anschließen musste, um die ihr Vater sie bat. Wenn Lee einer ihrer zahlreichen Verdienstmöglichkeiten nachging und Odina in der Pizzeria helfen musste. Wir saßen unter der brummenden Klimaanlage in einer abgelegenen Sitzgruppe. Von den breiten Sesseln aus hatte man einen hervorragenden Blick auf den Eingangsbereich. Wir lachten über die Gesichter, wenn sie aus ihren kühlen Limousinen ausstiegen und ihnen die breite, dicke Wand aus Inselhitze entgegenschlug. Über Männer, die spätnachts hinausschlichen und erst am frühen Morgen zurückkommen würden. In diesen Momenten war Josie kein Filmstar, sondern Zuschauerin. »Siehst du die Frau in dem gelben Kleid? Mit dem großen Hut?«, flüsterte ich Josie eines Spätnachmittags zu. Weil die Luft der Klimaanlage so eisig in unseren Nacken blies, hatte Josie sich ein Strandhandtuch wie einen Schal um den Hals gewickelt.

Sie nickte.

»Sie kommt drei- bis viermal im Jahr, jedes Mal in Begleitung eines anderen Mannes!«, erklärte ich.

»Sie ist nicht einmal besonders hübsch«, stellte Josie fest.

Ich zuckte mit den Achseln.

Josie griff nach meiner Hand, drückte sie geistesabwesend. Sie tat das immer wieder, wenn wir auf unserem Beobachtungsposten ausharrten. Nur um meine Hand Sekunden später loszulassen, als wäre das Ganze aus Versehen passiert.

»Sie muss andere Qualitäten haben«, wisperte sie mir zu. Ihr Gesicht verzog sich dabei zu einer seltsamen Grimasse. Und da platzte es aus mir heraus. »Wer war der Mann im Wagen neulich? Der mit den intensiven Augen, der uns so angestarrt hat?«

Josies Finger in meiner Hand wurden steif.

»Ein Fahrer.«

»Aber er saß auf dem Beifahrersitz!«

Es kam wieder Leben in Josies Finger. »Ich werde mich nie von einem Mann abhängig machen«, erklärte sie entschlossen. »Und du, versprich mir, dass du das auch nie machst. So …«, sie deutete durch die Scheibe nach draußen, »wollen wir nicht werden, oder? So abhängig, so gierig, so bemitleidenswert arm an eigener Persönlichkeit.«

»Nein«, stimmte ich ihr zu. »Das wollen wir nicht.«

»Sieh dir den an«, sagte sie dann und deutete auf Mr. Hamilton, einen hageren Mann Mitte vierzig, der jedes Jahr zur Business Expo nach Charleston kam und dann im Seasons wohnte.

»Geizig, wette ich. Gibt kaum Trinkgeld, beschwert sich aber ständig übers Essen und das Zimmermädchen. Hat eine Frau, die noch dürrer und geiziger ist als er, und trägt selbst am Strand einen Anzug.«

Ich musste lachen. Josie war eine messerscharfe Analystin.

»Du hast mit allem recht, nur nicht mit seiner Frau. Sie ist klein, mollig und ziemlich übellaunig. Kommt aber nur für ein paar Tage am Wochenende, wenn er hier ist.«

»Und ganz bestimmt lässt er sich von ihr dann den Teller am Frühstücksbüfett vollmachen, und sie schweigen sich beim Essen an.«

»So ähnlich«, gab ich zu und sah vor meinem geistigen Auge Mrs. Hamilton, die einen großen Teller Eier mit Speck vor ihrem Mann abstellte.

»Ich glaube, er ist ein sehr trauriger Mann«, meinte Josie leise. »Weil er weiß, dass er einen völlig falschen Weg eingeschlagen hat, aber viel zu konservativ und sicherheitsbewusst ist, um das Ruder noch rumzureißen.«

Ich nickte langsam und wusste plötzlich, dass ihr das einmal helfen würde, dieses Verständnis für andere, die Fähigkeit, sich in sie hineinzuversetzen.

15

»Avery ist überall auf dieser Insel. Als hätte sie sich ein paar Doubles engagiert, um mich in den Wahnsinn zu treiben«, sage ich zu Suzy am Telefon, während ich durch das Küchenfenster auf den anderen Menschen blicke, der es auf mein Nervenkostüm abgesehen hat. Preston.

»Das bildest du dir ein«, sagt Suzy wenig mitfühlend.

Aber es ist keine Einbildung. Seit Tagen fühle mich in einer Force-of-Habit-Matrix, Avery ist Agent Smith. Nur dass sie nicht so böse und blutleer guckt, sondern, um ehrlich zu sein, mindestens so erstaunt wirkt wie ich, wenn wir uns zufällig über den Weg laufen. Wenn ich auf Hollys Island bei dem kleinen Auswandererbäcker aus Österreich Schwarzbrot kaufe, dann wundere ich mich, was Avery dort will. Bis mir einfällt, dass sie Deutsche ist und mehr Recht hat, Schwarzbrot gut zu finden, als ich.

Wenn ich den SL zur Exxon-Tankstelle fahre, dann hält dort ihr blöder Dodge-Leihwagen, und ich muss feststellen, dass Avery noch immer nicht Auto fahren kann. Sie wird massive Probleme haben, wenn sie das Ding zurückgibt. Der Dodge hat überall Schrammen.

Bei Red's Market plauscht sie mit Cynthia Hulland, die seit hundert Jahren an der Kasse sitzt. Wenn Red seine Selbstgedrehten raucht, sitzt sie daneben und kritzelt auf einem Notizblock.

»Es ist, als verfolgte mich die Vergangenheit. Als könnte ich weder ihr noch Avery auf Dauer aus dem Weg gehen«, motze ich weiter. »Und Odina ist auch nicht besser. Neulich im Hotel haben sie mir aufgelauert, und dann sitzen die zwei da und schauen mich an, als müsste ich jetzt etwas tun. Als wäre ich verdammt noch mal dazu verpflichtet, herauszufinden, wo verdammt noch mal Josie ist!« Meine Stimme kiekst, aber ich kann nicht aufhören. »Ich meine, was soll das? Können die mich nicht in Ruhe lassen! Avery taucht hier auf, nach all den Jahren, und denkt … Und Odina, die dachte ja schon immer, dass … Ich bin doch nicht schuld …«, beschließe ich erschöpft den lückenhaften Bericht an meine Schwester.

Ich denke an unser letztes Gespräch auf der Gästetoilette des Seasons, an Josies Flehen, an meine Angst. An ihre Angst …

»Du regst dich auf«, stellt meine Schwester fest, flucht leise, und es klappert irgendetwas bei ihr. Vermutlich der Mülltonnendeckel, der nicht schließen will, oder das Fach mit der Tupperware, das viel zu voll ist. »Du regst dich doch sonst nie auf.«

»Das hat deine Tochter auch schon zu mir gesagt.«

Ich zupfe an meiner Oberlippe und gehe von der Küche ins Wohnzimmer, setze mich auf die schwarze Couch und reibe gedankenverloren über das Leder.

»Und?«

»Es gibt gerade viele Gründe, mich aufzuregen. Da ist dieser neue Nachbar, der mich in den Wahnsinn treibt. Der den ganzen Tag Lärm macht. Und in der Nacht. Er legt das Haus auseinander, und das mit seinen bloßen Händen. Okay, es sind große Hände.« Ich brauche einen Augenblick, um mich zu sammeln, um Wut heraufzubeschwören. »Der reißt Wände ein, es staubt, und dieser Müll, der überall rumsteht.« Der genau genommen gestern abgeholt wurde … und das Haus, das genau genommen von innen schon sehr schön und sauber ist. »Und dann meint er noch, er müsse in den Dünen …« Ich breche ab.

»Das klingt aufregend«, sagt Suzy, wobei sie »aufregend« so ausspricht, als meinte sie erregend. Ich kann ihr Grinsen durch die Leitung hören. Und auf einmal habe ich das Gefühl, über alles mit Suzy sprechen zu können. Über die Dinge, die an der Oberfläche brodeln, ebenso wie jene, die ich tief unten in mir vergraben habe. Suzy ist zwar nicht hier, nicht physisch, aber sie war immer da. Ein kleiner Fels mit krausen roten Haaren. Mir wird warm im Innern und gleichzeitig kalt, als mir bewusst wird, dass sie neben den verlorenen Freundinnen der richtige Mensch gewesen wäre, mit dem ich hätte sprechen können.

»Suzy, kannst du dich erinnern, dass ich dir von diesem Casting damals erzählt habe?«, frage ich, die Stimme belegt.

»Das war in dem Jahr, bevor Josie …«

Aber Suzy hat das Klappern wieder aufgenommen und murmelt so etwas wie: »Na also, endlich zu …«

Und das Gefühl, mich ihr anvertrauen zu können, ist so schnell verschwunden, wie es gekommen war.

»Ach, vergiss es. Zurück zu Odina. Du hättest sie sehen sollen …« Ich schildere Suzy noch einmal in viel zu kleinen Details, die mich mehr ablenken sollen als sie, das Zusammentreffen mit Avery und Odina im Southside Café und im Seasons. »Es ist wie mit diesem Getränk, Basil Berry. Man kann es noch kaufen, aber es schmeckt ganz anders als früher. Warum begreifen die zwei das nicht?«, ende ich.

»Weißt du«, sagt Suzanna langsam. »Ich glaube, man muss immer erst an sich arbeiten, bevor man andere verurteilt. Das ist ein wenig wie … vor Gericht stehen und ein Urteil über etwas sprechen, dessen man selbst schuldig ist. Ich erlebe das jeden Sonntag beim presbyterianischen Schaulaufen.«

»Beim was?«

»Bei der Sonntagsmesse.«

Ich lache, und sie stimmt ein.

»Es ist ein bisschen zu still hier, seitdem er aufgehört hat, Krach zu machen«, sage ich irgendwann, als Suzys Lachen verklingt. Seit zwei Tagen ist es verdächtig ruhig auf Prestons Grundstück, und diese Stille macht mich unruhig. Genauso wie die Tatsache, dass ich ihn seitdem nicht gesehen habe. Weder ihn noch seinen Wagen. Seit gestern ein alter Laster den Kram vor seinem Haus aufgeladen hat, ist auch kein neuer Unrat dazugekommen. Ich sehne mich geradezu nach dem Schlagbohrer, dem nervtötenden Rumpeln einer Rüttelplatte oder zumindest der Säge, die meinen Alltag seit Wochen begleitet.

»Ich dachte, der Lärm nervt dich.«

»Nein … Ja … Nein. Wahrscheinlich nerve ich mich selbst.«

Je mehr Zeit seit diesem unsäglichen Missverständniskuss vergeht, in der ich Preston nicht sehe, desto unwahrscheinlicher wird es, dass wir jemals darüber reden müssen. Das ist doch gut, oder nicht?

Ich frage Suzy, um mich abzulenken: »Erinnerst du dich an Bison Dele? Der Basketballspieler, der Anfang der 2000er in Französisch-Polynesien verschwunden ist und möglicherweise von seinem Bruder an Bord eines Segelschiffes ermordet wurde? Der Bruder hat sich später mit einer Überdosis Insulin umgebracht und die wahre Geschichte mit ins Grab genommen. Manche Geschichten klären sich nicht, warum soll ich also weiter in der Vergangenheit herumstochern?«

»Weißt du, was«, erklärt meine Schwester, und ich höre am

Klang ihrer Stimme, dass sie jetzt wieder ehrlicher sein wird, als erträglich ist, »du solltest damit aufhören, das Verschwinden fremder Menschen zu analysieren und darin Absolution zu finden. Es ist an der Zeit, dass du dich deiner eigenen Vergangenheit stellst. Du hast mit deinen Freundinnen doch nie richtig darüber geredet, oder?«

• • •

Hailey und ich stehen vor meinem Haus, und sie mustert mich neugierig, während ich das Surfbrett wachse.

»Du kannst wirklich surfen, Izzy-Isa?«, fragt sie. Hailey hat ihre rote Mähne zu kleinen Zöpfchen flechten lassen, die ihr so dicht an der Kopfhaut anliegen, dass es schmerzt, die weiße Haut darunter auch nur anzusehen. Es steht ihr gut. Ich vermute, dass sie Selma aus der Hotelbuchhaltung ziemlich lange bequatschen musste, damit sie ihr die Zöpfchen geflochten hat.

»Ich glaube irgendwie nicht, dass du surfen kannst«, hakt Hailey noch einmal skeptisch nach.

»Auch wenn es schon sehr lange her ist, ja, glaube ich, dass ich es noch kann, und ich werde es dir beweisen!«, antworte ich Hailey, bevor mich der Mut verlässt, von dem ich gar nicht richtig weiß, woher er kommt. Ich schrubbe weiter am Brett und versuche, mich an meine ersten Surfversuche zu erinnern, und wie ich Hailey am besten eine kleine Einführung geben kann.

»Warum hast du es so lange nicht gemacht?«, will Hailey wissen.

»Das ist eine gute Frage!«

»Gibt es auch eine Antwort?«

»Ich habe vor ein paar Tagen alte Freundinnen getroffen,

und … dann hab ich mit deiner Mutter telefoniert. Und da hab ich daran gedacht, wie viel Freude mir das früher gemacht hat.«

In Wirklichkeit habe ich ein paar Seiten aus Prestons Fotoband angesehen. Männer mit langen Haaren und angedeuteten Schnurrbärten, die vor ihren Vans auf Decken sitzen und die Brandung beobachten. Hunde mit nassem Fell, die auf Surfbrettern Mittagsschlaf halten, und dann die Frauen … Wie mich diese Frauen gecatcht haben. Die beiden Philippinerinnen, die mit sandigen, nackten Füßen, ihre Bretter über dem Kopf, eine palmengesäumte Straße entlanglaufen, die Freundinnen in gestreiften Badeanzügen, die sich selbstvergessen anlächeln und durch knöcheltiefes Wasser waten, und auch – vielleicht vor allem – das überbelichtete Foto einer bunt gemischten Truppe jugendlicher Mädchen, die lachend auf ihren Brettern im Wasser liegen.

»Und das ist jetzt meines?«, will Hailey wissen und deutet auf das marineblaue Surfboard mit dem Aufkleber des Point-Break-Surfshops.

»Erst mal ist es nur geliehen, aber wenn du dich gut anstellst und Spaß hast, dann kaufe ich es dir.«

Sie nickt begeistert. Und meine Gedanken schweifen zum Surfshop, den ich am Morgen zögerlich betreten habe. Als versteckten sich auch dort die Geister der Vergangenheit. Schön ist der Laden geworden, hell und freundlich – so gar nicht mehr chaotisch wie früher, als Andy es manchmal wochenlang nicht schaffte, seine Ware auszupacken, und sie einfach direkt aus dem Karton verkaufte. Alles war neu, schick, teuer und doch … in jeder Ecke lauerten Erinnerungen. Da war dieses Foto von Lee an der Pinnwand hinter der Kasse. Halb verdeckt von allen möglichen Postkarten aus bekannten Surfspots, aber es handelte sich zweifelsohne um eine alte Aufnahme von Lee.

»Kommt der etwa auch mit?«, reißt Hailey mich aus meinen

Gedanken zurück auf den Boden der Einfahrt. Sie deutet auf Prestons Baustelle. Und da steht er und bringt mein Herz zum Explodieren. Er trägt ein sauberes Hemd, dunkle Chinos und weiße Turnschuhe. Er ist wieder da. Er ist wieder da. Er ist wieder da.

»Hey«, ruft er und winkt.

Hailey winkt vertrauensselig zurück. »Ich lerne jetzt surfen von Isa! Und du, kannst du surfen?«

»Wir müssen jetzt los, Hailey«, sage ich schnell und will nach ihrer Hand greifen. Sie schüttelt sie ab.

Preston kommt auf uns zu. Er ist frisch rasiert, und ohne Bartstoppeln sieht sein Gesicht jünger aus, offener als sonst. Es missfällt mir, dass er seine Haare gebändigt und mit Gel nach hinten gekämmt hat. Ich mag seine wilden Haarsträhnen. Der Kloß in meinem Hals wird mit jedem Schritt dicker, den er auf mich zugeht. Als er vor uns steht, bin ich mir sicher, nicht sprechen zu können.

»Surfen also?«, sagt er und lacht Hailey an. Mich beachtet er gar nicht. Er wirft einen Blick hinter mich. Als würde dort noch jemand stehen.

»Izzy, meine Tante«, Hailey deutet auf mich, »bringt mir das Surfen bei, aber ich soll sie jetzt Isa nennen, weil ihre Freundinnen von früher, mit denen sie immer surfen war, das auch gemacht haben. Aber sie war lange nicht surfen, wahrscheinlich weil ihre Freundinnen nicht da waren, und jetzt machen wir beide das.« Hailey schnappt nach Luft, was auch nötig ist bei ihrer Redegeschwindigkeit.

Erstaunlich, so habe ich das Hailey nicht erklärt, aber sie hat verdammt gut kombiniert.

Ich hab mir wahnsinnig oft in meinem Leben gewünscht, dass Blicke an mir abperlen wie Wasser auf Glas. Gewünscht, unsichtbar zu sein. Doch jetzt gerade, hier in diesem Moment, fühlt es sich gut an, jemand anderen von mir erzählen zu hören. Ich will, dass Preston weiß, dass ich surfen kann. Will, dass er weiß, wer ich bin.

»Möchtest du zum Surfen mitkommen?«, frage ich einfach.

Er schaut mir in die Augen und zögert. Als wartete er auf den bissigen Kommentar, den er sonst von mir gewohnt ist. In seiner Gegenwart will ich mich nicht anpassen, kein Glas sein, an dem das Wasser abperlt, sondern jemand, an dem man haften bleibt. Ich will Reibungsfläche sein.

»Wozu?«, sagt er. »Du hast ja schon Begleitung für alle Lebenslagen!«

Er wirft wieder einen bedeutungsvollen Blick hinter mich, und jetzt wird mir klar, worauf er anspielt. Auf Aiden. Mein Gesicht beginnt zu glühen.

»So ist das nicht«, sage ich lahm.

»Was ist so nicht?«, mischt sich Hailey ein.

»Das verstehst du nicht.«

»Ich auch nicht«, erwidert Preston bissig.

»Komm doch mit, dann bin ich nicht die Einzige, die nicht surfen kann«, sagt Hailey vertrauensselig. »Oder kannst du es schon?«

»Nein, ich habe Angst vor Wasser«, gesteht Preston, ohne einen Anflug von Scham.

»Das ist komisch«, erwidert Hailey und zuckt mit den Achseln. Das Thema scheint für sie erledigt.

»Wegen neulich«, fange ich an und versuche, Prestons Blick zu halten, ihn auf mich zu ziehen. Warum, das weiß ich selbst nicht so genau. »Du hast da etwas falsch verstanden.«

»Was denn genau?«, fragt er. Etwas in seinem Gesicht wird weicher, vielleicht bilde ich mir das auch nur ein. Und ich spüre, dass er sich nicht abspeisen lassen wird mit einer halbseidenen Begründung.

»Ich erkläre es dir später.«

»Spar dir die Mühe … Ich denke, ich weiß ganz genau, was hier gespielt wird.«

Er hat absolut keine Ahnung, aber ich stehe mit hängenden Armen da und finde nicht die richtigen Worte. Dabei wäre es ganz einfach. Aiden ist niemand, Preston ist so viel mehr von etwas, das ich nicht beschreiben kann, und das macht mir ein wenig Angst.

…

Am Strand ist der Wind stark, die Brandung aber noch mäßig. An einem der abgestorbenen Bäume, der seine Äste wie suchende Hände in die Luft streckt, hänge ich unsere Handtücher auf. Ein paar Hundert Fuß entfernt stehen zwei Mustangs mit den Rücken zum Ozean und verharren entspannt in der Brise. Sie rühren sich auch nicht, als Hailey und ich näher kommen. Die Tiere spüren, wenn sich der Luftdruck erhöht und ein Orkan aufzieht. Dann rücken sie enger zusammen und stehen die stürmische Zeit gemeinsam durch. So anders als wir Menschen. Die beiden Stuten sehen aus, als wollten sie mir sagen: Wir bleiben. Wir verschwinden nicht. Und wenn die Welt zerbricht, sind wir auch morgen noch da.

Ich hole tief Luft, befehle Hailey, einen Augenblick zu warten, weil ich die Wellen testen will – und mich. Weil ich ausprobieren muss, ob ich das noch kann. Ob ich das noch will. Dann lege ich mich auf das Brett und paddele vorwärts, so lange, bis ich hinter der Stelle bin, an der sich die Wellen brechen. Ich setze mich auf. Mein Brett zeigt zum offenen Meer, während ich nach der nächsten Welle suche. Über mir fliegen die Pelikane, und auf dem Wasser spielen die Wolken Schattenspiele. Ich muss daran denken, was Avery über diesen Moment gesagt hat: Es ist der Augenblick zwischen zwei Songs. Eine Stille, die von ihrer Erwartungshaltung lebt. Eine mit Adrenalin gefüllte Sekunde totaler Geräuschlosigkeit, die sich in einem krachenden, donnernden Trommelwirbel auflöst. Dann meine ich sie zu entdecken: die passende Welle. Sie bricht sich nach rechts, und so drehe ich das Brett leicht in die Richtung, lege mich flach darauf und paddele. Hailey sitzt auf dem dürren Stamm des Totholzes und winkt eifrig. Und ich winke mindestens genauso begeistert zurück, als es mir tatsächlich gelingt, die erste Welle seit vielen, vielen Jahren zu stehen.

Leider ist der Surfunterricht mit Hailey viel weniger erfolgreich als mein eigener Soloversuch. Hailey stellt sich schrecklich ungeschickt an. Aber womöglich bin ich auch eine furchtbare Lehrerin. Unkonzentriert, weil mir im Innern immer noch die Begegnung mit Preston nachhängt.

Hailey schlägt sich die Knie auf, schluckt Unmengen Salzwasser, bekommt von der Reibung auf dem Brett am Bauch einen Ausschlag und hat schlichtweg keine Lust, Trockenübungen zu machen.

Am Ende gebe ich auf und setze sie auf mein Board, paddele uns beide nach draußen und erzähle ihr Geschichten von früher. Von fünf Freundinnen, die verrückt nach dem Surfen waren.

16

Nach der Surfstunde setze ich Hailey im Seasons bei ihrer Oma ab. Den ganzen Weg zurück vom Hotel zu meinem Haus, als mich Haileys Geplapper nicht mehr von meinen surrenden Gedanken ablenkt, überlege ich, ob, und wenn ja, wie ich Preston klarmachen soll, was das mit Aiden ist und dass das nichts mit uns zu tun hat. Aber ich stolpere immer wieder über dieses *uns*, an dem ich nicht weiterkomme. Ich denke an den Kuss und das Missverständnis, und ich möchte frustriert ins Lenkrad beißen.

Zurück in der Einfahrt, begreife ich, dass ich mir über eine Erklärung hinsichtlich meiner Beziehung zu Aiden keine Gedanken machen muss. Denn Aiden erledigt die Erklärung gerade selbst. Er steht vor Preston, in einem dieser lächerlichen, langen Muskelshirts, die er so gern trägt. Ich weiß instinktiv, dass ich nie wieder mit ihm schlafen werde.

Es macht ganz seltsame Dinge mit mir. Nicht das schlimme Muskelshirt, sondern Aiden und Preston zusammen zu sehen. Hier vermischt sich etwas, was sich nicht vermischen darf.

Ich gebe Vollgas, und die letzten Meter der Einfahrt staubt es gewaltig. Als ich aussteige, bemerke ich, dass Aiden und Preston kein ruhiges Gespräch führen, sondern sich anschreien.

»Frag sie doch!«, blafft Aiden und deutet auf mich.

Prestons Miene kann ich nicht entziffern, aber ich sehe, dass die Muskeln in seinem Kiefer zucken.

»Babe!«, ruft Aiden und streckt seinen Arm nach mir aus. Ich weiche vor ihm zurück.

»Was ist hier los?« Ich sehe von Aiden zu Preston und wieder zurück.

»*Dein* Typ«, sagt Preston und betont das erste Wort, »hat mein Stromkabel durchgeschnitten.«

»Dein Nachbar hat mich in den Wahnsinn getrieben, man kann ja nicht chillen bei dem Lärm hier!«

Erst jetzt fällt mir auf, dass Aiden unten ohne ist.

»Aiden, wieso trägst du keine Hose?«

»Hab auf der Terrasse auf dich gewartet«, sagt er und grinst anzüglich.

»Ich habe dir gesagt, dass ich es nicht leiden kann, wenn du ungefragt auftauchst. Ich möchte, dass du gehst!«

»Warum?«, fragt er verständnislos. »Willst du schon wieder nicht?« Er wackelt mit den Augenbrauen. Ich muss die Augen kurz schließen, so sehr schäme ich mich.

»Ich will gar nicht mehr«, sage ich. »Mit dir.«

Über Aidens Gesicht huscht ein Ausdruck, den ich von Hailey kenne. Wenn man ihr das zweite Eis am Tag verbietet.

»Biste mit dem da jetzt, oder was?«, brummt Aiden beleidigt. »Ist der jetzt dein neues Spielzeug? Fickst du etwa mit dem Schlappschwanz?« Er will wieder nach meinem Arm greifen, und mein ganzer Körper versteift sich. Ich stolpere zurück, merke, wie mein Puls sich beschleunigt. Wie seine Worte etwas mit mir anstellen, mich in die Vergangenheit katapultieren. Da ist nicht nur die Scham Preston gegenüber. Da ist noch etwas anderes. Ich habe das unbestimmte Gefühl, die Kontrolle zu verlieren. Dabei *brauche* ich die Kontrolle.

Ich bin diejenige, die bestimmt, wann Aiden kommt, ich bin diejenige, die unsere Treffen initiiert. Jetzt ist er das zweite Mal ungebeten hier. Ich habe keine Angst vor Aiden, aber ich darf ihm die Kontrolle nicht überlassen, weil … weil … weil ich sonst wieder die Isa von früher werde. Und das darf ich nicht zulassen. Und dann spüre ich Prestons Blick, der nicht ärgerlich, sondern nachdenklich auf mir ruht. Ruhig, aber entschlossen.

»Geh bitte, Aiden.« Meine Stimme zittert, wackelt, bebt. »Geh! Jetzt!«

»Babe, sorry, komm schon, lass uns raufgehen und das regeln. Du sagst, du willst nicht, aber …«

»Nein!«, schreie ich. Seine Worte sind ein so starker Trigger, dass meine Beine weich werden. Ich spüre, wie meine Glieder dumpfe Taubheit überrollt, die ich nie, nie wieder hatte spüren wollen.

Preston macht einen Schritt nach vorn. »Hast du nicht gehört, was sie gesagt hat? Du sollst gehen.«

Aiden hebt die Hände und weicht zurück. »Bleib cool, du Freak.«

Mit jedem Fuß Distanz spüre ich, wie ich freier atmen kann. Ich habe keine Angst vor Aiden, das weiß ich jetzt wieder. Zum Glück weiß ich es wieder.

»Tut mir leid, aber lass uns einfach telefonieren, ja?«, sage ich, mehr, um ihn loszuwerden, als dass ich wirklich vorhabe, mit ihm zu telefonieren. Aus dem Augenwinkel sehe ich, wie sich die Falten auf Prestons Stirn vertiefen.

»Okay … also dann, bye, Babe.«

Aiden joggt zu seinem Auto und fährt davon, aber ich harre

noch eine Weile aus. Und Preston auch. Da ist eine sengende Stille zwischen uns, eine, die ich beenden möchte, aber gerade noch nicht kann.

»Alles okay?«

»Ja …«

»Wirklich?«

»Ja. Schon gut.«

»Es geht mich ja nichts an, aber …«

»Stimmt«, fahre ich dazwischen. »Es geht dich nichts an.« Ich zittere noch. Umschlinge meinen Oberkörper mit meinen Händen und versuche, ruhig zu atmen.

Ich will in mein Haus, will weg, aber ich traue meinem Körper noch nicht. Es ist lange her, dass ich mich so gefühlt habe. So schwach.

»Was schulde ich dir für das Kabel, das Aiden durchgeschnitten hat?«, frage ich gleichzeitig mit Preston. »Sag mal, möchtest du vielleicht einen Kaffee? Und dich einen Moment setzen?«

Er deutet auf zwei alte Liegestühle, die neben seinem Pick-up im Staub stehen.

Und ehe ich mich's versehe, lasse ich mich in einen fallen. Meine Beine fühlen sich an, als wären sie viel zu weit gelaufen. Ich kenne dieses Gefühl, ich hasse es. Und vielleicht hilft Kaffee.

»Das war unangenehm«, sage ich, als er neben mir sitzt, nicht ohne den Stuhl ein wenig wegzurücken, unauffällig, aber doch so, dass ich es bemerke. Er zuckt mit den Achseln, was alles heißen kann.

Ich schlürfe den heißen, ungezuckerten Kaffee aus einer Blechtasse, die er mir reicht.

»Lass uns über etwas anderes reden. Wie war das Surfen?«

»Gut«, sage ich. Froh über den Themenwechsel, aber auch ein bisschen irritiert, dass wir nebeneinandersitzen und … sprechen.

Wie normale Menschen, wie Nachbarn, die sich verstehen. Seltsam, dass das so einfach geht.

Ich muss an seine Worte denken, bevor ich mit Hailey zum Surfen gegangen bin.

»Warum lebst du auf einer Insel, wenn du Angst vor Wasser hast?«, platzt es aus mir heraus, ehe ich weiter darüber nachdenken kann.

Preston wirft mir einen kurzen Blick von der Seite zu und murmelt dann in seine Tasse: »Weil ich das Meer liebe, aber nicht gerne darin schwimme oder – besser gesagt – nicht gerne weit draußen auf dem Wasser bin.«

Was unlogisch klingt, ergibt für Preston wirklich Sinn, begreife ich. Er ist auf Hatteras Island geboren, hat erlebt, was das Meer anrichten kann. Trotzdem ist er hier. Ich bin auf Harbour Bridge geboren, ich habe das Schlimmste in meinem Leben ebenfalls hier erlebt. Dennoch könnte ich nie gehen. Ich wollte niemals ein Hotel leiten und mache es trotzdem. Aus Gründen, die so vielfältig wie das Marschland sind und sich genau wie die Natur auf einen einzelnen herunterbrechen lassen können: weil Dinge sich entwickeln. In Richtungen, die sich manchmal nicht steuern lassen.

»Das eine schließt das andere nicht aus. Man kann Erdbeeren mögen, aber Erdbeereis eklig finden«, sage ich zu ihm.

Er überlegt kurz, und ich sehe ein Lächeln über sein Gesicht huschen. Nur ganz flüchtig, aber eindeutig ein Lächeln.

»Man kann schließlich auch gerne unter einem Baum sitzen, aber nicht darauf klettern«, sagt Preston und sieht mich an.

»Lärm verabscheuen und die Stille dann unheimlich finden«, erwidere ich leise.

»In einem Protzbunker wohnen und trotzdem ein Herz haben«, sagt er frech.

Ich räuspere mich gespielt entrüstet. »Zerfetzte Karohemden tragen und … trotzdem gut aussehen.«

»Makellos sein und sehr liebenswerte Macken haben.« Wie rauchig seine Stimme klingen kann.

»Eine Gänsehaut haben, obwohl einem sehr heiß ist«, wage ich mich vor und spüre, wie mir genau das passiert.

»Davonrennen und eigentlich bleiben wollen?«, fragt Preston vorsichtig.

Ich nicke, und dann verziehen sich meine Lippen zu einem Lächeln. In meinem Innern braut sich etwas zusammen, und auf einmal lache ich laut. Preston starrt mich an und fällt dann mit ein. Sein Lachen ist dunkel, tief und wahnsinnig ansteckend. Ich drücke die Hand flach auf meinen Bauch, nicht weil ich will, dass es aufhört, sondern weil es sich so gut anfühlt.

»Er hatte keine Hose an!«, sagt Preston und lacht.

»Und er hat ohne Hose dein Stromkabel durchgeschnitten?«

»Und er hat mich einen Schlappschwanz genannt.«

Es ist eigentlich überhaupt nicht witzig. Aber ich kann nicht aufhören. Und er auch nicht. Wir lachen und lachen, bis mir Tränen aus den Augen schießen und ich entdecke, dass sich über seine Nase ein kleiner Streifen Rot zieht. Es sieht aus wie eine Brücke. Eine Brücke aus lautem Lachen. Ich würde ihn so gerne dort anfassen, mit dem Finger diesen Streifen Haut streicheln.

»Und du möchtest wirklich nicht surfen lernen?«, frage ich, als wir uns einigermaßen beruhigt haben.

»Einer muss auf die Mustangs aufpassen«, sagt er und zwinkert mir zu.

Ich schaue auf seine Beine, an deren hellen Härchen Sandkörner haften. Habe einen Schnelldurchlauf unseres Kusses sofort vor Augen und spüre, wie mir viel zu warm wird.

»Warum hast du diese Villa?«, fragt er plötzlich. »Das wollte ich dich in den Dünen schon fragen, aber du warst auf einmal weg. Ohne dass ich mir das erklären konnte.« Jetzt zucken seine Mundwinkel, verraten ihn. »Ich meine, es ist ein nobles Haus, aber nicht gerade die nobelste Gegend von Harbour Bridge.«

»Weil ich … diesen Ort hier so gerne mag. Das war als Kind schon immer mein Rückzugsort. Hier …«, ich deute hinter mich, vage zu den Dünen, wo ich ihn geküsst habe … und werde rot, »… hier sammeln sich die Herden bei Sturm. Und das hat mir das Gefühl gegeben, sicher zu sein.«

»Das erklärt aber nicht, warum du so einen Protzbunker gebaut hast.«

Ich seufze leise. »Das Bauamt hat darauf bestanden, dass der Neubau der Größe des alten Hauses entspricht. Der Plan war eigentlich, viel Platz für Natur zu schaffen, nicht, ihn zu verbauen. Deshalb wollte ich dein Grundstück erwerben und das Haus abreißen und … na ja, Platz machen.«

Preston ist einigermaßen unbeeindruckt. Und plötzlich habe ich das Gefühl, mich rechtfertigen zu müssen.

»Wenn du dir das Haus genauer anschaust, wirst du sehen, dass es vollständig mit nachhaltigen, ökologischen Baustoffen gebaut ist, der Putz ist aus Lehm, die Wände aus Holz, ich habe eine thermische Solaranlage zum Erwärmen meines Wassers und bin, was den Strom betrifft …«, ich koste den Moment aus, »… Selbstversorger.«

»Aha.«

»Ich habe eine Fotovoltaikanlage«, gebe ich zu.

»Du läufst viel«, stellt er fest und reißt erneut das Thema herum.

»Ja, ich laufe viel«, bestätige ich.

»Warum?«

»Weil ich es gerne mache.«

Er nickt langsam. »Was gefällt dir am Laufen?«

»Ich fühle mich lebendig.« Wie mit dir … hätte ich fast gesagt. Mit dir fühle ich mich auch lebendig.

»Warum willst du das wissen?«

»Weil ich dich besser kennenlernen möchte.«

Darauf weiß ich nichts zu erwidern.

»Wofür steht denn jetzt eigentlich das J. in deinem Namen?«, frage ich, damit sich die Stille, die sich zwischen uns ausbreitet, nicht plötzlich unangenehm anfühlt.

»James«, sagt er. »Das J steht für James. Siehst du, du kannst einfach fragen.«

»Ja …«, sage ich gedehnt. »James, so einfach also.«

Er lächelt, und ich erwidere es, ganz ohne darüber nachzudenken.

Ich nehme noch einen großen Schluck Kaffee, stelle die Tasse auf den Boden und sage schließlich: »Danke, ich gehe jetzt. Ich brauche dringend eine Dusche.«

»Die könntest du auch bei mir nehmen«, schlägt er vor. Ich höre den Schalk in seiner Stimme.

»Danke, aber jetzt, da ich wieder Wasser habe …«, gebe ich neckend zurück, stehe auf, will gehen und sage noch über meine Schulter gewandt: »Wir sehen uns.«

»Wann?«, will er wissen, lässig im Stuhl zurückgelehnt.

Die Antwort bleibe ich ihm schuldig. Und auf dem Weg zu mir kommt es mir vor, als brennte mein Rücken bei dem Gefühl, ihn noch immer hinter mir zu wissen.

17

Elf Jahre zuvor

Im Sommer 2003 wurde Harbour Bridge wie immer von der Touristenplage heimgesucht. Die Urlauber überschwemmten die Insel und saugten sie aus wie Moskitos, denen die natürlichen Feinde abhandengekommen waren. Viele der Touristen waren Leute, die glaubten, sich nehmen zu können, was sie wollten. Jeder biss ab von seinem Happen Natur und schluckte ihn, bis irgendwann nichts mehr übrig sein würde. Am liebsten hätte ich sie von Harbour Bridge verbannt. Doch sie waren nicht alle gleich. Es gab auch die Familien, die ihren Kindern einschärften, nichts liegen zu lassen, wenn sie nach einem Strandtag paniert mit Sonnencreme und Sand von dannen zogen. Oder die langjährigen Stammkunden des Seasons, die sich für den Schutz der Mustangs einsetzten. Seit diesem Jahr durfte man den Pferden nicht näher als fünfzig Fuß kommen, sie nicht füttern, und es gab eine neue Geschwindigkeitsbegrenzung für die vielen Jeeps und Trucks, die aus Spaß über die breiten Sandbänke schossen. Dennoch, im Sommer gehörte mir Harbour Bridge nicht, es verwandelte sich von meinem Zuhause in ein riesiges Ferienresort; ich selbst mich von einer Insulanerin in eine irritierte Beobachterin des Trubels. Ich freute mich auf den Zeitpunkt, wenn ich nicht mehr aktiver Teil dieses Zirkusses sein würde. Dann, wenn ich das verhasste Seasons endgültig hinter mir lassen konnte, um das zu studieren, was mich wirklich an der Insel interessierte: ihre einzigartige Natur.

Mit dem Sommer kamen auch die Mädchen zurück. Obwohl Lee und Odina das ganze Jahr über hier waren, sahen wir uns nur selten. Odina und ich belegten keine gemeinsamen Kurse mehr, Lee besuchte eine andere Highschool und hatte mehrere Jobs. Wir hatten kaum Zeit, uns außerhalb der Schule zu sehen. Hin und wieder trafen wir uns noch immer am Pier, manchmal auch am Wash-Out zum Surfen, ein paarmal draußen am Hafen auf Dosenbier und einen Joint, den immer Lee mitbrachte und herumreichte. Aber jenseits des Sommers hatte unser Leben keine große Schnittmenge. Obwohl ich mir das nach dem letzten Jahr sehr gewünscht hätte. Erst als Avery mit ihrer Familie wieder in die Waterfront Avenue zog und Ed uns alle zu einem seiner berühmten Barbecues auf der großen Terrasse einlud, als Josie mit Sack, Pack und Bodyguards ins Summerstone einzog und Odina ihren Roller endlich wieder vor dem Point Break parkte, begann der Sommer. So ein Sommer, wie er sein musste. Mit Salz und Sand in den Haaren, Freundinnen an der Hand und lauen Nächten, in denen wir Musik hörten und uns gegenseitig mit Mückenschutzmitteln einsprühten.

• • •

Am Abend nachdem wir mit Andy das erste Mal am berüchtigten Harbour's End surfen waren und sich Josie durch Leichtsinn einen Zahn ausgeschlagen hatte, kam sie später allein ins Seasons und bat mich überraschend, mit ihr den Film anzusehen, der für die Goldene Himbeere nominiert war und den sie uns eigentlich streng verboten hatte anzuschauen. Ich wollte mich weigern, ich hatte *Living High* schon gesehen. Und er war schlecht. Aber es schien mir unmöglich, Josie das ins Gesicht zu sagen.

»Na gut«, stimmte ich zu und schob widerwillig die DVD in den Player in meinem Zimmer im obersten Stockwerk des Seasons. Wir setzten uns auf den Boden, nicht weil es kein Sofa gegeben hätte, sondern weil wir das immer taten, wenn wir alle zusammen waren. Es hätte sich seltsam angefühlt, mich mit Josie auf der Couch zu fläzen. Einen Moment hoffte ich, der Player würde die DVD einfach verschlucken. Aber er tat mir den Gefallen nicht.

Josie umklammerte die Fernbedienung, als wäre sie ein Radierer, mit dem sie jeden Fehler auf dem Bildschirm ausmerzen konnte. Wir überstanden den miserablen Vorspann, und ich hatte Averys Worte im Kopf (»Wer hat diesen Mist komponiert? Hört ihr das, die Töne sind völlig falsch. O Gott, und diese Stimme«). Eine schrillere Variante von Britney Spears sang die Titelmelodie »Live it up«.

Abrupt stoppte Josie den Film und sah mich an. »Das bin ich. Ich singe diesen Schrott, aber ich habe meinen Namen aus dem Vorspann löschen lassen. Leider hätte mir das als Schauspielerin nichts geholfen.«

»So schlimm ist es nicht«, murmelte ich, klang aber selbst in meinen eigenen Ohren nicht überzeugt.

Josie ließ den Film weiterlaufen und verzog das Gesicht, als sie selbst zum ersten Mal zu sehen war. Es gab kaum Aufnahmen von Suzy und mir aus unserer Kindheit, aber ich erinnerte mich nur zu gut an den Imagefilm, den unsere Eltern für das Hotel hatten machen lassen, das Motto lautete »One House, one family«, und man hatte mich und Suzy in Kleider mit riesigen weißen Kragen gesteckt und uns ein Erdbeereis vorgesetzt, das wir möglichst kleckerfrei löffeln sollten. Im Anschluss sagten wir unisono: *Es ist zu jeder Jahreszeit wunderschön im Seasons. Wir sind ein Haus, ein Team, eine Familie, kommen Sie vorbei und überzeugen Sie sich selbst.* (Mir zieht sich jetzt noch der Magen zusammen, wenn ich daran denke, wie unangenehm es war, diese Darbietung und unsere Stimmen später auf dem Bildschirm sehen zu müssen. Erst Jahre später habe ich darüber nachgedacht, wie es sich für Josie angefühlt haben musste, sich mit sechzehn halb nackt in aufreizenden Posen in einem Film mit fragwürdiger Storyline und noch fragwürdigerem Frauenbild zu sehen. Damals war es einfach nur peinlich mitanzusehen.) Mein Gesicht brannte, es fühlte sich an, als wäre ich es, die ich da betrachten musste. Ein Seitenblick zu Josie verriet keine Regung. Ich wollte die Augen schließen und ihr sagen, dass sie sich das nicht antun musste. Dass sie so viel besser war als diese Rolle. Aber es kam nichts über meine Lippen.

Irgendeine Zeitung hatte über den Film geschrieben, er sei eine »gruselige, pädophil anmutende *Lolita*-Version mit Hang zur Drogenverherrlichung«, und leider war das ziemlich treffend.

Josie stoppte wieder, als ihr Alter Ego auf dem Bildschirm sich mit einem Joint am Rand eines heruntergekommenen Dachterrassenpools niederließ und die Beine in einem schwarzen Badeanzug spreizte, sodass sich ihre Vagina deutlich abzeichnete. Nicht ausgerechnet diese Stelle, dachte ich.

»Hier, schau dir das an! Lee würde sagen, man sieht meinen Kamelhuf …«

Ich versuchte mich an einem fröhlichen Lachen, das Josie mir nicht abnahm. Ich war froh, dass die Zoomtaste nicht funktionierte, und fragte mich, warum Josie so masochistisch war, sich das Ganze anzusehen. Und bestimmt nicht zum ersten Mal. Zu meiner Erleichterung ließ sie den Film weiterlaufen. Sie rückte näher an den Bildschirm heran und schien ihre eigenen Gesichtszüge analysieren zu wollen.

Das Schlimmste daran war, dass Josie ihre Rolle gut spielte. Sie war nicht schlecht, das Drehbuch war es, die Inszenierung war es.

Nach einer weiteren halben Stunde und unzähligen Stopps, bei denen sie irgendetwas kritisierte – von der Haltung ihrer Hände über ihre undeutliche Aussprache bis hin zu ihrem angeblich übertriebenen Augenaufschlag –, hielt ich es nicht mehr aus.

»Hör auf!«, protestierte ich. »Du hast keinen Fehler gemacht, es war einfach ein mieses Skript!«

Josie zog eine Grimasse, aus der schließlich ein Lächeln wurde. Ein halbes zumindest. »Vielleicht hast du recht.«

Sie wollte sich die Fernbedienung wieder nehmen und den Film weiterlaufen lassen, aber ich war schneller. Ich schnappte sie mir und setzte mich drauf, Josie reckte sich, drohte, mir das Teil unter dem Hintern wegzuziehen, aber da hatte ich es schon zur anderen Seite wieder herausgezogen und rappelte mich hoch. Ich rannte ins angrenzende Bad, Josie hinterher, und aus Mangel an Alternativen steckte ich die Fernbedienung in die Kloschüssel, klappte den Deckel herunter und setzte mich darauf. Josie starrte mich an und kicherte dann los.

»Das muss aufhören, okay! Du wirst noch unzählige gute Filme drehen, vergiss den einen schlechten.«

»Jetzt gibst du es also zu, dass er schlecht ist!«, rief sie triumphierend.

»Jetzt, da ich auf der Fernbedienung hocke, gebe ich es zu.«

Wir giggelten, und Josie setzte sich auf den flauschigen beigen Teppich zu meinen Füßen und atmete durch. Schließlich sagte sie leise, ohne mich anzuschauen: »Man hat mir so viele Dinge nicht zugetraut und nachher gesagt: Schau, da ist sie doch selbst schuld dran, schließlich war sie nicht auf der Schauspielschule. Was bildet sie sich ein: Warum lehnt sie Rollen ab, mit denen sie erfolgreich war? Hätte sie nur weiterhin bis zur Rente Witty Sue Fisher gespielt … Was ich auch mache, mache ich falsch.«

»Das liegt in der Natur der Sache. Für meine Eltern mache ich auch alles falsch. Was damit anfängt, dass ich überhaupt existiere und es wage, sie ab und an bei der Arbeit zu stören.«

Josie nickte. »Ich soll weiter niedlich bleiben, ein wenig frech. Süß. Ein Vorbild für kleine Mädchen. Aber dann soll ich mich endlich weiterentwickeln, nicht so bleiben, wie ich bin. Erwachsen werden, zeigen, ob wirklich was in mir steckt. Das wollte ich mit diesem Film, und jetzt denken alle …«

Sie brach ab und machte eine verzweifelte Handbewegung.

»Dass der Badeanzug in der Wäsche eingegangen ist?«, schlug ich vor.

Sie prustete. »Ja, und dass ich …«

»Dass sich bei dir was abzeichnet, wenn du einen zu eng sitzenden Badeanzug trägst. Wie bei jeder Frau. Und dass es sein könnte, dass dein linker großer Zeh etwas kleiner ist als der rechte – was bei siebzig Prozent der Weltbevölkerung so ist, oder aber meinst du, dass den Zuschauern vielleicht auffällt, dass dieses Muttermal auf deiner Wange nur aufgemalt war?«

»Siebzig Prozent?«

»Vielleicht waren es auch vierzig.«

Josie lächelte tapfer und seufzte. »Man nötigt mich dazu, zu singen. Aber ich singe nicht gern. Und auch nicht gut. Aber man drängt mich, um nachher zu sagen: Jetzt glaubt sie also auch noch, singen zu können. In diesem Leben kann ich nichts richtig machen.«

Es half nichts, Josie mit Mitleid zu begegnen, deshalb sagte ich: »Weißt du, was, Avery würde sagen: Dann hör doch einfach auf zu singen, wenn du es nicht kannst. Und wenn du keinen Bock mehr hast, Schauspielerin zu sein, dann hör auf und …« Ich suchte verzweifelt nach einer Idee. »Kreiere Gewürzmischungen für Crab Cake, kauf dir eine Farm in Oregon, wie meine Schwester es vorhat, oder mach eine Töpferei in L. A. auf. Es ist dein Leben, Josie.«

»Living it high, was?«, sagte sie und wischte sich mit der Hand übers Gesicht. »Danke, Isa.«

»Kann ich aufstehen, ohne Angst zu haben, dass du die Fernbedienung aus dem Klo fischst und mich weiter mit diesem miesen Film und der wunderschönen Hauptdarstellerin quälst?«

»Kannst du«, stimmte sie zu und sah mich aus wässrigen Augen schon viel glücklicher an.

• • •

Andy war längst dabei, unsere Sachen zusammenzupacken und seinen Pick-up zu beladen. Hier auf Sullivan Island konnte man mit dem Wagen direkt an den Strand fahren. Zwar musste man dafür den Reifendruck des schweren Wagens deutlich ablassen, aber das war es wert. Denn auf der kleinen angrenzenden Insel gab es anders als auf Harbour Bridge ein Korallenriff, an dem sich die Wellen druckvoll brachen. Weil sich ein Riff in seiner Beschaffenheit nicht änderte wie sandiger Untergrund, konnte man hier fortgeschrittene Manöver besser üben.

Wir hatten eine dreistündige Einheit, nur unterbrochen von einer kurzen Sandwich- und Colapause, hinter uns. Andy hatte uns bei Niedrigwasser zunächst gezeigt, wo die Gefahrenstellen des Riffs lagen, und wir trugen aus Sicherheitsgründen alle Neoprenschuhe. Während Josie, Avery, Odina und ich aufgrund des frischen Windes ziemlich durchgefroren am Strand saßen, wollte Lee nicht aus dem Wasser.

»Man nennt es das ›Only-one-more-Syndrom‹. Ziemlich verbreitet unter Surfern.« Avery lachte und deutete auf Lee draußen in den Wellen.

»Könnte wetten, dass ihre Lippen schon blau gefroren sind.«

»Ganz bestimmt.« Josie und ich hatten uns gemeinsam in ein Handtuch gewickelt. »Es ist eine Art Sucht, oder?«

»Ja«, seufzte Avery. »Was meinst du, sollen wir auch noch mal raus?«

»Es ist die beste Sucht, die es gibt. Natürlich gehen wir noch mal raus«, rief Josie.

»Es reicht jetzt«, bestimmte Andy. »Wir fahren.«

»Nur noch eine«, kreischten wir unisono und rappelten uns lachend hoch.

»Wenn wir schon mal hier sind«, gab Avery zu bedenken, die ohnehin immer Angst hatte, der Sommer könnte ihr davonlaufen.

»Bitte, Andy, noch eine!«

»Herdentrieb!«, schrie Lee uns zu. »Noch eine, Andy!«

Unser Surflehrer hob resigniert die Hände. »Nicht am Boden abstoßen, wenn es euch vom Brett haut. Keine Lust, dass sich jetzt noch eine von euch die Füße aufschlitzt.«

»Jajajaja«, erwiderte Josie gut gelaunt, und dann rannten wir gemeinsam ins Wasser und stürzten uns auf unsere Bretter.

»Wettpaddeln?«, schlug ich vor.

Und noch während wir auf das Riff zupaddelten, sahen wir Lee, die sich ihre Welle schon ausgesucht hatte und bereit zum Pop-up war. In exakt jenem Moment, in dem ihr Brett von der Welle angeschoben wurde und sie sich aufstellte, tauchte etwas Großes, Undefinierbares aus dem Wasser auf. Ein grauer Koloss, der sich aus den Wassermassen erhob, mit einer Leichtigkeit, die nicht zu dem wuchtigen Körper passen wollte. Avery und ich schrien gleichzeitig auf, Lee kam etwas ins Schwanken, fing sich noch rechtzeitig, während über ihr, in einem perfekt geformten

Bogen, ein Delfin emporsprang. Es war ein großer Delfin, sicherlich um die vierhundert Pfund schwer. Es wirkte, als würde er Lees Haare streifen, so nah war er. Und natürlich würde Lee später behaupten, sie habe ihn berühren können.

Lees erschrockener, gellender Schrei verschmolz mit dem Rauschen des Wassers, und eine Sekunde lang bot sich uns das wohl schönste Bild der Welt. Lee, unsere Königin der Wellen, surfte neben einem Delfin. Ihr erschrockenes Kreischen wurde zu einem Jubelschrei. Ehrfürchtig betrachteten wir das Tier, das majestätisch wieder in die Wellen tauchte und unweit vor Lee erneut aus dem Wasser sprang. Es war pure Magie.

Josie konnte es jetzt nicht schnell genug gehen, eilig suchte sie sich eine Welle und erhob sich auf dem Brett. Ich wartete einen Augenblick ab und tat es ihr gleich. Wir alle wollten mit den Delfinen surfen und achteten nicht auf das, was Andy uns zuschrie. Was es bedeuten würde, mit einem dieser großen Säuger zusammenzustoßen, war uns überhaupt nicht bewusst. Wir wussten nur, dass wir den gleichen magischen Moment erleben wollten wie Lee.

»Noch eine«, riefen wir zum Strand, und Andy ließ sich theatralisch rückwärts in den Sand fallen.

Aber der Meeressäuger war verschwunden, und der Moment sollte sich nicht mehr wiederholen. So wie das vermutlich mit allen magischen Augenblicken im Leben ist. Weil ihr Zauber darin liegt, dass man sie nicht beliebig manifestieren kann. Lee und der Delfin, das war eine Once-in-a-lifetime-Sache. Unser Sommer hier war einmalig. Unsere Freundschaft auch. Wie bei den meisten Dingen im Leben begriff man erst, wenn es vorbei war, wie schön es gewesen war.

• • •

Der Sommer machte ein paar Tage später Halbzeit, und wir langweilten uns schrecklich. Durch ein Rohrleck war Abwasser an die Strände gespült worden, und die Gemeindeverwaltung von Harbour Bridge hatte mehrere Abschnitte für Tage gesperrt. Deshalb war auch im Seasons nichts los, viele Gäste waren vorzeitig abgereist oder gar nicht erst angereist.

Josie, Odina, Lee und ich lümmelten auf der Terrasse von Averys Eltern herum. Avery telefonierte im Haus mit ihrer deutschen Mutter, um ihr auszureden, dass sie sie auf Harbour Bridge besuchen kam.

»Wir könnten in die Marsch fahren!«, schlug ich vor. Auch um nicht mehr hören zu müssen, wie Avery ihre Mutter abschütteln wollte. Etwas, das ich einfach nicht verstand. Wie sehr hätte ich mir ein wenig Interesse meiner eigenen Mutter gewünscht.

»Du und dein Scheißmarschland«, motzte Josie und verdrehte die Augen.

»Das Scheißmarschland schützt *deinen* Arsch davor, weggeschwemmt zu werden. Es verbindet Land mit See, das ist eine zeitlos schöne Wildnis, ein Naturphänomen, eine natürliche Barriere, die das Festland vor Flutwellen schützt. Wie kann man nur so engstirnig sein.« Ich redete mich in Rage.

»Bist du jetzt die Oprah Winfrey des Marschlands, oder was?«, fragte Josie schließlich. »Wenn du dich um Benachteiligte kümmern willst, setz dich neben Lee!«

Ihr scharfer Ton traf mich, und ich merkte zu spät, dass er eigentlich gegen Lee gerichtet war. Die blieb in das Kissen versunken sitzen und hob nur lahm eine Faust. »Soll ich dir dieses Jahr auch wieder eine verpassen?«

Dann lachten beide, und Josie sagte: »Wenn ihr wollt, lade ich euch heute Abend ins Crab & Bones ein. Crab Cakes auf meine Kosten.«

Wir stöhnten, und ich sagte: »Nie wieder Crab Cakes!«

»Wenn ich bestellen darf, was ich will, verzichte ich ausnahmsweise auf die Ohrfeige«, erklärte Lee gut gelaunt.

»Deal«, erwiderte Josie unbeeindruckt.

So war das mit Josie, sie war ein Stresstest für den Organismus. Wie der Gezeitenwechsel in der Marsch. Mal war sie weich und freundlich, guter Laune und zuvorkommend, großzügig und liebenswert. Dann wieder kam völlig unvermittelt ihre raue Seite zum Vorschein. Dann hatte man das Gefühl, in ihren Augen ein schwarzes Loch zu sehen. Eines, das einen magisch anzog, obwohl klar war, dass es einem nicht unbedingt guttat.

Bei Macey und Burt rächte sich Lee, indem sie einmal die Karte hoch und runter bestellte. Sie trank drei Baby-Margaritas und einen alkoholfreien Tropical Storm, aß einen Avocadosalat, ein Chicken Sandwich und die Captain's-Platte, die aus Shrimps, Austern, rotem Reis und Muscheln bestand. Es war herrlich mitanzusehen, denn ich war mir sicher, dass es Josie herzlich egal war, wie hoch die Rechnung ausfallen würde. Sie hatte viele Probleme, Geld gehörte nicht dazu.

• • •

Wenige Tage vor Ende der Sommerferien war Avery bereits unter Tränen der Wehmut abgereist, Odina im Restaurant ihrer Eltern eingespannt und Josie bei irgendeiner Entspannungstherapie, die Teil ihres Pflichtprogramms in Summerstone war. Lee und ich waren allein. Und mit Lee weckte einen die Abenteuerlust. Wir waren eine gefährliche Kombination. Es schien, als wären mit Avery die kräftigen Winde abgereist und allgemeine Flaute eingekehrt. Am Pier war wenig los. Ein paar Kerle – Touristen, das sahen wir auf den ersten Blick – unternahmen ihre ersten Windsurfversuche. So wie sie sich anstellten, war es auch besser, dass gerade Flaute herrschte.

»Wir könnten irgendwohin fahren! Was anderes sehen«, meinte Lee, deren tiefbraune Beine über der Brüstung baumelten. Sie hatte einen Teint, für den ich alles gegeben hätte. Lee kannte ihren Dad nicht, aber wir waren uns ziemlich sicher, dass er aus der Südsee kam. Aus Tahiti vielleicht oder von den Cookinseln.

»Wohin denn?«, fragte ich träge und dachte, dass ich überhaupt keine Lust auf einen Trip hatte. Es war zu warm für große Unternehmungen. Zu windstill, um sich zu bewegen.

»Keine Ahnung, ich war ja noch nie woanders. Ich würde gerne irgendwas Neues machen. Was Cooles. Was Erwachsenes!«, erwiderte Lee. Und dann, als hätte sie einen plötzlichen Geistesblitz: »Hawaii wäre cool! Wer weiß, vielleicht spüre ich meinen Erzeuger dort eines Tages auf!«

»Ich war noch nie auf Hawaii«, sagte ich.

»Ich hatte noch nie Sex!«, meinte Lee nach einer Weile. Sie machte ein Gesicht, als könnte sie sich nicht entscheiden, was schlimmer war. Noch nicht auf Hawaii gewesen zu sein oder noch nie Sex gehabt zu haben.

»Wirklich nicht?« Irgendwie konnte ich das kaum glauben.

Sie schüttelte den Kopf. »Nope, wirklich nicht. Du etwa?«

Ich hatte in etwa so viel Erfahrung mit Jungs wie diese Typen da unten mit Windsurfen. Und vermutlich würde ich mich ähnlich dumm anstellen.

Lee streckte sich, wackelte mit den Zehen und sagte: »Aber wir können das ändern! Das mit dem Sex. Heute noch.«

»Wir?« Ich lachte, das war ja wohl nicht ihr Ernst. »Heute?«

Meinte sie etwa … Mein Gesicht loderte auf wie eine Stichflamme.

Lee lachte nicht, sie schüttelte nur den Kopf. »Keine Angst, ich will keinen Sex mit dir. Ich stehe mehr auf Odina.«

Auch das war ganz sicher ein Witz. Ihre Miene blieb ernst. Ich wusste nicht mehr, wohin ich schauen sollte, entschied mich für die Jungs unten im Wasser. Sie waren zu viert. Ein kräftig gebauter Typ mit kinnlangen Haaren winkte mir fröhlich zu, von einem anderen sah ich nur den Hintern, weil er sich nach dem Mast des Surfsegels bückte.

Lee plapperte weiter. »Du bist mager, da kann ich mich selbst anfassen. Odina ist heiß. Rund, warm … Egal. Ich würde sowieso zuerst einen Kerl wollen.«

»Lee …«, protestierte ich.

»Gibt es einen, der dir gefällt? Da unten?«

»Nein!«

»Sieh genauer hin. Wenn wir das heute noch erledigen wollen, müssen wir uns beeilen.«

Wie redete ich ihr das bloß wieder aus?

»Hör mal, wir könnten nach Charleston fahren. Mit dem Bus. Wir gehen … egal, ich lade dich ein«, versuchte ich es.

»Der Glatzköpfige sieht interessant aus.« Lee hörte mir gar nicht zu. Sie schaute angestrengt nach unten. Ich wusste, sie schmiedete einen Plan. Und wenn Lee Pläne schmiedete, dann gab es nichts und niemanden, was sie aufhalten konnte.

»Also, welcher gefällt dir?«

»Der da«, ich deutete in Richtung des Hellhaarigen, »sieht aus wie ein Kerl, in den ich mal verknallt war.« Und wirklich, er hatte Ähnlichkeit mit Alexis. Für einen Augenblick wanderten meine Gedanken nach Tybee Island.

Lee schob ihren Kopf über das Geländer, damit sie ihn besser beobachten konnte. Es war ihr gleichgültig, dass sie die Jungs jetzt endgültig auf uns aufmerksam gemacht hatte.

»Und, was ist draus geworden?«

Ich zuckte mit den Achseln. »Nichts, ich bin nie wieder hingefahren. Aber das wäre so der Typ gewesen, mit dem ich mir Sex hätte vorstellen können.«

Das war eine glatte Lüge. Alles, wovon ich fantasiert hatte, war, mit Alexis Händchen zu halten, vielleicht noch, ihn zu küssen. Weiter waren meine Gedanken nie gegangen.

Lee legte den Kopf in den Nacken und sah mich an. »Dann also Sex mit dem mit der albernen Halskette.«

Die Halskette war mir nicht aufgefallen, aber tatsächlich, der Typ trug eine Kette aus weißen Steinchen um den Hals. Ich fand es niedlich.

»Ich muss ja nicht gleich Sex mit ihm haben …«, wich ich aus. »Vielleicht sollten wir uns erst mal vorstellen.«

»Gute Idee! Erst vorstellen, dann Sex«, erklärte Lee ernst. Wir waren Inselmädchen, keine New Yorkerinnen, die abends an der Bar Männer aufrissen. Die Vorstellung, einen Kerl abzuschleppen, war in etwa so realistisch, wie am nächsten Tag nach Hawaii zu fliegen.

»Aber Lee, ich weiß nicht …«

»Wir gehen da jetzt runter und besorgen uns einen Typen! Oder soll ich Josie anrufen, damit sie uns zeigt, wie das geht?«

»Auf keinen Fall!«

Die Letzte, mit der ich über meinen Nulltarif in Sachen Sex reden wollte, war Josie.

»Los jetzt. Das sind Touristen, die sehen wir nie wieder.«

»Das geht doch nicht … Vergiss es einfach.«

»Willst du jetzt deine Jungfräulichkeit verlieren oder nicht?«

Wollte ich das? Ja, oder … oder nicht?

Ich betrachtete Lee, wie sie dastand und im Begriff war, nach unten zu den Jungs zu gehen. Lee war so zeitlos schön wie ihr

Bikini, wobei es ihr hier wahrscheinlich helfen würde, dass er zu klein geworden war.

»Komm schon! Isa, du bist so hübsch, die reißen sich um dich.«

»Lee!«

Sie hielt inne und sah mich an. Forschend. »Du musst nicht, okay. Ich will dich doch zu nichts zwingen, aber vielleicht wäre es jetzt einfach an der Zeit. Ganz spontan und ungeplant. Und wenn du dann doch nicht willst, wenn du nur knutschen möchtest, dann knutschst du halt nur.«

»Und woher weiß ich, ob ich nur knutschen will?«

Josie hätte jetzt entnervt geseufzt, Avery vermutlich gekichert, aber Lee sah mich einfach nur ernst an, zuckte mit den Schultern und sagte: »Keine Ahnung, ich bin auch neu in dem Business. Ich schätze, du machst einfach nur das, worauf du Bock hast. Nicht mehr und nicht weniger.«

»Das klingt … gut.«

Es klang nach einem Himmelfahrtskommando.

Lee war es, die die Jungs ansprach. Wie Lee eben einfach Leute anquatschte und stets so wirkte, als würde sie einen schon ewig kennen. Sie riss ein paar freche Sprüche und fragte, ob sie heute noch etwas vorhätten, weil wir ihnen ansonsten ein bisschen Nachhilfe im Surfen geben könnten. Natürlich wurden wir nach kurzer Zeit zu ihnen eingeladen.

Die Jungs wohnten mit ihren Familien in einem der riesigen Ferienhäuser im reichsten Teil der Insel und hatten das untere Stockwerk ganz für sich. Inklusive Pool und Strandzugang.

Es fühlte sich gefährlich an, verrucht, aufregend, mit ein paar Fremden mitzugehen. Und doch wusste ich instinktiv, dass die Einzige, die irgendjemandem gefährlich werden konnte, Lee war. Mit ihr war ich sicher. Mit Lee fühlte sich alles wie ein Spaziergang an. Die Jungs hatten ein paar Sofas aus dem Innern des Hauses nach draußen auf die Veranda geschoben. Sie brachten Getränke, Chips und eine Wassermelone. Ich war zu nervös, um etwas zu essen. Es wurde ein wenig herumgealbert, vom bisherigen Urlaub erzählt. Und eine Weile unterhielt ich mich mit einem der Jungs, bis Ryan sich irgendwann neben mich setzte. Der andere ging zu Lee. Die beiden fingen schnell an zu knutschen, während Ryan fragend seine Hand hob und sie so langsam auf meinen Oberschenkel legte, dass ich überlegte nachzuhelfen. Es fühlte sich gut an, genauso gut, wie ihm in die Augen zu sehen, als er sich langsam vorbeugte. Ich ließ sie offen, während er seine Lippen auf meine senkte. So warm, so weich und mindestens so fragend und vorsichtig wie seine Hand. Und auf einmal war er gar nicht mehr vergleichbar mit Alexis, dem ich nie so nahe gekommen war. Er war Ryan, und das hier war mein erster richtiger Kuss. Ich wollte mich daran erinnern, mit wem ich ihn geteilt hatte. Wollte mir nicht jemand anderen vor Augen rufen, wenn das hier ein bedeutender Moment für die Ewigkeit war. Es ging viel zu schnell vorbei, dieses kurze, fremde Gefühl einer Zunge in meinem Mund, von Feuchtigkeit und Wärme, die sich wie durch ein unsichtbares Stromnetz in meinem ganzen Körper verteilte. Ryan löste seinen Mund von mir, streichelte mir kurz über den Nacken und lächelte dann unsicher. Ich lächelte zurück.

Erst da wurde mir bewusst, dass wir nicht allein waren, dass auf der Liege am Pool Eddy lag und auf der Couch neben uns Miles und Lee. Ich fühlte mich beobachtet.

»Können wir vielleicht … ich weiß nicht, magst du mir … also, du hast doch sicher ein Zimmer?«, stotterte ich. »Ich meine nur, vielleicht könnte ich … also nicht dass du denkst …«

»Wir können reingehen«, sagte Ryan und nickte eifrig. Dann zuckte er mit den Achseln. »Aber ich hab nicht aufgeräumt.«

»Macht nichts, ich räume nie auf«, log ich.

»Magst du Musik?«, fragte Ryan. An seinem Hals hatte sich rund um die Kette ein roter Fleck gebildet. Ich konnte nicht aufhören, dorthin zu sehen und es himmlisch zu finden. Dass er offenbar meinetwegen nervös war.

»Klar«, antwortete ich.

»Wir könnten … Musik hören.«

»Mmmh.«

»Mach das noch mal!«, sagte er und sah mich mit großen Augen an.

»Was?«

»Dieses Geräusch!«

»Mmmh?«

»Jaaa! Das ist unglaublich sexy!«

»Danke«, sagte ich und war mir sicher, dass jetzt alles an meinem Hals glühte.

Lee raunte mir etwas zu, das ich nicht verstand, und ich wagte nicht, nachzufragen. Ich kicherte, weil ich dachte, dass Mädchen das wohl taten in so einer Situation. Ein wenig war es, als würde nicht Lee mir nachsehen, wie ich das erste Mal mit einem Jungen in sein Zimmer ging, sondern ich mir selbst. Eine andere Version von Isabella White.

Ryans Zimmer war ein einziges Durcheinander. Er wischte verlegen mit der Hand übers Bett.

»Hast du schon mal …?«, fragte er und ließ den Rest des Satzes in der Luft hängen. Ich schüttelte den Kopf. »Du?«

Er imitierte meine Geste, lächelte, und ich versuchte jetzt, selbstbewusst zu wirken. Er machte Musik an, und ich zog in einer Geste absoluten Todesmuts mein Shirt über den Kopf.

Ryan, ebenfalls mutig geworden, berührte meine Brustwarzen. Sollte ich jetzt stöhnen? Vielleicht noch einmal »Mmmh« machen? Es war faszinierend, dass ich die Macht hatte, ihn zu erregen.

Der Gedanke daran beschwipste mich, war stärker und betörender als seine Lippen an meinem Hals. Und weil ich auf keinen Fall wollte, dass er meine zu großen Ohren berührte, schon gar nicht mit seinen Lippen, machte ich einfach noch einmal »Mmmh«.

Irgendwie sorgte dieses »Mmmh« dafür, dass ich tatsächlich nackt auf seinem Bett lag und er nackt halb auf, halb über mir. Noch konnte ich das alles beenden, mich anziehen und gehen. Aber ich wollte nicht. Denn die Musik war so schön und passend. Wahrscheinlich war ich glücklicher, einen guten Song zu hören, der mich berührte, als über die Tatsache, dass mich zum ersten Mal ein Junge anfasste. Aber vielleicht gehört Verklärung dazu, war Teil dieses Prozesses, etwas Neues zu tun und über den holperigen Anfang hinwegzusehen. Darüber, dass ich nicht in Ryan verliebt war. Jetzt aber war ich in *mich* verliebt, in die Version von mir in diesem Moment, in die Vorstellung, das hier wirklich zu tun. Es war schön, einfach zu fühlen. Es war schön, in Ryans Augen zu schauen, sein Gewicht auf mir zu spüren und seine Fragen, ob ich das auch will, mit Ja zu beantworten. Ich wollte ja auch. Und der Sex selbst? Der war so viel weniger aufregend als die Küsse, so viel weniger kribbelnd. Es war zu Ende, ehe ich mich daran gewöhnen konnte, dass ein fremder Körper in meinen eingedrungen war. Bevor ich mich entscheiden konnte, ob es sich mehr angenehm als unangenehm anfühlte. Es war vorbei, ehe ich es bereuen konnte. Danach war ich hilfloser als währenddessen. Schlief man jetzt ein, auch wenn es dafür eigentlich zu früh am Abend war? Musste es sein, dass Ryan mir schwülstige Dinge sagte, darüber, dass ich das schönste Mädchen war, das er je gesehen hatte, und dass uns jetzt für immer etwas verband, oder waren das die Hormone? Und was genau machte er da jetzt noch mit seiner Hand zwischen meinen Beinen?

Ryan und ich verabschiedeten uns ungelenk, er sah diskret zur

Seite, als ich mich anzog. Der Abschiedskuss verrutschte, landete halb auf seiner Nase, und wir mussten lachen. »Also dann … Ryan«, sagte ich und sprach zum ersten und einzigen Mal seinen Namen aus.

»Also dann, Isabella.«

Lee fand ich draußen auf dem Gehsteig eine selbst gedrehte Zigarette rauchend. »Auch eine?«, fragte sie, als sie mich sah. Ich schüttelte den Kopf.

»Ich frage mich ernsthaft, ob ich das jetzt wirklich häufiger machen sollte«, seufzte Lee.

»Das nächste Mal fliegen wir nach Hawaii«, antwortete ich.

Ich streckte meine Hand nach ihr aus, zog sie hoch, und als wir zurück zum Pier liefen, fühlte sich nichts an mir fraulicher an als zuvor. Ich fragte mich nur, welche Mythen dieses Erwachsenwerden noch so bereithielt. Wie viele Seifenblasen platzen würden, bis einem klar wurde, dass das Leben selbst eine einzige Blase war.

18

In den Tagen darauf stürze ich mich in meine Arbeit im Hotel. Das Seasons ist ausgebucht. Bei den Rezeptionistinnen hat sich aber offenbar die Dringlichkeit, mehr zu arbeiten als sonst, noch nicht durchgesetzt. Statt Buchungslisten zu bearbeiten und Bestellungen zu prüfen, hängen sie an der Rezeption herum und lästern halblaut über Gäste. Noch haben die beiden nicht bemerkt, dass ich sie beobachte.

Kenzie schiebt eine Postkarte über den Tresen. »Nichts Interessantes, nur Stammgäste, die uns Grüße aus der Heimat schicken. Haben irgendeine Gewürzfabrik und bedanken sich für die stressfreie Zeit bei uns.«

Marsha, die andere Rezeptionistin, zuckt unbeeindruckt mit den Schultern. »Was war da eigentlich gestern los?«

»Gegen diesen Typen war Force of Habit ein Spaziergang. Keine zerstörten Möbel und zertrümmerten Gitarren.«

»Keine Tiger im Bad«, sagt Kenzie lachend und stützt sich mit dem Ellbogen auf den Tresen. Der Kragen ihrer Bluse sitzt schief. Marsha kratzt sich an der Nase. All das könnte ich bemängeln –

hätte ich vor ein paar Tagen noch bemängelt – aber etwas in mir sträubt sich.

»Genau! Okay, dieser Obdachlose, das war strange, aber sonst, alles besser als der Opi mit seinen Sonderwünschen, ich meine, im Ernst, Zuggeräusche als Einschlafhilfe …« Marshas Lachen stoppt abrupt, als sie mich entdeckt.

Ich weiß, dass Kenzie und Marsha Angst vor mir haben.

»Vor ein paar Jahren hatten wir eine Beschwerde von einer Frau, die sich ein Milchbad mit Honig gewünscht hatte und entsetzt frühzeitig abgereist ist, weil sie feststellen musste, dass die Milch nicht laktosefrei war«, sage ich und ernte statt des gewünschten Lachers aufgerissene Augen.

»Ach, und habe ich schon von dem Schriftsteller – Booker-Prize-Gewinner – erzählt, der sich weigerte, in einem Zimmer zu schlafen, in dem es blaue Gegenstände gibt?«

Kenzie und Marsha schütteln unisono die Köpfe, lachen aber immer noch nicht. Mein Gott, ich scheine wirklich eine ziemliche Spaßbremse zu sein. Doch dann geht ein Ruck durch Kenzie.

»Letzten Monat hat diese Countrysängerin aus L.A. eine Schale mit zwanzig roten Gummibärchen und einem gelben bestellt«, sagt sie und grinst.

»Es gibt Countrysängerinnen in Los Angeles?«, frage ich, und es fühlt sich an, als hätten wir das Eis gebrochen. Als könnte ich eine Chefin sein, die man nicht nur fürchtet, sondern mit der man auch einmal lacht.

»Der Herr aus der 501 fragt, ob wir ihm eine Dame aufs Zimmer bestellen können«, erklärt Marsha und lacht jetzt genauso fröhlich wie Kenzie. In mir dagegen schrillen alle Alarmglocken von Harbour Bridge auf einmal.

»Eine was?«

»Eine Dame.«

»Eine Prostituierte?«

»Nein, er meint, es reicht, wenn sie sich auszieht, anfassen will er sie gar nicht.« Marshas Lächeln wird dünner, als sie meinen Gesichtsausdruck bemerkt.

Es gab viele Sonderwünsche in den letzten Jahren. Von Latexbettwäsche über die Installation eines Deckenspiegels bis zu der Aufforderung, die Wände unserer teuersten Suite mit Fotos eines verstorbenen Minischnauzers zu schmücken. Aber Gesuche wie diese machen mich noch immer fassungslos. Als wären Frauen Ware, ein Blumenstrauß, den man sich aufs Zimmer bestellt, eine Flasche Champagner, die man ins Waschbecken gießen kann, wenn sie schal geworden ist.

»Die 501, sagst du, Kenzie? Die Seaside-Suite?«

»Ja, Mr. …«

Ehe sie den Namen aussprechen kann, habe ich den Hörer schon in der Hand. »Hotelmanagement hier, Isabella White. Wir erwarten Sie zum Check-out an der Rezeption.«

Am anderen Ende ist es einen Moment still, dann lacht der Mann höhnisch. Ich lasse den Gast nicht zu Ende reden, erkläre ihm ruhig und sachlich, warum er in unserem Haus nicht mehr willkommen ist, und lege auf.

»Aber Miss White!«, Kenzie knetet ihre Hände. »Er wohnt in unserer teuersten Suite, müssten wir da nicht ein Auge zudrücken?«

Ich packe Kenzie gröber als beabsichtigt am Arm. Und lasse sofort wieder los, als ich ihren erschrockenen Blick bemerke. »Es werden viel zu viele Augen zugedrückt auf dieser Welt. Meistens für Männer, meistens von Männern. Und immer zulasten der Frauen. Ich drücke hier kein Auge zu, ich blinzele noch nicht einmal, wenn es um die Ausbeutung von Frauen geht, Kenzie. Und …«, ich vergewissere mich, dass auch Marsha noch zuhört.

»Sollte sich jemals ein Gast euch gegenüber unangemessen verhalten, dann möchte ich das sofort wissen. Ich dulde hier kein ›Hab dich nicht so‹, ich will in meinem Hotel keine Männer sehen, die Frauen als etwas ansehen, dessen sie sich bedienen können.«

Ich hole tief Luft. »Ein Kerl, der euch ungefragt an den Hintern greift, wenn ihr Getränke serviert. Oder Gäste in den Suites, die meinen, euch beim Zimmerservice nackt die Tür öffnen zu müssen … All diese Männer wollen euch nur eines beweisen: dass sie mehr Macht haben als ihr. Sie wollen euch erniedrigen, die vermeintliche Anmache ist eine Maske, hinter der etwas ganz anderes zutage kommt: der unbedingte Wille, Überlegenheit zu demonstrieren. Das dulde ich hier nicht.«

Bei den letzten Worten werde ich laut. Und all diese Sätze sage ich gar nicht nur zu Kenzie und Marsha. Ich sage sie mir selbst. Weil ich sie hätte hören müssen, als ich sechzehn war. Sie hätte verinnerlichen müssen, *bevor* ich sechzehn war. Ich schließe einen Moment die Augen und frage mich, woher dieser Ausbruch auf einmal kommt. Aber die Antwort ist letztlich eindeutig: Josie. Ich hatte geglaubt, dass jetzt, da klar war, dass nicht sie im Moss Lake lag, alles wieder werden könnte wie vorher. Aber es geht nicht. Allein die Möglichkeit, dass es Josies Leiche gewesen sein könnte, hat etwas in mir freigelegt. Sie, Avery und Odina sind die Welle, die mir klarmacht, dass ich zwei Leben habe. Eines, das ich lebe, und eines, das ich mir wünsche.

…

Ich habe absolut keine Ahnung, wie ich mich in Prestons Gegenwart verhalten soll, merke aber, dass ich sie suche. Ein paar Tage lang schleiche ich ziemlich auffällig in der Einfahrt herum, aber jedes Mal scheinen wir uns knapp zu verpassen. Erst am Mittwoch habe ich Glück. Ich laufe unnötig lange mit dem Gartenschlauch herum und bewässere die Palmen, die es eigentlich nicht nötig haben, als Preston angefahren kommt.

Er hält direkt neben mir, lässt das Fenster herunter und fragt: »Salted Caramel, Mint Chocolate Chip, Butter Pecan, Cinnamon Crunch oder Ube?« Er hebt dabei eine Kühlbox auf den Beifahrersitz, aus der er mehrere Eisbecher zieht.

»Was bitte ist Ube?«, platze ich heraus.

»Irgendeine chinesische Wurzel, habe es wegen der Farbe gekauft.« Er grinst mich an.

»Netter Versuch«, erwidere ich. Ich hoffe, er kann nicht hören, wie laut mein Herz klopft. Was daran liegen muss, dass ich zu schnell hochgeschnellt bin, als ich seinen Wagen gehört habe, und mich deswegen leicht schwindelig fühle.

»Ah, ich habe auch noch einen Becher Avocado Lime.«

»Was, wenn ich mehr der Typ Schoko oder Vanille bin?«

»Bist du nicht«, sagt er voller Überzeugung. »Ich wette, du bist eher der Typ ›Kann-mich-nicht-zwischen-Lemon-Custard-und-Butter-Pecan-entscheiden.‹«

Ich schnappe nach Luft. »Das sind zwei völlig verschiedene Eissorten!«

»Eben!«

Er öffnet die Tür und stellt die Kühlbox vor mir auf den Boden.

»Ich wette, du bist der Typ ›Ich-mag-sie-alle‹«, sage ich, als er auf einmal viel zu dicht bei mir steht. Er bückt sich und öffnet den blauen Deckel der Kühlbox.

»Das stimmt nicht«, sagt er und sieht hoch und mir fest in die Augen. »Ich weiß genau, was ich will.«

Die Einfahrt dreht sich vor mir wie eine außer Kontrolle geratene Eismaschine.

»Und das wäre?« Meine Stimme klingt, als hätte ich sie mit zu viel Butter Pecan betäubt.

»Salted Caramel natürlich.«

Natürlich …

»Gegensätzlich, aber unwiderstehlich.« Flirtet er jetzt etwa?

»Ich nehme Ube!« Ich greife nach dem Becher, durch dessen Plastikfolie es lila schimmert.

»Beim nächsten Mal setzen wir uns.«

»Warum nicht gleich?«, frage ich, mit dem Löffel vor dem Mund innehaltend.

»Ich will nichts überstürzen.«

Darauf muss ich lachen, weil er mehr von mir begreift, als mir bewusst war.

»Du isst, wie du läufst«, bemerkt er.

»Und wie laufe ich? Dynamisch? Energiegeladen?«

»Hektisch«, erwidert er. »Du genießt nicht. Bei allem, was du tust, sieht es so aus, als wärst du auf der Flucht.«

Ich schlucke. Mir wird kälter als das Eis.

»Vielleicht bin ich das ja.«

Preston sieht mich einen Augenblick an, dann setzt er sich langsam in den Staub seiner Einfahrt.

»Was wird das?«

»Es reicht doch, wenn einer von uns steht und aufpasst, dass nichts passiert. Ich springe dann einfach schnell auf, wenn du mir Gefahr signalisierst.«

»Du verstehst das nicht.«

»Doch«, gibt er zurück. »Du hast gerne die Kontrolle, über alles.«

Wow, auch das ein Volltreffer.

»Und wenn ich sitze, bin ich vielleicht weniger bedrohlich.«

Es ist seltsam, zu ihm runterzuschauen. Er hat die Beine ausgestreckt und löffelt genüsslich seinen Becher, während ich den Löffel fest und hart hineinsteche, um mein wütendes Erstaunen über die treffenden Bemerkungen zu meinem Charakter zu kompensieren.

»Das Eis kann nichts dafür, dass du dich von mir bedroht fühlst.«

»Ich fühle mich nicht von dir bedroht … du bist nur …« Ich suche nach einem Wort, finde aber keins, und Preston macht keine Anstalten, mir zu helfen. *Laut. Heiß. Verunsichernd. Auf gute Art aufregend* … All das stimmt und auch wieder nicht. Ich kann schlecht beschreiben, was Prestons Anwesenheit mit mir anstellt.

»Ich bin nervtötend und hartnäckig, wenn ich etwas will, sagt mein Bruder«, meint Preston nach einer Weile. »Und zu nachgiebig mit Menschen, die mir wichtig sind. Meine Ex-Freundin Ayla behauptet, ich wäre zu offen mit meiner Meinung, zu direkt, zu stur, zu einfach gestrickt, zu anhänglich, zu konservativ, zu stolz, zu entschlossen, zu selbstsicher …«

»Das waren viele ›zu‹ in diesem Satz«, gebe ich zurück. Ich frage mich, ob diese Ayla die Frau auf den Häuserfotos ist, aber ich möchte nicht zu neugierig sein. »Was sagen denn andere Menschen über dich? Andere als dein Bruder und deine Ex-Freundin.«

»Mein Kumpel Elliott behauptet, ich wäre ein guter Freund, auch wenn ich ständig zu spät komme. Am Tag seiner Hochzeit bin ich erst vier Stunden nach der Trauung von einem Job in San Diego eingeflogen.«

»Oh, lass mich raten, du warst der Trauzeuge?«

»Jap.«

»Fuck … du musst ansonsten wirklich ein guter Freund sein, wenn er dir das verziehen hat.«

»Ein verdammt guter«, grinst Preston. »Du könntest es ausprobieren.«

»Ich habe nicht vor zu heiraten.«

»Ich habe nicht vor, dein Trauzeuge zu sein«, entgegnet er. Und weil er mich so ansieht, dass meine Beine mein Gewicht unmöglich länger tragen können, setze ich mich dann doch. Mit etwas Sicherheitsabstand.

»Was sagen die Leute denn über dich?«, will er schließlich wissen.

Ich denke nicht lange über die Antwort nach, was mir selten passiert. »Suzy behauptet, ich sei sozial inkompatibel, aber meine Schwester hat gut reden, sie hat einen Stall voll Kinder, sie muss keine Kontakte pflegen.«

Seine Augen werden schmal. »Ich hätte schwören können, du wärst Einzelkind.«

»Ach ja, und warum?«

»Weil du sozial inkompatibel bist.« Es kommt so nonchalant wie immer aus seinem Mund. So unaufgeregt. Preston sagt stets das, was er denkt. *Offen. Direkt.* Ich weiß noch nicht, ob ich das richtig gut oder wie Ayla »zu viel« finde. Auf jeden Fall haben seine Worte Widerhaken. Sie gleiten nie an mir herab, sie setzen sich fest. Und gerade bohren sie mir ganz schön tief ins Fleisch meiner Eitelkeit.

»Du kannst nicht wissen, wie sozial oder kompatibel ich bin!«

»Hast du ihn angerufen?«, fragt er leise.

»Wen?«

»Den Muskelshirt-ohne-Hose-Typ?«

»Aiden?«

»Hast du noch mehr Kerle Marke Muckiprotz ohne Hirn in deinem Bekanntenkreis?«

»Nein, weil ich sozial inkompatibel bin«, murre ich, halb belustigt, semibeleidigt.

Ich zucke mit den Beinen, überlege, aufzustehen und einfach

zu gehen. Preston merkt das. Warum merkt der Typ eigentlich immer gleich alles?

»Hey, Fluchttier. Bleib, das war nicht böse gemeint.«

»Du hast überhaupt keine Ahnung von mir!«

»Ich glaube, langsam bekomme ich eine«, sagt er viel leiser als zuvor. Und nach einer kleinen Pause fügt er hinzu: »Vielleicht möchtest du mir sagen, warum du gerne davonläufst … Ich weiß manchmal nicht, wie nahe ich dir kommen darf.«

Das weiß ich selbst nicht, will ich sagen. Aber ich beiße mir auf die Lippe.

19

Zwei Tage später stehe ich vor meiner Haustür und kann sehr gut nachempfinden, wie sich Harry Potters verhasster Onkel Vernon gefühlt haben muss, als die Post aus Hogwarts eintraf und sich durch Briefschlitze, Kaminöffnungen und Fenster einen Weg in sein Leben bahnte. Gut, es ist nur eine einzige Ausgabe des *Harbour Chronicle,* die vorwitzig ihre untere linke Ecke aus meinem Briefkasten streckt, aber ich will diese verdammte Zeitung gar nicht haben. Warum ist sie neuerdings ständig in meiner Post? Ich habe sie nicht abonniert, und ich spüre eine irrationale Wut aufkommen. Schon wieder so ein Gefühl, das nicht angebracht ist. Ich schnappe mir die Zeitung, stelle fest, dass das dünne Papier gefaltet ist und die Rubrik »Wellenbrecher« zeigt. Den Anzeigenteil. Ich runzele die Stirn und fliege mit den Augen über das Schwarz-Weiß-Foto eines rostigen Radladers, den ein insolventes Bauunternehmen auf James Island loswerden möchte. Ich denke an Preston, dem so ein Teil sicher gefallen würde, grinse, nur um dieses Grinsen keine Sekunde später gegen einen erstickten Schrei einzutauschen.

Den Schlüssel halb ins Schloss gesteckt, lasse ich die Zeitung fallen, und sie bleibt so liegen, dass noch immer der Anzeigenteil anklagend in meine Richtung schaut. Ich hebe die Zeitung mit spitzen Fingern wieder auf und stürze ins Haus, als könnte ich damit verhindern, was ohnehin nicht mehr aufzuhalten ist.

Dass ganz Harbour Bridge einen Nachruf auf mich liest. Denn dort abgedruckt ist nichts anderes als meine Todesanzeige.

Im Gedenken an ISA
Du wolltest so ganz anders sein und hast das nie geschafft.
Die Wale sind ohne dich abgetaucht und haben dein Surfbrett mitgenommen.
Deine Pläne blieben Pläne, irgendwo hast du sie im Sand begraben und wie ein vergessliches Eichhörnchen im Winter nicht wiederfinden können.
Du hast den Stresstest des Organismus nicht bestanden, der Gezeitenwechsel ist vorbei. Das Leben war doch kein Toast, Isa, es war eine Welle.
Wer weiß, wo wir uns verloren haben.
Wann du aufgehört hast, die Oprah des Marschlands zu sein, kann ich dir nicht mehr sagen, weil du mich aufgegeben hast. Und dich.
Scheiß Feigheit, mach's gut, mein Rätselchen.

Das steht da. Einfach so. Ich höre eine bestimmte Stimme, wenn ich es lese. Josies. Das leicht Nasale, das sich manchmal in ihren Tonfall schlich, wenn sie Drehbuchtexte übte. Diese großen Augen dazu. Es besteht absolut kein Zweifel daran, dass ich diese Isa bin. *Rätselchen.* Niemand auf dieser Welt hat mich Rätselchen genannt, nur Josie. Und was heißt das jetzt? Dass Avery und Odina recht hatten? Ist das eine Botschaft von Josie?

Nein, Josie ist sehr wahrscheinlich nicht mehr am Leben. Das ist bestimmt nur … ein Scherz? Ein Zufall? Eine Botschaft aus dem Jenseits? Unsinn.

Ich lehne mich an die nächstbeste Wand, bevor ich die Zeilen erneut lese. Es ist ein Nachruf, der nach einem Weckruf klingt. Wie das Spotten der Stare, die den Ruf fremder Vogelarten imitieren. Und am liebsten würde ich das Fenster öffnen und hinausschreien: Ich hab mein Surfbrett nicht den Walen überlassen, ich war draußen. Und es war fantastisch! Oder: Was weißt du schon davon, wie die Welt ist – du bist doch verschwunden! Und auch: Ich hab mich nie aufgegeben, sonst wäre ich auch nicht mehr da! Ich hab mich nur angepasst, wie die Tiere im Marschland.

Scheiß Feigheit … das tut am meisten weh. Weil es stimmt.

Ich laufe ins Wohnzimmer, direkt auf den Ozean hinter den Fenstern zu. Dorthin, wo sich die Wellen an einem stürmischen Tag wie heute wie Berge auftürmen. Schaumkronen wie spitze, eisbedeckte Gipfel. Das Meer verdeckt die Geheimnisse darunter, von denen bei ruhiger See und Ebbe ein paar zutage kommen. Denn angeschwemmt wird meistens nur der Dreck.

Ich lasse das Papier zu Boden sinken und lege die Hände flach an die Scheibe. Erinnere mich, wie gerne Josie das getan hat. Immer und überall hat sie ihre kleinen Hände an Glas gelegt, als wäre es wichtig, ihren Abdruck zu hinterlassen.

Vielleicht bin ich schon tot, und das hier, dieses Haus mit seinen ausgesuchten Kunstwerken, den polierten Böden, das ist meine Version des Fegefeuers. Etwas kommt aus meiner Kehle, was sich fremd anhört. Ich schluchze, spüre, wie meine Augen brennen, feucht werden und ich das Gefühl habe, die Brust würde mir gesprengt.

»… weil du mich aufgegeben hast. Und dich«, sage ich laut.

Wenn ich weine, dann bilden sich riesige rote Kringel in meinem Gesicht, die sich wie Ringelröteln über Wangen und Nase ziehen. Ich habe mir das Weinen abgewöhnt, nicht weil es mich hässlich macht. Sondern weil es einmal einen Menschen gab, der mir gesagt hat, dass ich niedlich aussehe, wenn ich weine. Dessen Geruch manchmal wie aus dem Nichts auftaucht und mich *dorthin* zurückkatapultiert. Deswegen habe ich seit Jahren keine Träne mehr vergossen. Aber vor mir auf dem Boden liegt meine Todesanzeige, und jedes einzelne Wort davon ist auf furchtbar schmerzhafte Art und Weise wahr. Eine bleierne, heftige Übelkeit steigt in mir auf. Ich wende mich von der Scheibe ab und muss mich auf den Beistelltisch mit der hohen Glasvase stützen. Als ich abrutsche, gerät die Vase ins Wanken. Ich sehe, wie die teuren Callas ihre Köpfe neigen und die Vase auf den Boden kracht. Doch der Geruch in meiner Nase ist so betäubend, so ekelerregend, dass ich die Luft anhalte. Ich schmecke, wie die Säure in meiner Speiseröhre aufsteigt, aber ich kann mir nicht auch noch den Mund zuhalten, ich habe Angst zu ersticken. Ich schlittere über Scherben und das Wasser, trete einer Calla auf die Blüte und erreiche gerade noch rechtzeitig das Gästebad, um vor der Toilette in die Hocke zu gehen. In meinen Ohren rauscht ein ganzer Ozean, und ich bin dankbar für das Störgeräusch, sodass ich neben dem Geruch nicht auch noch seine Stimme höre. Die Stimme des Mannes, den ich aus Feigheit und tiefer Scham seit Jahren schütze.

Unter dem Rand der Toilette hängt eines dieser Duftkugeldinger, die schaumig auslaufen, wenn man die Spülung betätigt. Es riecht so chemisch, dass es für einen wohltuenden Augenblick den Erinnerungsgeruch in meiner Nase überdeckt. Ich würge und lasse mich dann erleichtert nach hinten fallen. Hart pralle ich auf die Fliesen und lasse die Arme schlaff zu den Seiten sinken. Auf der Stirn steht mir kalter Schweiß, und die Bluse klebt klamm an meiner Brust. Fast übertönt mein laut pochendes Herz das Klopfen, das von irgendwo hinter mir kommt. »Hallo?«, höre ich. Dann Stille.

Ich kann nicht antworten, die Angst, dass ich mich doch noch übergeben muss, ist zu groß.

Aber Prestons dunkle Stimme ruft erneut: »Isabella? Ist alles in Ordnung?«

Ich schließe kurz die Augen. Offenbar habe ich die Tür nicht richtig geschlossen. Ich höre gedämpfte Schritte und dann: »Ich komme jetzt rein. Ich will nachsehen, ob alles mit dir okay ist.«

Er wird das Chaos im Wohnzimmer sehen. Die Callas, das Wasser, das Glas, das sich um meine Todesanzeige sammelt. Was für ein Bild das abgeben muss.

»Scheiße, Isabella!«

Ich strecke mein krampfendes Bein aus und will mich mühsam hochziehen.

»Alles …«, okay, will ich sagen, bekomme das Wort aber nicht heraus.

Und dann ist er plötzlich da, hinter mir, setzt sich auf die Fliesen und schlingt seine großen Arme um mich.

»Hey«, murmelt er gedämpft in mein Haar. »Bist du verletzt?«

Ich schüttele den Kopf. Atme vorsichtig ein. Aber der Gestank nach *ihm* ist verschwunden, in meine Nase wabert ein Hauch von Prestons Parfum, und da weiß ich, dass es überstanden ist.

Ich werde mich später dafür schämen, so von ihm gefunden worden zu sein. Jetzt seufze ich nur: »Guilty von Gucci«.

Er lacht leise. »Du erinnerst dich an mein Parfum, du bist also noch bei Verstand.«

Ich drehe mich vorsichtig. Preston löst die Arme, die er locker vor meiner Brust geschlossen hat, darauf bedacht, mich nicht direkt zu berühren, mir nur ein Gefühl von Sicherheit zu geben. Ich will zu einer Erklärung ansetzen, behaupten, dass mir schwindelig geworden ist, weil ich zu wenig gegessen habe, dass er wieder gehen kann, aber Preston steht auf, streckt mir eine Hand hin und sagt: »Komm.«

Meine Beine fühlen sich schon gar nicht mehr so schwach an. Und dann sehe ich in seinem Blick, dass ich gar nichts begründen muss. Dass er vielleicht zu den wenigen Menschen gehört, die keine Erklärungen fordern, sondern Dinge so hinnehmen, wie sie sind.

»Ich glaube, ich bin tot«, murmele ich. »Ich glaube, ich bin nicht mehr richtig da. Im *Harbour Chronicle* ist meine eigene Todesanzeige … Vielleicht bin ich wirklich tot.«

»Du bist nicht tot, Isa«, sagt er, sein Blick ernst, das Lächeln darunter verborgen, aber nicht verschwunden. Meine Wangen bekommen auf einmal zu viel Farbe.

»Du bist sehr lebendig, du musst es nur fühlen. Ich weiß genau, was du jetzt brauchst.«

• • •

»Vielleicht hätte ich mich umziehen sollen«, sage ich eine halbe Stunde später mit Blick auf meine längst-nicht-mehr-weiße Bluse. Der Hammer liegt schwer in meiner Hand, aber das Gewicht fühlt sich gut an. Und obwohl mein Arm schmerzt, fühle ich mich so gut wie schon lange nicht mehr. Befreit. Erschöpft. »Du hast recht, es ist wirklich ungemein befreiend, einfach mal was kaputt zu machen.«

»Ich sollte Geld dafür verlangen«, sagt er und macht eine ausladende Bewegung, die die Mauerreste, Stützbalken und uns beide mit einschließt. »Ich müsste nicht alles selbst machen und würde dafür sorgen, dass jemand, der es nötig hat, ordentlich Dampf ablässt.«

»Jemand, der es nötig hat?«, wiederhole ich.

»Du stellst mir dein teures Blüschen jetzt aber nicht in Rechnung, oder?« Er hat die Arme in die Hüften gestemmt und sieht ziemlich zufrieden aus. »Ich meine, du wolltest keines meiner Hemden …« Er hebt die Hand, ehe ich etwas erwidern kann. »Sie duften nach Waschmittel, nicht nach Schweiß – ein frisches, wo denkst du hin!«

»Du kannst Hemden waschen?«, feixe ich. Ich lege den Hammer auf den Boden und achte darauf, nicht übers Kabel zu stolpern, als ich auf Preston zugehe.

»Du hast ja keine Ahnung, was ich alles kann. Ich wette, du lässt deine Sachen waschen.«

Ertappt. »Könnte sein.«

Preston reicht mir eine Dose eiskalter Pepsi. Wir setzen uns auf einen Stapel Zementsäcke. Gedankenverloren male ich Muster auf das angelaufene Blech über dem Logo. Ich denke an das überwältigende Gefühl, das ich verspürt habe, als die ersten Mauerbrocken durch meine Kraft brachen und herunterrieselten. Es fühlte sich gut an, etwas kaputt zu machen.

»Weißt du eigentlich, wie schön du bist, wenn du so strahlst?« Preston lehnt sich nach vorn, die langen Beine gestreckt, seine Hände berühren fast meine Oberschenkel.

»Dein Verdienst«, erkläre ich, lehne mich instinktiv zu ihm und merke, dass ich tatsächlich entrückt lächle. Wir sind von einer dichten Staubwolke umgeben, die sich anfühlt, als böte sie uns Schutz. Mein Gesicht ist dreckig, meine Augen jucken – aber es stört mich nicht. Preston streckt die Hand aus und fährt mit dem Daumen über meine linke Wange, wiederholt das Gleiche an der rechten.

»Jetzt siehst du aus, als wärst du auf dem Kriegspfad. Auf einem ziemlich staubigen.« Er zieht die Hand zurück, dreht aber die

Handflächen und betrachtet seinen Daumen, als hätte er über Gold gestrichen, nicht über mein verdrecktes Gesicht.

»Haben wir denn noch Krieg, wir beide?«, frage ich leise.

»Mmh, es gab keine Friedenspfeife, aber vielleicht so etwas wie einen Friedenskuss.« Da ist wieder dieses unausgesprochene Fragezeichen hinter seinen Worten. Und ich fühle mich nicht gedrängt, ich fühle mich … wohl.

»Ja, auch wenn er unter Vortäuschung falscher Tatsachen zustande gekommen ist.«

»Es war ein Kuss wie ein Hurrikan«, witzelt er.

»Zum Davonlaufen?«

Er schüttelt vehement den Kopf.

»Ich bin schon einmal von einer Isabel vertrieben worden, ich kann nicht zulassen, dass das Gleiche mit einer Isabella passiert.«

»Du bist ja furchtlos!«, sage ich leicht dahin. Doch seine Miene wird ernst.

»Wovor hast du Angst, Isabella?«

Ich lehne mich ruckartig weg von ihm, umklammere die Dose so fest, dass das Blech sich nach innen drückt und die Cola sprudelnd aus der Öffnung tritt.

»Ich habe keine Angst!«

»Jeder hat Angst vor irgendetwas.«

Ich fürchte mich vor tausend Dingen. Davor, dass jemand herausfindet, wie beschmutzt ich bin. Davor, dass Josie meinetwegen tot ist. Davor, niemals die Kraft zu haben, mich meiner Vergangenheit zu stellen. Die Liste ist unendlich.

»Frag lieber, wovor ich keine Angst habe«, sage ich leise.

»Wovor hast du keine Angst?« Seine Stimme ist so trügerisch ruhig wie der Atlantik vor einem drohenden Sturm.

»Vor dem Meer. Auf dem Wasser fühle ich mich sicher.«

»Ausgerechnet«, sagt er lachend. »Ausgerechnet auf dem Wasser.«

Ich erinnere mich an unser Gespräch neulich. Als ich ihm sagte, dass ich mich hier sicher fühle, weil es der Ort ist, an dem die Herden sich bei Sturm sammeln.

»Woher kannst du das eigentlich? Warum weißt du, wie man diese ganzen schweren Maschinen bedient? Wie man ein Haus abreißt und renoviert?«

Er lächelt. »Das ist mein Job!«

Jetzt ist es an mir, überrascht dreinzuschauen. Um ehrlich zu sein, habe ich mir noch keine Gedanken darüber gemacht, womit er sein Geld verdient. »Ich dachte, dein Job ist es, Krach zu machen …«

»Das stimmt«, sagt er schlicht. »Ich renoviere Häuser. Beruflich.«

»Das wusste ich nicht.«

»Du hast nicht gefragt.«

Genauso wenig wie er gefragt hat, was ich mache.

»Du renovierst Häuser, um sie nachher zu verkaufen?«

»Höre ich da die Hoffnung, mich wieder loszuwerden?«

Nein! Ja … auf keinen Fall, denke ich, und es gelingt mir keine richtige Antwort, weil ich sie selbst nicht kenne.

»Also verkaufst du es wieder, das Haus, oder vermietest du es über den Sommer, oder was machst du damit? Das hier …«

»Nein, das hier verkaufe ich nicht wieder. Da steckt schon zu viel Liebe drin. Es ist Zeit, zu bleiben, glaube ich«, sagt Preston und schaut auf einen Punkt an der Wand, an dem nichts interessant ist.

Er weicht mir aus. »Irgendwie siehst du nicht aus wie jemand, der sehr lange an einem Ort bleibt.«

»Du siehst jetzt gerade auch nicht aus, als würde dir das Four

Seasons gehören. Ohne den Staub im Gesicht allerdings schon«, kontert er.

Ich verschlucke mich fast an meiner Pepsi. »Das weißt du?«

Er schmunzelt. »Natürlich, das weiß jeder hier auf der Insel.«

»Seasons, ohne Four. Und, ich zitiere, ›dieser hässliche Bunker, der den ganzen Strandabschnitt verschandelt‹, gehört meinen Eltern.«

Er zuckt mit den Achseln. Ich stelle fest, dass Preston ein Mensch ist, der niemals bereut, was er sagt. Der das, was aus seinem Mund kommt, genau so meint. Mit all den Konsequenzen. Wie leicht das Leben mit einer solchen Eigenschaft sein kann.

»Es stimmt übrigens, was in der Anzeige steht. Ich wollte ganz anders sein und habe es nie geschafft.«

Preston hatte sie gesehen, als er die Glasscherben aufgekehrt hat.

»Ich wollte nie ein Hotel leiten.«

»Warum machst du es dann?«

»Weil …«, ich wende den Blick zur Seite. Auf die halb abgerissene Mauer. So einfach ist die Frage nicht. Ich würde lieber noch ein paar Betonklötze zum Einstürzen bringen, als über all die Stolperfallen in meinem Leben zu berichten. Aber Preston sieht mich erwartungsvoll an. Ich hole tief Luft.

»Kennst du dieses Gefühl, für sich selbst genug zu sein, aber sofort zu spüren, dass dieses Gefühl verschwindet, wenn man sich aus den Augen anderer Menschen betrachtet? Als würde jedes Selbstbewusstsein einer Art Blaupause eigener Unzulänglichkeiten weichen?«

»Nein«, sagt er. »Erklär es mir.«

»Ich wollte nie so werden wie meine Eltern, hab mir eingebildet, es besser zu wissen. Und irgendwann … da kam der Punkt, an dem mir klar wurde, dass die Welt so viel anders ist, als ich dachte.

Dass es vielleicht besser ist, auf ausgetretenen Pfaden zu wandeln, als sie zu verlassen und abzustürzen. Sosehr ich das Seasons auch immer gehasst habe, es ist mein Zuhause. Ein Zufluchtsort. Ich weiß nicht, ob du das verstehst.«

Preston nickt langsam. »Doch, das verstehe ich. Auch da haben die Pferde ihren Hintern in den Wind gehalten.«

Ich muss vorsichtig lachen. »Genau.« Und plötzlich habe ich eine Idee.

»Wir müssen den Staub loswerden, kommst du mit?«, rufe ich laut. »Die Wellen sind fantastisch. Du hast etwas für mich getan, jetzt mache ich etwas für dich.«

Preston knurrt. Aber er steht auf. »Ich wollte, dass du dich lebendig fühlst. Ich hoffe, du hast nicht vor, mich von diesen Monsterwellen begraben zu lassen.«

»Ich habe nur von Staub geredet«, sage ich und meine nicht nur den Staub auf unseren Gesichtern, sondern vor allem den grauen Dunst der Vergangenheit. »Wir gehen es langsam an.«

20

»Ich war sechzehn, als mein Zuhause im Meer versank«, sagt Preston, den Blick nach vorn auf den sandigen Weg gerichtet. Am Himmel beugt sich die Sonne, kurz davor, das Meer zu küssen. Wir geben ganz sicher ein seltsames Bild ab vor dieser spektakulären Dämmerungskulisse. Beide verstaubt bis in die Haarspitzen.

»Zuerst war da nur der Wind, und wir hielten ihm stand. Stunden später kamen die Wellen. Da waren die schlimmsten Böen längst abgeflaut, und viele auf Hatteras Island wiegten sich in trügerischer Sicherheit. Meine Eltern wollten die Warnungen der Älteren lange nicht hören. Am Anfang war es noch lustig, das Wasser in unserem Klo hatte Seegang. Matthew, mein Bruder, fand es witzig, wie unser Haus auf den Stelzen schwankte. Wir haben ein Hausboot, hat er gesagt.«

Wie absurd schön das Rotgold jetzt über dem Wasser schimmert, während er von seinen furchtbaren Erlebnissen erzählt.

»Das Einzige, was danach noch stand, war der gemauerte Kamin. Es war wie ein Hohn. Die Seitenwände waren weg, das Dach fort. Als hätten wir beschlossen, künftig in einem Pavillon zu leben. Der Nachbarsjunge wäre beinahe ertrunken, ich habe ihn schreien gehört. Dann ging alles so schnell. Die Strommasten sind umgeknickt wie Grashalme, und ich habe keine zusammenhängende Erinnerung mehr. Ich weiß nur noch, wie mein Bruder und ich tags darauf über die Teerbrocken gesprungen sind, die von unserer Straße noch übrig waren. Die Sonne hoch am Himmel und um uns herum nur Zerstörung. Wir hatten tagelang keinen Strom.« Er wirft mir einen Seitenblick zu. »Matthew hat mich immer wieder gefragt, wann wir denn nach Hause fahren. Dabei waren wir ja da … zu Hause. Auch wenn es aussah, als wären Panzer durch unser Dorf gerollt. Es ist seltsam, ich habe Angst vor dem Meer, aber ich finde diese Gewalt …« Preston deutet hinaus auf die donnernden Wellen, »auch beeindruckend, sie macht einen bescheiden. Und obwohl wir dann nach Pittsburgh gezogen sind, wollte ich immer wieder herkommen.«

»Aber die Angst ist geblieben?«

»Ja, irgendwie schon. Ich genieße es sehr, wieder am Meer zu leben, aber ich halte gerne Sicherheitsabstand.«

Ich schaue hinunter auf das Brett unter meinem Arm, das wie ein Abstandshalter zwischen mir und Preston fungiert.

»Es ist nur wichtig, zu wissen, dass du es nicht beherrschen kannst. Dass du mit den Wellen gehen musst und nicht glauben darfst, du könntest ihnen deinen Willen aufzwingen.«

Eine Weile ist es still zwischen uns. Über dem Horizont verbeugt sich die Sonne ein letztes Mal für diesen Tag. Die Nachtschicht übernimmt der Mond, der schon bereitsteht.

»Mochtest du es in Pittsburgh?«, frage ich.

Er zuckt mit den Schultern. »Nach anfänglichem Heimweh schon. Ich hatte schöne Jahre dort, viele Freunde, habe an der Pitt studiert, aber nachdem ich mich selbstständig gemacht habe …« Er bricht ab und macht eine wegwerfende Handbewegung. »Es war eine tolle Zeit, aber dann haben Ayla und ich uns getrennt … der

Rest ist Geschichte. Und ich wollte ein einziges Mal ein Haus für mich renovieren, eins am Meer. Eines, das ein wirkliches Zuhause ist.«

Ayla, denke ich und versuche, mir Prestons Ex-Freundin vorzustellen. Ich sehe eine fröhliche junge Frau vor mir, mit dunklem Haar, gebräunter Haut und Dauerlächeln. Das absolute Gegenteil von mir.

»Statistisch gesehen bin ich hier sicherer als auf den Outer Banks«, reißt Preston mich aus meinen Überlegungen.

»Statistisch gesehen ist die Wahrscheinlichkeit zu ertrinken wesentlich geringer als die Wahrscheinlichkeit, bei handwerklichen Arbeiten das Zeitliche zu segnen.«

»Wessen Statistik ist das?«

»Meine«, erkläre ich lachend. »Sie ist ein bisschen geschönt, vermute ich.«

Der Strand liegt breit und flach vor uns, wie ein Tal, das sich vor einer Bergkette streckt. Die Wellen sind hoch, branden gefährlich und verführerisch zugleich. Aber ich weiß, aus all den Stunden mit Andy, aus einer inneren Sicherheit heraus, dass ich diese Wellen surfen kann. Das Feuer in mir ist wieder da, und es will gelöscht werden. Mit Salzwasser.

»Es wäre toll, wenn du am Meer irgendwann nur noch das Schöne sehen kannst«, sage ich.

»Ich sehe Schönes …«, erwidert er leise.

»Ich könnte da rausgehen …« Ich hebe das Brett ein wenig an, »ich werde da rausgehen.«

»Auf keinen Fall!«

Doch ich streife schon meine Schuhe von den Füßen.

»Was glaubst du, wozu ich das Board mitgebracht habe? Als Sitzgelegenheit?«

»Das ist doch viel zu gefährlich!«, brummt Preston, aber seine

Stimme klingt belegt. Vielleicht liegt es daran, dass ich auch Bluse und Hose ausziehe. Das ist *mein* Spiel. Ich bestimme die Regeln, ich ziehe mich aus, ich berühre … und habe plötzlich Sehnsucht danach, meine eigenen Prinzipien zu brechen, Preston zu bitten, mich anzufassen.

Hastig greife ich nach dem Board, stehe jetzt in meiner Unterwäsche vor Preston. Es ist mehr Stoff als bei einem gewöhnlichen Bikini, schwarz, undurchsichtig, keine Spitze. Ein einfacher, schmuckloser Schalen-BH und das passende Höschen. Es fühlt sich nicht nackt an, aber intim.

Er reibt sich mit den Händen über die Wangen und sagt seufzend: »Sehr viel Schönes sehe ich, und … ich habe Angst um dich.«

»Musst du nicht! Ich werde heute nicht sterben, ich fange gerade wieder zu leben an.« Der Satz kommt so fröhlich aus mir heraus, dass ich selbst erstaunt bin. Und dann gehe ich aufs Meer zu, lege mein Brett an der Wasserkante ab, wende mich noch einmal zu Preston, der wie ein Fels hinter mir steht und mich beobachtet. Ich werde ihm, ich werde Josie, ich werde mir selbst beweisen, wie lebendig ich bin.

Als ich hinauspaddele, beuge ich die Knie und kreuze die Füße übereinander, so wie ich es früher instinktiv getan habe. Mein Körper hat nichts vergessen. Mit kräftigen Armschlägen rudere ich voran. Ich drehe mich, sehe Preston am Strand Wache stehen und winke ihm noch einmal zu. Dann suche ich mir meine Welle, wende das Brett, passe den richtigen Zeitpunkt ab und reite die Welle. Das hier ist meine Medizin. Warum habe ich das nicht viel früher gemerkt? Warum mussten so viele Jahre vergehen, in denen ich all das gemieden habe, was mich gerettet hätte? Ich werfe die Haare in den Nacken, spüre, wie sie mir klatschend gegen den Rücken schlagen. In der nächsten Welle sehe ich zurück, suche nach Preston und stelle zufrieden fest, dass er sich hingesetzt hat. Dass er nicht länger steht und sich sorgt, sondern wie ich gemerkt hat, dass das hier ich bin.

Als ich später die Leash von meinem Bein löse und mich neben Preston in den Sand fallen lasse, frage ich: »O mein Gott, das war so gut … ist das hier wirklich echt?«

»Das ist echt«, sagt er. »Echter Wahnsinn.«

»Gar nicht so schlimm, wie du gedacht hast, was? Sag mir, ab wann kam der Moment, in dem du keine Angst mehr um mich hattest?«

»Als du die erste Welle gesurft bist, war es unglaublich anzusehen.«

»Du könntest das nächste Mal mitkommen. Ich zeige es dir, ich bringe es dir bei.«

»Vielleicht das übernächste Mal …«, murmelt er vage. »Ich schau dir lieber zu.«

»Du hast mich gefragt, wovor ich Angst habe«, sage ich leise, traue mich kaum, ihm in die Augen zu schauen.

»Gerade denke ich, dass du tatsächlich vor nichts Angst hast.« Er lächelt breit.

Ich blinzele, für drei lange Sekunden halte ich die Augen geschlossen. »Ich habe Angst, zu verschwinden. Wie meine Freundin vor vielen Jahren. Ich habe Angst, zu verschwinden und dass sich niemand an mich erinnert. Dass ich zu viele Chancen vertan habe. Ich habe genau vor dem Angst, was in der Todesanzeige stand. Denn es stimmt, jedes einzelne Wort. Ich wollte anders sein, und ich hatte Pläne, die ich nie in die Tat umgesetzt habe. Ich hab mich aufgegeben.«

Er deutet auf mein Surfbrett. »Die Wale sind abgetaucht, aber dein Board ist noch hier«, sagt er.

»Das ist richtig.«

»Weißt du, ich wüsste gerne, wer du bist, Isabella.«

»Was soll ich dir erzählen?«, frage ich leise.

»Alles.«

Alles ist nicht möglich. Ein bisschen schon. Ein bisschen aus all den Jahren, die sich wie eine Klammer um das Jahr 2004 schließen.

»Alles, was du erzählen möchtest«, korrigiert Preston, dem aufgefallen sein muss, dass ich aussehe wie ein Wildpferd kurz vorm Zusammenstoß mit einem Jeep.

Wir sitzen bis tief in den Abend zusammen am Strand und tauschen Geschichten. Das Salz ist an meiner Haut festgetrocknet wie der Staub an Prestons Gesicht. Und mit dem Staub, dem Salz und dem Sand unter unseren Körpern, die unversehens näher aneinanderrücken, schleicht sich eine Verbundenheit ein, die nichts mit körperlicher Nähe zu tun hat, sondern damit, zu wissen, wie und wo der andere aufgewachsen ist. Zu wissen, dass Preston halb Europa bereist hat, dass er nicht nur ein Faible für alte Häuser, sondern auch für 80er-Jahre-Pick-ups hat und davon träumt, einen gut erhaltenen Ford Skyranger aufzutreiben, um Sonntagsfahrten über die Insel zu machen. Er würde mich auch mitnehmen, sagt er großspurig und lacht dann darüber, sodass ich nicht weiß, ob er lacht, weil es so abwegig ist, mit mir Sonntagsfahrten zu machen, oder weil er selbst bemerkt hat, wie gönnerhaft das klang. Vor allem unsere gemeinsame Leidenschaft für Wildpferde und die Natur der Barrier Islands sorgt für so viel Redestoff, dass wir bis spät in den Abend am Strand bleiben.

»Also bist du doch eine Art Immobilienhai, und ich lag gar nicht so falsch.«

»Ich verkaufe die Häuser nicht, die meisten gehören mir nicht. Es ist Teil der Show. Es war … Teil der Show.«

»Welche Show?«, frage ich irritiert.

Preston mustert mich, dann lächelt er schief. »Es hat eigentlich ganz simpel angefangen: Ich hab Architektur studiert, aber mir hat immer der persönliche Bezug gefehlt, das Anpacken. Also hab ich neben dem Studium begonnen, auf dem Bau zu arbeiten. In einer Schreinerei hab ich dann Ayla kennengelernt, die dort gejobbt hat. Eines kam zum anderen, wir haben ein paar Aufträge gemeinsam abgearbeitet, man wurde auf uns aufmerksam, und die Leute haben uns für ihre Ferienhäuser engagiert. Hier mal ein Wohnzimmer, dort eine Wand einziehen, bis es irgendwann ganze Häuser wurden und ich mein Studium abgebrochen habe, um … um eben Fixer Upper zu spielen.«

Ich lache bei dem Verweis auf die beliebte Reality-TV-Sendung über Hausrenovierungen und Inneneinrichtung. Doch Prestons Gesicht nimmt kurz einen verschlossenen Ausdruck an.

»Ich habe noch nie geglaubt, dass all die geschniegelten Typen im Fernsehen wirklich anpacken können. Wer einen Bildband über Innenarchitektur herausgeben kann, muss bestimmt nicht wissen, wie man eine Alarmanlage verkabelt oder eine Rigipsplatte verschraubt.«

»Frei nach dem Motto: ›Eine Klauenfußbadewanne macht noch keinen guten Schwimmer‹?«, sagt Preston und gluckst leise.

»Exakt! Wenn wir schon von Badewannen sprechen«, sage ich, fast schon widerwillig. »Ich muss mir das Salz abduschen …« Aber eigentlich will ich nicht weg von ihm.

»Hast du Hunger?«, fragt Preston.

»Ein wenig«, antworte ich zögerlich und denke dabei nur: *Auf dich.*

»Du?«

»Ja, nein … nein, keinen Hunger«, stottert er. Ein Seitenblick zu mir, der eilig wieder abschweift.

»Oben an den Dünen ist eine provisorische Stranddusche. Ich würde mich schnell abduschen, damit ich nicht den ganzen Sand ins Haus trage«, sage ich. Überlege, ob ich hinzufügen soll, dass er schon vorgehen soll, oder ob ich ihm das sage, was ich eigentlich will: dass er mitkommt.

Preston nickt. Lächelt. Nickt noch einmal und wirkt … verlegen. Was mir gefällt. Aiden war nie verlegen. Der Gedanke an Aiden lässt mich schaudern.

»Und, war es schlimm?«, flüstere ich nach einer kurzen, unbequemen Stille. »Hier am Wasser?« Unsere Seiten berühren sich, als wir aufstehen. Simultan. Doch der kurze stromstoßintensive Kontakt hält nicht an, und ich bedauere es so sehr, dass ich mich ein wenig linkisch bei ihm unterhake. Mein Körper stößt gegen seinen, es passiert versehentlich. Und hat einen unglaublichen Effekt. Er bleibt sofort stehen. Ich pralle gegen ihn, drücke mich an ihn. Und die Muster in meinem Kopf wollen übernehmen, wollen dafür sorgen, dass das hier auf etwas Schnelles hinausläuft. Etwas mit wenig Zärtlichkeit, aber viel harter Berührung. Doch Preston lässt das gar nicht zu. Er schiebt mich ein Stück von sich, nicht so weit, dass es eine Ablehnung wäre. Gleichzeitig ist da seine Hand an der Stelle an meinem Rücken, die ihm gehört. Er verharrt, wartet auf mich. Ich strecke mich, ohne zu wissen, warum, bis meine Lippen seine finden. Dieses Mal ist es kein Kuss, der auf Missverständnissen basiert, denn das Mondlicht ist hell genug, um seine Augen zu sehen. Um darin ein klares Ja zu lesen.

Dann küsst er mich, kurz. Aber intensiv. Zärtlich, aber bestimmt. Ganz sicher nicht geduldig, aber auch nicht fordernd. Dessen bin ich mir sicher. Dabei habe ich so wenig Erfahrung mit Küssen. Ich weiß nicht, ob ich seit … Ich presse die Augenlider aufeinander, um die Erinnerung zu verhindern. Und frage mich, ob ich je freiwillig einen Mann geküsst habe seit dieser ungeschickten Nacht mit Ryan vor gefühlten tausend Jahren. Einen Mund berührt, vielleicht, an einer Lippe geknabbert, bestimmt, aber so geküsst, dass das Gefühl direkt vom Mund in die Bauchgegend und von dort in meine Mitte wandert, habe ich wahrscheinlich noch nie.

»Du solltest wirklich das Salz abduschen«, sagt Preston. Er schluckt dabei hörbar.

»Vielleicht solltest du mitduschen«, kommt es kratzig aus meiner Kehle. »Du bist noch immer ganz staubig.«

»Vielleicht sollte ich das«, erwidert er. »Wenn es dich nicht stört.«

»Es stört mich nicht«, sage ich mit jetzt wieder festerer Stimme.

Unter der alten Holztreppe, die in endlos wirkenden Stufen zu den weiter abgelegenen Häusern führt, liegt das Steinbecken mit einem kleinen Abflussrost und der provisorischen Dusche. Kurz zögernd, den Blick auf Preston gerichtet, lege ich meine Kleider auf die Bank daneben und steige in das Becken.

Preston zieht langsam sein Hemd aus, dann die Arbeitshose. Darunter trägt er schwarze, enge Shorts. Ich schaue ihm über die Schulter zu, während ich den Hahn aufdrehe. Kein Sixpack wie bei Aiden, keine überdimensionierten Fitnessstudiomuskeln, sondern Kraft und ein Bizeps, dem man die körperliche Arbeit ansieht.

Das Wasser ist eisig. Ich spüre, wie sich unter dem BH meine Brustwarzen aufstellen, sich zu kleinen Knospen zusammenziehen, und obwohl ich fröstele, ist Prestons Blick stärker. Er sorgt dafür, dass das Ziehen zwischen meinen Beinen anwächst, mich warm macht. Er hat mich noch nicht einmal angefasst, und trotzdem fühlt es sich so an, als wäre ich längst bereit. Er geht auf mich zu. Ich lege den Kopf in den Nacken, strecke mich ihm entgegen und spüre seine Hand, die geschickt den BH-Verschluss an meinem Rücken löst. Ich streife die Träger ab und entblöße meine Brust. Es fühlt sich gut an, richtig an, nackt vor ihm zu stehen. Ich schnappe scharf nach Luft, als ein kalter Hauch über meine Brustwarzen streicht. Ich will, dass Preston sie berührt, sie knetet, aber er tastet nur mit den Augen. Und ich taste zurück, indem ich meinen Blick über seinen Oberkörper hinunterschweifen lasse, zu dem goldgelben Streifen Haar, zu seiner Erektion, die sich deutlich in den dunklen Shorts abzeichnet. Alte Muster rasten in meinem Kopf ein und wieder aus, ich will schnell sein, draufgängerisch, will die Kontrolle haben und sie nicht ihm überlassen. Aber anders als alle bisherigen Männer scheint Preston es immer noch nicht eilig zu haben. Er entledigt sich nicht seiner Shorts und macht sich auch nicht an meinem Höschen zu schaffen. Stattdessen stellt er sich vor mich, unter den kalten Strahl. Er berührt mein Schlüsselbein, tastet sich vorwärts, streichelt die Haut an der Kuhle und wartet. Ich berühre seine Brust, fahre über seine glatte, gebräunte Haut, die so einen schönen Kontrast zu dem hellen Haar bildet. Und seufze. Preston legt die Hand an meinen Rücken und drückt mich an sich. Während Wasser über mein Gesicht tropft, meine Wimpern benetzt, sodass meine Sicht verschwimmt, sucht er meinen Mund und findet ihn. Der Kuss ist warm und innig, durchdrungen von Wassertropfen, die unsere hitzigen Lippen kühlen. Unsere Körper klatschen nass gegeneinander. Zärtlichkeit ohne Angst.

Preston löst den Kuss, streicht mit dem Finger liebevoll über meine Wange. »Schau, wie lebendig du bist«, flüstert er.

Wir werden jetzt und hier und heute Nacht nicht miteinander schlafen, wird mir bewusst. Es ist gut so. Nicht weil wir es nicht wollen, sondern weil wir beide mehr sind als diese Nacht.

Er drückt die Lippen zu einem kurzen Kuss auf meine. Einem Kuss, der sagt: Das hier ist erst der Anfang. Und dann rafft er unsere Sachen zusammen, klemmt mein Board unter seinen Arm und streckt mir die freie Hand entgegen. Ich nehme sie. Und zum ersten Mal in meinem Leben laufe ich Hand in Hand mit einem

Mann nach Hause. Es bedeutet mehr als der erste Kuss, mehr als das erste Mal Sex, viel mehr. Weil die Geste sagt: Ich vertraue dir.

»War das etwa dein Magen?«, frage ich, als wir vor meiner Haustür ankommen und seine Hand noch immer meine umschlingt.

»Du meinst das Geräusch eben, das klang, als würde ein Tiger knurren?«

»Genau das.«

Er zuckt mit den Achseln und sagt dann mit einer wegwerfenden Handbewegung: »Ich mache mir einfach ein Sandwich.«

»Würdest du … auch mit mir was essen gehen?«, frage ich vorsichtig.

»Klar!«

»Ich zieh mir nur schnell was an«, sage ich und lasse widerwillig seine Finger los. Nicht ohne mit meinem Daumen noch einmal über die Innenfläche seiner Hand zu streicheln.

• • •

»Du hast dich rausgeputzt!«, sage ich. »Doch nicht etwa für die Nachbarin aus dem Ausstellungswürfelchen?«

»Man tut, was man kann, wenn man mit der aufregendsten Frau der Insel ausgeht.«

»Was soll an mir denn aufregend sein?« Ich komme mir ein wenig underdressed vor in meinem einfachen weißen Shirt, den hellen Jeans und mit der Basecap auf dem Kopf. Während Preston es geschafft hat, seine Haare in Form zu bringen, und ein hellblaues Hemd trägt, dessen Ärmel er hochgekrempelt hat.

»An dir ist alles aufregend. Du kennst dich mit dem Sozialverhalten von eingewanderten Hausspatzen aus, beherrschst mit deinen endlos langen Beinen mühelos ein Surfbrett und überraschst mich jedes Mal mit deinen spitzfindigen Wortspielen – ich glaube, ich werde nie vergessen, wie du mich die Stihl unter den Nervensägen genannt hast –, darüber muss ich nachts im Bett noch schmunzeln.«

»Nachts im Bett also …«

»Ja«, sagt er gedehnt, und dann greift er wieder nach meiner Hand. Lässt sie erst los, als wir bei seinem Auto ankommen. Es ist chaotisch und vollgepackt mit Werkzeugen, aber Preston legt mir eine Decke auf den Sitz, und es wäre mir auch egal, wenn ich heute noch einmal duschen müsste. Jetzt, da jede Dusche mit verdammt guten Erinnerungen konnotiert ist.

Das einzige Restaurant, das nach zehn Uhr abends noch Essen anbietet, ist ausgerechnet das Crab & Bones. Die Laternen sind hell erleuchtet, zumindest die, die noch funktionieren. Irgendwie ist es beruhigend, dass hier noch immer alles so perfekt unperfekt ist. Macey hat in alter Tradition auf die Tafel am Eingang »Cooking is my cardio« gepinselt, unter einer Zeichnung, die Burts Gesichtszüge erstaunlich exakt wiedergibt, inklusive Schnurrbart.

»Wir haben nur noch einen einzigen Tisch frei!«, verkündet Macey munter und deutet auf jenen Stammplatz, an dem ich immer mit Avery, Odina, Josie und Lee gesessen habe, an dem Macey diese alberne Plakette hat anbringen lassen.

»Äh, Macey, aber die Tische dort sind alle frei!«

»Für die haben wir heute kein Servicepersonal, oder glaubst du etwa, ich bin hier, um einen Marathon zu laufen? Von Tisch zu Tisch und zurück in die Küche. Burt bewegt sich keinen Zentimeter zu viel.«

»Das habe ich gehört«, dröhnt es durch das geöffnete Fenster aus der Küche.

»Das war beabsichtigt«, schreit Macey zurück.

»Ich liebe sie schon jetzt«, raunt Preston mir zu.

Meine Liebe zu Macey hält sich gerade in Grenzen.

»Wir könnten uns reinsetzen.« Mein Blick schweift zu der lila Tür, die unter einem Fake-Strohdach ins Innere des Restaurants führt. Ich kann mich nicht erinnern, jemals drinnen gesessen zu haben.

»Aber warum denn, der Tisch ist doch total okay«, sagt Preston achselzuckend und geht geradewegs auf jenen Stuhl zu, auf dem Josie immer saß.

»Da habe ich immer mit den Mädchen gesessen«, murmele ich. »Lass uns lieber hier drüben Platz nehmen.«

»Wie du willst.«

Mein Blick wandert kurz zu der Plakette, die Macey einst zu Josies und Averys Ehren angebracht hatte. Als könnte ich, indem wir uns an einen anderen Tisch setzen, irgendetwas verhindern.

Macey seufzt, als sie sieht, dass wir uns umgesetzt haben. »Man könnte fast meinen, du schämst dich dafür, mit Avery Winter befreundet gewesen zu sein«, kritisiert sie. Ich bin froh, dass sie Josie nicht erwähnt.

Vergangenheitsform. Befreundet gewesen zu sein.

Macey murrt etwas vor sich hin, dann fängt sie an, Salz- und Pfefferstreuer und Besteck von jenem verschmähten Tisch an unseren zu tragen.

Preston sieht mich an.

»Avery Winter ist *deine* Avery?«, fragt er überrascht.

»Ja«, sage ich, als wäre es kein großes Ding, mit einem der bekanntesten Rockstars der Welt befreundet gewesen zu sein. Vermutlich, weil es tatsächlich kein großes Ding für mich ist. Avery wird für mich immer das Mädchen von früher bleiben. Das Mädchen, das Jake geliebt hat, mir seltsame deutsche Wörter wie »Rückgrat«, »Erklärungsnot« und »Dreikäsehoch« beigebracht hat, deren Bedeutung ich bis heute nicht vergessen habe, und die stets mit ihren Händen redete, wenn sie in Rage geriet.

»Ja, Avery Winter war Teil unseres Rudels«, sage ich leise. Damals, als die Wolfsstunde mir noch nichts ausgemacht hat.

»Das ist ja ... ein Zufall!«, meint Preston.

Seine Ehrfurcht vor Avery kommt mir unangebracht vor. Ich sage schnell und möglichst unbeeindruckt: »Ich kenne Avery Winters nackten Hintern vom Wildpinkeln in den Dünen, glaub mir, sie ist ein Mensch wie du und ich.«

»Ja, das ist sie«, beeilt Preston sich zu sagen. »Ganz bestimmt.«

Preston schiebt die Karte zwischen uns, sodass wir beide draufschauen können.

»Was kannst du empfehlen? Was habt ihr hier früher gegessen?«

»Carolina Crab Cakes«, seufze ich. »Bis wir irgendwann herausgefunden haben, dass die geheime Zutat ein ziemlich bekanntes, viel benutztes Gewürz ist. Und wahrscheinlich haben wir uns einfach daran überfressen. Die Trioflunder soll toll sein«, sage ich grinsend. »Auch wenn wir sie nie bestellt haben, viel zu teuer.«

Preston ordert zweimal Trioflunder, lässt mich eine Vorspeise auswählen und erkundigt sich, ob ich Wein möchte oder doch lieber ein Wasser. Macey scheint halbwegs zufrieden, nachdem sie uns zwar nicht ihren VIP-Tisch, aber immerhin ihr teuerstes Gericht andrehen konnte. Sie spendiert einen Whiskey aufs Haus und lässt ihren gesamten Monatsvorrat an Charme an Preston aus.

»Macey übertreibt ein bisschen«, erkläre ich kopfschüttelnd, als sie abräumt und uns einen Espresso verspricht.

Über dem Tisch sucht er meine Hand, unter dem Tisch berührt sein Bein meines. Ich wünschte, ich könnte Teile von ihm an mir festkleben, damit dieser Kontakt nie endet.

»Ich veranstalte morgen ein kleines Get-together am Strand«, sagt er plötzlich und fügt hastig hinzu: »Keine laute Musik, kein Abfall, kein Fleisch …«

»Ich gehe eigentlich nicht auf Partys«, unterbreche ich. Es tut mir sofort leid, wie schroff meine Stimme klingt.

»Weil sie laut sind?«

»Weil ich nicht besonders gut mit fremden Menschen bin.«

»Du führst ein Hotel!«

»Zwischen den Gästen und mir steht meistens der Rezeptionstresen.« Ich lehne mich instinktiv zurück, als würde ich auch zwischen uns beiden Abstand schaffen müssen.

»Ich bau dir einen – du weißt, ich kann das«, scherzt er.

»Ich glaube, du kannst alles.« Und das meine ich auch so. Unwillkürlich muss ich an Josie denken, der ich vor vielen Jahren den gleichen Satz gesagt habe.

»Also kommst du?«

Seine Beharrlichkeit wärmt mich. Verdammt noch mal, ich mag ihn.

»Gib zu, dass du nur mit mir am Strand knutschen willst«, sage ich halb im Scherz, halb erwartungsvoll.

»Das gebe ich zu. Aber ich würde dich auch gerne ein paar Freunden und Bekannten vorstellen.«

Und das mit dem Knutschen verlegen wir dann vor. Auf den Parkplatz am Wash-Out, wo wir einen Zwischenstopp einlegen, weil ich kein bisschen müde bin und ihm die Wellen zeigen will. Nach dem Crab & Bones habe ich insgeheim eine unstillbare Sehnsucht nach den Plätzen meiner Vergangenheit bekommen. Fast so, als hätte Burt eine Prise Nostalgie mit ins Essen gemischt. Und schließlich vor meiner Haustür. Ich könnte ihn bitten, nach drinnen zu kommen, aber ich habe Angst vor den Mustern. Davor, dass ich dann alles zwischen uns zerstöre, indem ich zu schnell bin. Denn Sex ist für mich wie Krieg. Und das muss so sein. Wenn

Sex Krieg ist, habe ich die Chance zu gewinnen. Nein, zu überleben. Das reicht völlig. Wenn Sex mit Liebe zu tun hat, dann gibt es nur Verlierer. Unterwerfung, Hingabe, Aufgabe, Verlust. Das kann ich nicht zulassen.

Als Preston sich noch einmal zu mir beugt, liegt in seinem Kuss auch die Frage nach mehr. Leise, und ohne mich zu drängen.

»Danke«, sage ich gegen Prestons Lippen.

»Bis morgen«, erwidert er, ohne zu fragen, warum ich ihm danke, und drückt meine Hand, bevor er sich losreißt.

»Wir werden sehen«, erkläre ich vage. Als ich die Tür hinter mir schließe und mir der kalte Atem der Klimaanlage entgegenbläst, fehlt mir Preston bereits. Wie konnte es nur so weit kommen? Ich bin ja völlig verloren.

Es erscheint mir absolut unmöglich, dass es nur wenige Stunden her ist, seit ich über der Kloschüssel hing und Preston seine Arme um mich geschlungen hat. Als hätte sich die Welt gedreht und wäre in einem völlig anderen Winkel stehen geblieben. Ein paar Grad Verschiebung, und die Perspektive hat sich verändert. Ich bin nicht tot. Ich muss nur wieder anfangen zu leben.

21

Elf Jahre zuvor

Lee hatte ein neues Geschäftsmodell für sich entdeckt und verkaufte Fotos, die sie von der Insel schoss, an eine Internetseite. Wie immer waren Lees erfindungsreiche Einkommensquellen mir ein Rätsel.

Avery hatte die Idee, eine Petition zu starten, die forderte, dass Surfen olympisch wurde. Schließlich waren wir zu alt, um in einer anderen Disziplin noch zur Weltklasse aufsteigen zu können. Selbstverständlich ahnte keine von uns, dass das Olympische Komitee sich damit über fünfzehn Jahre Zeit lassen würde. Tagelang sammelten wir Unterschriften und feilten an dem Text.

Josie summte unentwegt ein Lied, das uns allen im Kopf hängen blieb. Ich dachte, wenn es für unsere Freundschaft einen Soundtrack geben würde, dann wäre Josies Walsong die erste Singleauskopplung.

Odina entpuppte sich in diesem Sommer als die Unermüdlichste von uns. Zwar waren wir offiziell noch Surfcampteilnehmerinnen, aber insbesondere Lee, Odina und ich hatten inzwischen so viel Übung, dass wir weniger Stunden bei Andy nahmen und dafür häufig einfach gemeinsam ins Wasser gingen. Odina arbeitete auf ein Sportstipendium hin, das es ihr ermöglichen sollte, sich das Medizinstudium leisten zu können. Sie war nicht die Talentierteste unter uns, aber diejenige mit der meisten Disziplin und unerschüttlichem Ehrgeiz. Und sie hatte sich körperlich verändert seit dem letzten Sommer. Noch immer war sie kurvig, aber sie war auch ein Kraftpaket. An ihrem Rücken waren die Trapezmuskeln ausgeprägt, ihre Oberschenkel sehnig und ihre Haltung nahezu perfekt.

• • •

»Ich hab ein Casting nächste Woche«, erzählte Josie, als ich mit ihr und Odina an einem Nachmittag bei Red durch die Regalreihen schlenderte. Josie legte drei verschiedene Müslipackungen, M&Ms, Chipstüten, Weißbrotstangen und Instantkaffeepulver in den Wagen.

»Was wird das? Ich dachte, du wolltest nur ein paar Kaugummis kaufen. Und jetzt machst du einen auf Lebensmittelkaufrausch?«, fragte Odina, als Josie schließlich auch noch Spülmaschinentabs dazupackte. »Was willst du damit? Du wäschst doch deine Sachen nicht selbst.«

Josie studierte das Regal mit den Soßen und entschied sich für Curryketchup. »Das ist für Lee«, erklärte sie, ohne sich umzudrehen. »Bestechungsmaterial.«

Odina unterdrückte ein Lachen. »Lee wohnt in einem Trailerpark, Josie. Da gibt es keine Spülmaschine. Nicht einmal eine Waschmaschine. Sie wäscht in dem Motel, in dem ihre Mutter arbeitet.«

»Oh.« Josie machte große Augen und stellte achselzuckend die Spültabs ins Regal neben die Mayonnaise.

»Wieso willst du Lee bestechen?«, erkundigte ich mich.

»Wegen des Castings«, sagte Josie und schob den Wagen weiter. In der nächsten Reihe griff sie nach einer Dose Katzenfutter.

»Josie« sagte Odina ruhig. »Lee hat auch keine Katze.«

»Also, was ist mit diesem Casting?«

»Ich … will nicht allein hin. Und es wäre irgendwie cool, wenn Lee mitkommen würde.«

»Seit wann möchtest du nicht allein zu einem Casting? Und warum ausgerechnet Lee?«

Lee, die stets offen und manchmal zu ehrlich ihre Meinung äußerte, die ihr äußeres Erscheinungsbild als Nebensächlichkeit ansah und die keiner Provokation aus dem Weg ging.

»Ich … Das Casting ist einfach megawichtig, und ich brauche … einen Gegenspieler, jemanden, der den Text mit mir lernt und ihn dort mit mir vorträgt.«

Odina und ich warfen uns einen Blick zu und prusteten gleichzeitig los. »Lee soll einen Text auswendig lernen? Und ihn vortragen?«

Josie zuckte mit den Achseln. »Ja …«

»Selten etwas so Dämliches gehört!«, kommentierte ich und kassierte einen strafenden Blick von Odina. »Komm schon, Odina … im Ernst«, beschwichtigte ich. »Wird es ein Hip-Hop-Movie? Oder irgendetwas, wo verdammt viel geflucht wird?«

»Eher nicht«, meinte Josie. »Es ist die Verfilmung von *Wide Land*, diesem Bestseller über die Zeit der Großen Depression. Ich spreche für Mary vor, die Farmerstochter. Wieso?«

»Wieso?«, fragten Odina und ich unisono.

»Du kannst nicht ernsthaft mit Lee zu einem Casting für einen

Historienfilm gehen wollen? Außer du möchtest den Job *nicht* haben? Dann bräuchtest du allerdings auch gar nicht hin.«

»Ich muss!« Josie schrie fast. »Ich brauche eine vernünftige Rolle, sonst … werde ich … verrückt.«

Ich betrachtete sie von der Seite. Ihr Gesicht war leicht aufgedunsen, ihr Körper dagegen mager. Nichts, was ihrer Schönheit Abbruch getan hätte.

»Lee hat ohnehin keine Zeit, sie hat von Andy den Anfängerkurs übernommen«, warf Odina ein.

»Ich helfe dir«, schlug ich vor. »Lass das mit diesem doofen Einkauf, Lee wäre schrecklich beleidigt, wenn du mit Almosen ankommst, und ich bin mir sicher, sie hätte überhaupt keinen Bock, Text zu lernen. Aber ich mach's, wenn du willst.«

Ich sah das Zögern in ihrem Gesicht. »Du … ich weiß nicht.«

Ich spürte einen schmerzhaften Stich. »Okay, schon gut … wenn du nicht willst.« Ich versuchte, es leicht dahinzusagen, ohne beleidigten Unterton. Es gelang mir nicht wirklich.

»Versteh mich nicht falsch, aber du bist so hübsch, Isa …«

Es klang nicht wie ein Kompliment. Dass jemand von so außergewöhnlicher Schönheit wie Josie den Vergleich mit mir scheuen könnte, war so absurd, wie Dosenravioli einem Dreigängemenü im Seasons vorzuziehen.

»Äh …«, stotterte ich, weil ich nicht wusste, was ich mit ihrer Aussage anfangen sollte. »Ich hab nicht vor, dir die Schau zu stehlen.«

Als ob das möglich gewesen wäre.

»Ich kann es auch machen. Ich bin nicht hübsch«, sagte Odina. Ich schüttelte instinktiv den Kopf. Odinas Selbstwahrnehmung war so verdreht wie Lees Moralvorstellungen in Bezug auf das Eigentum anderer.

»Du bist fucking Monica Belluci in jung, Odina. Und sorry,

das … es geht nicht. Lee wäre …«, Josie holte tief Luft, dann sah sie mich an. »Okay. Danke, Isa. Dann … du. Und ich.« Sie umarmte mich fest, das tat sie fast nie. »Wir bekommen das hin«, sagte sie in mein Haar. In diesem Moment fand ich die Angst in ihrer Stimme reizend. Auch jemand wie Josie konnte nervös sein. Jemand wie Josie zeigte Nerven. Und da war es wieder: Andere erniedrigen, um sich selbst zu erhöhen. Die Stimme meiner Schwester klang mir im Ohr. Wenn ich ehrlich war, wollte ich mit zum Casting, um zu sehen, dass Josie nicht perfekt war. Ich genoss diesen seltenen Anflug von Unsicherheit, weil er mich stärker machte.

Als mir bewusst wurde, wie niederträchtig der Gedanke war, schälte ich mich schnell aus ihrer Umarmung und murmelte, auf das Dutzend Nudelpackungen im Wagen deutend: »Und was machen wir jetzt damit?«

»Das ist doch klar, Spaghetti am Spieß«, erklärte Odina.

• • •

Am Abend saßen wir auf unseren Surfbrettern am Strand, an einem abgelegenen Teil der Insel, an dem sich nur alte, baufällige Häuser befanden, aber wo Feuermachen erlaubt war.

Odina hatte kleine Hackbällchen geformt, aufgespießt und über dem Feuer geröstet. Darüber wickelte sie die Nudeln, die wir in einem Topf al dente gekocht hatten.

»Bianchis Spaghetti am Spieß«, erklärte sie stolz.

Es schmeckte köstlich. Wir aßen, bis uns die Bäuche wehtaten, die Glut nur noch schwach am Glimmen war und Odina schwerfällig aufstand, um aus ihrem Korb eine Flasche zu holen.

»Wir brauchen Schnaps!«

»Schnaps?«, fragte Avery vorsichtig. »Nein, danke.«

»Davon wird man irrsinnig schnell betrunken«, stellte Lee fest.

»Ach, Unsinn! Schnaps geht an der Leber vorbei«, erklärte Odina. »Alte italienische Weisheit.«

»Ich hab selten etwas so Dummes gehört.«

»Also ich habe heute schon sehr viel Dümmeres gehört«, erklärte Odina und fixierte Josie.

Aber da hatte Avery die Gitarre herausgeholt und spielte die ersten Takte eines Lieds, das sie im letzten Sommer mit Jake komponiert hatte. Es war eine schnelle, harte Nummer, und der Text war etwas sperrig. Aber Avery war so stolz auf »No Country for Averyone«, dass wir wie wild applaudierten.

Lee tanzte wie eine Schlangenbeschwörerin, Odina flocht uns kleine Zöpfchen ins Haar und flößte uns den leberschonenden Schnaps ein, bis eine nach der anderen angetrunken am Feuer einschlief. Ich hielt die Augen am längsten offen, weil ich den Abend aufsaugen wollte. Dieses unglaubliche, fast schon beängstigende Gefühl von Geborgenheit. Die Mädchen waren meine Familie. Nichts konnte das ändern, dachte ich. Wir würden für immer Freundinnen sein.

22

Meine Laufschuhe vibrieren auf dem Asphalt. Ich weiß nicht, wohin mit all meinen Gefühlen, also laufe ich ihnen einfach davon. Es fühlt sich dabei an, als wäre ich auf der Suche nach einem bestimmten Ort, obwohl ich weiß, dass es diesen Ort gar nicht physisch gibt. Weil er irgendwo in mir verborgen liegt.

Ich erreiche die Dünen, erklimme den ersten Hügel, der den Blick aufs Meer freigibt. Die Brandung ist stark. Schaumige Wellen donnern über den Sand und schlucken zusammen mit dem weichen Boden meine Schritte. Etwas schaukelt da draußen, zunächst glaube ich an einen Verrückten, der sich bei diesem Wetter mit einer Luftmatratze in die Wellen wagt. Wie dumm die Touristen sind. Erst auf den zweiten Blick sehe ich, dass es ein Surfbrett ist. Jemand klammert sich daran fest. Er wirkt wie ein blutiger Anfänger. Ich kann keinen Surflehrer oder überhaupt einen anderen Menschen an Land oder im Wasser entdecken. In Not scheint die Person nicht, das Brett treibt in Richtung Strand, und man müsste einfach abspringen und an Land schwimmen oder kräftig mit den Händen paddeln.

Irgendetwas schreit die Person, und im gleichen Moment erkenne ich das Surfbrett. Oder glaube es zu erkennen.

Es ist meines.

Das kann nicht sein. Eine schreckliche Sekunde lang denke ich, dass es Hailey ist, aber die Person ist größer. Es ist ein Mann in einer blauen Badehose, der verzweifelt mit einer Hand in der Luft wedelt, aber sich nicht traut, beide Arme anzuheben. Der Kerl hängt seltsam schief auf dem Brett. Ich laufe auf die Wasserkante zu. Und gebe einen kurzen Schrei von mir, als ich erkenne, dass es Preston ist.

»Was machst du da?«, brülle ich ihm zu. »Hast du Schiffbruch erlitten?«

»Das ist eine Frage, die die Menschheit beschäftigt«, keucht er, die Arme um das Surfbrett geklammert. Ich streife schnell meine Schuhe ab.

»Wie man von einem Surfbrett runterkommt, wenn man Angst vor dem Wasser hat?«, rufe ich und wate durch die Brandung auf ihn zu. Es besteht keine tatsächliche Gefahr, wenn man bedenkt, dass er schwimmen kann. Er kann doch schwimmen?

»Nein, ob Rose und Jack nicht beide auf dieses Fenster gepasst hätten«, erwidert er mit einer Grimasse.

»Es war eine Tür!« Ich erreiche ihn genau in dem Moment, in dem die nächste Welle anrauscht und sich über ihn bauscht. Ich tauche rechtzeitig ab. Preston schüttelt sich wie ein Hund und schaut ängstlich hinter sich, bevor er antwortet: »Wirklich? Eine Tür?«

»Ja.« Ich schwimme zu seinem Fuß, löse die Leash vom Gelenk und nutze das Seil, um das Brett in eine andere Position zu ziehen. So, dass es sich nicht gegen die Wellen bäumt, sondern mit ihnen an Land treiben kann.

»Ich hätte dich nicht für eine Person gehalten, die *Titanic* gesehen hat«, sagt er erstaunlich gut gelaunt. Die Angst ist aus seinen Augen gewichen, der Schalk ist wieder da.

»Jetzt, da du dich in meinen sicheren Händen wähnst, wirst du wieder frech.«

Meine Füße finden den sandigen Boden, und ich halte das Brett fest, während weißer Schaum uns umspült.

»Warum bist du nicht einfach an Land gepaddelt?«

Preston reißt die Augen auf und verkündet mit dramatischer Stimme: »Damit ich aussehe wie eine lebensmüde Robbe, die von einem Hai gefressen werden will?«

Jetzt muss ich laut lachen. »Du hättest Rose die Tür nicht überlassen, oder?«

»Auf keinen Fall. Auch Liebe hat Grenzen. Aber ich hab es für dich getan, weißt du!« Er tippt mit dem Zeigefinger auf das Brett.

»Für mich?«

»Come hell or high water …«

Ich werde jetzt nicht darauf eingehen, dass das hier kein Hochwasser ist. Aber er hat am eigenen Leib erlebt, was Wasser anrichten kann, also tue ich gut daran, meine Klappe zu halten.

»Ich wollte meinen Mut beweisen«, meint er zerknirscht.

»Du musst mir nichts beweisen, Preston«, sage ich zärtlich.

»Eigentlich wollte ich es ausprobieren, um dir zu imponieren, wenn du mich das nächste Mal an den Strand einlädst. Dass du mich wie eine schlechte Robinson-Crusoe-Version vorfindest, war nicht geplant.«

Er wirkt nicht sonderlich peinlich berührt. Was mir sehr gut gefällt. Was mir, genau genommen, besser gefällt, als wenn er große Sprüche gerissen hätte.

Und dann schmunzelt er so unverfroren, dass ich ihn mitsamt meinem Brett wieder weit raus in die Wellen schieben will. »Aber willst du mir vielleicht im Gegenzug beweisen, dass du nicht sozial inkompatibel bist, und später zu meiner Party kommen?«

Ich pruste. »Wie kann man nur so schrecklich unverschämt sein, wenn man sich gerade noch in akuter Lebensgefahr befunden hat! Und woher wusstest du, dass ich dich retten komme?«

»Wusste ich nicht.« Seine Wimpern sind schwer und dick vom Wasser. »Ich wollte nur ausprobieren, ob ich es schaffe … Verdammt, ich begreife nicht, wie du dich auf dieses Brett stellen kannst … Schon als Kind war mir das Skateboard zu wackelig, um den Berg hinunterzufahren.«

»Gab es auf Hatteras Island denn Berge?«

»Hauseinfahrt«, brummt er. Und sorgt schon wieder dafür, dass ich giggeln muss.

»Komm schon, Jack, Rose bringt dich an Land.«

• • •

Auf die Party zu gehen war ein Fehler. Ehe ich still und heimlich verschwinden kann, bemerkt Preston mich. Ich bin mit Absicht so spät wie möglich gekommen, um so wenig Zeit wie möglich mit den anderen Gästen zu verbringen. Doch ich zähle noch etwa dreißig Leute, die am Feuer versammelt sind, das er am oberen Abschnitt des Strandes errichtet hat. Dort, wo sich die Mustangs nicht hinverirren. Kissen liegen auf dem Boden verteilt, ein Tisch mit Getränken steht unter einem Pavillon, zwei kleine Mädchen spielen im Sand, und leise Gitarrenmusik ist zu hören. Ein Junge wirft einem völlig durchnässten und sandpanierten Wuschelhund einen Tennisball zu. Der Johnny-Cash-Song endet just in dem Moment, in dem ich sie sehe. Avery und Jake. Und Odina.

Auf die Party zu gehen, war ein *gigantischer* Fehler. Und dann strahlt mich Preston an, mit diesem Blick, der einem das Gefühl gibt, die einzige Frau auf Erden zu sein.

»Isabella!«, ruft er und dreht sich zu mir. »Du bist da!« Seine Stimme ist so laut, dass jeder der Anwesenden mitbekommt, dass ich da bin. Und deshalb nicht sofort wieder verschwinden kann. Ich ringe mir ein Lächeln ab. Avery sitzt auf Jakes Schoß am Feuer. Ihre Haare leuchten im Schein der knisternden Flammen. Wenn ich Avery betrachte, schaue ich wie durch ein Fernrohr in die Vergangenheit. Und Jake. Wie sie auf seinen Oberschenkeln sitzt, den Arm um seinen Nacken geschlungen. Sie sieht aus, als hätte sie ihr ganzes Leben lang nur auf diesen Moment gewartet. Nicht auf die großen Bühnen, den Applaus, den Ruhm und das Geld. Nein, nur darauf, auf Harbour Bridge am Lagerfeuer auf Jakes Schoß zu sitzen.

Odina verteilt fröhlich kleine Gläschen mit klarer Flüssigkeit, die dunkle Mähne zu einem lockeren Pferdeschwanz gebunden. Sie verharrt mitten in der Bewegung, als sie mich und Preston sieht.

»Was ist das?«, fragt eine junge Frau in kurzen Shorts Odina.

Zu meiner Überraschung höre ich mich antworten: »Das ist Schnaps, der geht an der Leber vorbei.«

Odinas Augen weiten sich, und sie sagt laut: »Das ist eine alte italienische …«

»Weisheit«, ergänze ich grinsend.

»Hallo, Isa«, sagt sie schließlich. Ihre Worte sind wie ein vorsichtiger Händedruck.

Ich spüre, dass Preston uns beide aufmerksam mustert, nehme ein Glas Schnaps und kippe ihn hinunter.

Ich will noch was sagen, aber mir fällt nichts ein. Ich stelle das Glas wieder auf ihr Tablett, bereue es sofort, weil es wirkt, als wäre ich der Gast und sie die Bedienstete. Odina zögert einen Moment, bis sie etwas murmelt und weitergeht.

»Soll ich dir die anderen Leute vorstellen?«, fragt Preston.

Ich reibe mir über meine nackten Arme. »Ich kenne fast jeden auf dieser Insel, Preston.« Ich deute zu dem Tisch, an dem sich eine blonde Frau unter den wachsamen Augen eines kräftigen Mannes Punsch in einen Plastikbecher gießt. »Tara Bell und ich haben uns gemeinsam den ersten Wackelzahn gezogen, Jason Courtridge hat bis zur vierten Klasse in die Hose gemacht, und Sandra Richards«, ich nicke der Frau zu, die vor einem Kleinkind in die Hocke gegangen ist und, als sie Preston erblickt, winkt und zwinkert, »kann sich bestimmt noch daran erinnern, dass ich ihr in der Junior High einen Volleyball an den Kopf geknallt habe.«

Und natürlich Odina, die keine Probleme hat, für jeden Menschen auf der Insel die richtigen Worte zu finden. Ich schließe für einen Moment die Augen, um mich zu sammeln. Denn auf einmal ist es wichtig, dass Preston versteht. Dass er weiß, wer ich geworden bin. Dass ich keine Frau bin, die an Gemeindefesten Kuchen bäckt und sich freudig unter die Menge mischt.

»Aber das ist alles lange her, jetzt sind die meisten mir fremd.« *Fremder als du.*

Sein Blick ruht warm und geduldig auf mir.

»Ich gebe ihnen allen einen winzigen Teil von mir. Einen, um unsichtbar zu bleiben. Wie ein Auto, das man verkaufen will und das zu viele Mängel hat. Man sucht sich das aus, das am wenigsten beschädigt ist, und schlachtet es aus. Eine kaputte Klimaanlage, um vom Getriebeschaden abzulenken. Ich bin hier drinnen«, ich tippe zuerst an meine Stirn, dann auf mein Herz, »beschädigt, Preston.«

»Was hat den Schaden verursacht, Isabella?«

»Ich …«, ich kämpfe gegen die Bilder, die an die Oberfläche

drücken. Nein, ich habe zu lange daran gearbeitet, diese Sache zu vergraben. Es bringt nichts, sie hervorzuholen. Ich will nicht eine von den Frauen sein, über die man sagt: Warum kommt sie erst jetzt damit? Wieso hat sie die ganze Zeit geschwiegen?

»Ich habe es so lange für mich behalten, dass ich es jetzt nicht mehr aussprechen kann.«

Preston runzelt die Stirn. »Man kann alles aussprechen.«

Ich schüttele vehement den Kopf.

»Woher kennst du Avery? Wieso ist sie hier?«, will ich wissen.

»Wir hatten heute Morgen einen Termin und planen eine Kooperation. Da dachte ich, ich lade sie einfach ein«, sagt Preston. Will er etwa Averys Haus an der Waterfront Avenue renovieren? Ich warte darauf, dass er mehr erklärt, aber er bleibt stumm. Mehr Informationen will er mir offenbar nicht geben.

»Aha«, antworte ich. Diese verdammte Insel, auf der irgendwie alles miteinander zusammenhängt. »Und du hast sie eingeladen?«

Was ich eigentlich fragen will, ist: Hast du sie eingeladen, weil sie Avery Winter, der Rockstar, ist?

»Ja, ich hab sie eingeladen. Und sie hat mich gefragt, ob sie eine Freundin mitbringen kann.«

Odina. Natürlich.

»Ihr wart früher Freundinnen?«, fragt Preston sanft, obwohl er die Antwort kennt. Die Vergangenheitsform, so richtig sie auch ist, schmerzt.

Ich nicke.

»Freundinnen, die sich alles erzählen?«, hakt er nach.

»Nicht alles«, flüstere ich.

Preston legt seine Hand ganz leicht an meinen Rücken, aber in diesem Moment ist mir die Berührung zu viel. Ich schüttele ihn von mir.

»Du bist nur so stark wie dein Rudel. Du solltest nicht mehr als einsame Wölfin umherziehen, sprich mit ihnen.«

Ich schüttele leicht den Kopf. »Die beiden haben sich wiedergefunden. Ich weiß nicht, ob ich es aushalten kann, sie wieder in mein Leben zu lassen.«

»Du könntest es versuchen.«

Ich zucke unsicher mit den Achseln. »Ich hab einen großen Fehler gemacht. Ich glaube nicht, dass sie mir verzeihen würden.« Dankbar, dass Preston nicht so etwas wie »Wir alle machen Fehler«, erwidert, lächle ich zaghaft.

»Wenn das so ist, hast du nichts zu verlieren.«

Ich sehe ihn an und überlege. Stimmt das? Habe ich nichts zu verlieren außer den letzten Faden Hoffnung, dass wir unsere Freundschaft irgendwann wiederbeleben können?

»Kann ich dich kurz alleine lassen?«, fragt er und deutet zum Lagerfeuer, wo ein Pärchen winkt.

»Ja, klar«, antworte ich, obwohl ich ihn gerne bitten würde, zu bleiben. »Wie gesagt, ich kenne hier jeden.«

Ein paar Minuten lang stehe ich untätig herum und beobachte Preston heimlich. Es ist faszinierend, ihn zum ersten Mal mit anderen Menschen zu sehen. Er hat eine Art Leichtigkeit an sich, die magnetisch wirkt. Immer wieder sieht er zu mir, gibt seinem Gegenüber dabei aber nicht das Gefühl, nicht zuzuhören. Er lächelt viel, gestikuliert beim Reden. Preston ist so lebendig … in mir krampft sich etwas zusammen. Ich bin auch nur eine von vielen, die wie magisch von seinem Magnetfeld angezogen werden.

Eine Frau hängt sich an seinen Arm, eine andere reicht ihm ein Getränk. Eine posiert sogar für ein Foto mit ihm. Der Anblick ist … irritierend. Mir ist nicht entgangen, dass Preston attraktiv ist. Wie auch. Aber dass er eine solche Wirkung auf Frauen hat, schüchtert mich ein. Hat er vielleicht mit einigen von ihnen … mit *allen?*

Ich halte mich an meinem Glas fest. Und als Avery aufsteht und sich mit Odina in den Sand etwas abseits der anderen setzt, gebe ich mir einen Ruck.

Meine Schritte sind schwer. Aber ich schaffe es, zu den beiden zu gehen. Avery sieht mich einigermaßen erstaunt an. Keine von beiden macht Anstalten, aufzustehen.

Ich räuspere mich.

»Hi.«

»Hi«, erwidern beide.

»Ich hatte nicht erwartet, euch hier zu sehen … Ich wusste nicht, dass ihr Preston kennt … Ich …«

Ich mache eine Bewegung, fragend. Avery zuckt leicht. Ich raffe den Rock und setze mich zu ihnen. Nicht so nah, wie die beiden nebeneinandersitzen. Nicht so weit, dass es seltsam wirken könnte. Wie kompliziert alles ist, wenn man erwachsen ist.

»Wer kennt Preston nicht«, sagt Avery, »er ist ein netter Kerl. Ehrlich, offen, interessant, erfolgreich.«

»Ja, ich … weiß nicht. So gut kennen wir uns noch nicht«, behaupte ich, während mir ein Dutzend weiterer Adjektive im Kopf herumschwirren, die auf Preston zutreffen. Sexy, einfühlsam, aufregend … Erfolgreich wäre mir nicht in den Sinn gekommen, aber gut. Er kann erfolgreich Lärm machen und vermutlich etwas Nettes aus einem alten Schuppen zaubern, den andere abgerissen hätten. Mich eingeschlossen.

Avery sieht mich auffordernd an. Als wartet sie auf etwas, das ich ihr nicht geben kann.

»Du gehst uns aus dem Weg, Isa.«

»Nein«, lüge ich. »Ich bin doch hier.«

»Weil du nicht wusstest, dass wir hier sein würden.«

Ich will etwas Biestiges entgegnen, ihnen sagen, dass sie mich in Ruhe lassen sollen mit ihren Detektivspielen, aber Odinas Miene ist zu freundlich. Ich schaue hinüber zum Feuer, sehe Prestons Rücken und halte mich mit Blicken an ihm fest.

»Das Rezept für Basil Berry wurde geändert, kein Wunder, dass es anders schmeckt«, sagt Avery schließlich.

»Das erklärt einiges.«

»Ich hab mal gelesen, dass der Gemütszustand den Geschmack beeinflusst.« Odina sieht mich an.

»Das Problem bin also ich.«

»Ach Isa«, schluchzt Avery auf. »So hat sie das nicht gemeint.«

»Hab ich nicht«, bestätigt Odina kleinlaut. »Wir können dich zu nichts zwingen.«

»Vor allem wollen wir dich zu nichts zwingen«, fällt ihr Avery ins Wort.

»Ihr könnt mich zu nichts zwingen.« Ich will aufstehen. Ich kann das nicht.

»Wir sind noch immer Freundinnen, wir sind noch immer da. Du kannst über alles mit uns sprechen«, sagt Avery so leise, dass ich es kaum verstehe. »Wenn du willst.«

»Wie kommst du darauf, dass ich mit euch über etwas sprechen will?«

»Ich weiß auch nicht.« Avery schaut Hilfe suchend zu Odina.

»Wir haben nie wirklich über damals geredet. Was das mit dir gemacht hat, wie es für dich war, dass Josie plötzlich weg war und ich meine, was …« Sie zögert. Ihr Blick flackert. Mein Herz flackert mit.

»Was damals zwischen dir und Josie vorgefallen ist.«

»Wie kommst du darauf?«

Ich sehe, wie es hinter Averys Stirn arbeitet, wie sie etwas sagen will, es aber nicht tut. Und ich weiß nicht, ob ich darüber erleichtert sein soll. Ich schaue zu Preston, der mit Getränken in der Hand auf uns zukommt. Er lächelt mich an, stellt die Becher schweigend in den Sand und will sich wieder leise entfernen.

»Warte«, sagt Avery an Preston gewandt. »Bleib, Odina und ich wollten gerade gehen.«

Odina sieht nicht so aus, als wäre sie damit einverstanden, aber sie rappelt sich langsam hoch. »Wir sollten uns treffen und in Ruhe reden, Isa.«

»Vielleicht sollten wir einfach mal wieder zusammen surfen«, fügt Avery hinzu. Sie lächelt warm. »Morgen früh am Wash-Out?«

Ich bin unschlüssig. Ich habe keine Lust, wieder verhört zu werden, aber die Vorstellung, mit Odina und Avery durch die Wellen zu paddeln, entfacht Vorfreude in mir. »Vielleicht«, sage ich vage, stehe ebenfalls aus dem Sand auf und sehe den beiden hinterher, wie sie nebeneinander davongehen.

Preston und ich sind allein. Jemand hat am Feuer Holz nachgelegt, die Flammen züngeln so hoch, dass sie Prestons Gesicht erhellen.

»Was wird das? Wer zuerst blinzelt, verliert?«, frage ich.

Preston hört erst auf, mich anzustarren, als er meine Hand nimmt. Ich folge ihm, den Strand entlang. Weg vom Feuer, von dem Licht, das es mir ermöglicht, sein Gesicht zu lesen. Jetzt muss ich mich auf seine Stimme verlassen.

»Alles in Ordnung?«, fragt er. »Habt ihr euch gestritten?«

»Nicht wirklich. Avery und Odina können nicht verstehen, dass man Dinge manchmal ruhen lassen muss. Damit sie nicht außer Kontrolle geraten.«

Am Strand versammeln sich die Möwen zum Aufpicken der Reste. Sie flattern von uns weg, sobald wir uns ihnen nähern. An meinen Füßen sitzen Sandfliegen, aber ich möchte Prestons Hand nicht loslassen und halte den Juckreiz aus, ohne mich zu bücken.

Er bleibt stehen und wartet. Dann fasse ich ihn um die Hüfte, ziehe ihn an mich, stelle wieder fest, dass er viel größer ist als ich, und spüre eine Sekunde später, dass das keine Rolle spielt, weil er sich nach unten beugt, mir entgegenkommt. Ich presse einen Kuss auf seine Lippen, der so anders ist als die bisherigen. Während ich mich ihm hungrig entgegenstrecke, antwortet er in einer mir fremden Sprache. Nur ein Hauch von Kuss, so überaus zärtlich, dass ich Gänsehaut bekomme. Ich drücke Preston von mir, heftiger, als ich es beabsichtige. Er schafft sofort Abstand, löst sich von mir. Und ich spüre, dass ich ihm eine Erklärung schuldig bin.

23

»Ich habe immer versucht, perfekt zu sein. Fehlerfrei, damit mir … damit mir keine unvorhergesehenen Dinge passieren. Wie die Natur. Sieh dir nur eine Bienenwabe an, die Tatsache, dass sie die perfekte Form gefunden haben, um möglichst viel Honig aufzunehmen. Oder ein Spinnennetz, das Innere einer Sonnenblume?« Meine Stimme wird höher, fast piepsig.

»Du glaubst, die Natur ist perfekt?«, unterbricht mich Preston.

»Ja! Natürlich. Alles ist aufeinander abgestimmt, alles folgt einem logischen Muster, einem Ziel.«

»Die Natur ist voller Fehler! Schau dir nur uns Menschen an. Wie absurd, dass unsere Luftröhre von der Speiseröhre abzweigt. Wer hat sich das denn ausgedacht? Oder Wale, die es ins Süßwasser zieht, obwohl sie in den Flüssen häufig stranden und verenden.«

»Menschen, die sich verlieben, obwohl sie wissen, dass das nicht gut gehen kann«, werfe ich ein. Es gibt eine gewisse körperliche Anziehung zwischen uns … das ist nicht zu leugnen. Aber zwischen Mond und Erde herrscht auch unleugbar Anziehungskraft – deswegen sind die beiden noch lange kein Liebespaar. Liebespaar …

Preston bemerkt meine innere Verwirrung nicht. »Weil sie es anders machen als Tiere. Wenn Tieren etwas nicht gelingt, wiederholen sie es. So oft, bis es funktioniert. Und zwar ohne sich zu fragen, woran es lag, dass es nicht geklappt hat.«

Ich schlucke. So habe ich das noch nie gesehen. Aber Preston ist noch nicht fertig.

»Vollkommenheit bedeutet doch, dass man Fehler zulässt und aus ihnen lernt. Alles, was starr und perfekt ist, zerbricht irgendwann. Wie jede Beziehung, in der nur Harmonie herrscht, jeder Ablauf, der bis ins Kleinste durchgeplant ist und keinen Raum für Eventualitäten zulässt.«

»Genau das ist es ja«, sage ich leise. »Ich wollte keinen Raum für Eventualitäten. Ich wollte Dinge ausschließen …«

»Das geht nicht«, sagt er schlicht.

»Ich weiß.«

»Ich bin der Fehler in der Rechnung, ich bin das Leben.«

Ich schüttele irritiert den Kopf. »Ist das von dir?«

Er lacht leise. »Leider nicht. Von Antoine de Saint-Exupéry.«

»Du überraschst mich, Mr. Fixer Upper.«

Er zuckt zusammen.

»Vielleicht ist das dein größter Fehler?«

Ich horche auf. »Mein größter Fehler?«

»Dass du zu wenig an Menschen glaubst. An dich, an andere. Und dass du sie in Schubladen steckst. Ich bin nicht nur der Nachbar, der Lärm macht … Ich bin auch der Typ, der gerne mit dir unter einer Stranddusche steht und der …«

»Hör auf«, sage ich und spüre, wie mein Gesicht glüht.

»Ich höre nicht auf«, sagt er. Zieht mich an sich. Und so sehr ich das will, so sehr steht das zwischen uns, was auch bisher immer zwischen mir und meinen Beziehungen zu Männern stand. Meine Angst, mich auf jemanden einzulassen. Meine Unfähigkeit zu vertrauen. Ich möchte mit Preston schlafen. Und ich kann das. Ich hatte Hunderte Male Sex. *Aber du hast nie Liebe gemacht,* flüstert mir eine Stimme zu.

»Was ist damals passiert, Isa?«, fragt er. Sofort versteife ich mich in seinem Arm.

»Fähigkeiten, die nicht benötigt werden, sortiert man aus«, antworte ich. »So ist das. Das ist passiert.«

»Vielleicht hast du die falsche Schublade erwischt.«

Ich sehe ihn fragend an.

»Beim Aussortieren.«

Darüber muss ich einen Moment lang nachdenken.

»Ich könnte duschen gehen, am Strand«, wispere ich stattdessen.

»Schon wieder?«, fragt er gespielt überrascht.

»Das ist mein neues Hobby. Duschen am Strand mit Preston.«

»Wir müssen nicht duschen«, sagt Preston zögerlich. Vermutlich kann er mein Gesicht lesen, wie ich Wellen lesen kann.

»Doch, duschen … steh ich total drauf.«

»Isa, alles kann, nichts muss.«

Ich muss an Ryan denken, daran, wie schön es war, sein Gewicht auf mir zu spüren. Daran, dass Zärtlichkeiten sich so angefühlt haben, wie sie sich anfühlen sollten: gut. Aber Preston ist nicht Ryan, Preston ist kein Junge, sondern ein Mann. Und zwischen Preston und Ryan steht die Schublade.

»Alles kann, und ich … will alles«, höre ich mich sagen.

Ich gehe ihm voraus, die Dünen hinauf. Aus der Ferne klingen noch die letzten Fetzen der Akustikgitarre. Die Luft ist hier dichter, alles fühlt sich komprimierter an, hitziger. Was definitiv an Preston liegen könnte.

Wir schaffen es nicht bis zur Dusche, an einem der Strandzäune zieht Preston mich an sich. Ich fühle mich nackt unter seinen Blicken, auf eine gute Art. Als würde er mit den Augen meinen Körper abtasten, bevor er es mit den Händen tut. Es scheint mir, als müsste er meine Haut vorwarnen, ihr ein bisschen Zeit zur Vorbereitung geben. *Achtung, hier kommt eine sanfte Berührung.* Es funktioniert erstaunlicherweise. Wie Lichtschutzfaktor 30 vor UV-Strahlen schützt und einem doch die Möglichkeit gibt, von der Sonne geküsst zu werden. Preston küsst. Und wie er küsst. Mit Augen und Händen und Lippen. Es ist fast schmerzlich schön, wie seine Haut sich an meine drückt und unsere Münder sich finden. Das »Mmmh« von meinen Lippen ist diesmal nicht beabsichtigt, es schlüpft zwischen meinen Zähnen hervor und klingt so wohlig, wie ich mich fühle. Seine Hände tasten an meinen Seiten entlang, dort, wo meine Hüftknochen kantig und spitz hervorstechen. Und da wird mir bewusst, dass man, wenn man jemanden zärtlich anfasst, viel mehr von ihm erfährt, als wenn man grob ist. Es jetzt so deutlich zu spüren triggert etwas in mir. Ich will ihn wegstoßen, aber es gelingt mir nicht. Nicht weil Preston mich festhält, sondern weil etwas in mir lauter nach Zärtlichkeit schreit als dagegen. Meine Haut will seine Liebkosungen, mein Verstand reagiert abwehrend. Einen Augenblick lang bin ich zweigeteilt. Dann geschieht etwas Magisches. Meine Hände legen sich auf die gleiche Stelle an seinem Körper, die er an mir berührt hat. Dort, wo meine Hüften viel zu stechend sind, ist er fester, drahtig, weich und ungeahnt verletzlich. Ich traue mich, eine Hand unter dem Shirt nach oben zu schieben. Nicht nur die Finger, um am Stoff zu reißen, wie ich es sonst mache, sondern die flache Hand auf seiner Brust. Ich taste, fühle glatte Haut. Und wie ich dort stehe, wünsche ich mir, dass er mich spiegelt. Sehne mich nach seiner Hand an meinem Busen. Ich will einfach nur seine Finger auf allen empfindlichen Stellen an mir spüren. Als würde ich erst so begreifen, dass ich nicht nur aus Kanten und Ecken bestehe. Und Preston versteht, er tut genau das, wonach ich mich sehne. Als hätte ich auf meinen Körper eine Landkarte gezeichnet, deren Grenzen er nun nachzieht. Eine Roadmap aus Berührungen. Und wie er berührt, es ist so gut, dass mir Laute entschlüpfen, die ich nicht von mir kenne. Es ist zu wenig, zu viel. Beides auf einmal.

Prestons Zärtlichkeit hat eine Intensität, die sich anfühlt, als hätte ich einen heftigen Sonnenbrand. Kann Haut verlernen, liebevoll berührt zu werden?

Er streicht so langsam und mit butterweichen Fingern über meine nächste spitze Stelle, die Rippen. Ich mag die Knochigkeit an mir überhaupt nicht, ich wünschte zum ersten Mal, sie mit Kurven wie Odina polstern zu können.

Männer fassen mich grob an, ich selbst fasse mich grob an. Weil es irgendwie so sein muss, seit … seit … Sex eben Krieg ist. Gewalt ist immer die schnellere Lösung als ihr Gegenteil. Doch die Gedanken verfliegen, als Preston seine Finger auf mein Schlüsselbein legt und ich mich in die Zartheit seiner Hände hineinlege, dass alles an mir nachgibt und aus harten Kanten plötzlich Biegsamkeit wird.

Der Sand hier auf der Düne ist samtig und puderig. Als Preston und ich zu Boden sinken, weicht er unseren Körpern und passt sich ihrer Form an. Preston kniet sich hin, zieht sein Shirt über den Kopf, legt den Stoff unter meinen Kopf und fährt genau dort fort, wo wir aufgehört haben. Ein paarmal verspüre ich den Drang, mit festen, viel gröberen Berührungen zu antworten, während er meinen Hals küsst, mit den Händen meine kleinen Brüste umfasst und so langsam mit dem Daumen meine Seite entlangfährt, dass es kitzelt. Doch das ist nur das Muster, ich weiß es, und ich kann es beiseitedrängen. Wir ziehen uns gegenseitig aus, bis ich nackt im Sand liege und mich fühle wie ein neugeborenes Fohlen. Aufgeregt, verwundbar, kribbelnd vor Vorfreude.

Preston lässt sich Zeit. Ich wage es, ihn zu streicheln. Eine Bewegung, die neu ist für meine Finger. Immer wieder wollen sie fest zupacken. Langsam werde ich ruhiger, genieße das Gefühl, meine Finger an Preston hinunterwandern zu lassen, über Haut, die sich mit Sand mischt, die seidig und rau unter meinen Handflächen pulsiert, bis zu seinen Lenden, dem Übergang zwischen Oberschenkel und seiner Erektion.

»Isa«, stöhnt er, hält meine Hand kurz fest, führt sie an all die empfindlichen Stellen zwischen meinen Schenkeln, die sich so lange gegen Zärtlichkeit gewehrt haben und sich ihm entgegenbiegen. *Nicht genug,* denke ich, ich will mehr und ersetze damit alle Stoppsignale, die mein Körper bis zu diesem Moment mit Preston immer ausgesandt hat. Kurz wundere ich mich, warum das so ist. Ob es Prestons Verdienst ist. Vielleicht auch einfach mein eigenes. *Aus Wellen wächst Mut,* hat mal jemand zu mir gesagt. Eines der Mädchen, mir will nicht einfallen, welches.

In Wellen strömt die Lust jetzt über mich. Ich ziehe Preston enger an mich, noch während seine Hand mich liebkost, und presse mich an ihn. Doch er wartet noch immer, muss doch spüren, wie bereit ich bin. Noch vor Wochen, Tagen, Stunden … mit Aiden oder irgendeinem anderen, hätte ich die Kontrolle übernommen. Spätestens jetzt. Aber ich warte. Und werde belohnt.

Er senkt seinen Mund auf meine Haut, es stört ihn nicht, dass der Sand inzwischen überall ist. Er küsst ganz langsam meinen Hals hinab, berührt mit den Lippen die Kuhle zwischen meinen Brüsten und hört nicht auf, bis er über meinen Bauchnabel hinweg all die sensiblen Stellen erreicht, die er mit seinen Händen schon ertastet hat. Er sieht hoch, und ich erkenne in der Geste die Frage, ob ich das, was er möchte, ebenfalls will. Ich horche in mich, aber spüre keinen Widerstand mehr. Ich habe meine Mauern eingerissen, zumindest hier und für diesen Moment. »Ja«, sage ich leise und schiebe mein Becken ein wenig nach oben. Wie automatisiert fährt meine Hand zu seinem Kopf, will die Kontrolle übernehmen. Doch dann verharre ich in der Luft, lasse den Arm wieder sinken und mich selbst fallen. Ich verschwinde in süßer Unendlichkeit, verliere mich in Prestons Fingerspitzen. Zum ersten Mal ist alles so, wie es sein soll. Ohne Angst, ohne Widerstreben, nur Hingabe.

»Jetzt«, sage ich erleichtert, als Preston, der sich um die Verhütung kümmert, in mich eindringt und meinen Körper in die Sandkuhle drückt. Zunächst verharrt er nur in mir, füllt mich aus, ohne sich zu bewegen. Und es ist fast erotischer, als würde er einfach zustoßen. Er sieht mich an, sucht in meinen Augen. Nicht mehr nach Zustimmung, nach etwas anderem. Ich drücke ihm mein Becken entgegen, ziehe ihn tiefer in mich, ohne dabei eine Bewegung von ihm zu fordern. Es ist, als schlösse sich etwas, nicht nur zwischen uns, sondern zwischen Vergangenheit und Zukunft. Die Gegenwart setzt sich durch. Ganz langsam zieht er sich aus mir zurück, um ebenso langsam wieder in mich zu gleiten. Kein Vor und Zurück, kein hastiges Auf und Ab. Sondern ein köstliches Erkunden. Ich höre mich laut stöhnen, spüre, wie sehr es mich erregt, ihn tief und hart in mir zu fühlen. Ich vergrabe meine Hände in seinem festen Hintern, aber ich dirigiere nicht, ich überlasse ihm die Führung. Weil ich weiß, dass er dieses Vertrauen nicht missbrauchen wird. Im Gegenteil, er macht das Beste daraus. Das Allerbeste. Er lässt sich quälend viel Zeit, steigert meine Lust, indem er immer wieder innehält, in mir verweilt und dabei meine Brust streichelt, mir Küsse auf das Schlüsselbein haucht oder sanft an meinem Hals saugt. Ich bin so passiv wie nie zuvor – aber auf die gute Art. Ich genieße, was er mit meinem Körper macht, welche Reaktionen er hervorruft, das Kribbeln, das wohlig von meinen Schenkeln über meine Vulva bis in den Bauchnabel zieht.

»Langsam«, stöhne ich. »Langsam, noch nicht …«

Ich sehe in seinen Augen, dass es ihn sehr viel Anstrengung kostet, seine Begierde zurückzuhalten, nicht schneller zu werden. Und merke, wie sich in heißen Wellen alles in meinem Unterleib aufbaut. Bis sich die Lust mit Prestons nächstem, festerem Stoß in mir bricht und entlädt.

Ich drücke mich an ihn, kralle meine Hände in seinen Rücken, presse ihn auf mich, tiefer in mich, und spüre, wie sich auch seine Leidenschaft in einem Höhepunkt ergießt. Wir bleiben in dieser Position, spüren dem Hall nach, dem Zucken und köstlichen Ziehen. Wir. Er und ich. Und zum ersten Mal begreife ich, was es bedeutet, sich wirklich mit einem Menschen zu vereinen. Denn das hier, diese überschäumende Lust in mir, gehört mir nicht allein. Ich teile sie. Mit Preston. Und das macht mir plötzlich schreckliche Angst.

• • •

Preston spürt nicht, dass ich mich aus seinen Armen lösen möchte. Dass alles, was sich eben warm und wohlig angefühlt hat, plötzlich zu viel ist. Ich will aufstehen, will mich wegdrehen, mich anziehen, ohne dass er mir dabei zusieht. Ich hab mir das hier nur eingebildet. Ich habe geglaubt, es wäre anders. Aber was soll anders sein? Ich bin immer noch ich.

Preston streichelt mir über den Oberschenkel, lässt seine Hand nach oben gleiten über meine Brustwarzen, und etwas in mir rastet aus und an der falschen Stelle ein. Falsch, das hier fühlt sich falsch an. Ich kann nicht anders, ich drücke ihn weg. Ich springe hastig hoch und suche nach meinen Klamotten. Preston starrt mich an, und einen Moment lang habe ich einen völlig irrationalen Gedanken: *Bitte sag, dass ich bleiben soll. Sag, dass ich nicht fliehen muss. Dass ich kein Fluchttier bin.*

»Was ist los?«

»Ich kann nicht ...« *atmen,* will ich sagen.

Aber seine Augen verengen sich, und er begreift. Er rappelt sich ebenso schnell hoch wie ich. Meidet meinen Blick, obwohl meine Augen ihn anflehen, mir zu helfen. Aus dieser Situation, mit der ich nicht umgehen kann. Ich will weg und will es nicht wollen. Aber ich schaffe es nicht allein. *Sieh mich an, Preston.* Ich bringe kein Wort über meine Lippen. Preston beeilt sich so sehr, die Hose anzuziehen, als könnte er nicht schnell genug entkommen. Mein Herz sinkt und geht unter. *Was hast du erwartet, Isa?*

»Ich muss los«, presst er hervor, noch immer den Blickkontakt meidend. Mir fällt alles auf. Die Verlegenheitsgeste, mit der er sich am Arm kratzt, das Hemd, das schief geknöpft an seinem Körper hängt, und dieser Ausdruck im Gesicht, den ich nur als die genervte Bitte verstehen kann, jetzt keine Szene zu machen.

Er hat es eiliger als Aiden, der sich meistens *nachher* noch unterhalten will.

Obwohl ich es war, die Preston von sich gestoßen hat, löst seine Abwehrhaltung keine Erleichterung aus, sondern Furcht. Sie tut weh, wie ich erstaunt feststelle.

»Kommst du mit ...«, sagt er.

Prestons Fluchttier war längst vor mir wach. Ich hab mir nur eingebildet, dass es für ihn anders war. Dass es für mich anders war. Es ist vorbei.

Prestons verwuscheltes Haar spricht eine völlig andere Sprache als der eiserne Ausdruck in seinem Gesicht.

»Alles in Ordnung?«

Er streckt den Arm nach mir aus und zieht ihn dann wieder

weg. Die Geste ist so sehr ich, dass sie sich völlig verdreht und falsch anfühlt. Vielleicht ist die Distanz, die er wahrt, genau jene, die er beabsichtigt. Es ist gut so, rede ich mir ein. Du hast es doch eben noch selbst gefühlt. Du kannst das nicht, Isa. Es ist zu nah, es ist zu warm, es ist zu weich. Es ist zu unkontrolliert.

»Ja«, antworte ich auf seine Frage nach meinem Befinden. Nein, schreie ich innerlich. Ich bin achtundzwanzig und habe keine Ahnung, wie das mit der Liebe funktioniert. Ob das hier Liebe ist. Wenn ja, ob es normal ist, dass sie sich anfühlt, als würden Herz und Hirn gesprengt von Unsicherheit. Ob ich das überhaupt will. Und warum ich will, dass du es willst. *Mich* willst. Nicht nur meinen Körper.

»Also, ich muss jetzt wirklich gehen«, wiederholt er. »Kommst du mit …«

»Ich bleibe noch … ich kenne ja den Weg. Fühl dich bitte nicht verpflichtet, mich galant nach Hause zu geleiten.«

»Isa …« Es klingt verzweifelt.

Ich hebe die Hand, und mein Mund verzieht sich zu einem falschen Lächeln.

»Du könntest … später mal vorbeischauen«, sagt er. Das Nachbarsäquivalent zu »Ich rufe dich an.«

Ich schüttele heftig den Kopf.

»Nein, besser nicht«, meint er gequält.

Besser nicht? Ich schlucke, will etwas entgegnen und schlucke die Worte, die so verzweifelt fragen wollen, warum denn *besser nicht*. Dabei habe ich mir doch selbst erklärt, wie das geht.

Er soll bloß nicht denken, ich wäre eine von diesen Frauen, die sich an einen Kerl klammern, nur weil sie einmal mit ihm Liebe … geschlafen haben. Das Vokabular in meinem Kopf habe ich eindeutig nicht mehr im Griff. Also denke ich einen Moment länger nach, bevor ich sage: »Ich treffe mich ohnehin mit Avery und Odina zum Surfen … und brauche ein paar Stunden Schlaf.«

»Du solltest nicht zu viel darüber nachdenken«, sagt er dann. Da ist er, der Zaunpfahl, von hinten links durchs Herz.

»Natürlich nicht«, erwidere ich mechanisch. »Wieso auch?«

»In Ordnung.« Er lächelt wieder. Oder immer noch. »Wir sehen uns …« Es klingt ein Fragezeichen nach. Aber auch ein wenig Erleichterung.

»Ganz bestimmt.« Endlich gelingt es mir, gleichgültig zu klingen.

Als er hinter der Düne verschwunden ist, bleibe ich im Sand liegen und zwinge mich, nicht zu weinen. Es ist wichtig, meine Seele daran zu erinnern, dass sie viel Schlimmeres überlebt hat als das hier. Das Seltsame ist nur, dass sich das gar nicht so anfühlt. Es hat schon einmal ein Mann meinen Körper missbraucht, aber mein Innerstes nicht bekommen. Und mit Preston ist das Gegenteil passiert. Ich habe ihm meinen Körper gegeben und dabei völlig vergessen, mein Herz zu schützen.

24

Elf Jahre zuvor

Am Tag des Castings wirkte Josie, als stünde sie unter Drogen, nur dass ihre Augen dafür zu klar waren. Sie scannte mich aufmerksam, und doch hatte ich das Gefühl, ihre Blicke gingen durch mich hindurch. »Du hast ein Kleid an«, stellte sie fest, als ich neben ihr in die Limousine kletterte, die uns in das Hotel nach Charleston bringen sollte, wo das Casting stattfand. Sie klang, als hätte ich mich an ihrem Kleiderschrank vergriffen und das knappste Outfit gewählt. Dabei trug ich ein knielanges hellblaues Sommerkleid mit schlichtem Schnitt. Meinen Eltern hatte ich erzählt, ich würde zu einer Studienberatung gehen.

Josie steckte in engen Jeans mit Gürtel und einer weißen ärmellosen Bluse. Auf den ersten Blick sah sie aus, als hätte sie sich wie ein Paket verschnürt.

Da dachte ich das erste Mal, dass es vielleicht wirklich besser gewesen wäre, wenn Lee sie begleitet hätte.

An der Rezeption begrüßte uns eine Frau mit übertrieben dickem Lidstrich, führte uns in eine Art separate Lobby vor dem Seminarbereich des Businesshotels, bot uns Kaffee an und meinte, Mr. Wellington käme gleich. Ich setzte mich neben Josie auf einen der Plastikstühle. Sie bearbeitete ihre Fingernägel mit den Zähnen. Mir fiel auf, dass wir die Einzigen waren, die hier warteten. Auch Josie sah sich um. Es war anders, als ich es mir vorgestellt hatte. In meiner Fantasie waren hier unzählige Mädchen unterwegs, die ihren Text wiederholten, schnatterten und sich gegenseitig Glück wünschten. Doch die Lobby blieb leer.

»Das war eine dumme Idee, du kannst ruhig wieder rausgehen. Ich mach das allein«, sagte Josie irgendwann. »Warte draußen. Ich komme, wenn ich fertig bin.«

»Quatsch«, widersprach ich. »Ich bleibe und helfe dir.« Sie zupfte an mir, die Genugtuung, die ich schon wieder empfand, weil ich Josies Nervosität fühlen konnte. Auch wenn ich sie nicht verstand. Aber was wusste ich schon? Es war das erste Mal, dass ich sie bei einem Casting sah. Womöglich war sie auch am Set ein Nervenbündel.

Etwa zehn Minuten später öffnete sich eine Tür, und eine Frau kam heraus. »Josie Blythe?«

»Ja«, piepste Josie und stand auf. Sie streckte ihre Hand in einem seltsamen Winkel aus, als wollte sie mich auffordern, aufzustehen und meine Hand in ihre zu legen. »Ich habe meine Freundin dabei, wir tragen den Text gemeinsam vor.«

»Das wird nicht nötig sein«, erwiderte die Frau. »Clark erwartet Sie allein.«

Josie warf mir einen Blick zu, den ich nicht interpretieren konnte. Mein erster Impuls war, dass sie Angst hatte. Aber das war nicht möglich. Wovor sollte sie Angst haben? Ich stand dennoch auf, nahm ihre Hand.

Die Frau bemerkte die Geste, und ihre Lippen wurden spitz.

Eine Weile standen wir so da. Josies schweißnasse Hand in der meinen.

»Sollen wir einfach wieder nach Hause gehen?«, fragte ich sie leise.

»Miss Blythe?«, hakte die Frau freundlich nach. »Ich würde Sie gern zu Mr. Wellington begleiten. Ihre Freundin kann später gerne nachkommen, zuerst möchten wir Sie allein sprechen.«

Etwas in Josie entspannte sich. Die Stimme der Frau konnte es nicht sein, sie klang so aufgesetzt, so gekünstelt. War es das *wir*? Wollte Josie einfach nur nicht allein vor einen der berühmtesten Regisseure Hollywoods treten? Dessen Name unter den größten Fernseh- und Kinoproduktionen stand und der sich mit den schönsten Schauspielerinnen auf dem roten Teppich zeigte? Schüchterte er sie so sehr ein?

»Wir haben den Text zusammen einstudiert«, versuchte ich es.

»Sicher«, sagte die Frau süßlich. »Wir holen Sie gleich nach.«

Und dann ließ Josie meine Hand los. »Du kannst rausgehen«, flüsterte sie mir erneut zu, aber ich schüttelte den Kopf.

»Ich warte hier«, wisperte ich. »Viel Glück – du musst nicht nervös sein, du bist fucking Josie Blythe.«

Ihre Augen wurden eng, und mit unerwarteter Kälte in der Stimme sagte sie: »Sei nicht albern, Isa. Ich bin nicht nervös. Geh raus, wir treffen uns draußen.«

Aber ich blieb sitzen. Ich dummes, naives Kind wartete gehorsam. Eine halbe Stunde später öffnete sich die Tür erneut, und die Frau kam zurück.

»Sie dürfen gerne mitkommen, Miss …?«

»White. Isabella White.«

Statt mich in einen der leeren Konferenzsäle führen zu lassen, brachte sie mich zu einem Aufzug. Mein Herzschlag hatte sich beschleunigt, ohne dass mein Verstand kapierte, warum. Für mich ging es hier um nichts. Ich wollte keine Filmrolle, ich wollte inzwischen nur noch eins: mit Josie von hier verschwinden.

Stattdessen öffnete die Frau mir im fünften Stock die Tür zu einem Hotelzimmer. Zuerst fiel mir die leise Musik auf. Filmmusik, irgendetwas aus einer Hollywoodschnulze. Dann der Geruch. Ein Männerparfüm, ein aufdringlicher Duft. Und Blumen. Es roch nach Freesien und nach Tabak. Der bordeauxrote Boden zu meinen Füßen war so weich, dass man darin versinken konnte. Meine Beine wurden schwer. Ob das am Teppich lag?

»Josie?«, rief ich halblaut und ging in die Suite. Aus dem Augenwinkel sah ich die Frau, die mich hergebracht hatte, das Zimmer wieder verlassen. Vor einer hellen Sitzgruppe stand ein Glastisch, auf dem in einem Aschenbecher eine Zigarre glomm. Im Sessel mit dem Rücken zu mir saß ein Mann, der sich erhob und auf mich zukam.

Der Mann war groß und breit, aber nicht korpulent. Er hatte riesige Hände, das war das Erste, was mir auffiel, weil er mir seine Rechte entgegenstreckte. Sein Gesicht kam mir vage bekannt vor, ich hatte die dunklen Augen, das breite Grinsen unter dem Schnurrbart und das nach hinten gekämmte Haar schon irgendwo gesehen.

Es war der Mann aus der Limousine. Er war schon einmal auf Harbour Bridge gewesen. Der Mann, der Josie an den Dünen abgeholt hatte.

»Clark H. Wellington«, stellte er sich vor, ehe ich mich von meinem Schrecken erholt hatte. Er musterte mich von oben bis unten und drückte meine Hand.

»Du möchtest also auch Schauspielerin werden, ja?«

Ich versuchte, sein Alter zu schätzen, aber er konnte alles zwischen Mitte dreißig und Anfang fünfzig sein.

Ich schüttelte hastig den Kopf. »Ich bin wegen Josie hier.« Ich trat einen Schritt zurück. Aber sein tiefes, leises Lachen lähmte mich.

»Josie«, sagte er gedehnt. »Ist schon ein richtiger Star. Da muss man einiges für tun. Aber ich kann dir helfen, Mädchen.«

Er gestikulierte in Richtung der Sofalandschaft. Aber ich verharrte an Ort und Stelle.

Er kam näher, wieso kam er jetzt näher?

»Setz dich doch, bitte«, sagte er.

»Das ist ein Missverständnis!«, hörte ich mich lahm sagen. Meine Stimme klang fern, hohl, leer.

»Nein, mein Kind, das ist kein Missverständnis. Das ist deine große Chance!« Er lachte wieder. Dieses Mal lauter. Es hätte ein sympathisches Lachen sein können, war es aber nicht. Und ich ging tatsächlich auf das Sofa zu. Meine Beine taten das Gegenteil von dem, was ich ihnen befehlen wollte. Ich knetete meine Finger, wägte ab, ob ich mich setzen sollte oder ob stehen bleiben die bessere Wahl war.

Wovor hatte ich denn Angst? Ich musste mich nicht fürchten. Lee hätte keine Angst gehabt …

Dieser Gedanke war es, der mich innehalten ließ. Mich davon abhielt, mich hinzusetzen. Lee sollte hier sein, nicht ich. Lee, die keine Sekunde gezögert hätte. Die einfach gegangen wäre.

»Wo ist Josie?«, brachte ich hervor.

Wellington, im Begriff, sich zu setzen, legte die Stirn in Falten, entschied sich anders und kam auf mich zu. Er war jetzt so nah, dass sein Geruch, diese Mischung aus Tabak und seinem Parfüm, in meiner Nase metastasierte wie eine aggressive Krebsart. Ich hielt die Luft an.

»Jetzt kümmern wir uns erst einmal um dich«, sagte er. »Da hat mir die liebe Josie ja einen Leckerbissen mitgebracht. Lass dich ansehen!« Er machte eine Bewegung mit der Hand, als ob ich mich vor ihm drehen sollte wie ein Tanzbär. Ich blieb starr stehen. Er seufzte unzufrieden.

Und dann überwand er den letzten Schritt, der noch zwischen uns stand. Wie in Zeitlupe konnte ich seine Hand sehen, die um mich herumfasste. Es ging zu schnell für meine gelähmten Zellen, um etwas zu tun. Zurückzuweichen, zu schreien. Nichts. Es passierte nichts. Und dann alles.

Seine dicken Wurstfinger gruben sich in meinen Hintern. Sie hinterließen Krater der Angst. Ich spürte, wie sich sein Zeigefinger langsam, aber unaufhaltsam den Weg zu meinem Schritt bahnte. Würde ich eine Hose tragen, wäre es nicht so einfach. Hätte ich nur dieses Kleid nicht angezogen.

Josies Blick. Josies Jeans, der Gürtel, das Shirt.

Lee sollte mitkommen. Nicht ich ... Josie hat das hier gewusst. Oder zumindest erahnt.

Mein Herz raste nicht, es wurde nicht wütend, es hörte auf zu schlagen vor Angst. Da war kein Adrenalin in mir, ich war betäubt. Ich dachte an die einzige OP meines Lebens, als mir mit zwölf der Blinddarm entfernt worden war. Erinnerte mich an das kalte Gefühl in den Venen, den Moment, von dem ich wusste, dass es der letzte bewusste Gedanke sein würde, bevor Körper und Geist abschalteten. Erlebte diese Ohnmacht und blieb quälend wach, während er seine Finger viel zu leicht an meinem Slip vorbeischieben konnte. Sie zwischen meine Schamlippen legte und grunzte: »Ist das Höschen schon feucht?«

Das passierte nicht mir, das geschah jemand anderem. Josie vielleicht, die davon erzählte. Das hier konnte nicht *ich* sein. Lächerliche Kleinigkeiten fielen mir auf, während ich regungslos dastand. Dass die Tapete am Übergang zur Decke einen Knick machte; eine frische Orange auf dem Tisch, das Messer daneben. Ich wünschte mir dieses Messer, wünschte mir, es ihm in die Haut zu stoßen, wie er seinen Finger in mich. Doch ich hatte nicht die Kraft dazu. Noch immer den Finger in mir, drängte er sich langsam gegen mich. Führte mich rückwärts auf die Couch zu. Vorsichtig, ohne dabei Gewalt anzuwenden. Aber es war nicht schwer, ich wehrte mich ja nicht. Er trug nur eine dünne Stoffhose, und seine Erektion drückte sich ekelhaft gegen meinen Bauch. Ich hielt still, ich war das perfekte Opfer. Ruhig, duldend, fügsam. Ich hasste mich selbst.

Er hielt meinen Kopf fest und küsste mich auf den Mund. Ich presste die Lippen zusammen, aber es half nichts. Seine Zunge schleckte an mir, sein Speichel klebte an meiner Oberlippe. Ich versuchte, alles auszublenden, nach oben zu sehen, auf die Tapete. An den Geruch von Orangen zu denken, nicht an seinen, der ungehemmt in meine Sinne drang.

Er tat mir nicht weh. Nicht körperlich. Und das war so viel schlimmer, als wenn er einfach brutal gewesen wäre. Er achtete darauf, mir keinen Schmerz zuzufügen. Weil er die Oberfläche nicht ankratzte, schlitzte er mir umso tiefer in die Seele.

Endlich zog er die Hand weg. Ich sah, wie er den Reißverschluss seiner Hose öffnete, wie seine Erektion darunter hervorquoll. Ich roch den Schweiß, einen Hauch Urin, der sich mit seinem Parfüm mischte, und wollte etwas tun, wollte schreien, aber es ging nicht.

»Stopp, nicht«, krächzte ich. Und dann weinte ich. »Ich will das nicht.«

»Jesus, du siehst ja niedlich aus, wenn du weinst«, keuchte er. »Du wärst eine gute Schauspielerin, tust so, als wärst du ein kleines unschuldiges Ding, dabei gefällt dir das hier doch.«

»Hör auf, ich will das nicht«, wiederholte ich lahm.

»Das denkst du jetzt, aber wie wirst du mir dankbar sein, wenn du deine erste Rolle spielst«, sagte er. Dann streichelte er über meine Oberschenkel, mit der anderen Hand rieb er über meine Brustwarzen, die sich aufstellten. Wie konnte mein Körper mich betrügen? Wie konnte es so aussehen, als gefiele mir das hier, während es die schlimmsten, erniedrigendsten Minuten meines Lebens waren?

»Du kleine Nutte«, sagte er mit einem widerlich erregten, zärtlichen Ton. »Du wirst richtig feucht sein, ich weiß es.«

»Ich will nicht … hör auf.«

Fast wünschte ich, er würde es einfach endlich zu Ende bringen. Mich vergewaltigen, gewalttätig sein. Das würde ich überleben, ich würde es vergessen können, glaubte ich. Stattdessen fing er an, mein Kleid langsam hochzuschieben, mein Höschen hinunter. Und dann senkte er seinen Kopf und strich mit der Zunge über meinen Innenschenkel. Ich schluchzte. Und endlich kam Leben in meinem tauben Körper. Ich drückte die Hände gegen seine Brust. »Nein!«, schrie ich.

»Psssst«, machte er. »Warte ab, es wird dir gefallen. Es wird dich geil machen. Josie hab ich es auch schon ordentlich besorgt. Sie hat gestöhnt und um mehr gebettelt. Die kleine Hure weiß, wie sie es treiben muss, um eine Hauptrolle zu bekommen.«

Ich drehte den Kopf zur Seite, als er meine Hände wegschob und mich küssen wollte. Und da sah ich sie. Sie stand in der Tür und war fast so regungslos wie ich. Josie.

Ihr Kopf war rot. Ihr Blick scannte mich, scannte Wellington, und sie konnte seit einer Sekunde hier stehen oder schon die ganze Zeit.

»Isa!«, hörte ich sie wie durch Watte. Ihre Stimme war ruhig, als wäre es das Normalste von der Welt, als säße ich hier und tränke Kaffee, als würde ich nicht … ich fand kein passendes Wort dafür. Vergewaltigt? Misshandelt? Vielleicht hätte ich viel, viel früher laut

Nein schreien müssen. Vielleicht hatte ich nicht klargemacht, dass ich das nicht wollte.

»Isa, wir gehen.«

»Wir sind hier noch nicht fertig. Warte draußen, Blythe!« Wellingtons Stimme hatte sich verändert. War herrisch, genervt.

Aber Josie stellte sich mit geballten Fäusten vor die Couch, sah auf mich herunter. Die Scham war wie ein heißes Eisen, das man mir in den Bauch rammte. Ich wollte ihr zuschreien: »Geh weg!« Ich wollte nicht, dass sie sah, was sie längst gesehen hatte. Eine andere Stimme in mir wollte sie anflehen, mich mitzunehmen, meinen Körper aus seiner Starre zu reißen.

»Lass sie los«, rief Josie. »Lass sie sofort los!« Ihre Fäuste zitterten, aber in ihrem Gesicht spiegelte sich etwas derart Gefährliches, Drohendes, dass Wellington mich tatsächlich losließ. Josie packte meine Hand. »Du musst jetzt aufstehen.«

»Die kleine Fotze will noch bleiben!«, sagte Wellington, der sich aufgerichtet hatte. Er dachte nicht daran, sich zu bedecken, stellte seine Erektion zur Schau und grinste.

»Komm!«, befahl Josie mir. Endlich schaffte ich es, mich zu regen. Sie zog mich hinter sich her, aus dem Zimmer hinaus. Über den roten, viel zu weichen Teppich.

»Blythe, denk dran, was du für die Presse sein wirst, wenn du redest! Denk daran, was du bist: eine notgeile, frühreife kleine Hure, die so heiß auf Erfolg ist, dass sie dafür überall die Beine breit macht! Und jetzt bringst du sogar noch freiwillig Frischfleisch mit. Wie eine Puffmutter«, rief Wellington lachend, doch Josie zog unbeirrt an meiner Hand und warf die Tür hinter uns knallend ins Schloss.

Draußen vor der Suite sackte ich in mich zusammen. Josie nahm mein Gesicht in ihre Hände. »Sieh mich an, wir gehen jetzt da raus, und ich rufe die Polizei. Wir zeigen ihn an, Isa. Wir machen dieses Schwein fertig.«

»Du hast das gewusst!«, flüsterte ich. Erst jetzt sah ich sie richtig. Sah ihre blauen, großen Augen und einen Fleck an ihrem Hals. Fragte mich, ob Wellington das gewesen war.

»Nein, ich hab das nicht gewusst! Ich hätte dich doch nie … Niemals!«

»Warum?«

»Ich hab Gerüchte gehört, er war immer ein wenig anzüglich, aber er hat nie … er hat mich nie angefasst. Ich wollte nur, dass jemand dabei ist. Ich wollte, dass ihm jemand wie Lee Kontra gibt, wenn er wieder über das Ziel hinausschießt, ich habe nicht gewusst … O bitte, Isa, glaub mir, ich wollte das nicht. Es tut mir so leid.«

»Warum?«, wiederholte ich.

»Wir zeigen ihn an, Isa. Wir gehen sofort zur Polizei und zeigen ihn an.«

Und das war vielleicht das Erschreckendste an diesem furchtbarsten Tag meines Lebens. Ich wollte auf gar keinen Fall, dass irgendjemand etwas erfuhr. Niemand sollte sich vorstellen können, was Josie gesehen hatte. Niemand. Niemals.

»Nein!«, schrie ich. »Nein! Keiner darf das je erfahren, Josie. Nie.«

Ich sah meine Eltern, die Enttäuschung in ihren Gesichtern. Suzy, die aus Oregon hergeflogen kam, mich in den Arm nahm und mich mitleidig betrachtete. Ich sah ganz Harbour Bridge mich anschauen … jedes Mal, wenn ich jemandem begegnete, jedes einzige Mal, wenn mir jemand ins Gesicht schaute, würde es zu sehen sein. Es würde zu meiner Realität werden. Ich könnte es nicht in dieses Hotelzimmer sperren und einfach hinter mir lassen. Ich musste dafür sorgen, dass die Fassade hielt, dann war es egal, wie brüchig ich im Innern war.

»Ich werde das hier vergessen, und du wirst es auch!« Es war keine Bitte, es war ein Befehl.

Ich packte ihren Oberarm. »Du bist schuld an allem. Du hast mich mit hierhergenommen, du schuldest es mir, die Klappe zu halten. Niemals wirst du irgendjemandem etwas davon erzählen.«

»Isa, das ist nicht richtig …« Josie sah aus, als würde sie gleich losheulen. Dabei weinte Josie nie. Und ich würde auch nie mehr weinen. Keiner sollte mir je wieder sagen, dass es niedlich war, wie ich weinte.

»Halt deinen Mund, Josie. Du kannst hier weg, dir tut so ein bisschen Skandal nicht weh, aber ich habe ein Leben hier! Ich will nicht, dass irgendjemand davon weiß. Verstehst du mich!«

»Aber das ist der Schock. Wir gehen zur Polizei.«

»Nein!«, schrie ich, und ich wollte noch lauter werden, wollte Wellingtons höhnisches Lachen in meiner Erinnerung übertönen. »Du schuldest es mir, Josie.« Der Gürtel ihrer Jeans war verschwunden. Auch hier hatte die Tapete Knicke an der Decke. Das Messer, die Orange …

Josie blickte zu Boden. Dann nickte sie langsam.

»Schwör es mir. Egal, was auch passiert, du wirst nichts sagen! Niemals!«

»Ich schwöre es dir«, sagte sie leise. Und dann noch einmal, während sie mir in die Augen sah. »Du kannst dich darauf verlassen. Ich schwöre es dir. Alles wird wieder wie vorher.«

Ich wusste bereits zu diesem Zeitpunkt, dass *vorher* niemals wiederkommen würde. Alles hatte sich verändert. Da war etwas Hohles in meinem Blick, den ich im Spiegel im Aufzug auffing. Wie ein Tunnel, der direkt von der Pupille hinunter in meine Seele führte. Als wir das Hotel verließen, waren wir keine Freundinnen mehr. Wir waren zwei Mädchen mit Löchern in der Seele, die ein schreckliches Geheimnis verband.

• • •

In den Tagen darauf behauptete ich, ich müsse mehr bei meinen Eltern helfen. Hauptsaison. Dabei tat ich die Tage über nur drei Dinge. Ich duschte. Ich rannte. Ich schlief. Die Reizbarkeit, das nervöse Gefühl in mir, das das Erlebte auslöste, musste unterdrückt werden. Ich wollte seine Berührungen auf meiner Haut nicht mehr spüren, und ich wollte nicht weinen. Diese zwei Dinge waren für mich überlebenswichtig. Und dazu musste ich rennen, bis meine Fußsohlen glühten, der Schweiß wie eine Schutzschicht über meine Haut lief, damit ich ihn mit Wasser abspülen und mich gereinigt fühlen konnte. Ich rannte auch, weil ich meinen Körper kontrollieren wollte und weil ich auf der Suche nach einem bestimmten Ort war, von dem ich wusste, dass es ihn hier gar nicht gab. Weil er irgendwo in mir verborgen lag. Ein Ort des Friedens.

Ich ging den Mädchen so lange aus dem Weg, wie es möglich war. Bis Josie im Hotel auftauchte.

»Du kommst jetzt mit oder ich rede!«, sagte sie ohne Umschweife.

»Ich möchte nicht. Ich will allein sein.« Sie sollte verschwinden. Aber sie blieb und schloss die Tür von innen.

Josie schüttelte den Kopf. »Du hast dich entschieden, es zu vergessen. Dann vergiss es auch, Isa.«

Ich saß auf meinem Bett und kratzte am Schorf einer Platzwunde an meinem Knie, die ich mir beim Laufen zugezogen hatte.

Josie setzte sich neben mich und hielt meine Hand fest. »Lass das!«

»Lass mich in Ruhe!«, fauchte ich zurück.

Ihr fester Griff war nicht unangenehm, er war angenehmer als Wellingtons streichelnde Hände. Sofort fing mein Mund an, bitter zu schmecken. Ich kannte das inzwischen. Jedes Mal wenn meine Gedanken unkontrolliert zu diesem Nachmittag pendelten, stieg mir die Galle im Hals auf.

»Ich schulde dir mein Schweigen! Du schuldest mir, dass du es vergisst. Wenn du es nicht vergessen kannst, dann kann ich es auch nicht. Und wenn du dich nicht normal verhältst, dann kann ich es auch nicht.«

»Ich schulde dir gar nichts!«

Josies Stimme war leise, aber kalt. »O doch, wir stecken da gemeinsam drin. Und solange du nicht mit mir auf eine Polizeistation gehst und diesen Albtraum beendest, schuldest du mir verdammt noch mal einen normalen Sommer.«

Ich sagte gehässig: »Du glaubst also, der Albtraum ist vorbei, wenn wir ihn anzeigen? Wie dumm du bist, Josie Blythe. Da fängt er doch erst an!«

»Entweder wir gehen jetzt zu Avery, und du machst das, was du unbedingt wolltest – so tun, als wäre nichts passiert –, oder du kommst mit mir zur Polizei. Such es dir aus, Isa.«

Mein Blick schweifte zur Wand, zu dem Regal, in dem der Bildband stand, den Suzy mir zum letzten Geburtstag geschenkt hatte.

»Wusstest du, dass in einer Wildpferdherde niemand zum Bleiben gezwungen wird? Jedes Pferd kann gehen, wann immer es die Herde verlassen möchte. Sich anderen anschließen.«

»Aber warum sollte das Pferd das tun?«, fragte Josie sanft.

»Wenn es sich nicht mehr wohlfühlt.« Ich sah nicht zu Josie, ich sah die beiden Hengste auf dem Cover an.

»Und du fühlst dich nicht mehr wohl mit uns?«

»Ich fühle mich nicht mehr wohl mit mir selbst«, gab ich zu. Da legte sie ihre Hand an meine Wange. »Wir sorgen dafür, dass du es vergisst, okay? Wir werden es beide vergessen. Wenn es das ist, was du willst. Wir reden nicht darüber … wir … wir machen einfach mit unserem Sommer weiter. Es ist nie etwas passiert, Isa!«

Sie klang so, als müsste sie sich selbst überzeugen. Ich atmete ein paarmal tief durch, damit ich nicht in Tränen ausbrach. Nie wieder würde ich vor irgendjemandem weinen. Und dann sagte ich: »Gut, gib mir zehn Minuten.«

…

Die Wochen plätscherten an mir vorbei wie die Gespräche. Ich nahm nur Fetzen wahr, und wenn, dann kamen sie mir so lächerlich, so unbedeutend vor, dass ich jedes Mal kurz davor war, hysterisch zu lachen. Was hatten sie doch für Probleme. Avery, die von schalltoten Räumen und Jake faselte, Lee, der Parker wie ein alter Kaugummi an den Hacken klebte, Odina mit ihrer Harmoniesucht und ihrem großen Bruder Andrea, der wie eine Glucke über sie wachte. Sie waren mir zu viel, und trotzdem war ich zu wenig bei ihnen. Der dichte Nebel, der durch Wellington in meinem Leben aufgezogen war, ließ sich nicht vertreiben. Alles war irgendwie gedämpft. Nur Josie weckte in mir starke Gefühle. Meistens war es Wut auf sie, die durch kleine spitze Kommentare losgetreten wurde. »Nur weil du ein Feigling bist, muss ich noch lange keiner sein!«, sagte sie an einem Abend. Ihr erschrockenes Gesicht danach war nicht genug, um ihr zu verzeihen. Die anderen Mädchen spürten, dass zwischen uns etwas geschehen war, aber sie glaubten, wir hätten es auf den gleichen Kerl abgesehen. Und manchmal erwischte ich mich dabei, wie ich Josie bedauerte, sie bemitleidete. Sie hatte die Rolle bekommen. Sie würde Wellington wiedersehen müssen, während ich das verhindern konnte. Bis Josie einen Weg fand, es ebenfalls zu verhindern.

25

Am Morgen bin ich gerädert und fühle mich von meinem eigenen Körper hintergangen. Er spürt alles nach, was Preston und ich im Sand getan haben. Jede Berührung, jede Zärtlichkeit, als hätte ich vergessen, die Repeattaste zu deaktivieren. Dabei will mein Kopf zum Normalmodus zurückkehren. Ich trinke zwei Tassen Kaffee. Als könnte Koffein dieses unnennbare Gefühl aus mir herausspülen. Ich schlüpfe in einen einfachen schwarzen Neo und stelle mir dabei Fragen, die ich nicht formulieren sollte. Ob ich Preston überhaupt gefallen habe? Meine spitzen Knochen, die kleinen Brüste in dem schlichten Badeanzug? Was mag Preston an Frauen?

Odina und Avery kommen zwanzig Minuten nach mir am Wash-Out an. Ich nehme das Brett unter den Arm, als wäre ich eben erst angekommen und hätte nicht schon ein Dutzend Mal zwischen Sitzen und Stehen gewechselt. Das Board ist das Erste an diesem Morgen, das sich gut anfühlt.

Ich sehe meinen alten Freundinnen entgegen. Wie sehr wir uns alle verändert haben. Das sind keine Mädchenkörper mehr in den Wetsuits, wir sind Frauen. Das Leben hat die Unschuld aus unseren Gesichtern gewaschen, und ich bin mir sicher, dass es damit noch lange nicht fertig ist. Aber das macht nichts. Averys und Odinas Grinsen ist ehrlich, vertraut und fast ein bisschen schüchtern. Als hätten sie nicht geglaubt, dass ich wirklich kommen würde.

»Hey, Dawn Patrol«, rufe ich ihnen zu, so wie wir es früher getan haben, wenn wir so früh am Morgen surfen waren, dass wir den Strand für uns allein hatten.

Odina hält das Malibu über dem Kopf. Ich hatte vergessen, dass das immer schon ihre Art war, ihr Brett zu tragen. Das Longboard ist gebraucht, das ist deutlich zu sehen, aber ich erkenne es nicht wieder. Es ist nicht das bunte, eingedellte Teil von früher, sondern ein schlichtes Board in Weiß- und Blautönen. Avery hat Noahs »Hannibal« dabei, was zahlreiche Erinnerungen an ihren lustigen kleinen Bruder wachruft. Noah, der stets darauf bestanden hat, allen möglichen Dingen Namen zu geben.

»Guten Morgen, Dawn Patrol, ready?«, fragt Avery.

Ich nicke. Wir tragen unsere Bretter zur Wasserkante und schauen eine ganze Weile aufs Meer hinaus. Ganz so, wie wir es von Andy gelernt haben. Wir beobachten den Swell, den Himmel, den Untergrund, die Art, wie die Schaumkronen sich brechen.

»Sieht gut aus, nettes Wellenset«, beobachtet Odina und meint damit die Reihe von Wellen, die kräftiger aussehen als erwartet. Sie holt tief Luft und rennt ins Wasser. Avery und ich folgen ihr.

»Das ist der Sinn des Lebens«, schreit Odina mir zu, als wir drei in einer perfekten Linie nebeneinander nach draußen paddeln.

Avery singt, während sie surft, weil Avery immer singt. Ich befürchte, dass sie es selbst gar nicht merkt. Aber ich höre sie *»Break the waves, break the wind / Hear it out, it's just one second«* singen und wenig später eine Zeile, die so offensichtlich auf mich zutrifft, dass ich einen Augenblick lang Probleme habe, mich stehend auf dem Brett zu halten, und leicht in die Knie gehe, als die Welle abebbt. *»We pretended oh so humble what no one ever was.«*

Ich verstehe nicht, warum ich das hier aufgegeben habe. Dieses fantastische Gefühl von Freiheit, von … ich schaue zu Avery und Odina … von Freundschaft. Wahrscheinlich haben wir alle – mit Ausnahme von Odina – jahrelang so getan, als bräuchten wir das nicht. Aber das hier, das Meer und unsere Freundschaft, das ist eine Art Lebenselixier.

Break the waves, break the wind …

Und mit Averys Gesang finde auch ich meinen alten Soundtrack wieder. Jede von uns trug beim Surfen einen in sich. Lees Soundtrack waren schnelle, kantige Hip-Hop-Zeilen, Averys harte Rocksongs mit Gitarrensolo, Odinas Jazzklänge, und meiner war die unverwechselbare Mischung aus Wellengeräuschen und dem rhythmischen Rauschen des Windes, das am ehesten einem Reggae-Song ähnelte. Was Preston dazu sagen würde? Was ist Prestons Soundtrack? *Stopp*, befehle ich mir. Es ist ganz egal, was er gerne hört.

Über zwei Stunden albern wir auf den Brettern herum. Odina macht auf dem Board einen Handstand, der dazu führt, dass sie ordentlich gewaschen wird, Avery trippelt in einer leichten Welle tänzerisch auf dem Brett nach vorn. Ich kann mich nicht mehr an Josies Soundtrack erinnern. Aber irgendwie fühlt es sich trotzdem so an, als wäre sie bei uns und teilte unseren Rhythmus.

An der Küste weht zwischen den Dünen die amerikanische Flagge im Wind. Eine Möwe sitzt im Sand, auf eine Welle wartend, als wollte sie surfen wie wir. Erst nachdem ihre dünnen Beine umspült sind, streckt sie langsam die Flügel aus und fliegt so knapp über das Wasser, dass ihr Bauch beinahe das Weißwasser berührt. Über den Villen und Ferienhäusern am Strand hängen dichte Wolken. Odina reckt die Faust in die Höhe, und ich ahme es ihr nach. *Here we go again*. Wenn man auf einem Surfbrett steht, geht es vorwärts, ganz egal, in welche Richtung man schaut.

• • •

Als wir am Strand sitzen, packt Avery drei Dosen Basil Berry aus, und Odina steuert herrlich fluffiges italienisches Weißbrot zu unserem improvisierten Frühstück bei.

»Ich hätte nicht gedacht, dass du kommst«, sagt Odina und hockt sich im Schneidersitz aufs Board.

»Warum nicht?«, will ich wissen, obwohl ich gestern auch nicht daran geglaubt habe.

»Weil wir das Gefühl haben, dass dir unsere Freundschaft nicht mehr viel bedeutet«, sagt Avery vorsichtig, mit einem Seitenblick auf Odina.

Über ihr Gesicht huscht ein verletzter Ausdruck, der so schnell wieder verschwunden ist, dass ich mir nicht sicher bin, ob ich ihn richtig interpretiert habe. »Du legst Freundschaften ab wie ein altes Kleidungsstück.«

»Lass es, Avery, bitte.«

»Das … stimmt nicht«, stottere ich. »Freundschaften bedeuten mir sehr viel.«

Auch wenn ich keine mehr habe. *Ihr bedeutet mir viel,* will ich sagen, aber ich schaffe es nicht.

Odina räuspert sich geräuschvoll. »Du schneidest Menschen von einem auf den anderen Tag aus deinem Leben. Ich bin für dich immer noch das, was ich an der Highschool war. Ich bin deine Angestellte, ich bin jemand, den du für minderwertig hältst.«

»Das stimmt nicht. Wir sind, wir waren Freundinnen«, stelle ich ruhig fest. Eine antrainierte Coolness, die mich wider Willen kühl und unnahbar erscheinen lässt.

»Ich habe zehn Jahre lang nichts von dir gehört. Nachdem Josie verschwunden war, wolltest du mit niemandem von uns mehr sprechen. Aber wenn ich darüber nachdenke, hat es früher angefangen, nicht wahr?« Averys Lippen zittern.

Ich schaue zu Boden. *Nicht. Bitte nicht.*

»Ich weiß nicht, wovon du sprichst.«

Wäre ich ein Pferd, würde ich davongaloppieren. Alles in mir signalisiert Gefahr.

»Habt ihr mich etwa hierhergelockt, um auf mir herumzuhacken?«

»Nein, Isa. Aber ich glaube, wir müssen dringend über früher reden. Du weichst uns seit zehn Jahren aus.«

Avery beugt sich nach vorn. »Was ist passiert? Über was habt ihr im Seasons gesprochen – vor dem Festival. Bevor Josie verschwunden ist.«

Der Schreck fährt mir so schnell und heftig in die Blutbahn, dass meine Sicht verschwimmt.

»Ich weiß nicht, wovon du redest.«

Frag nicht weiter. Frag auf keinen Fall weiter.

Ich springe auf und will davonlaufen. Weg, einfach nur weg. Und doch bleibe ich stehen. Gehalten von Averys Worten, die fast schon mitfühlend sind.

»Ich habe ein Jahrzehnt lang gedacht, ihr hättet über mich und Jake gesprochen, damals in der Gästetoilette. Darüber, dass er etwas mit Josie hatte. Ich hab Josie furchtbare Sachen an den Kopf geworfen. Aber ich glaube, nein, ich *weiß*, dass ich das völlig falsch verstanden habe. Isa, was ist zwischen dir und Josie vorgefallen?« Ich sehe uns wieder in dieser Toilette sitzen, Josie und mich. Wir waren nicht allein.

Avery springt ebenfalls auf.

»Du hast uns belauscht«, sage ich, und meine Stimme klingt, wie ich mich fühle: in die Ecke gedrängt, bedroht. Ich weiche einen Schritt zurück, zwei.

»Ja, ich habe euch belauscht. Ich habe die falschen Schlüsse gezogen und deshalb etwas Furchtbares angerichtet! Ich muss wissen, über was ihr wirklich geredet habt.« Ihre kratzige Rockerinnenstimme entfaltet die volle Bandbreite an Gefühl.

»Es gibt keinen Grund, wütend auf mich zu sein oder dir für irgendetwas die Schuld zu geben. Das muss reichen«, sage ich.

»Werde *du* doch endlich wütend, Isa! Zeig mal eine Art von Regung, irgendeine. Egal welche.«

Aus dem Augenwinkel sehe ich Odina, die Arme in den Sand gestützt, bereit, jederzeit einzugreifen. Dieser unausgesprochene Zusammenhalt zwischen den beiden reizt mich. Alles geschieht in Zeitlupe. Ich höre die Sandkörner rieseln, spüre, wie wir alle drei die Luft anhalten.

Ich schnappe mir impulsartig die Dose mit dem pappig-süßen Basil Berry und schütte Avery das Getränk ins Gesicht. Einen Augenblick ist sie regungslos. Steht einfach da, während die Kohlensäurebläschen auf ihrer Nase platzen.

»War das alles?«, fragt sie mit vibrierender Stimme.

Ich werfe die Dose in den Sand und gehe einen Schritt auf sie zu, bis wir Nase an Nase voreinander stehen. Ich schubse sie. Sie fällt nicht, aber sie schubst zurück. Wir stoßen uns gegen die Brust, rempeln, bis wir auf dem Hintern landen. Wir raufen wie die Kinder, packen uns an den Armen, ringen und wälzen uns, eine Haarklammer pikst mir in die Kopfhaut, Averys Pony klebt an ihrer nassen Stirn. Ihre Wangen sehen aus wie panierte Schnitzel aus Limonade und Sand.

»Was macht ihr da! Hört sofort auf«, höre ich Odina rufen. Aber ich will gar nicht aufhören, es tut gut, sich mit Avery zu balgen. Wir rollen uns unter Odinas entsetzten Blicken über den Sand, und es ist mir egal, ob uns jemand dabei beobachtet. Ich boxe mit meinem Ellbogen, Avery zwickt mich in die Nase.

Weil Avery beweglicher ist, schafft sie es schließlich, mich auf den Rücken zu zwingen. Sie kniet sich auf mich und pinnt meine Arme zu beiden Seiten fest. Ich habe Sandkörner in den Augen, blinzele und kicke ins Leere. Aber ihrem Blick kann ich nicht entkommen.

»Du kannst nicht so tun, als gäbe es uns nicht!«

»Ich tue nicht so, als gäbe es euch nicht, ich will nur nicht die Vergangenheit aufwärmen«, keuche ich.

»Aber du bist ein Teil von uns, und wir sind ein Teil von dir! Das kannst du doch nicht wegwerfen, das darfst du doch nicht totschweigen.«

Totschweigen. Ausgerechnet. Ich denke an die Worte der Anzeige. *Weil du mich aufgegeben hast. Und dich.*

»Ich bin nicht tot! Ich habe überlebt«, schreie ich. Erschrocken lässt sie mich abrupt los.

»Natürlich bist du nicht tot, was redest du da!«

»Alles, was da stand … im *Harbour Chronicle*, das war … richtig. Es stimmt, und ich …«

Avery und Odina wechseln einen Blick. Odina zuckt mit den Achseln. Haben sie die Anzeige etwa nicht gelesen?

»Scheiß Feigheit«, wiederhole ich die Worte aus der Zeitung. »Ich bin feige gewesen und dumm. Und ich habe Josie die Schuld an allem gegeben. Sonst wäre ich daran kaputtgegangen, ich wollte nicht, dass sie das alles wieder ausgräbt. Ich wollte nicht, dass ihr sie findet …«

»Erzähl uns, was passiert ist. Wir sind noch immer da. Du kannst über alles mit uns sprechen. Wir sind da.«

Langsam lässt Avery sich neben mich fallen, und dann zieht Odina mich hoch, bis ich keuchend im Sand sitze.

»Kannst du dich daran erinnern, wie wir beide bei dem Amoklauf unter dem Tisch gesessen haben?«, fragt sie.

Avery schaut mich aus weit aufgerissenen Augen an.

»Natürlich«, flüstere ich verwirrt.

»Wir haben das Lee, Avery und Josie nie erzählt.«

»Nein …«, sage ich. »Das war nicht nötig, ich meine, warum hätten wir es erzählen sollen? Es war eine Sache zwischen dir und mir. So wie es Sachen zwischen Josie und mir gab.«

Odina drückt meine Hand. Wie damals. »Aber ich wusste von dir, dass du eine Weile aus Angst nachts deine Tür abgeschlossen hast, und du wusstest von mir, dass jedes unerwartete Geräusch mich in Panik versetzt hat. Wir haben die Last geteilt. Was auch immer dir widerfahren ist, Isa, du musst es teilen. Nicht mit uns, wenn du das nicht möchtest. Aber du musst es teilen.«

Ich hatte es geteilt. Mit Josie. Und wir beide hatten so unterschiedliche Vorstellungen, damit umzugehen. Was, wenn Avery und Odina mich auch zu etwas zwingen wollen …

Als könnte sie meine Gedanken erahnen, sagt Odina: »Wir urteilen nicht, Isa. Wir hören dir einfach nur zu.«

Mein Widerstand bröckelt. Ich stelle fest, dass ich nicht mehr fliehen möchte. Dass ich sogar nicht mehr schweigen möchte.

»Josie ist verschwunden«, bricht es aus mir hervor. »Und ich … bin schuld.«

Ich mit meiner scheiß Feigheit.

»Aber das stimmt doch nicht«, widerspricht Odina sofort. In der Ferne höre ich eine Frau lachen, es klingt geradezu gespenstisch im Wind. So als wären wir nicht allein, als wäre Josie da und verspottete mich.

Ich kann die Zeit nicht zurückdrehen. Es ist zu spät, Josie eine bessere Freundin zu sein. Aber vielleicht ist es noch nicht zu spät, Avery und Odina eine gute Freundin zu sein. Und mit ihnen nach Josie zu suchen. *Mach's gut, Rätselchen …*

»Wenn wir herausfinden wollen, was mit Josie passiert ist,

müssen wir endlich ehrlich miteinander sein, Isa!«, sagt Avery. »Auch wenn es wehtut.«

Es tut weh. Schon so lange. Ich schließe kurz die Augen, fühle den Knoten in meinem Herzen, der wie ein eigenes Organ in mich hineingewachsen ist und wuchert.

Und dann erzähle ich. Fast alles. Ich spare nur die Stelle aus, die am allerschlimmsten ist. Jener Moment, in dem Josie das Hotelzimmer betrat und mich Wellington hilflos ausgeliefert sah.

»Und da habe ich angefangen, Josie zu hassen.«

»Du hast sie nicht gehasst«, erklärt Avery.

»Doch«, widerspreche ich. »Habe ich. Geliebt und gehasst. So wie sie sich selbst auch. Und weil ich sie gehasst habe, ist sie verschwunden.« Ich hole tief Luft und erzähle den Rest.

Unterstützt von Averys und Odinas Mitgefühl, das sich in ihren Gesichtern spiegelt, in entsetzten kurzen Zwischenfragen und in vorsichtigen Berührungen.

Wie recht Preston hatte. Du bist nur so stark wie dein Rudel … *Das* ist die Herde, mit der ich meinen Hintern in den Wind strecken will.

Und dann traut Avery sich endlich, mich zu umarmen. Ihre Schultern sind kantig, ihre Arme muskulöser, als ich gedacht habe. Sie ist ein einziges Bündel aus Kraft und Sehnen. Es tut gut, sie zu spüren.

»Wir können auch mit dir zur Polizei gehen, wenn du willst«, haucht Avery mir ins Ohr. Ich schüttele sie ab. Wie kommt sie darauf? Altbekannte Panik breitet sich in meinem Innern aus wie eine dreckige Pfütze. »Nein!«, antworte ich laut. »Nein, warum denn? Ihr dürft das nicht weitererzählen. Niemals.«

Avery nickt schnell. Mir fällt auf, dass ihre Hände seltsam leblos an ihren Seiten baumeln. Jetzt sehen sie nicht mehr kräftig aus.

»Ich will nicht, dass es jemand erfährt«, sage ich heiser. »Preston darf das niemals wissen.«

Avery mustert mich. »Bist du dir sicher?«

Ich nicke, ich bin mir wirklich sicher.

»Erzähl mal, was ist das zwischen dir und Preston?«

Und ich erzähle. Weil es sich gerade so gut anfühlt, mir alles von der Seele zu reden. Und ein kleines bisschen auch, weil ich Avery davon ablenken will, die Polizei noch einmal ins Spiel zu bringen.

26

Zehn Jahre zuvor

Die Zeit verging und sie heilte mich nicht, aber sie sorgte dafür, dass die Erinnerung ein wenig in den Hintergrund rückte. Dann und wann schoben sich die Stunden in Charleston unwillkürlich in den Fokus. Als ich das Plakat von *Wide Land* sah, auf dem jetzt Keira Knightley als Hauptdarstellerin prangte, mit dem Aufkleber »Neuer Wellington-Film«. Oder als ich an der Rezeption für meine Mutter einsprang und ein Mann eincheckte, dessen grobschlächtige Finger auf dem Tresen ein heftiges Zittern durch meinen Körper jagten. Selbst meiner Mutter fiel auf, dass sich etwas an mir verändert hatte. Sie schob die Entwicklung, die sie als durchaus positiv empfand (»Sie ist ernster geworden, vernünftiger, erwachsener«), auf einen natürlichen Coming-of-Age-Prozess. Suzy war zu weit weg, und in der Woche, die ich sie über Weihnachten besuchen fuhr, gelang es mir, so zu tun, als wäre ich ganz die Alte. Ich hatte nie Schauspielerin sein wollen, und nun hatte ausgerechnet Wellington mich zu einer gemacht.

Natürlich war das Leben zwischendurch fast normal. Dann,

wenn wir gemeinsam auf den Brettern saßen, wenn Lee große Sprüche klopfte oder Odina ihre Spaghetti am Spieß zubereitete. Odina, deren feine Antennen ihr offenbar verraten hatten, dass etwas nicht stimmte, und die stärker als sonst meine Nähe suchte. Oder auch dann, wenn ich mit Avery das Ohr an Lees altes Radio drückte, um Winde und Gezeiten abzuhören. Wenn Lee mir am alten Hafen von ihren Plänen, als Profisurferin nach Hawaii zu ziehen, berichtete oder wir vor dem Trailerpark ihrer Mutter Tennisbälle auf Bierdosen warfen. In der Highschool standen die Abschlussprüfungen bevor, die Bewerbungen für Colleges waren fällig, aber ich konnte keine Energie dafür aufbringen. Ich schwänzte die Beratungsstunden, verpasste die Fristen für die Colorado State University und füllte notgedrungen und gleichgültig den Bewerbungsbogen für die Concord University in Athens, North Carolina, aus. Es war weder die aufregendste Uni noch die mit dem besten Ruf für den Studiengang Tourismus, es war ganz einfach nur der Campus, dessen Bewerbungsfrist am längsten lief und der Harbour Bridge am nächsten war.

An einem Mittwoch, dem letzten vor dem Osterwochenende, nahm Ewa Kozlowski sich das Leben. Ewa, die an der ganzen Schule nur Crazy Eve hieß und die manchmal im Unterricht ihre Haare mit einer Bastelschere geschnitten hatte und beim Jahrgangsfest in der Achten auf der Lehrertoilette mit einem Joint erwischt worden war. Vor dem letzten Sommer wäre mir das seltsam vorgekommen, ich hätte mich gefragt, warum man denn sein Leben beenden wollte, wenn es doch sowieso irgendwann aufhörte. Da konnte man doch auch durchhalten. Jetzt wusste ich, dass das nicht stimmte. Sterben konnte weniger anstrengend sein als leben. Es hatte absolut nichts Heldenhaftes zu sterben – für Menschen wie Ewa war es aus irgendeinem Grund nur die logische Konsequenz gewesen. So wie es für mich zur logischen Konsequenz wurde, eine andere Isabella zu werden.

Das Einzige, woran ich in dieser Zeit wirklich Freude fand, waren die Wildpferde. Tagelang streifte ich durch die Dünen, bei Wind, im Regen und bei praller Sonne. Als der Herbst anbrach, lauschte ich jeden Abend dem leisen Wiehern des Leithengstes, der den Aufbruch ankündigte, weil Pferde niemals dort schlafen, wo sie den Tag verbringen. Im März beobachtete ich den Fellwechsel der Tiere, wie sie sich gegenseitig von losen Haaren befreiten und sich an Bäumen scheuerten. Manchmal begleitete Odina mich, aber sie hatte selten die Zeit, lange auszuharren. Und als der nächste Sommer nahte, gelang mir mit Suzys alter Digitalkamera ein Schnappschuss eines Hengstes, der einem Jährling einen erzieherischen Nackenstoß verpasste. Bei Pferden, so hatte ich festgestellt, gab es erlerntes Verhalten und angeborenes. Alles, was fürs Überleben entscheidend war, wurde früher oder später genetisch verfestigt. Für mein Überleben war entscheidend, dass ich mich sicher fühlte. Und weil ich das ganze Jahr über keine Herde hatte, hoffte ich auf den Sommer. Hoffte darauf, dass mit den Mädchen etwas zurückkommen würde, was ich verloren glaubte: Lebensfreude.

Doch je weiter die Monate voranschritten, desto weniger konnte ich mir vorstellen, Josie wiederzusehen. Bis sie schließlich da war. Und alles und jeden für sich einnahm. Josie, diese verdammte Naturgewalt.

•••

Lee trug quietschbunte Shorts, die ihr viel zu groß waren. Vermutlich waren es Parkers. Eine Welle der Zärtlichkeit überkam mich. Wir waren wieder zusammen. Vereint. Josie hatte sich auf dem Boden ausgestreckt und wippte mit den Zehen, Odina hatte den *Harbour Chronicle* vor sich auf dem Schoß liegen und las die dämlichsten Annoncen vor. »Mein Stein wurde heute sechs Jahre alt, ich gratuliere herzlich und freue mich auf viele weitere Jahre.«

»Das ist sicher ein Schreibfehler und soll ›mein Stern‹ heißen oder so«, erklärte Avery nuschelnd, mit Keksresten im Mund.

»Diese ›Wellenbrecher‹-Rubrik ist echt der Hammer. Hört euch das an: Einzelner Männerschuh, Größe 43, im Marschland gefunden. Abholung immer freitags ab 3pm im Fundbüro Harbour Bridge.«

»Wie kann man im Marschland einen Schuh finden?«, fragte Josie. »Steht da nicht ständig alles unter Wasser?«

»Die High-Marsh wird nur bei Voll- oder Neumond geflutet«, erklärte ich, während ich Odinas Haare flocht. »Halt doch mal still, Odina!«

»Du ziehst«, murrte sie.

Zum ersten Mal, seit ich etwas über meine geliebte Insel erzählte, horchte Josie auf.

»Wirklich? Nur bei Voll- oder Neumond?«

»Ja.«

»Könnte ein Mensch darin verschwinden?«

»Es kann nicht einmal ein Schuh verschwinden, wie du siehst«, kommentierte Lee. Sie griff gleich nach drei Keksen und stopfte sie sich in den Mund.

Auf dem Bildschirm im Ferienhaus in der Waterfront Avenue lief die Wettervorhersage. »Da kommt gutes Surfwetter auf uns zu«, kommentierte Lee. »Morgen fünf Uhr am Harbour's End, wer ist dabei?«

»Du musst Harbour's End nur einmal surfen, dann nie wieder. Das haben wir hinter uns. Ich wäre für Wash-Out, oder wir fahren rüber nach Sullivan Island«, meinte Josie.

Ich wusste nicht, wie ich die Energie zum Surfen aufbringen sollte. Ich war ständig müde, so müde. Weil ich zu viel lief, zu wenig aß und noch weniger schlief. Aber da das niemand mitbekommen sollte und ich mir selbst einen normalen Sommer befohlen hatte, rief ich als Erste: »Ich bin dabei. Harbour's End klingt gut.«

»Das sagst du nur, weil ich den Wash-Out vorgeschlagen habe«, blaffte Josie mich an.

»Ich werde generell nicht mehr machen, was du vorschlägst«, schnauzte ich zurück.

»Was war das denn jetzt?«, zischte Odina mir zu.

»Das war ehrlich«, erwiderte ich, ohne weiter nachzudenken.

»Ich kann nicht, morgen kommt Jake«, sagte Avery, »und ich weiß nicht genau, wann.«

»Dann kann ich auch nicht, ich begleite dich«, verkündete Josie. Und wahrscheinlich war das der Punkt, an dem Josie nicht länger mein Problem war, sondern eindeutig zu Averys wurde. Zu dem Schatten, der Avery und Jake den Sommer lang verfolgte. Einen Sommer, der in einem gigantischen Chaos münden sollte.

• • •

In der ersten Woche war davon noch nichts zu merken. Wir trafen uns an einem abgelegeneren Strand zum Surfen, doch ein Fotograf hatte uns dennoch gefunden und wollte ein paar Schnappschüsse von Josie ergattern.

»Wir sind nur ein paar Frauen im Line-up«, versuchte Odina den Fotografen abzuwimmeln. »Das ist furchtbar langweilig.«

Der Fotograf schien unschlüssig, vermutlich hatte er keine Ahnung, was ein Line-up war. Vielleicht klang es für ihn, als würden wir uns an der Supermarktkasse anstellen.

»Komm schon«, rief Odina mir zu. »Lass uns verschwinden.«

Wir schnappten uns die Bretter und rannten aufs Meer zu. »Nur ein paar Frauen im Line-up, ha!«

»Gibt es etwas Fantastischeres?« Odina lachte und warf ihr langes dunkles Haar in den Nacken.

»Definitiv nicht«, erwiderte ich.

Wir schoben die Bretter ins Wasser und paddelten hinaus. Josie war bereits in den Wellen, Avery lag ein paar Meter vor uns bäuchlings auf dem Board.

Während ich dicht neben Odina durchs Nass glitt, wusste ich, wenn wir das immer bleiben konnten, ein paar Frauen im Line-up, Kinder des Wassers, Freundinnen in der Welle, dann konnte ich heilen, dann konnte es aufhören. Es brauchte gar nicht viel, um das Loch in meiner Seele zu schließen, solange es diese Frauen hier gab.

Die Welle stehend sah ich Lee, die am Strand ihr Board abgelegt hatte und darauf einen Handstand versuchte. Ich sah Josie, die eine alberne Drehung veranstaltete und dabei ordentlich gewaschen wurde, und Avery, die unter der Welle hindurchtauchte. Wenn das Leben ein Haifischbecken war, dann waren diese vier Mädchen mein Schutzglas.

Später saßen wir am Strand, aßen unsere mitgebrachten Waffeln aus der Plastikverpackung und zogen Lee auf, die sich weigerte, den Möwen etwas abzugeben.

»Schaut mal da«, sagte ich, als mir ein kleiner gelber Vogel mit grauen Flügeln auffiel. »Das ist eine Protonotaria citrea – ein Zitronenwaldsänger. Wusstet ihr, dass etwa fünfundzwanzig Prozent der weltweiten Population dieses kleinen Kerls hier bei uns lebt und brütet?«

Josie verdrehte die Augen, und Lee ließ sich scheinbar verzweifelt auf den Rücken fallen.

»Der ist hübsch, wir haben in Deutschland Rotkehlchen«, bemerkte Avery.

Josie prustete los. »Mann, Isa … du weißt schon, dass ich das wieder vergessen hab, bevor ich mir den Sand abgeduscht habe.«

Es klang nicht böse, und ich musste lachen.

»Aber wir lieben dich trotzdem«, gluckste Odina.

»Ich liebe euch auch. Selbst Avery, die in hundert Jahren noch fragen wird, ob vierzig Grad Fahrenheit jetzt warm oder kalt sind«, sagte ich, streckte die Arme hinter den Kopf und blinzelte in die Sonne.

»Und Odina, die meint, ein Insektenstich würde zwangsläufig zu einer Sepsis führen, und uns am liebsten mit Helm ins Wasser schicken würde«, hakte Avery ein.

»Und Lee, die zu geizig ist, den Möwen was abzugeben, aber Parker im Point Break kräftig Rabatt gibt!« Odina zog einen übertriebenen Schmollmund und warf Lee Luftküsse zu.

Lee richtete sich auf und zuckte gelassen mit den Schultern. »Oder Josie, die ihre Nase lieber operieren lässt, als sie jemals in ein Buch zu stecken, um herauszufinden, dass der verdammte Zitronenwaldsänger dreißig Prozent der Weltbevölkerung ausmacht.«

»So habe ich das …«, wollte ich korrigieren, aber Josie lachte schallend und protestierte: »Ich lese sehr wohl!«

»Ach ja, und was …?«, erkundigte sich Avery spitz.

»Ich lese gerade *Eddie would go*, dieses Buch über Eddie Aikau.«

»Davon hab ich gehört. Ist es gut?«

»Wusstet ihr, dass Eddie unter höchst mysteriösen Umständen auf See verschwunden ist?«, fragte Josie.

»Wer ist Eddie Aikau?«, wollte Avery wissen. Wir stöhnten kollektiv.

Lee setzte an: »Ich hoffe sehr, dass du später so berühmt bist wie Eddie Aikau, und dass alle Menschen stöhnen werden, wenn irgendein Douchebag es wagt zu fragen: Wer ist Avery Winter?«

Avery grinste schief. Sie war es längst gewohnt, dass ihr europäischer Hintergrund in Sachen Promiwissen ein Hindernis war. »Und was antwortest du dann?«

»Dann sage ich: Avery Winter ist die Leadsängerin von Force of Habit. Eine Rocklegende, Douchebag.«

»Gefällt mir«, erwiderte Avery lächelnd und strich sich den Pony aus dem Gesicht. »Und wer ist jetzt Eddie Aikau?«

»Eine Surflegende, Douchebag!«

»Erstaunlich, dass man ihn nie gefunden hat, oder?«, sagte Josie und sah aufs Meer.

»Anders als den Schuh in der Marsch!«, erwiderte Odina trocken. Und dann lachten wir wieder. Erst später in diesem Sommer erinnerte ich mich an das Gespräch. Eddie Aikau war unter höchst mysteriösen Umständen auf See verschwunden. Josie mutmaßlich an Land. Was hatten wir übersehen?

• • •

In den Tagen vor Harbour Gras brach auf der Insel das Chaos los. Überall tönte aus den Radios »The Bonnie Blue Flag«, die Gastronomen erfanden kurzerhand Harbour-Bridge-Spezialitäten, die bislang kein Insulaner je gegessen hatte, und die Parkgebühren wurden verdreifacht. Besorgte Anwohner zäunten ihre Grundstücke kurzerhand mit Drahtzaun ein, und rot-weißes Absperrband war plötzlich Mangelware. Red trug sein breitestes Grinsen im Gesicht und hatte vor seinem Geschäft einen zusätzlichen Getränkestand errichtet, an dem die Preise gut dreißig Prozent über denen im Laden lagen.

Das Festival, das zum ersten Mal in diesem Jahr stattfand,

stellte die ganze Insel auf den Kopf. Und uns Mädels dazu. Von der gelösten Stimmung zu Beginn des Sommers war nicht mehr viel übrig. Als hätte sich die emsige Geschäftigkeit der Insel direkt auf uns übertragen, wurden wir zunehmend dünnhäutiger. Es war so gut wie unmöglich geworden, einen ruhigen Platz zum Surfen zu finden, und jede von uns war auf ihre Art in die Vorbereitungen eingespannt. Odina half im Restaurant ihrer Eltern, ich musste Doppelschichten an der Rezeption schieben, und Lee hatte so viele Jobs gleichzeitig, dass keine von uns wusste, wo sie gerade war. Nur Josie und Avery, beide Touristinnen, sahen sich dieser ungewohnten Betriebsamkeit tatenlos ausgeliefert. Nicht nur zwischen ihnen schien die Stimmung zu eskalieren, es war, als glömme etwas unter uns allen, das kurz davor war, zu einem unkontrollierbaren Flächenbrand zu werden. Josie benahm sich unmöglich, sie pöbelte und ätzte, zickte und nahm überhaupt keine Rücksicht mehr auf irgendjemanden. Und auch wenn Avery das Offensichtliche nicht sehen wollte – dass Jake nur Augen für sie hatte –, so verstand ich ihre Eifersucht. Josie tat wieder einmal so, als könnte sie sich nehmen, was sie wollte.

Wir hatten verabredet, uns am Abend des Festivals im Seasons zu treffen und gemeinsam zum Konzert zu gehen. Es war Odina, die darauf bestand, den Sommer zusammen ausklingen zu lassen. Seltsamerweise war es Josie, die als Erste in der Lobby auftauchte. Sie hatte einen Leinenbeutel dabei und steuerte entschlossen auf mich zu. Die grünen Strähnen in ihrem Haar wippten um ihren Kopf. Sie hatte eine unglaubliche Präsenz. Libby, die mich am Tresen ablösen sollte, sobald die Mädchen da waren, stand an der Kaffeemaschine und hielt inne, als Josie eintrat. Josie blieb vor dem Tresen stehen, stützte die Ellbogen darauf ab und sah mich an. »Hast du einen Moment? Wir müssen etwas besprechen.«

»Eigentlich nicht«, sagte ich vage. »Meine Schicht ist noch nicht zu Ende …«

»Fünf Minuten, Isa. Bitte.«

Es war keine Bitte, es war ein Befehl. Ich wollte weglaufen und meinen Körper am Strand eingraben, ihn vom kalten, festen Druck des Sandes umschließen lassen. Aber Josie fasste über den Tresen hinweg nach meiner Hand. »Nur kurz, bitte! Bevor die anderen kommen.«

»Gästetoilette«, raunte ich ihr zu und gab Libby ein Zeichen.

Josie packte mich sofort am Arm, als könnte sie mir ansehen, dass ich eigentlich fliehen wollte. Nicht mit ihr reden. Auf keinen Fall über letzten Sommer sprechen.

Sie zerrte mich zu den Gästetoiletten, ging geradewegs durch den riesigen Waschbereich, drückte mich in eine Kabine, schloss die Tür und lehnte sich dagegen.

»Das geht so nicht, Isa! Ich kann nicht weiter so tun, als wäre nichts gewesen. Ich komme damit nicht klar!«

»Womit?«, zischte ich. »Womit kommst du nicht klar? Und was hab ich damit zu tun?«

Ich wusste genau, was sie meinte, aber ein dummer Teil von mir hoffte noch immer, es ginge um etwas völlig anderes. Josie schubste mich grob, sodass ich auf dem Toilettendeckel landete. Ich ließ es stumm geschehen, da ich mit den Bildern kämpfte, mit dem Geruch, der sogar die hoteleigene Duftmischung aus Orangenblütenöl, weißem Tee und Zedernholz überdeckte.

»Ich kann nicht so tun, als könnte ich vergessen, was letztes Jahr in Charleston passiert ist.«

»Aber wir haben es vereinbart.«

Josie sah gehässig auf mich herab. »*Du* hast das vereinbart, *du* hast mich dazu gezwungen. Aus Feigheit.«

»Aber es ist das, was ich will!«, brachte ich krächzend hervor. »Ich will vergessen!«

»Na und? Wen interessiert es denn, was ich will? Niemanden!« Josies Stimme war durchdringend, kalt, eisern.

»Du willst offenbar sehr viel, was anderen nicht passt!«, erwiderte ich. »Denk nur an Avery und Jake!«

Josie lehnte sich nach vorn, stützte sich am Spülkasten ab und zischte in mein Ohr: »Du hast überhaupt keine Ahnung, oder?«

Versehentlich löste sie die Toilettenspülung aus. Ich musste daran denken, wie ich die Fernbedienung versenkt hatte, als wir *Living High* angesehen hatten. Es kam mir vor, als wäre das in einem anderen Leben geschehen. Es hätte alles so bleiben können, wenn Josie mich nicht mit zu Wellington genommen hätte.

»Du solltest nicht vergessen, dass ich es war, die mit ihm in diesem Hotelzimmer war. Ich, Josie, nicht du und … Ich war es, die du mitgenommen hast, obwohl …« Ich brach ab, senkte die Stimme, weil sie ohne das Rauschen der Spülung zu laut war.

»Ach Isa …«, seufzte Josie und wich endlich zurück. »Er hat sich auch einfach nur an mir bedient, einmal drübergerutscht und fertig. Niemanden interessiert es, was mit mir ist!« Josie schrie jetzt. Ich widerstand dem Impuls, mir die Hände auf die Ohren zu pressen.

Ich sah in ihr Gesicht, die Tränen, die ihr die Wangen herunterliefen. Endlich konnte ich die Wut gegen jenes Mitgefühl tauschen, das mir die ganze Zeit gefehlt hatte.

»Mich interessiert es, Josie!«, flüsterte ich, »aber es ändert nichts daran, dass du für mich schweigen musst. Für immer. Nur dann hört es auf. Du wirst sehen, es hört auf.«

Josies Miene war ein Wetterleuchten, ein Sturm an Gefühlen. Blitzschnell huschte der Hass über ihr Gesicht und wischte die Traurigkeit weg. Dann schlug sie mit der Hand so plötzlich gegen die Toilettenwand, dass es mir vorkam, als hätte sie eigentlich mich schlagen wollen.

Ich zuckte heftig zusammen. »Spinnst du?«

»Werd erwachsen!«, kreischte sie.

»Was ist los mit dir, Josie?«

Ich wollte ihre Hand fassen, aber sie wich zurück, so weit es in der kleinen Toilettenkabine ging.

»*Wide Land* wird eine Serie, das ist los!«, sagte sie, den Blick zu Boden gerichtet. »Und Keira steht nicht mehr zur Debatte. Jetzt wollen sie doch mich.«

Wide Land. Wellington. Josie in den Fängen dieses Monsters. Alles in meinem Mund schmeckte auf einmal schal. »Aber du kannst absagen!«

»Ach ja? Kann ich das? Ich bin nicht Hotelerbin, ich bin Schauspielerin, und ich habe Verträge, die mich knebeln, Eltern, die mich unter Druck setzen … Noch einmal kann ich mich nicht nackt an einen Strand stellen und meinen Ruf ruinieren. Er *ist* ruiniert, sie *wollen* die ruinierte Josie. Keine brave Keira Knightley, die ihnen an der Kinokasse abkackt. Sie wollen, er will …«

Sie hielt inne, wir beide wussten genau, was er wollte.

»Wenn ich den Vertrag breche, dann war es das! Ich gönne ihm diese Genugtuung nicht. Niemandem gönne ich sie. Dir nicht und Avery erst recht nicht. Hast du gesehen, wie sie mich anschaut? Als hätte ich ihr etwas gestohlen! Als könnte man ihr *ihn* stehlen. Niemals, Isabella, es gibt nur einen einzigen Weg … Es tut mir leid, aber ich kann nicht mehr, es geht nicht mehr … Ich will nicht mehr diese Person sein, an der alle herumzerren. Dieses Kind, das sie glauben zu besitzen. Ich weiß, was ich will, und ich werde es mir holen, ganz egal, was ihr dazu sagt.«

Ich versuchte sie zu verstehen. Aber mein Mitgefühl verblasste hinter dem Drang, meinen Albtraum so tief zu vergraben, dass er verrottete.

»Dann wird es wohl Zeit, dass *du* erwachsen wirst, Josie!«, sagte ich so kalt, wie ich mich fühlte. »Was, glaubst du, wird passieren, wenn du das öffentlich machst? Sie werden *Living High* aus der Schublade holen, all die aufreizenden Szenen, das nackte Foto vom Strand … Du hast selbst gesagt, dass dein Ruf ruiniert wäre. Du bist nicht besonders glaubwürdig als Opfer.«

Josie wurde blass.

Ich fuhr fort. »Sie glauben ohnehin schon, dass du alles für eine gute Rolle tust. Niemand wird dir abnehmen, dass du das mit Wellington nicht wolltest. Niemand, wenn ich nicht auch aussage. Und ich werde nicht aussagen, Josie. Ich will es einfach nur vergessen.« Ich sah in ihr erschrockenes Gesicht und setzte zum letzten Schlag an: »Wenn du das öffentlich machst, bestätigst du, was sowieso alle von dir glauben: dass du eine kleine Nutte bist.«

27

Ein leises Wiehern lockt mich am nächsten Morgen den Hügel hinter meinem Haus hinauf. Erst glaube ich mich verhört zu haben, dann halte ich gespannt den Atem an. Als könnte mein bloßer Versuch, Luft zu schnappen, die Tiere vertreiben.

»Die drei Braunen sind längst ausgewachsen, aber keiner von ihnen hat eine eigene Herde gegründet.«

Ich zucke heftig zusammen. Er steht hinter mir. In einem gebügelten Hemd, aber mit verwuschelten Haaren. Ich zwinge mich, wegzusehen und konzentriere mich auf die drei Hengste. Sie stehen im hinteren, den Dünen zugewandten Bereich von Prestons Grundstück, dort, wo ich – bevor Preston aufgetaucht ist – gehofft hatte, sie würden einen weiteren Zufluchtsort finden. Dass sie sich hierherwagen, sollte mich glücklich machen. Aber ich fühle nur Schwermut.

»Ein richtiger Junggesellentrupp«, höre ich Preston hinter mir sagen. So nah, dass ich mir einbilde, seinen Atem auf meinem Nacken zu spüren.

Ich unterdrücke ein hysterisches Lachen. Was bezweckt er mit solchen Aussagen? *Ein Junggesellentrupp*. Unmissverständlicher geht es nicht.

Ich bemühe mich um Lockerheit, obwohl alles in mir zum Zerreißen gespannt ist.

»Wahrscheinlich haben sie die Richtigen noch nicht gefunden«, sage ich verkrampft.

»Wieso sollte man einem Pferd vorschreiben, wie es zu leben hat?«, entgegnet Preston, und ich habe das Gefühl, den Zaunpfahl von gestern mitten im Herzen stecken zu haben.

»Was ich dir noch sagen wollte, wegen gestern«, fängt er an. Seine Hand zuckt über meine Schulter, doch ich drehe mich in genau dem Moment weg, in dem er mich berühren will. Und bringe ihn mit einem einzigen Blick zum Schweigen.

»Ich muss los«, sage ich, und dieses Mal lasse ich ihn stehen.

• • •

In fast jedem Fünfsternehaus gibt es einen Turn-down-Service. Das Hotelpersonal bereitet dem Gast das Zimmer für eine angenehme Nachtruhe. Man schlägt das Bett auf, hinterlässt einen süßen Gruß wie eine Praline und für Kinder ein niedliches Kuscheltier. Alle sollen nach einem aufregenden Urlaubstag glücklich einschlafen. Hailey hat besondere Freude daran, mir im Hotel zu helfen, auch wenn sie immer wieder die für mich so üblichen Hotelstandards kritisch hinterfragt.

»Warum können sich Erwachsene nicht ihr Bett selbst aufschlagen? Ich muss meines daheim auch machen«, kommentiert sie, während sie beobachtet, wie ich eine Suite für die Nacht vorbereite, weil schon wieder zwei unserer Zimmermädchen gekündigt haben.

»Sie zahlen dafür«, sage ich schlicht und setze einen kleinen Plüschdelfin auf das Kissen eines Gitterbetts.

»Kann ich den haben?«, fragt Hailey. »Der ist süß.«

»Ich besorge dir nachher einen, wir haben eine ganze Lkw-Ladung davon.«

»Dann will ich ihn nicht«, sagt Hailey und schiebt die Unterlippe vor.

»Nicht?«

»Mh-mhh. Wenn ihn jeder haben kann, ist es nichts Besonderes mehr.«

Ihre Worte treffen mich härter, als mir lieb ist. Was jeder haben kann, ist nichts Besonderes. Ich schlucke schwer. Und denke an Preston. An die Möglichkeit, viel zu viel in etwas interpretiert zu haben, das nichts ist. Der Gedanke macht mir Angst.

»Macht es dir Spaß, im Hotel zu arbeiten?«, reißt Hailey mich aus meinen Grübeleien.

»Nein«, sage ich und füge hinzu: »Manchmal.«

»Ist es schön, Erwachsene ins Bett zu bringen?«, hakt sie nach.

Ich muss lachen. »Nein, überhaupt nicht.« Ich rücke die Lampe auf dem Nachttisch zurecht, platziere eine Pralinendose im perfekten Winkel davor.

»Warum machst du es dann?« Hailey bleibt hartnäckig.

»Weil … Mit irgendetwas muss man sein Geld verdienen.«

»Du könntest doch mit Surfen Geld verdienen«, schlägt Hailey vor und lässt sich einfach auf das Kingsizebett fallen, sodass ich nachher die Tagesdecke wieder glatt ziehen muss. Nur damit ein Hotelgast sie achtlos auf den Boden fallen lassen kann.

»Ich bin nicht gut genug im Surfen. Meine Freundin Lee, die wollte Profi werden und ist dafür nach Hawaii gegangen …«

»Und du, was wolltest du werden?«

»Biologin«, sage ich. »Aber das ist lange her.«

»Kannst du jetzt keine Biologin mehr werden?«

Hailey ist eindeutig die Tochter ihrer Mutter. Suzy hat nie verstanden, warum ich hiergeblieben bin.

»Doch … schon …«

»Warum machst du es dann nicht?«

Warum eigentlich nicht? Die Antwort darauf ist einfach und kompliziert zugleich.

»Weil ich feige bin«, sage ich.

Hailey greift in den Korb zu ihren Füßen, nimmt ungefragt eine Praline heraus und wickelt sie aus der Verpackung. Bevor sie sie in den Mund schiebt, sagt sie: »Finde nicht, dass du feige bist. Connor ist feige, der traut sich ohne Taschenlampe nicht in den Keller. Aber du reitest die größten Wellen, als wären sie Pferde.«

Ein warmes Gefühl brandet in mir auf. Ich ziehe Hailey an meine Brust, atme in ihr knalloranges Haar und flüstere: »Ich liebe dich, Hailey.«

»Ich dich auch«, sagt sie und keucht ein wenig, sodass ich die Umarmung schnell lockere. Ich bin schlecht in solchen Dingen.

»Und ich fände es echt cool, wenn du Biologin wärst. Dann könntest du auf Hawaii leben, da gibt es viel Biologie, und man kann gut surfen, und du würdest deine Freundin wiedersehen.«

Lee wiedersehen, Biologie studieren und surfen. Wie sehr sich das nach einem Leben anhört. Und ich verbiete mir den Zusatz: von Preston geliebt werden. Als Hailey aufsteht, streiche ich die Decke auf dem Bett nicht glatt.

In der Nacht liege ich wach und denke, dass es kaum einen sinnfreieren Job gibt, als erwachsenen Menschen beim Einschlafen zu helfen. Und deshalb stehe ich noch einmal auf, krame aus meiner Handtasche die Visitenkarte von Professor Holbeck, dessen Vorlesung ich neulich besucht habe. Ich schreibe ihm um 3:17 Uhr, mitten in der Wolfsstunde, eine lange, leidenschaftliche E-Mail über die Marsch und meinen Wunsch, Biologie zu studieren. Vielleicht bekomme ich wenigstens einen Praktikumsplatz. Vielleicht blamiere ich mich auch, weil man in der Wolfsstunde keine E-Mails schreiben sollte. Doch am Morgen fühlt es sich noch gut an, dass ich mich überwunden habe. Wie ein Schritt in die richtige Richtung.

• • •

Mein Herz macht einen Salto, tut sich aber mit der Landung schwer. Denn vor mir auf dem Parkplatz von Red's Market grinst Preston mich an. Er stützt die Arme auf einen leeren Einkaufswagen, und ich bin froh, meine Besorgungen schon erledigt zu haben. Nicht auszudenken, neben Preston durch die Gänge des kleinen Markts zu streifen und von den Harbour-Bridge-Gossip-Ladys beäugt zu werden.

»Hey, Katrina«, sagt er und wirft einen Blick in meinen halb gefüllten Einkaufskorb.

»Ich weiß nicht, ob ich es als Kompliment auffassen soll, dass du mich mit dem Namen des zerstörerischsten Hurrikans aller Zeiten ansprichst.«

»Wäre dir Sandy lieber?«, schlägt er vor und verzieht das Gesicht.

»Fünfundsiebzig Milliarden Sachschaden, wenn ich mich richtig erinnere«, erwidere ich. Gut, dass es klappt zu scherzen. Gut, dass ich nicht mehr stottere.

Er zuckt mit den Schultern und fasst sich ans Herz.

Du wirbelst mein Inneres auch ganz schön durcheinander, Preston James Anderson, denke ich. *Wer danach den Schaden hat, ist auch klar.*

»Was machen wir heute?«

»Wir?«, wiederhole ich irritiert. Was sind *wir* denn? Eine Softversion von Aiden und mir?

»Oder du?«, fasst er vorsichtiger nach. Vermutlich war es ohnehin nur eine Wir-Frage, wie Ärzte sie stellen. *Wie geht es uns denn heute?* Mein Kopf befindet sich definitiv in einem Wirbelsturm Kategorie 5, aus dem er keinen Ausweg findet.

»Ich wollte gerade nach Hause, ich war einkaufen«, sage ich unnötigerweise und deute auf den griechischen Joghurt neben der Wassermelone. »Ich muss los, ich habe eine Verabredung.«

»Eine private?«, fragt Preston skeptisch. Klar, ich habe ihm ja selbst erklärt, dass ich sozial inkompatibel bin.

»Nein, ich treffe mich mit einem Webexperten für das Hotel.«

»Ach so … Ich dachte schon …«

»Was dachtest du?«

»Nichts, natürlich nichts.« Sein Grinsen verschwindet, dabei wünsche ich mir nur, diese kleinen süßen Lachfalten wiederzusehen.

»Also dann möchte ich dich nicht aufhalten, Janet?« Ein Fragezeichen, auf jeden Fall ein Fragezeichen.

»Du hältst mich nicht auf.«

»Schon gut«, sagt er, und ehe ich mich's versehe, beugt er sich zu mir und drückt mir einen Kuss auf den Mund. Keinen freundschaftlichen, aber auch keinen leidenschaftlichen. Er gerät etwas ungelenk, dieser Kuss. Was auch daran liegen könnte, dass ich mich keinen Millimeter rühre und den Einkaufskorb umklammere.

Er will sich wegdrehen, entscheidet sich mitten in der Bewegung dagegen. Ich rieche sein Parfüm und halte automatisch die Luft an. Wenn ich noch seinen Duft einatme, dann bekomme ich keinen vernünftigen Satz mehr hin.

»Also, das zwischen uns, was ist das für dich?«, fragt er schließlich. »Sex?«

Es war klar, dass diese Frage kommen würde. Sie kommt immer. Ich höre den ängstlichen Beiklang, die stumme Bitte, nicht mehr zu wollen, als der andere zu geben bereit ist.

»Sex, nichts weiter«, bestätige ich knapp und kann ihm dabei nicht in die Augen sehen.

Hinter Preston schleicht Cynthia selbst für ihre Verhältnisse sehr langsam zur Eingangstür.

»Wir sind Freunde, die Sex hatten«, ergänze ich. Immerhin gehört Preston zu der Sorte Mann, die nachher anruft oder »etwas unternehmen« will, damit es nicht so aussieht, als wären sie nur auf die schnelle Nummer aus gewesen. Ich weiß nicht, ob mir in diesem Fall Typen wie Aiden lieber sind. »Wir sind Nachbarn«, schiebe ich noch hinterher. Damit er nicht denkt, er müsste jetzt mit mir befreundet sein. Vielleicht will er das nicht. Vermutlich ist er nur hier, um klarzustellen, dass wir gar nichts sind außer zwei Menschen, die sich eine Einfahrt teilen. Und ab und an den gleichen Lärmpegel. Oder ein Eis.

Ich versuche mich an einem gleichgültigen Achselzucken, und auch ohne Spiegel ist mir klar, dass es in etwa so aussieht, als stünde ich kurz vor einem epileptischen Anfall. Etwas in seinem Gesicht verändert sich. Vermutlich ist es die Erleichterung, das so schnell klargestellt zu haben.

»Wie mit diesem, wie hieß er doch gleich?«, hakt er nach. Ich bin mir sehr sicher, dass er sich an den Namen erinnern kann.

»Aiden?«

Er nickt.

»Auch nur Sex«, presse ich heraus.

Ganz zufrieden wirkt Preston noch nicht. O Gott, hat er Angst, dass es jetzt eine regelmäßige Sache wird? Wie mit Aiden. »Das muss sich nicht wiederholen.«

»Nein, muss es nicht«, sagt er langsam.

»Ich geh dann jetzt«, sage ich und umklammere meinen Korb wie einen Rettungsring.

28

Ein paar Tage später, in denen ich Preston weder gesehen noch gehört habe, entdecke ich plötzlich im Vorbeifahren auf dem Parkplatz des Surfshops seinen Wagen. Ohne nachzudenken, lege ich einen reifenquietschenden U-Turn hin und parke mein Auto neben seinem. Als ich dann allerdings in der kalten Klimaanlagenluft stehe, die sich mit Holzdüften und dem unverwechselbaren aromatisierten Wachs mischt, fühle ich mich ziemlich fehl am Platz. Der Surfshop atmet immer noch Andys Geist, so viel ist klar. Auch wenn es hier inzwischen High-class-Surfklamotten, teure Bikinis von Rip Curl und sogar kleine Kunstdrucke von Surfern mit Haiköpfen und Blumengesichtern gibt. Bis auf den Namen Point Break ist nicht viel vom alten Laden geblieben. Suchend schaue ich mich nach Preston um.

Doch ich kann kein Holzfällerhemd weit und breit entdecken. Unschlüssig, was ich jetzt hier machen soll, starre ich hinter den Verkaufstresen, auf gerahmte Zeitungsausschnitte, die allesamt Surfer zeigen. Plötzlich räuspert sich jemand, und ich schrecke so heftig hoch, dass ich mir fast den Kopf an dem über mir montierten Regal mit den Trophäen der Mid Atlantic Regionals stoße.

»Suchst du was?«, fragt der Typ mit den grünen Augen und der dunklen Haut. Terrence oder Tyler, an den genauen Namen erinnere ich mich nicht.

»Jemanden«, antworte ich.

»Und wen?«

Das hölzerne Surfbrett an seinem Hemd verrät mir, dass er Tex heißt.

»Meinen … Nachbarn. Preston … sein Auto steht draußen.«

Ich wünschte, etwas in der Hand zu haben, das rechtfertigt, meinen Nachbarn in einen Surfladen zu verfolgen. Ein FedEx-Paket vielleicht.

Tex scheint es egal, er nickt und deutet auf den Raum neben den Umkleidekabinen. Dort war früher Andys Büro, aber ich weiß, dass der Sauhaufen aus Papieren, zerknautschten Ordnern und Katzenhaaren inzwischen einer Werkstatt gewichen ist.

Klar, wenn Preston irgendwo zu finden ist, dann natürlich in einer Werkstatt. Ich mache einen Schritt darauf zu, bis mir klar wird, dass es absolut keinen Grund gibt, hier zu sein und nach Preston zu suchen. Außer ich möchte mich als Stalkerin outen.

»Die zwei sind in der Werkstatt beschäftigt«, sagt Tex und wackelt mit den Augenbrauen. Es kostet mich Mühe, nicht genervt zu stöhnen. Moment mal …

»Die zwei?«, entfährt es mir, bevor ich es verhindern kann. Beschäftigt? Beschäftigt im Sinne von …

»Dakota und Preston«, sagt Tex. Er sieht mir fest in die Augen und legt den Kopf dabei ein wenig schief. Auch wenn er überhaupt nicht mein Typ ist, kann ich verstehen, dass er einen gewissen Charme auf Frauen ausübt, das mit dem intensiven Blickkontakt hat er drauf. Bei ihm könnte es schon zweideutig wirken, wenn er einfach nur blinzelt. Oder ist da etwas zweideutig in der Werkstatt …

»Danke«, sage ich. Ich verharre vor den Regalen mit den Bikinis, nehme mir ein blaues Oberteil mit dunkelroten Kirschen, ohne auf die Größe zu achten, und gehe mit wackeligen Knien in eine Umkleidekabine. Ich kann ein Frauenlachen hören, und dann Prestons Stimme, gegen deren Wirkung bei mir selbst Tex' Blickkontakt verblasst. »Zeig mir, wie es am besten ist. Ich hab Bauarbeiterhände, entschuldige.« Ein Kichern folgt, dann raschelt etwas.

»Und dann legst du die Hand hierhin«, höre ich Dakota sagen. Ich versuche, mir ihr Bild in den Kopf zu rufen. Dunkles Haar wie ihr Bruder Tex, dichte Augenbrauen, klein und schlank. Weniger gut ist, dass ich mir gerade dazu vorstelle, dass Preston seine Hand irgendwo auf ihren kleinen und schlanken Körper legt. Ich schiebe meinen Kopf durch den Vorhang und versuche, einen Blick in die angrenzende Werkstatt zu erhaschen. Ich höre Dakotas heisere Stimme durch die Tür. »Ja, genau so, langsam, mit etwas Gefühl.« Da ich noch nichts sehe, schiebe ich kurzerhand meinen Fuß in die Tür, mit der Absicht, sie ein wenig zu öffnen, um ganz unauffällig ins Innere sehen zu können. Natürlich passiert das, was mich mein Leben lang in düsteren Wolfsnächten verfolgen wird. Ich falle. Zunächst verliere ich das Gleichgewicht und kralle mich an den grünen Vorhang der Umkleidekabine. Weil dieser sofort ein paar Zentimeter nachgibt, finde ich keinen Halt. Ich stolpere vorwärts, krache gegen die Tür, die weit aufschwingt, und schaue, halb eingewickelt in den grünen Vorhang, als wollte ich mir wie Scarlett O'Hara ein Kleid daraus schneidern, in zwei verdutzte Augenpaare. Anders als vermutet – befürchtet – befinden sich Preston und Dakota nicht in inniger Umarmung, sondern beugen sich mit staubigen Gesichtern über ein Surfbrett. Dakotas Augen sind unter einer Schutzbrille verborgen, in der Hand hält sie ein Lineal. Preston steckt im obligatorischen Holzfällerhemd seiner Lieblingsmarke JBM und trägt Ohrenschützer über einer Baseballcap. Er nimmt die wuchtigen Dinger ab und starrt mich an.

»Ähhh«, hüstele ich. »Unfall.«

»Was machst du denn hier?«, fragt Preston.

Ich lache hysterisch und rappele mich hoch.

Gute Frage. Berechtigt noch dazu.

»Ich probiere einen Bikini an«, sage ich und ärgere mich, dass ich das Ding nicht wie zum Beweis hochhalten kann. »Mit Kirschen.«

»Kirschen?«

»Das sind Früchte«, antworte ich.

Dakotas Stirn hebt sich unter der Schutzbrille.

»Was machst *du* denn hier?«, frage ich und ignoriere Dakota, deren Schönheit auch nicht von einer zwei Inch dicken Staubschicht Schaden nimmt.

»Ich schleife ein Brett ab«, erklärt Preston. »Das ist aus Holz, du weißt schon, Holz von Bäumen, nicht zwingend von einer Kirsche.« Er grinst amüsiert. Er deutet auf einen Holzbock, auf dem ein Surfbrett liegt.

»Ja, natürlich, klar …«, stottere ich. »Es ist wohl besser, wenn du damit weitermachst.«

»Meinst du?«, erwidert er.

»Ich war nicht hier«, sage ich eilig. »Ich war gar nicht hier. Okay?«

Ich will mich wegdrehen, aber sein lautes Lachen lässt mich innehalten.

»Das wäre in etwa so, wie einen Kategorie-5-Hurrikan zu leugnen, Isa.«

Isa. Wie das klingt aus seinem Mund. Ich halte die Luft an, will den Moment konservieren und gleichzeitig einfach nur in eine Zeitkapsel steigen, die mich aus dieser Umkleidekabine katapultiert. Weil das nicht funktioniert, stürze ich so schnell aus dem Laden, dass ich an der Türschwelle stolpere und mich nur mit Mühe aufrecht halten kann.

In meinem Wagen lege ich den Kopf auf das Lenkrad und atme schnell und heftig. Verdammt. Verdammt. Verdammt. Was war das denn? Ein paar Minuten sitze ich so da und warte, dass die Scham abnimmt.

Ein Klopfen an der Scheibe lässt mich hochschrecken. Natürlich, da steht Preston. Er wird bestimmt wissen wollen, warum ich ihn stalke. Einen Augenblick lang überlege ich, einfach loszufahren. Dann siegt die Vernunft, und ich lasse die Scheibe herunter.

»Ist heute kein Cabriowetter?«, fragt er, beugt sich zu mir und legt die Unterarme auf der Tür ab.

»Mir war nicht danach, angequatscht zu werden«, bringe ich einigermaßen schlagfertig hervor.

»Versteh ich.«

»Hör mal, ich hab dich nicht verfolgt, ich wollte nur …«

»Einen Bikini mit Kirschmuster kaufen«, vervollständigt er meinen Satz und grinst.

»Ja …«, erwidere ich gedehnt.

»Dakota hilft mir mit einer besonderen Idee, die ich für Avery umsetzen möchte.«

»Für Avery?«, wiederhole ich verständnislos.

Er zieht den Mund schief. »Wir haben da diese Sache … also nicht so eine Sache«, korrigiert er schnell. Ich fange an, mich zu fragen, wer von uns beiden wem etwas zu erklären hat. Er glaubt doch nicht wirklich, dass ich einen Kirschbikini kaufen wollte?

»Avery möchte, dass ich das Strandhaus für sie umbaue, sie und Jake wollen längerfristig auf der Insel bleiben. Im Gegenzug macht sie ein bisschen Werbung für meine Sache.«

»Deine Sache?«, frage ich verständnislos.

»Breezeblocker ist ein bisschen eingeschlafen, seit Ayla ausgestiegen ist«, sagt er und könnte genauso gut Mandarin sprechen. Ich verstehe kein Wort.

»Ah, klar«, sage ich ziemlich lahm. »Dakota hilft dir dabei«, ergänze ich völlig unnötig.

Sein Gesicht hellt sich auf. »Sie hat einige Jahre auf Hawaii gelebt und eine harte Trennung hinter sich. Von ihrer *Freundin*, und sie ist dankbar für ein paar neue Freundschaften. Und sie kann eindeutig besser Surfbretter schleifen als ich.«

»Verstehe«, sage ich und habe immer noch nichts kapiert.

Schon gar nicht, warum Preston, nachdem wir eindeutig geklärt haben, dass das am Strand eine einmalige Sache war, meint, mir Dakotas sexuelle Orientierung näherbringen zu müssen.

»Möchtest du heute Abend rüberkommen?«

»Warum?«, platze ich heraus.

»Warum nicht?«, erwidert er. »Sagen wir um halb sieben?«

»Äh …«, mache ich. Unschlüssig, was das jetzt soll. »Okay?«

Es klingt ein eindeutiges Fragezeichen nach. Als hätte ich eine Verabredung vorgeschlagen und nicht er.

Preston tritt ein Stück zurück, und ich will schon losfahren, da hebt er die Hand.

»Warte noch kurz.« Er zieht eine Papiertasche hervor und stellt sie auf meine Rücksitzbank.

»Was ist das?«

»Sieh es dir an, wenn du zu Hause bist.«

…

In der Papiertasche ist der Bikini mit den Kirschen. In der richtigen Größe.

Als ich die Tüte wegwerfen will, sehe ich, dass ein Zettel darin liegt. Er brennt wie Feuer in meinen Händen. Auf die Vorderseite hat Preston geschrieben: »Let me see your beauty broken down. Like you would do for one you love.« Auf der Rückseite steht: »Leider auch nicht von mir, Leonard Cohen lässt grüßen.«

Lass mich deine Schönheit sehen … deine Schönheit auf das Wesentliche reduziert, wie du sie jemandem zeigst, den du liebst. Ich denke so lange über diesen Satz nach, dass ich zum ersten Mal verstehe, warum Avery so sehr darunter litt, mit einer Textzeile nicht weiterzukommen. Ich komme hier nicht weiter. An dieser Stelle.

Ich stecke Prestons Nachricht in das Buch, das ich mir zwangsläufig von ihm geliehen habe.

Es ist Zeit, Rat einzuholen. Von jemandem, der sich mit so etwas besser auskennt als ich. Jemandem, den ich am besten schon vor zehn Jahren um Rat gefragt hätte.

29

Zehn Jahre zuvor

Ruth Wilson trug am Tag ihres Verschwindens einen roten Strickpullover, schwarze Samthosen, ein paar dunkle Boots und eine kleine Damenarmbanduhr am linken Handgelenk. Sie wurde zuletzt am 27. November 1995 gesehen.

Josie Blythe trug am Tag ihres Verschwindens ein weißes Top mit einem Flatterkragen, grau karierte Shorts und einen breiten schwarzen Gürtel. Sie trug dunkle Sneakers, ihr Mund war rot geschminkt. Vermutlich hatte sie eine Leinentasche bei sich. Sie wurde zuletzt am 27. August 2005 gesehen.

Wir schlängelten uns durch die Menge, wie eine Band, die sich selbstbewusst ihren Weg durch ihre Fans bahnt und dabei längst tief gespalten ist. Es war, so kam es mir im Nachhinein vor, wie der Gang zu einem Friedhof, auf dem unsere Freundschaft begraben wurde. Mir war nicht zum Feiern zumute. Anders als die tanzenden Menschen, die Touris mit ihren Fotoapparaten, deren Filme man später auf einen Hinweis zu Josies Verbleib untersuchen würde. Auf diesem Festival spielte Josie ihre letzte große

Rolle, und wir alle waren ihre Statisten. Ohne es zu wissen. Vielleicht wusste es nicht einmal die Hauptdarstellerin selbst.

Die Atmosphäre der Insel hatte sich verändert. Alles war dichter, lauter, stickiger. Und nie zuvor war mir Harbour Bridge so klein erschienen, ohne jeden Rückzugsort. Meine Angst war wie ein Filter, der all die fremden Geräusche, Gerüche und Menschen ausblendete. Ich sah nur die Mädchen vor mir und konzentrierte mich darauf, Josie nicht aus den Augen zu verlieren.

Während wir uns in die Schlange reihten, die sich am Eingang des Festivalgeländes drängte, hatte ich nur einen immer wiederkehrenden Gedanken: *Ich muss sie davon abbringen,* es *öffentlich zu machen.*

Ich war mir sicher, dass es Lee zu verdanken war, dass Cynthia Hulland, Reds Kassiererin, jedes Ticket drehte und wendete, als müsste sie wie bei einem Hundertdollarschein das Wasserzeichen prüfen.

Wir zerstreuten uns, kaum hatten unsere Füße den heißen Sand berührt. Lee war noch nicht da, Avery und Josie starrten sich hasserfüllt an. »Lass die beiden mal allein ein paar Dinge klären«, raunte Odina mir zu, bevor sie sich unter einem Vorwand entschuldigte.

»Aber ich darf sie nicht aus den Augen lassen!«, platzte ich heraus.

»Sie werden sich schon nicht die Köpfe einschlagen!«, beschwichtigte Odina.

Von einem Getränkestand unter einem Pavillon hatte ich einen guten Blick auf Josie. Während ich auf meine Bestellung wartete, sah ich immer wieder zu Avery und Josie. Sie stritten wild gestikulierend, bis Josie sich von Avery löste und zur Bar kam. Sie stellte sich neben mich, griff nach einem Becher mit Bier und trank einen Schluck. Dann sah sie mich an. »Du hattest recht, Isa. Ich bin schuld. Du wirst dir niemals Sorgen machen müssen, dein Geheimnis ist sicher. Für immer.«

»Es ist nicht *mein* Geheimnis«, widersprach ich. Dabei floss die Erleichterung schnell und kühl durch meinen Körper, wie ein Aufputschmittel, das mich plötzlich die Umgebung viel klarer sehen ließ.

»Ein Geheimnis ist nur dann ein Geheimnis, wenn man es nicht teilen möchte. Ich möchte teilen, Isa, aber du lässt mich nicht. Also bleibt es *dein* Geheimnis, das ich für dich hüte«, sagte Josie leise und lächelte dünnlippig.

»Was ist denn dein Problem? Was ist so schwer daran, es einfach totzuschweigen?«, raunte ich ihr zu. Meine Hand griff um die Stange des Pavillons, als könnte das dünne Plastik mir den Halt geben, den das Leben mir verweigerte.

Aber Josie winkte ab.

»Vom Schweigen ist noch niemand gestorben, von zu viel Reden schon.« Es klang selbst in meinen eigenen Ohren lächerlich.

Josie reagierte nicht.

»Woher weiß ich, dass du es dir nicht doch noch anders überlegst?« Ich sehnte mich danach, Josies Arm zu fassen. Nur um diesen schrecklichen Abend aus ihr herauszuschütteln. Damit er uns keinen Schaden mehr zufügen konnte.

»Ich bin Josie Blythe, geboren in Pasadena. Erste Hauptrolle in *Killing Tyler*. Meine Patentante ist Meryl Streep, und ich habe den *Mickey Mouse Club* moderiert«, wiederholte Josie jene Worte, die ich ihr bei unserem ersten Zusammentreffen entgegengeschleudert hatte. »Und …«, sie holte Luft, »und ich bin deine Freundin, Isabella. Du kannst dich auf mich verlassen.«

Ich biss mir auf die Lippe und unterdrückte meine Tränen. Nicht weinen. Jetzt bloß nicht weinen.

»Wollen wir tanzen gehen?«, fragte ich, froh darüber, dass die

Band zu spielen begonnen hatte und eine Decke aus Geräuschen über das Ausgesprochene und Unausgesprochene zwischen uns legte.

Bevor Josie antworten konnte, sagte Odina hinter mir: »Gute Idee!«

Ich sah mich um, zu Odina, die Getränke in dickwandigen Plastikbechern in den Händen balancierte. Blickte auf die Bühne vor uns, wo neonbunte Rauchschwaden aus den Nebelmaschinen quollen. Mir war, als sähe ich diesen Flecken Erde heute zum ersten Mal. Jetzt, da Josie ihr Versprechen wiederholt hatte und ich mich in Sicherheit wiegte, hatte alles Farbe angenommen, war schärfer geworden, und die Musik drang zu mir durch, statt an mir abzuprallen. Von Weitem sah ich Lee, ohne Blumenkette, die uns winkte. Ich atmete tief ein, roch heiße Luft, Sonnencreme, verschüttetes Bier und süßlichen Schweiß, gemischt mit der scharfsalzigen Brise vom Meer. Vielleicht würde ja doch alles gut werden.

Als die Band nach drei Songs richtig in Fahrt kam, schloss ich die Augen und wiegte mich im Takt. Zum ersten Mal seit Langem verspürte ich ein bisschen Frieden und dankte innerlich Odina dafür, uns überredet zu haben. Ich lächelte sie an, sie schlang mir die Arme um die Schultern. Sie musste sich strecken, und ihr warmer, weicher Körper drückte sich gegen mich. Avery kritisierte die Band, weil Avery stets kritisierte, wenn es um andere Bands ging. Lee hatte sich uns inzwischen angeschlossen und lachte. »Oh, Ave, halt die Klappe!«

An uns gewandt, behauptete sie: »Irgendwann steht Avery auf der Bühne, und wir jubeln ihr zu. Avery Winter for Rockstar. Die Frage ist nur, ob mit oder ohne Jake!«

»So ein Unsinn«, widersprach Avery. Ich spürte die Anspannung, die Jakes Name in ihr wachgerufen hatte.

»Das ist unser letzter gemeinsamer Sommer hier, Mädels«, rief ich den Mädchen zu. »Ich werde studieren, Odina wird sich vom katholischen Regiment frei machen und Josie kann mich mal. Wenn Avery ihre Musikerkarriere nicht vorantreibt, dann müssen ihre Eltern vielleicht das Ferienhaus verkaufen, und Lee, na ja, Lee, dich sehe ich auch nicht auf Harbour Bridge versauern. Die Welt steht uns offen.«

Es fiel mir schwer, die Bitterkeit in meiner Stimme zu verbergen. Sobald dieser Sommer vorüber war, konnte ich nicht so tun, als wäre die Welt noch in Ordnung. Denn dann war ein Teil meiner Welt endgültig gestorben. Ich selbst hatte heute erst gesagt, dass man Dinge totschweigen konnte. Was, wenn wir alle unsere Freundschaft totschweigen würden, bis wir sie ausgelöscht hatten?

»Wir sollten morgen früh zum Wash-Out und noch ein letztes Mal surfen, bevor wir fahren«, schlug Avery vor.

»Irgendwann ist alles vorbei«, hörte ich mich sagen, fremd und fern. »Irgendwann kennen wir uns nicht mehr.« Und in Gedanken fügte ich hinzu: Vielleicht hat das auch etwas Gutes. Ich schloss meine Augen, sog den Moment ein und beschloss, am Morgen noch einmal mit Josie zu sprechen. Nicht weil ich meine Meinung geändert hatte, sondern weil ich ihr sagen wollte, was mir ihr Schweigen bedeutete.

»Wo ist eigentlich Josie?«, fragte Avery plötzlich. Als ich die Augen wieder öffnete, schoss mir ein brennendes Gefühl vom Hals bis in die Zehenspitzen. Ich sah erst Avery an, dann Lee, die einen bissigen Kommentar abgab, der in meiner Nebelbank aus Angst verschwand, schließlich Odina.

»Sie taucht sicher gleich wieder auf. Unkraut vergeht nicht«, hörte ich jemanden sagen und begriff zu spät, dass es meine eigene Stimme war. Josie würde mit ihren grünen Strähnchen gleich hinter uns stehen. Dabei wusste ich es vor den anderen. Bevor sie anfingen zu suchen. Ehe Lee das gesamte Gelände durchkämmte und jemand die Polizei rief, noch Stunden bevor private Suchtrupps organisiert waren, bevor das Summerstone die Bodyguards mit ihren Limousinen losschicken und Josies Mutter alarmiert werden würde. Josie war verschwunden.

30

»Ich glaube, es stimmt etwas nicht mit mir.« Ich knalle meine Handtasche auf den Tisch, fester als beabsichtigt.

»Sieht ganz danach aus«, murmelt Avery. Die Terrasse mit Meerblick in der Waterfront Avenue kommt mir kleiner vor als in meiner Erinnerung. Und gab es nebenan schon immer einen mit einem Zaun umrandeten Pool, der eher einem mittelgroßen Planschbecken Marke aufblasbar ähnelt? Avery hat die Beine auf das Geländer gelegt. Sie starrt die Handtasche an.

»Die hat damit nichts zu tun«, sage ich. »Das Problem sitzt hier«, ich tippe mir an die Stirn.

Avery und Odina werfen sich einen vielsagenden Blick zu. Vermutlich ist das der Moment, in dem sie mir erklären werden, dass sie das schon immer gewusst haben.

»Es ist nur … Es geht um Preston. Nein, es geht um mich. Ich glaube, ich werde verrückt …«

»Das denke ich auch ständig«, höre ich Jake von drinnen aus dem Haus rufen.

Avery schiebt die Terrassentür zu. »In Fällen wie diesen verfluche ich die Schiebetüren und hätte gerne was zum Zuknallen.«

»Setz dich«, sagt Odina.

»Ich kann nicht. Ich bin zu aufgeregt.«

Odina seufzt, steht auf, legt ihre Hände auf meine Schultern und drückt mich auf ein Sitzkissen. Sie war schon immer die Kräftigste unter uns.

»Erzähl«, fordert mich Odina auf.

»Es ist verrückt!«, fange ich an und spüre, wie die Verzweiflung in mir hochkocht. »Was ist denn nur los mit mir? Ich schlafe nachts nicht gut, das ist nichts Neues, aber ich habe ständig das Gefühl, einen Adrenalinschub zu bekommen, ich bin rastlos, aber dabei nicht so unglücklich wie sonst. Ich kann nicht mehr klar denken, es ist wie …«

»Ein Rausch?«, schlägt Avery vor.

»Ja!«, rufe ich. »Genau so! Hattest du das auch schon?«

Avery nickt gelassen. »Erzähl weiter.«

»Es ist nicht nur das, ich meine, bei allem, was ich sehe, bei allem, woran ich denke, will ich Preston um seine Meinung fragen. Und es sind echt absurde Dinge dabei. Ob es ihn auch stört, dass die Kinositze nicht mehr hochklappen wie früher. Ob er als Kind versucht hat, sich einen Sandpiper zu fangen, um ihn zu zähmen, und ob er auch glaubt, dass nur auf Harbour Bridge der Himmel wie eine gemütliche Daunendecke aussehen kann. Ich will wissen, ob er der Ansicht ist, dass man Black Beard aus der Herde holen müsste, wegen der Inzuchtproblematik. Und ob er, wenn er sich lebenslang auf ein einziges Getränk beschränken müsste, sich auch immer für Kokoswasser entscheiden würde.«

Odina und Avery tauschen wissende Blicke, die mich wieder so fühlen lassen, als wäre ich ein Kind.

»Wann immer ich ›One Second‹ höre und Avery ›The sound controls the system‹ singt, denke ich, dass Prestons endloses Gehämmere den Takt meines Pulses vorgibt. Als würde mein Herz aufhören zu schlagen, wenn er nebenan keinen Lärm mehr macht. Das ist doch Wahnsinn!« Ich fahre mir mit den Händen durch die Haare. »Seinetwegen will ich wieder die Isa sein, die Meeresbiologin werden wollte. Nein, das stimmt nicht, ich will es meinetwegen, aber ich will, dass er es weiß. Ich will unbedingt, dass er weiß, wer ich wirklich bin, dass ich glaube, verrückt zu werden. Ihr kennt mich. Vielleicht kennt ihr mich besser als alle Menschen: Das bin doch nicht ich, das ist eine Alien-Version von mir.«

Avery grinst breit. »Darf ich das verwenden?«

»Was?«

»Das mit dem Alien. Isa, das ist vielleicht das Romantischste, was ich je gehört habe.«

»Das ist nicht romantisch«, widerspreche ich gereizt. »Das ist archaisch. Sagt mir bitte, was ist das für ein Krankheitsbild?«

Wieder schauen sie sich an.

»Du bist verliebt!«, gluckst Odina. »Du bist nicht krank oder verrückt, du bist einfach nur verliebt.«

»Hals über Kopf verliebt«, bestätigt Avery. Beide sehen ekelhaft zufrieden aus.

Ich sinke in mir zusammen. »Das hab ich schon befürchtet, aber …« Ich zögere kurz. »Was macht man in diesem Fall?«

Avery bemüht sich um ein ernstes Gesicht, aber die Lachfältchen um ihre Augen verraten sie. »Dagegen kann man nichts machen. Das ist wie mit einem Tinnitus, da gibt es keine Impfung, da muss man durch.«

»Könnte chronisch werden, dann nennt man es Liebe«, sagt Odina, die sich schon gar nicht mehr um Fassung bemüht.

»Woran erkennt man denn, dass ein Typ einen mag, also nicht nur für nachts, sondern auch für tagsüber …?«

»Nicht nur für Sex, sondern auch zum Lieben und Leben?«, hakt Avery nach. Endlich begreift sie, worauf ich hinauswill.

»Ja! Wie?«

»Du fragst die Falsche. Jake und ich sind ein mieses Vorbild für so ziemlich alles, was mit Beziehungen zu tun hat. Schau dir an, wie lange wir gebraucht haben. Und das, obwohl wir uns schon ewig kennen. Ich schätze, du wirst Preston einfach fragen müssen.«

»Unmöglich! Odina, was sagst du?«

Sie schüttelt bedauernd den Kopf. »Ich schweige dazu. Mein Liebesleben ist eine blanke Katastrophe. Aber ich gebe Ave recht, du wirst die Karten auf den Tisch legen müssen. Sag ihm, was du für ihn empfindest.«

»Das geht nicht. Ich habe ihn neulich getroffen, beim Einkaufen, und es war … seltsam. Er hat wortwörtlich gesagt, dass das mit uns nichts Regelmäßiges werden muss. Dann die Sache mit dem Bikini, ich weiß nicht … Andererseits ist er nach der Nacht am Strand auch gleich abgehauen. Das macht man doch nicht, wenn man mit jemandem mehr will. Vielleicht geht er doch zurück zu seiner Ex, zu dieser Ayla.«

»Vielleicht musste er dringend aufs Klo?«, schlägt Odina vor und hebt abwehrend die Hände, als ich ihr einen vernichtenden Blick zuwerfe. »Oder die Sandfliegen haben sein bestes Stück malträtiert.«

Avery gluckst unangebracht. »Ich bin mir sicher, du wirst den richtigen Weg finden, dich auszudrücken.«

»Außer Suzy und Hailey habe ich nie einem Menschen meine Liebe gestanden.«

Odina sagt leise: »Du könntest eine Brücke bauen, Isa. Wir leben schließlich auf Harbour Bridge. Eine Brücke aus Worten.«

Ein vorwitziger Strandläufer landet auf dem Holzgeländer und pickt daran herum. Ausgerechnet ein Sandpiper. Ich kann die Tränen nicht mehr aufhalten. Über meine Wangen perlen die ersten salzigen Rinnsale. Weil ich zum ersten Mal in meinem Leben verknallt bin, weil ich nicht weiß, wohin mit meinen Gefühlen, und weil ich mir nicht sicher bin, gut genug für Preston zu sein. Zu genügen. Mit all den Löchern in meiner Seele.

»Isa, du musst dich selbst lieben, um geliebt zu werden. Du bist die einzige Person auf Erden, der du zu einhundert Prozent vertrauen kannst. Du musst dich wohlfühlen. Dieses Gefühl kann dir niemand anders vermitteln. Nur du selbst. Du musst im Reinen mit dir sein.«

Wie soll man sich selbst lieben, wenn man seit über zehn Jahren mit einer schrecklichen Schuld herumläuft?

31

»Hey«, sage ich, als Preston mir die Tür öffnet.

In einem einfachen weißen Shirt, das ein bisschen über seiner Brust spannt. Und trotzdem an ihm nie lächerlich aussehen könnte. Er ist barfuß, seine Beine stecken in knielangen Boardshorts. Und überhaupt sieht er so aus, als hätte er sich keine zehn Minuten Gedanken um sein Outfit gemacht, während ich mich drei Stunden lang durch meinen Kleiderschrank gewühlt habe.

»Du hast dir die Haare gekämmt«, stelle ich verlegen fest. Und strecke dann die Hand aus. Halte inne. Weil ich nicht weiß, ob ich mich das trauen soll. Sie ihm wieder so zu verwuscheln, wie sie mir am liebsten gefallen.

»Und du trägst den Kirschbikini«, erwidert er grinsend.

»Das kannst du nicht wissen!« Ich zupfe das dunkle Kleid mit den breiten Trägern zurecht.

»Aber ich hab recht.«

»Vielleicht …« Ich lächle.

»Möchtest du reinkommen oder wollen wir hier stehen bleiben?«

»Reinkommen«, sage ich leise.

Er tritt ein Stück beiseite, nur so weit, dass ich mich gerade so an ihm vorbeischieben kann. Mein Körper reagiert sofort mit einer Gänsehaut.

»Es ist heute ganz still«, sagt er, als müsste er das erklären.

»Ja, ist mir auch schon aufgefallen. Woran liegt das?«

»Ich war zu nervös, um Krach zu machen.«

»Glaub ich dir nicht«, erwidere ich.

»Möchtest du … mit mir raus auf die Veranda kommen? Ich habe noch keine richtigen Gartenmöbel, aber ich habe was gebaut und dachte, du hast vielleicht Hunger.«

»Ja … okay … gern«, stottere ich.

Er geht mir voraus auf die Veranda, die wie bei fast allen Häusern auf der Insel das Haus einmal umläuft. Das Wohnzimmer ist noch genauso leer wie bei meinem letzten Besuch. Wieder bleibt mein Blick kurz an der Landkarte der Outer Banks hängen, dann folge ich ihm nach draußen. Und bin ziemlich überrascht. Er hat da etwas gebaut … Was für eine Untertreibung. Wenn alles, was Preston baut, so aussieht wie der Anblick, der sich mir bietet, möchte ich gerne hier einziehen. Über den Dachvorsprung spannt sich eine Lichterkette, darunter stehen die erstaunlichsten Gartenmöbel, die ich je gesehen habe.

»Von wegen, du hast keine Sitzgelegenheiten!«, rufe ich.

Preston zuckt leicht mit den Achseln. »Es ist nichts Besonderes«, spielt er herunter, was absolut besonders ist.

»Woher kannst du das? Die sind fantastisch.«

Über die gesamte Breite der Veranda ziehen sich verschiedene kleine Kunstwerke. Aus alten Gegenständen und Holzresten hat Preston Möbel gebaut, die einzigartig sind. Ich staune über den niedrigen Tisch, der aus einem recycelten, mit glattem Lack versehenen Surfbrett auf vier winzigen Füßen besteht, über die zu einem Sofa umfunktionierte Badewanne, die er seitlich aufgeschnitten und im Innern gepolstert hat, und über die Schaukel, die am Dachvorsprung befestigt ist und in ihrem früheren Leben ein Skateboard war.

»Du musst ganz schön viele von diesen DIY- und Upcycling-Büchern gelesen haben ... Ich dachte, du baust einfach nur Häuser. Das hier ist unglaublich.«

Auf seinem Gesicht breitet sich ein Strahlen aus, das so herrlich jungenhaft wirkt, so echt, dass es mich ansteckt.

Auf einem Stehtisch aus einem Weinfass stehen Wasserkaraffen und Fingerfood. Obst in kleinen Schälchen, Brot, kleine Wraps und Dips.

»Wow.« Ich bin völlig geplättet.

»Setz dich«, sagt er und wischt seine Hand an der Hose ab. Ist er tatsächlich nervös?

Ich lasse mich auf ein Kissen sinken, während Preston Wasser aus der Karaffe in ein Glas gießt und ein bisschen dabei verschüttet.

»Siehst du, ich bin nervös ...«

»Du bist nie nervös, Preston.«

»Doch, wenn es um etwas Wichtiges geht, schon.«

Langsam lässt er sich neben mich sinken.

»Warum hast du mir das hier nicht schon längst gezeigt, ich wäre ja sofort eingezogen«, sage ich und lache. Versuche, mich daran zu erinnern, ob ich beim letzten Mal irgendetwas davon übersehen habe.

»Ich hätte es dir längst gezeigt, aber du warst so abweisend. Und nach unserer Nacht in den Dünen wusste ich wirklich nicht mehr, was du möchtest.«

Sofort gehe ich in die Defensive. »Ich war abweisend? Wer hatte es denn so furchtbar eilig zu verschwinden, nachdem wir miteinander geschlafen haben? Du konntest ja nicht schnell genug von mir wegkommen …«

Jetzt lacht er laut.

»Was gibt es da zu lachen?«

»Du warst diejenige, die sich schnellstmöglich aus meinen Armen befreit hat. Ich hatte das Gefühl, dir zu nahe zu kommen, auch wenn das verrückt klingt, nachdem wir gerade miteinander geschlafen hatten.«

»Dein Gefühl war richtig«, gebe ich zu. Sehe, wie etwas in seinem Gesicht zuckt, und beeile mich zu ergänzen: »Aber es hat nicht lange angehalten, nur für einen Augenblick … und dann nicht mehr.«

»Ich dachte, du wolltest mich sofort loswerden. Und dann hast du mir vor Red's Market klargemacht, dass du nur einen One-Night-Stand wolltest. Um ehrlich zu sein, ich dachte, du bereust es.« Er verzieht den Mund zu einer Grimasse, als wäre die Erinnerung noch immer unangenehm.

»Ich habe nichts bereut«, sage ich. »Und ich bereue immer noch nichts … Du?«

»Auf keinen Fall«, erwidert er eifrig. »Im Gegenteil.«

Ich sehe, wie er die Finger streckt, wie seine Körperhaltung verrät, dass er nicht weiß, ob er sich mir nähern oder weiter zurückweichen soll. Ich kann ihm dabei nicht helfen, ich weiß es gerade selbst nicht.

Ich sage: »Zu viel Nähe macht mir für gewöhnlich Angst. Ich hatte noch nie eine richtige Beziehung. Und ich weiß nicht, ob ich das kann.«

Jetzt ist es raus. Ich hoffe, dass er mich versteht. Dass er sich nicht an dieser Wahrheit verschluckt.

»Und ich habe Verlustängste«, sagt er langsam.

»Das sind zwei ziemlich gegensätzliche Dinge. Ich … weiß nicht, ob ich dir die Nähe geben kann, die du gerne hättest.«

»Ich weiß nicht, ob ich mit weniger zufrieden bin.« Er dreht sich zur Seite und blickt in die Dünen, wo sich ein kleiner Schwarm Pelikane mit kräftigen Flügelschlägen erhebt.

»Aber ich glaube, wir sollten es versuchen«, sagt er schließlich und sieht mich wieder an. »Ich wollte nie nur mit dir schlafen, Isa. Auch wenn ich natürlich gerne mit dir schlafe. Ich will dich nicht bedrängen. Verdammt …«

Er rauft sich die Haare, die jetzt endlich wieder so aussehen, wie ich sie kenne, und setzt dann neu an. »Ich will so viel mehr mit dir. Ich will Ananaseis mit dir am Ananasbrunnen essen und einen Highway mit dir adoptieren. Wände einreißen, auf die Regeln scheißen. Ich will alles vertreiben, was dich bedroht, ich will vor Angst und Glück sterben, weil ich von dir das Surfen lerne, und ich will keine Bildbände über Häuser mehr machen, sondern am liebsten nur noch Fotos von dir.«

Ich starre ihn an und sage perplex: »Zum Glück ist es ein Highway und nicht gleich ein Kind!«

Er lacht, aber es klingt irgendwie schüchtern. »Es ist eine seltsame Liste, ich weiß.«

Und auf einmal wird mir warm im Innern, dort, wo sich ohne Preston alles kalt und stumpf angefühlt hat. Deshalb fasse ich mir mein Herz und reiche es Preston. »Ist es verrückt, dass ich mich seit Tagen seltsame Dinge frage? Zum Beispiel ob es dich stört, dass die Sitze im Kino nicht mehr hinter einem hochklappen, wenn man aufsteht?«

Er lacht. »Furchtbar. Als hätte man Kinopopcorn durch ein Happy Meal ersetzt.«

Es ist die perfekte Antwort auf meine dämliche, unbedeutende Frage. »Genau!«

»Im Riviera haben sie die alten Sitze noch.«

Er legt den Kopf leicht schief. »Wirklich?«

»Ja.«

»Möchtest du da mal mit mir hin?«, fragt er.

Da sind schon wieder Tränen in meinen Augen. Und dann setzt mein Verstand völlig aus. Vielleicht, weil ich mich emotional zu sehr verausgabt habe, vielleicht, weil er mir so tief in die Augen sieht, vielleicht, weil etwas wahnsinnig Animalisches von ihm ausgeht. Ich rutsche ein Stück zu ihm rüber. Dann noch ein paar Zentimeter mehr, bis sich unsere Oberschenkel berühren. Meine glatten, dünnen neben seinen muskulösen mit den hellen Haaren. Preston beugt sich vor, legt seine Hand an meine Wange und zieht meinen Kopf ganz vorsichtig zu sich. Ich schließe die Augen, warte auf seine Lippen an meinem Mund, stattdessen spüre ich sie an meinem Hals. Er haucht zarte Küsse von meinem Schlüsselbein hin zu meinem Nacken, hoch zu meinem Ohr. Und dann streicht er mit seiner Hand, seiner großen Hand, die nicht nur unfassbar schöne Dinge herstellen kann, sondern auch unfassbar gut liebkosen kann, über meinen Nacken, greift in meine Haare, zieht mich noch näher zu sich.

»Ich will dich«, flüstert er.

Ich spüre, wie alles in mir zu brennen beginnt. Nicht nur die Stellen, an denen seine Lippen ruhen, nicht nur zwischen meinen Beinen, sondern auch meine Augen. Es brennt und zieht und ist köstlich und unerträglich zugleich, dieses Gefühl, gewollt zu werden.

»Ich will dich auch, Preston«, erwidere ich.

Ich öffne die Augen, sehe sein Gesicht so dicht vor meinem, all die schönen, wunderbar einzigartigen Züge, kleinen Narben und winzigen Lachfalten um seine Augen. All das, was dieses Gesicht zu seinem macht. Das Leben hat dort Botschaften hinterlassen, denke ich. Und ich darf sie lesen. Preston beugt sich über mich. Und wieder, wie in den Dünen, ist da ein fragender Ausdruck, den ich eindeutig mit Ja beantworte. Es ist gut, dass wir das können, denke ich. Dass wir einander fragen, ohne Worte zu benutzen. Dass ich mich sicher fühle, ohne diejenige zu sein, die bestimmt und leitet. Preston senkt seinen Kopf, die Augen geöffnet, und jetzt finden sich unsere Münder. Der Kuss gerät nicht so sanft wie seine Zärtlichkeiten zuvor. Ich spüre, wie viel sexuelle Energie sich in mir aufgestaut hat. Unsere Zähne stoßen aneinander, wir lachen gedämpft, dann kreist seine Zunge um die meine, und unsere Lippen pressen, saugen, knabbern aneinander. Ich kann seine Erregung fühlen und merke an seinem schnellen, gehetzten Atem, an seinen starken Händen, die sich ihren Weg über meinen Körper bahnen, wie sehr er das will. Dann löst er den Kuss und rutscht auf den Boden. Er sieht mit dunklen Augen zu mir hoch, bevor er – ohne den Blickkontakt zu lösen – mein Kleid nach oben schiebt. Links und rechts an meinen Beinen sind seine Hände, deren leicht raue Haut so köstlich an meinen glatten Schenkeln reibt. Er bekommt den Bund meines Höschens zu fassen, und ich höre ihn leise glucksen. »Ich wusste es«, sagt er, als er erkennt, dass ich tatsächlich den Kirschbikini trage. Seine Finger schieben sich seitlich unter den Slip, aber er zieht ihn mir nicht aus. Mit dem Daumen reibt er über dem Stoff meine Klitoris. Reibt fester und intensiver. Ich stöhne auf. Ohne in der Bewegung innezuhalten, senkt er den Kopf und küsst meine Innenschenkel, bis er mit der Zunge am Saum angekommen ist. Er lässt sie vorsichtig hineingleiten, neckt mich mit kurzen, zuckenden Bewegungen. Ich bin ihm nicht ausgeliefert, ich weiß, dass ich jederzeit seinen Kopf wegschieben könnte, weiß, dass ich mich befreien könnte, aber der Gedanke schießt nur für einen winzigen Augenblick durch meinen Verstand, ehe ich mich völlig hingebe. Preston tastet mit einem Finger nach meinem Eingang, findet ihn und stöhnt laut auf. Der kehlige Laut, die Lust in seiner Stimme sorgen dafür, dass ich noch feuchter werde, als ich es ohnehin schon bin. Dann streicht er mit dem Zeigefinger zwischen meinen Schamlippen entlang, reibt und streichelt, neckt und erreicht erneut meinen Eingang. Er schiebt seine Finger in mich, erst einen, dann den zweiten, stößt zu und zieht sich zurück. Mit der anderen Hand massiert er meine Klitoris. Er sieht kurz in meine Augen, dann wieder hinunter auf die Stelle, die er streichelt. Kurz knurrt er etwas, das ich nicht verstehe, und dann hören seine Bewegungen auf. Aber nur so lange, bis er mir das Höschen endlich, endlich herunterzieht und einen fast ehrfürchtigen Blick auf meine Vulva, auf den schmalen Streifen Haar dort, richtet, bevor er genau da weitermacht, wo er aufgehört hat. Von Neuem stoßen seine Finger, einer nach dem anderen, in mich und sorgen für köstliche Reibung in meinem Innern, während er immer wieder mit der Zunge über meine empfindsamste Stelle leckt. Ich keuche, will mich hingeben, will alles loslassen, doch er lässt los und steht auf. »Du hast das Beste noch gar nicht gesehen.«

»Ich hab das Beste gerade gespürt, mach weiter«, sage ich.

Er schüttelt langsam den Kopf. »Nicht so ungeduldig.« Dann reicht er mir seine Hand und zieht mich hoch.

Preston führt mich um die Veranda herum, bis wir auf dem Teil des Balkons stehen, der zu den Dünen zeigt.

»Es ist keine Dusche, aber da du im Bikini gekommen bist«, er verstummt kurz, »dachte ich, du hättest vielleicht Lust … Wenn nicht, dann ist das auch total okay.«

»Was ist das?«

Vor mir steht eine riesige Wanne aus einem alten blauen Fass.

»Ein selbst gebauter Hot Tub. Das Wasser ist schön warm.«

Preston lässt meine Hand los, und ich stehe ein wenig hilflos vor ihm. Jetzt, da unser Liebesspiel unterbrochen ist, kommt die Unsicherheit zurück. Doch er lässt mir nicht viel Zeit nachzudenken, zieht sein Shirt über den Kopf, danach entledigt er sich seiner Hose mitsamt den Shorts darunter. Er steht nackt vor mir. Seine flache, muskulöse Brust hebt und senkt sich schnell. Seine Erektion zeichnet sich prall und groß von seinem Körper ab. Keine Spur von Scham. Ich fühle, wie sich etwas in mir verändert, wie das alte Muster zurückkehrt und ich auf einmal wieder die Initiative übernehmen möchte. Ich gehe auf ihn zu, stelle mich dicht vor ihn, so nah, dass ich seinen Schwanz an meinem Bauch fühlen kann, und spüre, wie der feuchte Tropfen daran an meiner Haut kleben bleibt. Ich fasse zwischen uns, gröber als beabsichtigt, und frage mich einen Moment lang, ob das die Lust ist oder die Gewohnheit, grob zu sein. Ich umschließe den Schaft mit meinen Fingern und beginne, meine Hand auf und ab zu bewegen, während ich mich so fest an ihn dränge, dass Preston einen Schritt nach hinten taumelt. Er prallt gegen den Rand des Hot Tubs. Etwas Wildes übernimmt in mir. Etwas, das sich eigentlich vertraut anfühlen sollte, aber dennoch anders ist. Es ist Lust, begreife ich. Pure Lust, die mich danach gieren lässt, ihm so nah wie möglich zu sein. Ich will ihn in mir spüren, schnell und hart und … Ich halte inne, stoppe mit der Hand, suche mit den Augen verwirrt seinen Blick. Etwas ist falsch, oder?

Preston bemerkt es sofort. Seine Hand, die noch eben fest meinen Po umschlungen hat, löst sich, wandert meinen Rücken hinauf, legt sich an die Stelle. An *seine* Stelle. Da gehört sie hin. Hier, zu mir und an diese eine Stelle. Sein Mund nähert sich meinem Ohr, und seine Stimme flüstert heiser erregt: »Du kannst sein, wie du möchtest, mit mir. Hart und weich, zärtlich und grob. Mach, was dir gefällt, das, was dir Lust bereitet.«

Noch immer drängt sich seine Erektion an meinen Bauch, aber

es fühlt sich dennoch so an, als wäre etwas zwischen uns getreten. Heimlich, still und leise.

»Ich bin nicht so gut in Zärtlichkeiten. Ich fühle mich manchmal nicht so wohl damit, wenn ich nicht die Kontrolle habe.«

Preston sieht mich an, dann lächelt er. »Ich gebe sie gerne ab, die Kontrolle. Ich fände es ziemlich heiß, um ehrlich zu sein.«

Aber das sind nicht wir, will ich sagen. *Wir*. Dieses Grobe, das Heftige, das Wilde, das sind nicht wir. Ich will gar nicht, dass wir das sind.

»Hier sind nur du und ich«, sagt er. Und er hat recht und auch wieder nicht. Es gibt nie nur du und ich. Es gibt immer ein Vorher und häufig auch ein Nachher.

»Komm«, Preston tritt einen kleinen Schritt zurück, es gibt ein kurzes, schmatzendes Geräusch, als unsere schwitzigen Körper sich voneinander lösen. Dann steigt er nackt in den Badezuber.

»Ich will dich sehen«, erklärt er, die Augen auf mich gerichtet. »Zieh dich für mich aus. Bitte.«

Ich schlucke und öffne den kleinen Reißverschluss an der Seite meines Kleides, schiebe die Träger langsam von meinen Schultern und beobachte Preston, wie er mich beobachtet. Sehe, wie sein Adamsapfel hüpft, sehe seine Hand, die instinktiv nach seinem Glied greift, und bin unglaublich erregt, dass er mir zusieht. Dass ich ihm gefalle.

Zuletzt ist da nur noch das Bikinioberteil. Ich löse die Haken und lasse mir Zeit, den glatten Stoff mit den aufgestickten Kirschen über meine Brustwarzen gleiten zu lassen. Sie stellen sich auf, als das Elasthan über meine Haut fährt. Er schluckt deutlich sichtbar. Als das Oberteil zu Boden fällt, lege ich meine Hände um meine Brüste und berühre sie.

»Komm her«, keucht Preston, streckt die Arme nach mir aus. Aber ich lasse mir Zeit, lächle und umkreise mit meinen Fingern die Nippel, einen nach dem anderen, während ich mit der anderen Hand über meinen Bauch nach unten streiche. Ich bin fast erstaunt, als mir auffällt, dass ich mich selbst noch nie so angefasst habe, auch wenn ich mich unzählige Male selbst befriedigt habe. Da war nie diese Ruhe, diese Zärtlichkeit. Es gefällt mir. Ich werde mutiger und imitiere seine Berührungen, die er noch vor wenigen Minuten vollführt hat. Mit seinen Fingern, mit seinen Händen.

»Komm rein«, wiederholt er. »Bitte, Isa, du machst mich verrückt.«

Ich grinse ihn an. Lasse ein letztes Mal meine Finger über und in meine Vulva gleiten, bevor ich innehalte. Ja, es ist Kontrolle, aber es ist auch so viel mehr. Es ist ein heilsames Erkunden, ein neues Preisgeben, etwas von mir, das sich völlig für ihn öffnen will.

Einen Fuß nach dem anderen setze ich in das warme Wasser. Preston streckt sich sofort, fasst mit den Händen um meinen Hintern und zieht mich auf sich.

»Ich will dich so sehr, du wunderschöne, aufregende Frau. So sehr«, sagt er.

Gegen meinen Schoß drückt sich seine Erektion, so kurz davor, in mich einzudringen. Ich muss ihn riechen, muss ihn spüren, muss ihn schmecken. Dieses Mal bin ich diejenige, die sich zu ihm beugt und ihn küsst. Gegen seine Lippen ist das Wasser kalt, so glühend heiß pressen sie sich an meine, so warm und hart drückt sich seine Zunge in meinen Mund, als müsste sie mir dringend einen Vorgeschmack geben auf das, was wir uns beide so sehr ersehnen.

»Hast du ein Kondom?«, frage ich.

Er nickt, greift nach hinten und zieht ein kleines Päckchen hervor.

»Du hast das geplant«, sage ich gespielt entrüstet, während ich zwischen uns fasse und seinen Schwanz in meine Hand nehme.

Ich hebe mein Becken und reibe aufreizend langsam seine Eichel an meiner Mitte, lasse ihn ein winziges Stückchen in mich gleiten, bevor ich ihn wieder herausziehe.

»Nicht geplant«, keucht er. »Nur erhofft.«

Ich muss lachen.

»Wenn du so weitermachst, schaffe ich es nicht, es überzuziehen«, stöhnt er und hat Mühe, das Päckchen zu öffnen.

»Ich dachte, du bist der DIY-King«, scherze ich.

»Nicht in deiner Gegenwart, ich hab plötzlich zwei linke Hände.«

»Lass mich das machen«, biete ich an. Ich nehme ihm das Kondom ab. Er verschwendet keine Zeit, ertastet mit seinen freien Händen meinen Körper. Das warme Wasser um uns herum steigert meine Empfindungsfähigkeit, statt sie zu betäuben.

»Fühlt sich gar nicht an wie zwei linke Hände«, murmele ich, während ich das Kondom herausnehme und es sehr langsam über Prestons Glied rolle. Eigentlich ist Verhütung keine besonders sexy Angelegenheit, dennoch hat die Geste etwas so Erregendes, dass ich laut aufstöhne.

Du kannst mit mir alles sein. Hart und weich.

Ich weiß, dass ich alles sein möchte mit Preston. Als würde sich tief in mir etwas befreien, das viel zu lange eingesperrt war.

»Komm«, sagt er. »Bitte. Ich muss dich spüren.«

Er umfasst meine Taille und hebt mich auf sich. Das Wasser macht es leicht, aber auch so ist alles zwischen uns befreit und voller Selbstverständnis. Ich bin so unglaublich feucht und bereit, dass er mühelos sehr tief in mich eindringen kann. Ich sitze auf ihm, und sein Schwanz erfüllt mich völlig, nimmt mein Inneres bis in den letzten Winkel ein. Ich warte ab, koste das Gefühl aus, bevor ich mich ein wenig abstoße und ihn herausgleiten lasse, mich dann wieder auf ihn senke. Keiner hat hier die Kontrolle, wir beide haben sie verloren. Ich kann eine Weile nicht sagen, wer von uns sich bewegt. Ob ich es bin, die ihn reitet, oder ob Preston es ist, der mich führt.

Mein Körper ist eine Welle im Meer, die sich dem Himmel entgegenwölbt. Mein Schoß ist saftiges Marschland, meine Brüste Sand unter seinen Fingern. Alles wird eins. Preston und ich. Tausend Worte wollen mir einfallen, zu uns, zu diesem Gefühl hier, aber sie entgleiten mir wieder. Das hier zwischen uns ist das Natürlichste der Welt.

Sein Glied in mir zuckt leicht, ich kann es spüren, weil er zwischen unseren tiefen, harten Stößen innehält, um mich zu liebkosen. Vielleicht auch, weil er wie ich nicht will, dass das hier jemals endet.

Er erhöht das Tempo, versucht sich immer wieder zurückzunehmen, aber es gelingt ihm nicht. Seine Stöße, meine Stöße, unsere Stöße, dieser Rhythmus wird heftiger. Schneller und immer schneller stößt er in mich, und es ist keine Zeit zum Innehalten, es ist kein Raum mehr für irgendetwas anderes als die Vereinigung unserer Körper. Ich schreie, er brüllt. Der Orgasmus schüttelt mich, reißt an meinem Inneren. Was sich so lange aufgebaut hat, kommt dennoch plötzlich und mit voller Wucht. Er ebbt nicht ab, zieht sich und will nicht enden, als Preston erneut mit seinen Fingern meine Klitoris massiert. Es ist fast zu viel. Meine Nervenenden sind gereizt, aber Preston drückt mich noch einmal fest an sich, drückt sich in mich, vergräbt seinen Kopf neben dem meinen und beißt mir leicht in die Schulter. Mit einem letzten, mächtigen Stoß kommt auch er.

Ich atme schwer, spüre, dass seine Brust bebt. Dann finden sich unsere Blicke. Und wir lächeln.

»Du«, sagt er. Einfach nur: Du.

»Du«, erwidere ich und fahre durch sein schwitziges Haar.

»Können wir das gleich noch mal machen?«, fragt er.

»Von mir aus die ganze Nacht.« Er bedeckt meine Schultern mit kleinen, warmen Küssen, streichelt meinen Rücken und meinen Nacken, kneift mir spielerisch in die noch immer harten Brustwarzen.

Weich ist das hier. Und es ist genauso gut wie hart. Nicht besser. Nicht schlechter. Es hat die gleiche Daseinsberechtigung wie zügellose Leidenschaft. Weil ich es will. Und Preston der Richtige dafür ist.

Die Spitzen meiner Haare sind nass. Als ich mich aufrichte, noch immer mit Preston verbunden, tropfen kalte Perlen auf meinen Rücken. Auf einmal fröstele ich.

»Du frierst«, sagt er. »Warte.«

Er greift zwischen uns, hält das Kondom fest und zieht sich aus mir zurück. Das kurze Gefühl von Leere schwindet, als er mich warm und innig auf den Mund küsst.

Preston steigt zuerst aus der Wanne, sodass ich seinen festen, vollen Hintern bewundern kann. Dann reicht er mir die Hand und hilft mir heraus. Ich stehe wieder nackt vor ihm, und Preston trocknet mich mit einem Handtuch ab. Er kniet sich vor mich, fängt bei meinen Beinen an und arbeitet sich über meinen Bauch nach oben. Das Handtuch ist rau, aber nicht unangenehm, sondern so, wie seine Hände auch rau sind. Auf die allerbeste Art. Als er fertig ist, wickelt er mich ein, sodass es mich wie ein Kokon umgibt.

»Hast du Hunger?«

»Jetzt noch mehr als vorhin.«

»Die ganze Nacht, meintest du?«, erwidert er.

»Die ganze Nacht«, bestätige ich.

»Und du versprichst, dass du nicht gehst?«

»Wenn du mich nicht wegschickst, nicht«, antworte ich.

Später, nachdem wir all die kleinen Häppchen, die Preston in einem Feinkostladen in Charleston gekauft hat, aufgegessen haben und satt und zufrieden in den sternenlosen Himmel schauen, habe ich das Gefühl, mich aus meinem eigenen Körper entfernt zu haben. Als wäre ich dabei, eine Haut abzustreifen, die nur noch an einem einzigen Faden hängt. An der Tatsache, dass ich Preston von damals erzählen will. Denn ich will, dass er weiß, wer ich bin und was mich so gemacht hat, wie ich bin. Später. Morgen. Vielleicht übermorgen werde ich ihm alles erzählen. Denn Heute ist zu gut, um es mit Gestern zu beschweren.

• • •

Preston schläft erstaunlich lautlos. Trotzdem habe ich eine Weile gebraucht, bis ich neben ihm einschlafen konnte, nachdem wir uns spät am Abend aneinandergekuschelt in sein Bett gelegt haben. Und bin jetzt wieder wach. Wolfsstunde. Ich beuge mich über ihn, über seinen wunderschönen, warmen Körper, um auf den Wecker zu sehen. Es ist drei Uhr zweiundzwanzig morgens und stockduster in Prestons Schlafzimmer. Anders als in meinem Haus gibt es hier Shutters, die den Raum in völlige Dunkelheit versenken. Ich überlege, ob es helfen könnte, auf die Toilette zu gehen, oder ob ich einfach neben Preston liegen bleiben und seine Nähe genießen sollte. Was nicht so einfach ist, wenn man die Nähe noch nicht gewohnt ist. Es ist nicht unangenehm neben ihm, es ist aber auch nicht so, dass ich mich völlig fallen lassen kann. Einen Augenblick lang überlege ich, einfach zu mir rüberzugehen. Aber das würde falsche Signale senden. Außerdem stelle ich es mir schön vor, morgen früh zu sehen, wie er aufwacht. Und ich habe versprochen zu bleiben.

Also Toilette. Das kann nicht schaden. Ich schwinge die Beine aus dem Bett und stoße mir dabei unsanft den Fuß an dem Umzugskarton, den ich völlig vergessen habe. Etwas rumpelt, eines der Bücher fällt raus. Preston knurrt leise, wacht aber nicht auf. Aus einem Instinkt heraus bücke ich mich und taste nach dem Buch, das herausgefallen ist, und gehe vorsichtig zur Tür, die einen winzigen Streifen Licht in den Raum wirft.

In der Küche knipse ich die kleine Glühbirne an, die einsam an der Decke baumelt. Ich fülle eine frische Kaffeetasse, die ich umgedreht auf dem Abtropfgitter finde, mit Wasser aus dem Hahn, und setze mich mit dem Bildband *Beachhouses West Coast* auf den einzigen Barhocker am Tresen.

Erst als ich das Buch aufschlage, sehe ich, dass es eine Sammlung aus verschiedenen Magazinen ist, mit Berichten zu besonderen Hausprojekten. Die Fotos wirken hochwertig, die Berichte sind kurz und prägnant, mit architektonischen Details sowie Bildern des Interieurs und Fotos des Architekten oder der ausführenden Baufirma.

Ich blättere quer durch, schaue manchmal etwas länger hin, finde die Lektüre aber nicht wahnsinnig fesselnd, weil alle Häuser extreme Schickimicki-Protzbunker sind, wie Preston sagen würde. Umso mehr wundert es mich, dass er, der so für naturnahes Bauen plädiert und sich über mein Ausstellungswürfelchen lustig gemacht hat, einen Fotoband über absurd luxuriöse Villen besitzt.

Doch dann bleibt mein Blick hängen. Lange genug, um alles, wirklich alles, was ich über Preston zu wissen geglaubt habe, infrage zu stellen.

32

Fünf Jahre zuvor

Liebe Josie,

ich war gestern zum fünften Jahrestag deines Verschwindens in Charleston. Keine Ahnung, warum, ich dachte, ich müsste die Insel verlassen, um klar denken zu können. Ich bin den ganzen Tag am Hafen herumgelaufen, habe den Menschen zugesehen, die das Kreuzfahrtschiff bestiegen haben, und mich gefragt, ob du es auch auf eines dieser Schiffe geschafft hast. Ob du vielleicht nicht verschwunden, sondern nur verreist bist. Was für ein schöner Gedanke das war, auch wenn er nicht lange angehalten hat. Am Battery Park habe ich die Pelikane beobachtet und musste daran denken, wie sehr du dich für sie begeistern konntest. Wie du und Odina stundenlang auf dem Pier gesessen und sie beim Fischen beobachtet habt. Als es dunkel wurde, wusste ich noch immer nicht, wie ich mich fühlen sollte. Traurig, klar. Schuldig, sowieso. Unentschlossen. Ich bin in die erstbeste Bar der Altstadt gegangen. Sie hieß Fat Wire oder Fat Tire, ich bin mir nicht mehr sicher. Wirklich, du musst mir glauben, ich habe nach nichts gesucht. Schon gar nicht nach jemandem.

Es war ziemlich dunkel dadrinnen. Eine von diesen kleinen Downtown-Bars, die auf schick machen und bei Tageslicht vermutlich aussehen wie das düstere Kellerloch, das sie wirklich sind. Von der Decke hingen überall Eindollarnoten, es stank nach billigem Bier, und es war laut. Auf einem Bildschirm an der Wand lief Football, auf dem anderen spielte eine Frauenmannschaft Fußball. Und davor saß er. Wie abgefuckt kann das Schicksal sein? Auf den Tag genau fünf Jahre nachdem du verschwunden bist, sitzt dieses Arschloch auf einem Barhocker und bestellt Cinnamon Whiskey. Ich bin nicht rausgelaufen, obwohl ich es kurz wollte. Ich habe mich an die andere Seite des Tresens gestellt und gewartet, bis ein Platz frei wurde. Er sah so durchschnittlich aus, Josie. Kein Typ, von dem man Großes erwarten würde, aber auch kein Typ, dem man zutraut, was er uns angetan hat. Er war nicht der berühmte Regisseur, um den sich die Frauen reißen und der sich in Hotelzimmern an Teenagern vergeht. Er war einfach nur ein Scheißkerl in einer Bar. Und dann hat er mich angesehen. Einen Moment lang hatte ich furchtbare Angst, aber dann ist sein Blick an mir vorbeigehuscht. Er hat mich nicht erkannt. Zuerst war ich schrecklich erleichtert, bis mir klar wurde, was das bedeutet. Wenn er sich nicht an mich erinnert, dann vielleicht auch nicht an dich, nicht an all die anderen Mädchen, deren Seelen er angekratzt oder zerstört hat. Wie viele es noch von ihnen geben mag? Hast du dich das auch gefragt? Das hast du bestimmt, denn du wolltest dem Ganzen ein Ende setzen. Und in diesem einen Moment wollte ich es auch. Ich war mir sicher, die Kraft zu finden, aber ich habe die Bar nicht verlassen und bin zur Polizei gegangen. Ich bin einfach geblieben.

Aus zweierlei Gründen: Jetzt wollte ich so tun, als könnte *ich* mich nicht erinnern. Für den Fall, dass er nur gut geschauspielert und mich doch wiedererkannt hatte, wollte ich ihm beweisen, dass ich überlebt hatte. Dass mir seine Anwesenheit nichts ausmachte. Und weil ich mich noch nie in meinem Leben so einsam gefühlt habe wie in dieser Bar. Wenn Avery meine Hand gehalten oder Odina mir ein paar weise Worte zugeflüstert hätte, wenn Lee mir ein bisschen etwas von ihrer Kraft geliehen hätte oder du mir eine gescheuert hättest für die Dummheit zu bleiben, dann vielleicht. Pelikane jagen im Schwarm. Leider sind wir kein Schwarm mehr.

Ich hab mir den nächstbesten Typen an der Bar geschnappt, ich hab zu viel getrunken und zu viel falsch gelacht und zu viel zu ihm geschaut, als könnte ich ihn zwingen zu sehen, dass ich da war. Dass ich überlebt habe. Und dann bin ich mit diesem fremden Mann nach Hause, obwohl ich gar nicht wollte. Ich habe schon wieder etwas getan, was ich eigentlich nicht wollte.

Heute Morgen habe ich mich geschämt. Was hatte ich für ein Recht, ihn anzuzeigen? Nach all der Zeit, nach all dem Schweigen? Nach all dem, was aus mir geworden ist?

Ich wollte überleben.

Es sind immer wir Frauen, Josie. Wir können es nicht richtig machen. Wenn wir schweigen, sind wir selbst schuld. Warum waren wir auch so lange still? Wenn wir sprechen, können wir nicht die richtigen Worte wählen, denn in ihnen wohnt der Zweifel. Mit jeder Silbe Wahrheit hören die Leute stets die Möglichkeit einer Lüge. Wir werden immer Opfer bleiben, ich wünschte, ich könnte dir etwas anderes sagen. Ich wünschte, ich wäre mutiger.

Deine Isa

33

Clark H. Wellington und Preston J. Anderson.

Die beiden Namen verschwimmen auf der Seite und graben sich in meine Eingeweide. Aus der klein gedruckten Schrift unter dem Bild der beiden Männer, die für die gegensätzlichsten Gefühle in mir stehen, wird ein gefräßiges Monster.

Es besteht kein Zweifel daran, dass der schlanke Mann mit den hellen Haaren und dem Karohemd ein jüngerer Preston ist. Kein Zweifel, dass das schmierige Grinsen unter dem Schnurrbart, das ölige, zurückgekämmte Haar zu Clark H. Wellington gehören. Sie stehen Arm in Arm nebeneinander. Als wären sie beste Freunde. Als wären sie Brüder. Als wären sie Vater und Sohn. Einen irrwitzigen Moment überlege ich tatsächlich, ob das die Erklärung ist. Schüttele mich. Nein. Der Arm, der besitzergreifende Ausdruck auf Wellingtons Gesicht, der sich in mein Hirn gebrannt hat, bedeutet etwas anderes. Wellington wirkt … Preston wirkt … als wäre er Wellingtons Protegé.

Meine Hände zittern. Galle steigt in meiner Kehle auf. Mir ist, als würde sich Prestons Geruch mit Wellingtons tabakgeschwängertem Schweiß vermischen. Er ist überall auf meiner Haut.

Ich will den Fotoband schließen, aber ich kann es nicht. Und auch wenn meine Augen brennen und mein Blick verschwimmt, so muss ich die Zeilen lesen. Muss wissen, was ausgerechnet diese beiden Männer verbindet.

»Fixer Upper next level«, lautet die Überschrift.

Starregisseur Clark H. Wellington ist nicht nur als Produzent in die zweite Staffel des Überraschungserfolgs von HBOs neuer Home-Decoration-Serie eingestiegen, sondern hat seinen jugendlichen Schützling Preston James Anderson und dessen Co-Star Ayla Brennan auch um einen persönlichen Dienst gebeten. Anderson hat entscheidend an der Umgestaltung von Wellingtons 30-Millionen-Villa in Malibu mitgewirkt, und der Hollywoodmogul ist voll des Lobes für seine Entdeckung.

»Preston und ich schwimmen auf einer Wellenlänge. Ein junger Mann mit Visionen, dem Blick für die wichtigen Dinge im Leben. Er hat herausragenden Geschmack«, so der Regisseur.

Ich kann mir bildlich vorstellen, wie dieses Arschloch bei ebenjenen Worten schäbig gegrinst hat. Auf einmal vermengt sich alles. Der gestrige Abend mit dem Casting in Charleston. Und ich muss die Augen zusammenkneifen, weil ich Angst habe, dass sich das Gefühl von Prestons Fingern in mir mit dem ekelerregenden von Wellingtons Händen vermischt.

Ich hole Luft, zittere, merke, wie mir kalt wird und ich gleichzeitig schwitze. Als könnten zu heftige Gefühlsregungen ein plötzliches Fieber auslösen. Ich will das Buch zuschlagen, aber ich mache es nicht. Ich lese weiter.

Anderson ist in den Olymp der Realitysternchen aufgestiegen. Man sagt ihm nach, er sei ein viel gesehener Gast bei den rauschenden Partys, die Wellington regelmäßig auf seinen Grundstücken veranstaltet, die von Missgünstigen auch als haltlose Orgien abgestempelt werden. »An diesen Vorwürfen ist nichts dran – wir sind jung und haben Spaß«, so Clark im Interview bei US Today.

»Isa?«, ruft es aus dem Schlafzimmer. Ich zucke zusammen, brauche einen Augenblick, bis ich die Stimme Preston zuordnen kann. Weil er für ein paar Minuten nicht der Einzige im Haus war. Wellington ist hier, ist der metaphorische elephant in the room. Ich bin unfähig, mich zu bewegen, als sich Prestons Schritte nähern. Den Blick starr auf den Bildband vor mir gerichtet, versuche ich zu verhindern, dass ich mich in der Vergangenheit verliere. Ich habe zu lange dagegen gekämpft, ich dachte, ich wäre so weit, und stehe noch immer da, wo ich einst stand. In einem Hotelzimmer, Josies aufgerissene Augen auf meinen hilflosen Körper gerichtet.

Dann sind da Hände auf meinen Schultern, und ich schreie, ich trete um mich, ich boxe ihn in den Bauch, springe vom Hocker und fliehe zur gegenüberliegenden Wand, presse meinen Rücken gegen die Holzpaneele.

»Isa«, sagt Preston. Meine Vernunft will mir erklären, dass er besorgt klingt, aber ich höre ihn gar nicht richtig. Ich höre nur Wellington. *Ist dein Höschen schon feucht?*

»Isa, bitte«, sagt Preston. Ich nehme ihn nur gedämpft wahr. Die Vergangenheit ist so viel lauter. *Tust so, als wärst du ein unschuldiges kleines Ding …*

Preston nähert sich. Wellington nähert sich.

»Halt!«, schreie ich. »Nicht! Ich will das nicht.«

Preston bleibt stehen, aber Wellington nicht.

»Ich bin es«, sagt Preston. Aber du bist nicht der, für den ich dich gehalten habe, dröhnt eine laute Stimme in mir.

»Du bist schuld«, kreische ich. »Josie! Meinetwegen ist sie verschwunden!«

»Wovon sprichst du? Bitte beruhige dich. Träumst du oder …«

In einem klaren Moment sehe ich, wie Preston zum Bildband sieht, der aufgeschlagen auf dem Tresen liegt.

»Josie ist wahrscheinlich tot, und ich bin schuld, oder er ist schuld. Du bist schuld, du lässt dich mit solchen Leuten ein. Was bist du nur für ein verlogenes Arschloch! Von wegen Naturschutz, von wegen einfacher Kerl im Flanellhemd. Du Mistkerl hast mich reingelegt. Das da ist deine Welt.« Ich deute auf den Tresen. »Menschen wie er. Menschen, denen Josie zum Opfer gefallen ist.«

»Isa, bitte. Ich habe keine Ahnung, wovon du sprichst.«

»Oh, ich glaube, du weißt es ganz genau. Du hast doch seine Partys besucht, du musst doch wissen, was er mit Josie …« Meine Stimme bricht.

»Welche Josie?«, fragt Preston und sieht mich an, als hätte er gerade etwas Grundlegendes begriffen. »Etwa Josie Blythe?«

Ihren Namen aus seinem Mund zu hören, gibt mir den Rest.

»Was hast du mit Josie zu schaffen?« Ich bin so hysterisch, dass meine Stimme klingt wie ihr eigener Kanon. Jeder Ton überlagert einen andern, steigert sich in Höhe und Panik. »Hast du etwa … hast du etwas mit ihrem Verschwinden zu tun? Habt ihr gemeinsame Sache gemacht? Dein feiner Freund und du?«

»Ich habe keine Ahnung, wovon du sprichst«, sagt Preston schneidend. Mein Gott, wie konnte ich nur so blind sein.

»Du kanntest sie? Du kanntest Josie Blythe?«

»Ja … nein, nicht wirklich … aber … woher kanntest du sie?«

»Sie war eine meiner besten Freundinnen.« Ich drücke mich gegen die Wand, als könnte ich darin verschwinden.

»Isa, bitte setz dich und lass mich erklären«, sagt Preston laut.

Er kapiert nicht, dass ich keine Erklärungen von ihm brauche. Dass ich alles längst verstanden habe.

»Ich setze mich nicht.«

»Josie war kurz in meiner Sendung. Wir haben …«

Aber ich lasse ihn nicht ausreden. Es stimmt also. Er und Wellington haben gemeinsame Sache gemacht. Sie war in seiner Sendung. Wellington, der Produzent. Mir wird so schlecht, dass ich glaube, mich auf der Stelle übergeben zu müssen.

Ich will jetzt nur noch eins. Hier raus. Und ihm vorher so wehtun wie er mir.

»Ich wünschte, du wärst mitsamt deiner verdammten Insel untergegangen. Ich wünschte, Hurrikan Isabel hätte dich geschluckt, dich und diesen ganzen Mist hier.« Ich deute hinaus auf die Veranda.

Dann stürme ich hinaus in die Nacht. Blind vor Wut, vor Tränen und Scham. Blind vor Hass auf Männer wie Wellington. Blind vor Hass auf mich selbst.

Ich höre seine Schritte hinter mir, er folgt mir ein Stück, aber ich bin schneller. So wie ich bin, renne ich zu meinem Haus und stelle fest, dass ich nicht reinkomme. Der Schlüssel liegt irgendwo in Prestons Schlafzimmer. Auf gar keinen Fall werde ich dorthin zurückgehen. Niemals. Einen Augenblick lang bin ich völlig orientierungslos. Dann sprinte ich los.

34

Hier oben, am nördlichen Ende der Insel in meinem verschwitzten T-Shirt, das Prestons ist, in den Shorts, die ebenfalls ihm gehören, barfuß und mit zerschundenen Füßen, fühlt es sich an, als wäre es nicht mehr die gleiche Nacht. Als wäre sie dunkler, schattiger, unheimlicher und kurz davor, mich zu verschlingen. Ich habe keine Ahnung, wie lange ich bis zu Odinas Haus brauche. Ich bin erleichtert, dass im Dachgeschoss, das Odina mit ihrem Sohn Jamie bewohnt, Licht brennt.

Erst als ich die Treppe nach oben erklommen habe, klopfe ich vorsichtig.

Aber es macht niemand auf. Vorsichtig drehe ich den Knauf. Unverschlossen. Und luge dann durch einen Spalt hinein in den einzigen großen Raum von Odinas Wohnung. Ich war erst einmal hier, und das ist sehr lange her. Ein kurzer Besuch nach Jamies Geburt, ein Verlegenheitsgeschenk für ihren Sohn. Danach nie wieder. Umso erstaunter bin ich, als ich bemerke, dass Odina auf einem Stuhl steht und ihr Kopf nicht zu sehen ist. Zuerst erschrecke ich, reiße die Tür ganz auf, bis ich begreife, dass sie eine Art Dachluke geöffnet hat und mit den Händen nach etwas kramt.

»Bitte nicht erschrecken«, sage ich sinnloserweise. Natürlich erschrickt sie. Sie zieht ihren Kopf nach unten und starrt mich entgeistert an. »Accidenti! Isa! Mein Gott, hast du mich erschreckt.«

Ich bin neugierig, was sie da macht, aber die Frage ist völlig unangebracht, wenn man nachts uneingeladen auftaucht. In einem völlig desolaten Zustand. Innerlich und äußerlich.

»Tut mir leid, aber kann ich reinkommen?«

»Naturalmente!«, Odina springt vom Stuhl. »Ich hab den Ventilator reparieren wollen.« Aber das Loch in der Decke, das lediglich eine fehlende Holzdiele ist, will irgendwie nicht zu dieser Aussage passen.

Odina kommt auf mich zu, packt mich kurzerhand an den Schultern und drückt mich auf den Stuhl, auf dem sie eben noch gestanden hat.

»Was ist denn passiert?«, fragt sie und wirft sich eine Strähne ihres langen, dunklen Haars über die Schulter. »Erzähl.«

»Preston macht gemeinsame Sache mit Wellington, und ich glaube, er könnte auch was mit Josies Verschwinden zu tun haben.«

Odina starrt mich an, als hätte ich ihr eben verkündet, ihren Sohn an eine Sekte verkauft zu haben. Sie greift nach ihrem Handy, wählt eine Nummer und hält die Hand hoch, als ich etwas sagen will.

Dann höre ich, wie sie knapp schildert, dass sie nicht zur Frühschicht ins Krankenhaus kommen kann, wie sie danach eine Kollegin aus dem Schlaf klingelt und sie bittet, für sie zu übernehmen. Sie braucht zwei Jobs, um ihren Lebensunterhalt zu finanzieren. Durch meinen Nebel der Panik fühle ich mein schlechtes Gewissen. Dann tätigt sie einen dritten Anruf, sagt nur: »Du musst kommen, so schnell es geht«, legt auf und ist wieder ganz bei mir.

»Wow, du bist eine erwachsene Frau, Odi«, platze ich heraus.

»Du auch«, erwidert sie und greift nach meiner Hand. Es fühlt sich überhaupt nicht so an, als wäre ich erwachsen.

»Ich mache dir jetzt einen sehr starken Espresso. In ein paar Minuten ist Avery da. Dann erzählst du alles von vorne.«

• • •

Eine halbe Stunde und zwei scheußliche Espressi später sitzen wir mit Avery (mit einem Force-of-Habit-Bandshirt, das sie verkehrt herum trägt, sodass sich die Back-In-Time-Tourdaten über ihre Brust spannen) auf Odinas kleinem Zweiersofa. Ich hole Luft für den nächsten Satz, merke aber, dass ich alles erzählt habe. Ich fühle mich total ausgelaugt. Ich merke trotzdem, dass meine Story bei lautem Erzählen irgendwie komisch klingt. Als fehlte ihr ein Teil, als wäre der Plot löchrig. Auch wenn die Wut noch da ist, bin ich mir nicht mehr sicher, ob ich sie wirklich auf die richtige Person gelenkt habe.

Avery und Odina tauschen Blicke. Beide sehen aus, als hätten sie Bauchschmerzen. Beide sehen aus, als wäre das, was ich ihnen da eben erzählt habe, nicht die Vollkatastrophe, für die ich es halte.

»Moment mal«, sage ich und schaue von einer zur anderen. »Dass er und Wellington gemeinsame Sache gemacht haben, ist unverzeihlich!«

Avery zieht den Kopf ein, als wäre sie eine Schildkröte und ich ihr Fressfeind.

Zu meinem Entsetzen nickt Odina langsam. »Na ja, ich finde, man kann das nicht so einfach sagen, oder? Dass die zwei gemeinsame Sache machen.«

Kurze Stille.

»Nicht?«, frage ich laut, dann noch einmal leiser: »Findet ihr nicht?«

»Isa, lass uns das mal ein bisschen … objektiver betrachten.«

»Ich möchte kein verdammtes Objekt sein!«

»Preston hat, wenn ich dich richtig verstehe«, Odina wirkt ein wenig verzweifelt, »nur mit Wellington zusammengearbeitet, oder?«

»*Nur*?«

»Kann es nicht sein, dass er von Wellingtons Neigungen und seinen Verbrechen gar nichts gewusst hat?«

Avery nickt, was mich wahnsinnig wütend machen würde, wenn ich nicht langsam wahnsinnig müde wäre. Und sie womöglich beide recht haben.

»Also, pass auf. Preston hatte ja die Show.«

»Welche Show?«, platze ich dazwischen und erinnere mich dann dunkel an die Worte aus dem Artikel.

»Na, *Breezeblocker*«, sagt Avery und streckt sich.

»Was oder wer ist *Breezeblocker*?«

»Verdammt, Isa, unterhaltet ihr euch auch oder vögelt ihr nur?« Avery legt sich die Hand auf den Mund, erschrocken über die eigenen Worte. »Sorry, weiß nicht, wo das herkam.«

»Schon gut«, schnappe ich. »Ich werde weder jemals wieder mit ihm vögeln, noch werde ich je wieder mit ihm reden.«

Odina seufzt. »Darüber solltest du noch einmal nachdenken. Frage ihn doch einfach, was genau hinter der Sache steckt.«

Ich schnaube.

»Also«, Odina atmet tief ein. »Noch mal. *Breezeblocker*.«

Ich hebe die Hand und sehe Avery an, weil mir plötzlich etwas einfällt. »Preston meinte, er hätte irgendeinen Deal mit dir, und er hat auch etwas von *Breezeblocker* gefaselt … ich komme nicht mehr mit. Kann mich bitte mal jemand aufklären!«

»Hast du ihn denn nie gegoogelt?«

»Nein, sollte ich?«

»Ich glaube schon. Preston hat sich ursprünglich einen Namen in der Baubranche gemacht, mit dieser Realityshow bei HBO, *Breezeblocker*. Die erste Staffel war eine Low-budget-Produktion, ging aber richtig ab.«

Odina scrollt wild auf ihrem Handy und erklärt: »Wellington ist erst in der zweiten Staffel eingestiegen.« Sie zieht scharf die Luft ein. »Jetzt ergibt so einiges Sinn! In der zweiten Staffel wollte Wellington Josie als bekanntes Gesicht mit in die Show nehmen. Sie hat es uns vor ewigen Zeiten davon erzählt, erinnerst du dich? Sie hätte da gern mitgemacht, weil sie Preston so nett fand, dann aber wurde es *Wide Land* …«

Ich kann mich nicht erinnern. Wie erstarrt lausche ich und merke mit jedem Wort, wie verdammt unrecht ich Preston womöglich getan habe.

»Also, die zweite Staffel ist gestartet, Ayla Brennan hat eine größere Rolle bekommen, als ihr eigentlich zugedacht war, und das Ganze lief toll. Zu der Zeit waren Preston und sie noch ein Paar. Als du Ayla neulich erwähnt hast, dachte ich, dass du Bescheid wüsstest …«

Sie sieht mich entschuldigend an.

»Ich habe seine Bio nicht auswendig gelernt.«

»Ja, offenbar nur seine Biologie«, witzelt Avery, und ein klein wenig muss ich grinsen, vielleicht weil sie mit ihren Worten kräftig an dem Schrecken wetzt, der mir vorhin in die Knochen gefahren ist.

»Preston hat dann hingeschmissen, es gab keine Staffel 3, obwohl die schon groß angekündigt war. Nachdem er sehr medienwirksam Wellingtons Haus renoviert hat, hat er sich von *Breezeblocker* distanziert. Das gab damals wohl eine Menge Ärger … und Ayla und er haben sich getrennt. Sowohl privat als auch beruflich. Also«, Odina legt das Handy beiseite, »ich glaube, dass du ihm diese Jugendsünde, eine Staffel mit einem berühmten Regisseur zu drehen, verzeihen kannst.«

»Aber was sagt das über Preston aus, dass er sich überhaupt mit Wellington eingelassen hat?«

»Es sagt gar nichts über ihn aus. Und wenn, dann nur, dass Fehler menschlich sind. Er hat einem reichen Knacker – einem Vergewaltiger, was er bestimmt nicht gewusst haben wird – ein Haus renoviert, das ist kein Verbrechen.«

»Ich wünschte, ich hätte auch so ein Management wie du, das jeden überprüft, der mir zu nahe kommt«, murmele ich.

»Du hast uns!«, sagen Avery und Odina wie aus einem Mund.

»Dich kann ich nicht ernst nehmen, auf deiner linken Brust steht Vancouver, auf deiner rechten Austin«, sage ich zu Ave und deute auf ihr Shirt. »Und dich, Odina, kann ich nicht ernst nehmen, weil du offenbar irgendein Geheimfach unter deinem Dachboden hast.«

Odina lacht etwas schrill auf.

»Siehst du, du kannst schon wieder Witze machen«, sagt sie dann.

»Ich glaube nicht, dass Preston eine Ahnung hatte, wer Wellington wirklich ist und was er getan hat. Das ist sehr lange her, Isa«, meint Avery und tätschelt meinen Oberschenkel.

»Und wenn du Zweifel hast, solltest du mit ihm sprechen.«

»Hast du Preston eigentlich nie gefragt, was er beruflich macht?«, will Avery wissen.

»Natürlich hab ich das! Er renoviert Häuser für andere Menschen, und manchmal verkauft er sie auch.«

»Das ist leicht untertrieben. Preston ist inzwischen total bekannt für seine nachhaltigen Renovierungsaktionen, und er hat nach dem Sturm auf Kitty Hawk diese geniale Crowdfundingaktion ins Leben gerufen. Er macht jetzt etwas völlig anderes als vor zehn Jahren, diese Reality-TV-Scheiße hat er längst hinter sich gelassen. Dein Typ ist eine Koryphäe in dem, was er macht. Er ist so was wie die Mutter Teresa unter den Fixer-Uppern, der Guru des …«

Für was genau Preston der Guru ist, werde ich nie erfahren, denn Avery meint verträumt: »Aber die Sendung könntest du dir schon mal ansehen. Die Folge, in der er mit nacktem Oberkörper das Parkett abgeschliffen hat …« Sie wedelt sich mit der Hand vor dem Gesicht herum, als wäre ihr heiß.

Odina räuspert sich geräuschvoll.

»Schon gut, aber in Staffel eins, als er das Holz einölt …«

»Ave!«

»Okay, ich bin ein bisschen drüber, das passiert immer, wenn ich zu wenig schlafe, weil Jake und ich … Gut, auch das gehört nicht hierher. Wie fühlst du dich jetzt, Isa?«

Ich kneife die Augen zusammen.

»Hat er … viele Fans?«, frage ich vorsichtig.

Odina prustet. »Nicht ganz so viele wie Avery.«

Avery knufft sie in die Seite. »Rede mit ihm, okay?«

»Das geht nicht! Ihr könnt euch nicht vorstellen, was ich ihm alles an den Kopf geworfen habe!«

»So schlimm wird es nicht sein, er wird es verstehen. Du wirst ihm ja keinen gewaltsamen Tod gewünscht haben.«

»Zählt Tod durch Naturkatastrophen als gewaltsam?«, frage ich vorsichtig. Und spüre, wie verdammt gut es tut, mit den beiden zu reden. Wie alles ein wenig leichter wird. Vielleicht sollte ich wirklich …

»Du kannst nicht immer weglaufen oder wegsehen, wenn es schwierig ist. Du kannst nicht immer schweigen, wenn du reden musst.« Odinas Stimme ist sanft, aber es liegt ein unerbittlicher, entschlossener Klang darin.

»Es läuft alles immer aufs Gleiche hinaus. Ich bin schuld. Hätte ich Wellington angezeigt, dann wäre Josie nicht verschwunden. Dann wüsste Preston vielleicht auch längst, was mir passiert ist, dann stünde nichts zwischen uns.«

Es ist eine Weile still zwischen uns. Odinas Gesicht ist leicht gerötet, sie holt tief Luft, wirft Avery einen Blick zu und sagt schließlich: »Du kannst das nachholen. Wir werden dich zu nichts drängen. Aber Isa, du solltest wirklich darüber nachdenken, es endlich zu tun.«

»Was?« Ich starre sie an.

Avery streckt ihre Hand nach mir aus. »Du kannst ihn immer noch anzeigen. Du kannst dich von dieser Schuld, wie du sie nennst, befreien.«

Odina streckt mir ihre Hand ebenso entgegen. Ich weiß nicht, was ich machen soll. Es fühlt sich so an, als würde ich mich zu etwas verpflichten, wenn ich sie nehme, und es fühlt sich falsch an, nicht nach ihnen zu greifen. Ich kralle die Fingernägel in die Handflächen.

»Ich soll Wellington anzeigen?«, frage ich. »Aber ist das nicht längst verjährt?«

Avery zuckt mit den Achseln. »Das glaube ich nicht. Wenn du willst, dann kümmern sich meine Anwälte darum.« Da ist noch immer ihre Hand.

»Und wir könnten mitkommen, wenn du willst«, springt ihr Odina bei. »Zur Polizei.« Ihre Finger berühren mein Handgelenk.

»Wir sind Freundinnen, Isa, und wir sind für dich da.«

»Aber wenn ich ihn anzeige, dann erfahren alle davon.«

Alle. Aber ist das so schlimm? Will ich nicht sogar, dass Josie es erfährt, wenn sie noch lebt? Irgendwo. Will ich nicht, dass sie endlich weiß: Josie, ich bin auf deiner Seite. Oder Lee, wenn Avery und Odina Bescheid wissen, hat dann nicht auch Lee ein Recht darauf?

Und Preston. Und meine Eltern, denen klar werden muss, warum ich das Hotel nicht mehr führen möchte. Suzy …

»Nicht, wenn du das nicht willst«, sagt Odina leise.

Wenn ich das nicht will … Ich horche in mich hinein, lausche all den Momenten meines Lebens nach, in denen diese eine nicht überwundene Sache alles überschattet hat. Denke an Aiden und unser ungesundes Verhältnis, daran, wie gut sich alles mit Preston anfühlt. Ich erinnere mich an die Entscheidungen, die ich nur getroffen habe, weil Wellington mich missbraucht hat. An all die Irrwege, die ich deswegen eingeschlagen habe. Und dann ist klar: Zum ersten Mal in meinem Leben will ich mich erklären. Ich möchte nicht mehr für Wellington schweigen und leiden. Ich will noch immer kein Opfer sein, aber ich will, dass bekannt wird, dass er Täter ist.

»Ich glaube, ich weiß, was ich tun muss.«

Und dann greife ich mit der einen Averys Hand, mit der anderen drücke ich Odinas.

Neben dem Loch in meiner Seele gibt es noch ganz viel Licht.

35

»Ist dort die Redaktion des *Harbour Chronicle?*«, frage ich, das Handy fest ans Ohr gepresst. Ich klinge, als hätte ich sämtliche Treppen des Seasons im Sprint erklommen. Die Antwort warte ich nicht ab, sondern sage: »Ich möchte eine Anzeige aufgeben.« Ich stocke. Eine Anzeige. Der gleiche Wortlaut für einen simplen Dreizeiler in einer Zeitung wie für den Befreiungsschlag, der mir bevorsteht. Wenn es Josie war, die meine Todesanzeige in den *Harbour Chronicle* gesetzt hat. Wenn es wirklich sie war … dann wird sie meine Zeilen lesen. Zeilen, die nur sie verstehen kann.

Liebe Josie,
vor vielen Jahren habe ich zu dir gesagt: Vom Schweigen ist noch niemand gestorben, von zu viel Reden schon. Ich nehme es zurück, ich will nicht, dass du tot bist oder dich tot stellen musst, weil wir zu lange geschwiegen haben. Ich bin bereit, wenn du es bist.
Dein Rätselchen

36

Die wenigsten Dinge entscheiden sich in Stunden oder Tagen. Sie brauen sich zusammen und brauchen lange, bis sie sich zu wahrer Größe entfalten. Manchmal schwächen sie sich ab, nur um mit voller Wucht zurückzukommen. Wie Hurrikans eben.

Ich stehe mit dem Surfer-Bildband vor Prestons Haustür, um ihm das Buch zurückzugeben. Und um ihm zu sagen, dass es mir leidtut. Dass ich nicht will, dass ihm je ein Hurrikan zu nahe kommt, und dass ich ihm etwas über mich sagen muss.

In Gedanken versunken, erschrecke ich, als sich die Tür schließlich öffnet.

»Preston, ich …«, fange ich an, schaue auf den Bildband in meinen Händen.

»Preston ist nicht da«, sagt eine Frauenstimme. »Er hat die Insel verlassen.«

Mein Kopf schießt hoch, und ich weiß sofort, wer vor mir steht. Es ist die Frau von den Fotos. Ayla Brennan.

»Oh«, sage ich. Unmöglich, all die auf mich einströmenden Gedanken zu bündeln und eine Sinnhaftigkeit darin zu erkennen.

»Kann ich was ausrichten?«, fragt Ayla freundlich.

»Nein, ich wollte nur das Buch zurückgeben«, erwidere ich, mache aber keine Anstalten, es ihr zu überreichen.

»Okay«, sagt sie und wartet offensichtlich, dass ich mir die Sache mit dem Buch noch anders überlege.

»Wir sind Nachbarn, Preston und ich«, erkläre ich. »Und Freunde … und …«

»Ich bin nur hier, weil wir den neuen Bildband besprechen wollten.« Sie zuckt mit den Schultern. »Altlasten.« Dann zwinkert sie mir zu und sagt: »Bestimmt nicht leicht, mit Preston als Nachbarn.«

»Nein, ja … keine Ahnung.«

Sie legt den Kopf schief.

»Ich hab einen Fehler gemacht, ich habe Preston etwas unterstellt. Ich würde das gern klarstellen.«

»Das kenne ich«, seufzt sie.

Ich runzele die Stirn.

»Na ja, er hat dir ja sicher erzählt, dass wir früher zusammengearbeitet habe.«

»Früher«, wiederhole ich lahm.

»Bevor meine Vorstellungen von der Show andere wurden.«

»Andere Vorstellungen …«, wiederhole ich schon wieder wie ein verdammter Papagei. Ayla muss denken, dass ich gewaltig einen an der Klatsche habe.

»Weißt du, Preston ist ein guter Kerl. Und es gab eine Zeit, da war ich ziemlich karrieregeil, hätte fast alles gemacht, um voranzukommen. Schätze, ich habe ihm immer noch nicht ganz verziehen, dass er die dritte Staffel von *Breezeblocker* nicht machen wollte. Dabei war ich diejenige, die sich mit diesem schmierigen Arsch rumschlagen musste.« Sie zuckt mit den Achseln, und ich starre in ihr schönes Gesicht.

Sie lacht. »Schau nicht so, soll Frauen geben, denen es was ausmacht, wenn sie jemand anglotzt, als wären sie Freiwild, ich bin ganz gut klargekommen.«

»Ich finde, niemand sollte sich wie Freiwild fühlen müssen«, sage ich um den Kloß in meinem Hals herum. Aber Ayla zuckt noch einmal mit den Achseln. Ich weiß nicht, ob ich es unsolidarisch finden und mit ihr diskutieren soll oder ob ich ihr einfach ihre eigene Meinung dazu lassen soll.

»Also, willst du zu Preston?«

»Ja«, sage ich. »Wo steckt er?«

• • •

Mein Mercedes holpert unsanft über die Straße, die für Pick-ups und Allrad-Geländewagen gemacht ist. Es staubt so sehr, dass ich auch ohne die Schlaglöcher gezwungen wäre, nicht schneller als zwanzig Meilen die Stunde zu fahren. Ich wechsele den Radiomodus auf CD und drehe die Lautstärke auf. Es ist das neueste Album von Force of Habit, das noch nicht erschienen ist. Eine Demoversion, die mir Avery geschenkt hat. Sie und Jake singen »One Second« a capella, ohne jegliche Begleitung.

Und während ich die Liebe zwischen den Zeilen, zwischen Avery und Jake höre und an meine Liebe zu Preston denke, stolpert mein Herz über jedes der Schlaglöcher, die ich uns bereitet habe.

Ich gehe abrupt auf die Bremse, als die Straße in etwas mündet, was man wohlwollend vielleicht noch als Pfad bezeichnen kann. In dieser Gegend war ich noch nie, ich habe nur im *Chronicle* darüber gelesen. Über die verlassenen Häuser, den verheerenden Brand vor ein paar Jahren, dessen Rauchschwaden bis runter an den Strand vor dem Seasons zu sehen waren. Es hat Erinnerungen geweckt, Erinnerungen an einen anderen Brand. Jenen, bei dem der Trailerpark in Flammen aufging, die Lee bis nach Hawaii getrieben haben. Hier am hintersten Ende von Moss Lake haben Menschen gelebt, die sich alles vom Mund absparen mussten. Bevor der Waldbrand ihnen dann auch noch das letzte bisschen genommen hat. Schon anhand der verwilderten Umgebung und der nicht vorhandenen Infrastruktur erkenne ich, dass das hier kein Prestigeprojekt ist.

Ich beginne, an Aylas Wegbeschreibung zu zweifeln. Hier soll Preston sein? An einer dichten Brombeerhecke, aus der erschrocken ein kleiner Schwarm Vögel heraushuscht, als ich mein Auto davor abstelle, ist erst einmal Schluss. Was hat sie gesagt? »Nach den Büschen am Ende des Pfades zu Fuß weiter, bis der Weg nach links abbiegt.« Mit zitterigen Beinen steige ich aus und probe noch einmal meinen Text. Ich zupfe an meinen Shorts herum und streiche die Haare glatt. Was wollte ich noch einmal sagen? Preston, es tut mir leid. Preston, ich glaube, du bist derjenige, mit dem ich meinen Hintern in den Sturm halten will. Preston, ich habe einen schweren Schaden, ich werde daran arbeiten, aber ich möchte dich nicht verlieren. Preston, da gibt es etwas in meiner Vergangenheit, das ich dir sagen muss. Preston, ich habe im Hotel gekündigt, ich werde vielleicht doch noch Biologie studieren. Preston, ich habe einen Platz bei einer Traumatherapeutin in Charleston. Preston, ich krempele mein Leben um, aber könntest du dabei bitte eine Rolle spielen?

Noch während ich meine Sätze übe, kommt mir der Gedanke, dass Preston gar nicht allein auf der Baustelle sein könnte. Was, wenn da ein ganzer Trupp neugieriger Leute mit gelben Bauhelmen herumwuselt? Kann ich dann einfach wieder abhauen?

Aber als ich mit rasendem Herzen die Biegung erreiche, ist da niemand. Ein Minibagger steht verlassen vor einem grünen, alten

Bauwagen. Alles ist in Staub gebadet. Vor mir erstreckt sich eine kleine neue Siedlung.

»Preston hat sich diesem sozialen Community-Ding verschrieben, sie bauen eine neue Wohngegend für einfache Arbeiter und Geringverdiener aus der Gegend«, hatte Ayla gemeint. Wie gut das zu ihm passt, wie viel besser als all das, was ich ihm unterstellt habe.

Ich sehe mich um, mache fünf frisch gegossene Bodenplatten und zwei Tiny-Houses aus, die … Alle Gedanken stocken. Jeder weitere Eindruck verschwimmt, nur Preston, der aus einem der halb fertigen Häuser kommt, ist scharf gestellt. Er hat Kopfhörer auf den Ohren, trägt eines dieser Hemden, und endlich weiß ich, dass das aufgestickte JMB, das ich immer für eine Hemdmarke gehalten habe, eigentlich für James *Breezeblock* Mason steht. Ich muss ihn ansehen, er ist wie eine Naturgewalt. Ich weiß so viel mehr, wenn ich ihn anschaue. Dass er nicht meine Rettung ist, weil ich das selbst sein muss. Aber dass er die Person sein kann, mit der mein zweites Leben, das nach dem Trauma, wunderschön werden kann. Wenn ich ihn dabei beobachte, wie er – ohne einen Blick auf mich zu werfen – irgendeine Säge aus dem Innern des Hauses wuchtet, dann sehe ich, dass er mein Zuhause sein kann. Als er den Kopf hebt und mich bemerkt, wünsche ich mir nicht mehr, ein Wildpferd zu sein. Er stellt die Säge ab und steht dann einfach nur da und schaut mich an.

Ich begegne seinem Blick, ein paar Dutzend Fuß liegen zwischen uns. Jeden davon will ich überwinden, wage aber nicht, den ersten Schritt zu gehen.

Wenn ich ihn betrachte, seine großen Hände, die Selbstsicherheit in seinem Gang, die Art, wie er ohne Zweifel auf mich zugeht, dann will ich, dass wir beide Braunpelikane sind und Harbour Bridge nie verlassen. In seinen Haaren haben sich Sägespäne verfangen, sein Gesicht ist voller Staub, sodass der Schweiß, der ihm von der Stirn rinnt, Spuren hinterlässt. Sein Gesicht ist eine Karte, an der ich mich orientieren möchte. Seine Augen erzählen eine Geschichte, die ich noch nicht gut genug kenne. Ich hoffe so sehr, dass er mir verzeihen kann.

»Preston«, flüstere ich, als er dicht vor mir steht.

»Isa …«

Ich wünsche mir so sehr, dass er seine Hände nach mir ausstreckt, aber sie zucken an seinen Seiten, während er die Finger zu Fäusten ballt.

»Ich … Es tut mir leid … mein Hintern … die Biologie … Josie, ich hab da alles … aaaah!« Verzweifelt lege ich meine Hände auf die Augen. »Ich weiß nicht, wo ich anfangen soll«, murmele ich.

Und dann nimmt er meine Hände von meinem Gesicht, hält meine kleinen sauberen Finger in seinen großen staubigen.

»Was hat er dir angetan?«, fragt er sanft.

Mit der Frage habe ich nicht gerechnet. Müsste sie nicht lauten: »Was hast du mir angetan?«

»Ich wollte das nicht sagen. Dass ich wünschte, du wärst mitsamt Hatteras untergegangen. Es ist das Dümmste, was mir je über die Lippen gekommen ist. Ich dachte, du hättest … du würdest … dass du und Wellington gemeinsame Sache gemacht habt.«

»Du hättest einfach fragen können, Isa, dann hätte ich dir alles erklärt. Ich hab dir schon einmal gesagt, dass du mich alles fragen kannst.«

Es ist weniger Vorwurf als Feststellung, auch wenn ich einen enttäuschten Unterton heraushöre.

»Ich war so geschockt und durcheinander.« Ich blinzele die aufsteigenden Tränen weg. Warum muss ich in letzter Zeit eigentlich ständig heulen? Wie hat Lee immer gesagt? Aus Wellen wächst Mut. Vielleicht wächst aus Tränen deshalb Heilung.

»Ich frage dich jetzt«, flüstere ich Preston zu.

Er atmet tief ein. »Ich habe Wellingtons Haus renoviert, meine Sendung *Breezeblocker* an ihn verkauft und … das war das Dümmste, was ich je getan habe«, antwortet Preston ruhig.

Er steht dicht vor mir. Der Staub kitzelt mir in der Nase.

Preston fährt fort, die Stimme schwer wie seine Worte. »Er hat sich an die Teilnehmer der Shows rangemacht, Statistinnen – kaum älter als vierzehn oder fünfzehn – belästigt und dann Ayla bedrängt. Ich wollte das nicht, Isa, das musst du mir glauben. Ich bin da so reingerutscht, in eine Welt aus Scripted Reality und toxischer Männlichkeit, aus Machtmissbrauch und Gier. Ich war jung und völlig überwältigt von den Möglichkeiten, die sich mir boten, bis ich ein wenig zu spät begriff, dass ich das gar nicht bin. Nicht das Leben, das ich wollte. Nicht die Menschen, mit denen ich mich umgeben möchte. Ayla wollte trotzdem weitermachen, und ich bin ausgestiegen.«

»Und Josie?«

Er schließt kurz die Augen. »Ich hatte keine Ahnung, dass ihr beiden befreundet wart. Josie kannte ich von den Castings, von einer dieser ekelhaften Partys, die einzig zum Zweck der Opferrekrutierung dienten. Als sie dann verschwand, habe ich das natürlich mitbekommen … es war furchtbar.« Er hält inne und sieht mir fest in die Augen. »Ich hab mir Vorwürfe gemacht. Ich hätte genauer hinsehen sollen, einschreiten, solche Zustände nicht zulassen. Ich glaube, Josie war so völlig anders als das Mädchen, das sie aus ihr zu machen versucht haben.«

Als er die nächste Frage formuliert, senkt er kurz den Blick. Aber seine Hände halten meine, halten mich aufrecht. »Hat er Josie … hat er dich … auch …?«

Ich nicke.

Ganz langsam.

Und obwohl es nur eine winzige Bewegung ist, fühlt es sich so an, als würde ich etwas von mir schütteln, als würde eine Betonschicht endlich von mir abbröckeln.

»Preston, ich bin so *beschädigt*. Du hast es selbst gemerkt. Ich tue mich schwer mit Nähe, ich kann es manchmal einfach nicht abschütteln. Ich verstehe, wenn dir das zu viel ist. Aber ich möchte, dass du weißt …« Jetzt bin ich es, die es nicht schafft, ihn direkt anzusehen. Eingeschüchtert von meinen eigenen Emotionen, senke ich den Blick. Schlucke. »Ich liebe dich, Preston. Du bist der erste Mann, den ich wirklich liebe. Ich wollte dir das nur sagen, ich verstehe, wenn ich dir …«

»Du bist meine Isa«, unterbricht er mich. Dann schlingt er seine Arme vorsichtig, fast fragend um meinen Körper. »Du kannst mir alles erzählen, aber du musst nicht. Es ändert nichts zwischen uns, was vor uns passiert ist, Isa.«

Da sind sie wieder, die Tränen. Unaufhaltsam. Möglicherweise liegt es auch daran, dass schon sehr lange niemand mehr versucht hat, mich richtig zu verstehen. Ich habe völlig verlernt, mich zu erklären. Mich so zu zeigen, wie ich wirklich bin.

»Ich liebe dich, deine Sturheit, deine Schönheit, deine Begeisterung für die Natur, dein schlagfertiges Mundwerk. Ich liebe dich, so wie du bist. Nicht so wie du denkst, dass du sein müsstest.«

»Das ist nicht auszuhalten!«, murmele ich gegen seine Schulter. »Es ist nicht auszuhalten.« Ich lege die Hände an seine Brust, balle sie zu Fäusten.

»Was?«, fragt er irritiert und hält meine Hände an seiner Brust fest.

»Die Liebe! Das ist doch nicht auszuhalten!«

Jetzt lacht er. So, dass sich Mikrofältchen um seine Augen bilden. »Gemeinsam geht es ganz gut.«

»Und was machen wir jetzt?«

»Wir machen das, was man immer tut, wenn einen ein Hurrikan trifft ...«

Preston löst seinen Griff um meine Hände und streicht mir eine Strähne aus der Stirn.

»Man wartet, bis es vorbei ist?«, schlage ich vor.

Er verzieht das Gesicht. »So war es nicht gemeint.«

»Man räumt auf?«, witzele ich weiter.

»Ahhh ...«, gibt er von sich. »Ich sehe schon, das wird nicht einfach ...«

Nein, wird es nicht, aber er lacht dabei. Als wäre einfach auch nur ein Synonym für langweilig. »Ich wollte eigentlich sagen: Wenn einen ein Hurrikan trifft, sollte man einsehen, dass Weglaufen keinen Sinn hat.«

Ich spüre an meinen Händen, wie Prestons Lachen auf die schönste Art und Weise in seiner Brust vibriert. Ich lehne mich an ihn und schaue hoch. Suche erst mit den Augen nach seinen Lippen und dann mit meinem Mund. Ich beginne den Kuss, aber Preston ist es, der ihn intensiviert. Und es ist mir völlig egal, dass seine Hand an meinem Rücken Staubspuren hinterlassen wird, weil sie dahin gehört. Es ist egal, dass er einen Dreitagebart bekommen hat und er meine Lippen kratzt, weil ich alle Ecken und Kanten an Preston liebe. Es ist egal, dass ich ihn noch vor wenigen Wochen verflucht habe, denn jetzt kann ich mir nichts Schöneres vorstellen, als seine staubigen Lippen zu küssen, und finde, dass der Lärm einer Rüttelplatte der perfekte Soundtrack für uns ist.

»Sag mal, hattest du schon mal Sex in einem Baucontainer?«, murmelt Preston gegen meinen Mund.

»Bis jetzt nicht, aber wollen wir das ändern?«

»Unbedingt.« Und dann stolpern wir auf den Container zu, ich verliere meinen Schuh dabei, und beinahe prallen wir mit dem Rücken gegen den Minibagger, weil Preston es nicht lassen kann, mich zu küssen. Als er die Tür zu dem blechernen Kasten aufstößt, bin ich schon so heiß auf ihn, dass wir uns die Kleider mehr vom Leib reißen. Wir werfen sie achtlos in eine Ecke, dann hebt Preston mich hoch und setzt mich auf einen kleinen Tisch, schiebt Zeitungen und Kaffeebecher zur Seite und betrachtet mich einen Moment, wie ich da sitze, mit Staubspuren im Gesicht und verwuschelten Haaren. »Du warst niemals schöner«, sagt er.

Wir stürzen uns aufeinander wie Verhungernde. Die Umgebung verschwimmt, da sind nur noch wir. Da ist nur noch die Vereinigung unserer Körper.

Es ist anders als beim ersten Mal am Strand, anders als auf seiner Veranda. Es ist hart und wild und vertraut und ungehemmt. Viel ungehemmter.

Später, als wir verschwitzt, verstaubt, verwuschelt und paniert von Staub und Sägemehl draußen vor dem Container sitzen und uns eine Dose Bud Light teilen, schmiege ich meinen Kopf an seine Schulter und frage: »Wenn du sagst, Weglaufen hat keinen Sinn, heißt das, du willst deinen Hintern mit mir in den Wind halten?«

»Für immer, Katrina Irma Sandy … Isabella«, sagt er. »Meine Isabella.«

»Weißt du, dass das bei mir überhaupt keine Fluchtreflexe auslöst?«, frage ich leise, nachdem ich ein wenig in mich hineingehört habe und definitiv keine trampelnden Hufe höre.

»Das ist ein gutes Zeichen, oder?«, will er wissen, die Hand an seiner Stelle an meinem Rücken.

»Das beste Zeichen überhaupt.«

Ein Zeichen dafür, dass mein zweites Leben jetzt beginnt.

Epilog

Das Gebäude ist so sehr heruntergekühlt, dass sich die Gänsehaut in Sekundenschnelle auf meinem Arm ausbreitet. Allerdings scheint die kalte Luft auch meinen Fluchtreflex zu lähmen. Ich stehe eine Weile unschlüssig im Foyer des Reviers und frage mich dabei so unsinnige Dinge, wie ob sich der Eingangsbereich einer Polizeidienststelle auch wirklich Foyer nennt oder ob es dafür nicht einen separaten Begriff gibt.

»Kann ich Ihnen helfen?«, fragt eine freundliche Stimme in Zivilkleidung.

»Ich … ja … ich glaube schon. Ich suche Erin Seyfried.«

Das Lächeln der Frau wird breiter. Sie sieht jung aus. Ihre Kostümjacke über den Jeans sitzt makellos und eng anliegend an ihrem Körper. Ich schiebe die Haare über meine Ohren, eine Verlegenheitsgeste, die ich nie ganz ablegen konnte.

Ich schaue über meine Schulter, aber das Milchglas der Tür lässt keinen Blick zu. Da draußen sitzen Avery und Odina. Und meine Mutter. Und warten. Hastig drehe ich mich wieder um. Ganz vertraue ich ihren tränenglänzenden Augen noch nicht. Ich weiß noch nicht, ob ihr plötzlicher Beistand mütterlicher Fürsorge zuzuordnen ist oder ob etwas anderes dahintersteckt. Aber entgegen meinen Befürchtungen hat sie nicht versucht, mir vorzugeben, was ich besser verschweigen soll. Da war nur ihre Hand in meiner. Auf einmal gibt es in meinem Leben so viele Hände, die meine halten wollen, dass ich mich ein wenig überfordert fühle.

»Ist alles in Ordnung?«, fragt die Polizeibeamtin.

Ich nicke.

»Erin Seyfried, sagten Sie?«

»Ja.«

»Das bin ich.«

Sie reicht mir ihre Hand. Noch eine Hand, denke ich und weiß instinktiv, dass auch Erin Seyfried es gut mit mir meint.

»Wollen wir reingehen?«

Es ist ein anderer Raum als der, in dem ich vor zehn Jahren saß. Er ist hell und freundlich. Dieses Mal bin ich auch Zeugin, aber ich habe das Gefühl, nichts falsch machen zu können. Erin hört mir zu, folgt meinen knappen Worten, ohne das Tonband zu aktivieren. Nur ab und zu notiert sie etwas auf ihrem Laptop. Sie stellt keine Zwischenfragen und zeigt keine sichtbare Gefühlsregung. Nachdem ich meinen Bericht beendet habe, legt sie ihre Hände vor mir auf den Tisch. Ihre Finger zittern, sie blinzelt. Und holt Luft.

»Es liegt bereits eine Anzeige gegen Clark Wellington vor.«

»Was?«

»Sie wurde erst kürzlich erstattet«, sie klickt auf etwas auf ihrem Bildschirm, beugt sich vor und nickt. »Ja, am 27. August. Ich sehe nicht, von wem. Genau genommen dürfte ich Ihnen gar nicht sagen, dass eine Anzeige vorliegt. Aber wenn es Ihnen hilft, den Mut zu finden, mir Ihre Geschichte zu erzählen, dann mache ich dafür gern eine Ausnahme. Sie sind nicht das einzige Opfer, Miss White.«

Aus Wellen wächst Mut. Ich bin nicht das einzige Opfer.

Die Todesanzeige im *Chronicle*, die Leiche, die nicht Josie ist. Und jetzt eine Anzeige, an dem Tag erstattet, an dem sich ihr Verschwinden zum zehnten Mal jährt. Es gibt keine Zufälle. Es darf einfach keine geben.

Ich blinzele heftig. Der Hintergrund des Raumes verändert sich, wird konturlos und blass. Alles, was ich sehe, sind Erins Gesicht und ihre blauen Augen.

»Was haben Sie gesagt, wann war das genau, die andere Anzeige?«

»Die andere … «, ich höre, wie sie sich über den Begriff freut, weil er ihr verrät, dass es ein Protokoll geben wird, eine Unterschrift, eine offizielle Anzeige. »Die Anzeige wurde am 27. August dieses Jahres erstattet.«

»Josie?«, keuche ich. »Hat Josie Blythe ihn angezeigt?«

Erin Seyfried blinzelt dieses Mal nicht, ihre Finger haben sich beruhigt. Kein Zucken. Nichts in ihrem Gesicht verrät, was ich unbedingt darin lesen will.

»Wie gesagt, das weiß ich nicht. Selbst wenn, dürfte ich es Ihnen nicht sagen. Aber vielleicht wollen Sie einfach zu Protokoll geben, was Ihnen widerfahren ist? Und wenn wir damit fertig sind«, sie beugt sich leicht nach vorn, und ich weiß, dass ihre folgenden Worte nur für mich bestimmt sind, »dann werde ich auf die Toilette gehen, und es könnte sein, dass ich vergesse, meinen Bildschirm zu sperren. Dort steht nicht, wer eine Anzeige erstattet hat. Aber womöglich steht da, *wo* die Anzeige erstattet wurde.« Sie sieht mich von unten herauf an. »Deal?«

Triggerwarnung

Liebe Leser:innen,

Two Lives to Rise enthält neben expliziten Szenen auch Elemente, die potenziell triggern können. Deshalb findet ihr hier eine ausführliche Triggerwarnung.

Sexueller Missbrauch und Gewalt an einer Jugendlichen. Wer die Szene ausklammern möchte, sollte Kapitel 24 (S. 271–282) überspringen.

Suizid (Erwähnung)

Dank

Die *Breaking Waves* sind mein bisher anspruchsvollstes und herausforderndstes Projekt. Das klingt jetzt etwas komisch, weil man dem NA-Genre ja gerne unterstellt, dass es eben nicht anspruchsvoll ist. Völlig zu Unrecht, wie ich finde.

All die Fäden wieder zusammenzuknoten, die ich ausgeworfen habe, alle Leinen zu ziehen und richtig zu vertäuen, ist vielleicht nicht so schwer wie surfen zu lernen (und glaubt mir, es ist verdammt schwer), aber doch ganz schön fordernd. Und ich hätte es vermutlich nicht halb so gut hinbekommen, wenn es da nicht Menschen gäbe, die mir zur Seite standen.

Ich danke von ganzem Herzen meiner Lektorin Margit Schulze; dem wahrscheinlich besten Forever-Praktikanten aller Zeiten: Timo, der einen erstaunlichen Blick für den Text hatte. Ich danke den Social-Media-Cracks Melina und Katharina (ich ziehe den Hut vor eurem Talent und eurem Know-how) und allen anderen wunderbaren Menschen beim Verlag, die ich in Berlin und Leipzig kennenlernen durfte. Ihr seid fantastisch. Herzlichen Dank an das Grafikbüro, das die wunderschönen Cover gezaubert hat. Ihr habt selbst meine kühnsten Vorstellungen übertroffen.

Auch dieses Mal schiebe ich Fehler im Bereich des Surfens auf meine Schwester ☺ Nein, im Ernst, Teresa, ich wüsste nicht, was ich ohne dein Know-how gemacht hätte. Denn ich habe vielleicht ein Elefantengedächtnis, wie du immer sagst, aber du bist eindeutig der Delfin unter uns. Danke dir und Ben so sehr für alles, was ihr für mich getan habt.

Danke an meine herausragende Agentin Franziska, ich kann mein Glück mit dir noch immer nicht fassen.

Danke an meinen Mann und meine Kinder, die in den letzten arbeitsreichen Monaten meine hin und wieder gestresste Laune, meine Gefühlsausbrüche ertragen und mitgetragen haben und sich dennoch immer für alles, was in dieser verrückten Buchwelt so passiert, interessiert haben. Meine Tochter ist jetzt schon die bessere Kartenzeichnerin als ich, und nein, du darfst die Bücher trotzdem erst lesen, wenn du, sagen wir … zwölf bist. Ach ja, bevor ihr beiden fragt, meine Allerliebsten, unser Deal gilt natürlich. ☺

Danke an meine lieben Kolleg*innen in meinem Bürojob, für euer Interesse und euer Mitfiebern.

Danke an meine Freundinnen Christiane, Tammy, Jani, Seli, Isi, Heike, Simone, Melina und Corinna, die auch gern ungefragt Besucher ihres Hauses auf ihren Bücherschrein aufmerksam macht.

Danke an meine Tante Susi und meine Schwester Luisa.

Danke an Jessy, die ihre Kundschaft sehr pragmatisch zum Kaufen meiner Bücher in den Laden gegenüber empfiehlt.

Danke an meinen Buchclub, Franzi, Manon, Kathrin, Christine und Christiane; mit niemandem spreche ich so gern über Bücher wie mit euch. Und irgendwann teste ich dein unglaubliches Interpretationstalent mal für meine eigenen Bücher, liebe Christine.

Danke an alle Blogger*innen, Bookstagrammer*innen und

Book-Toker*innen für eure Begeisterung für die *Waves* und fleißiges Teilen und Liken.

Danke an meine liebe Freundin Lilly Lucas, die mir bei meinem Start in die New-Adult-Welt mit Rat und Tat zur Seite gestanden hat und trotz eines vollen Terminkalenders immer ein offenes Ohr hat. Danke an Angela Kirchner, dafür, dass du so eine wunderbare Freundin bist und immer an mich glaubst. Danke an all die tollen Autor*innen, die ich in den letzten Wochen kennenlernen durfte. Insbesondere an Ivy Leagh und Anna Benning, sowie Magdalena Gammel und Kathinka Engel.

Danke an meine Leser*innen, ihr seid fantastisch, und ich freue mich schon jetzt auf alles, was da noch kommt.

Zitatnachweis:

Die Leonard-Cohen-Songzeile auf S. 9 und 322 stammt aus dem Song »Anthem«. Melodie und Text von Leonard Cohen.

Auszug aus dem Roman

Kristina Moninger
Three Tides to Stay

**Fünf Freundinnen. Vier Liebesgeschichten.
Eine große Schuld.**

Odina Bianchi hütet viele Geheimnisse. Denn sie hat mit Noah, Averys unverschämt anziehendem Bruder, eine heimliche Affäre begonnen. Noah will mehr, doch Odina kann sich nach der gescheiterten Beziehung mit dem Vater ihres Sohnes auf keinen Mann mehr einlassen. Und Avery würde Odina nie verzeihen, wenn sie Noahs Herz bricht. Außerdem weiß Odina viel mehr über das Verschwinden ihrer Freundin Josie, als sie zugibt. Je mehr Zeit sie mit Isabella und Avery verbringt, desto schwerer fällt es ihr, die Wahrheit zu verschweigen …

Odina

Ich parke meinen Roller neben Averys verbeultem Mietwagen und dem protzigen Chevy Bandit, der Jake gehört. Isabellas SL steht auf der anderen Straßenseite, und dann ist da noch ein Wagen, den ich noch nie in der Waterfront Avenue gesehen habe. Ein von oben bis unten verstaubter und sandverkratzter roter Toyota Tacoma mit einem Nummernschild aus Minnesota. Ich gehe näher ran, lege beide Hände an die getönten Scheiben und spähe in den Innenraum. Sauber, aber chaotisch. Der Rücksitz ist voll mit irgendwelchem Tech-Kram. Kabel, Laptops, Kameras. Auf der Ladefläche des wuchtigen Pick-ups liegt ein Surfboard, das mir irgendwie bekannt vorkommt.

Es ist nicht das erste Mal, das ich bei Avery bin, seit sie zurück auf der Insel ist, aber noch immer überwältigt mich ein freudiges Kribbeln, wenn ich die Treppe zur vorderen Veranda hochsteige. Das Anwesen von Averys Eltern war früher so etwas wie mein zweites Zuhause. Nachdem ich bald kein erstes mehr haben werde, ist es schön zu wissen, dass es das Strandhaus noch gibt. Die Tür ist nur angelehnt, es klingt, als wären alle draußen auf der Terrasse versammelt, auf der wir so viele Sommer gemeinsam verbracht haben. Jemand lacht schallend. Zunächst kann ich das Geräusch niemandem zuordnen, doch dann vertieft sich das warme Gefühl in meinem Innern. Es ist Isa, die so befreit lacht. Eine männliche Stimme, die ich nicht erkenne, mischt sich darunter. Und dann lacht Isa wieder. Ich stelle die große Glasschale mit der Pannacotta, die ich zu Hause noch schnell zubereitet habe, auf den Tresen in der Küche und gehe dann raus zu den anderen.

»Odina!«, ruft Avery erfreut und kommt auf mich zu. Jake lässt sich in diesem Moment auf ein Sitzkissen auf der Terrasse fallen und springt hastig wieder auf, als er mich sieht.

»Bleib sitzen«, rufe ich. »Meinetwegen brauchst du nicht aufzustehen.«

»Ich hol dir was zu trinken, abartige Hitze«, sagt Jake und umarmt mich trotzdem kurz. Und dann stehe ich einem Mann direkt gegenüber, den ich noch nie gesehen habe. Er hat raspelkurzes, braunes Haar und einen Zug um den Mund, der schelmisch und gleichzeitig skeptisch wirkt, so als wollte er etwas sagen, doch stattdessen zieht er seine dichten Augenbrauen zusammen und sieht kurz weg.

»Hi«, sage ich. *Verdammt, bist du heiß,* denke ich.

Er verschränkt die Arme vor der Brust, braun gebrannte Arme in einem lockeren, ausgeblichenen Shirt. Dann grinst er schief. Ich kenne ihn von irgendwoher. Wie alt mag er sein? Bestimmt einige Jahre jünger als ich. Er ist deutlich größer als Jake, die Beine in seinen Shorts sind lang und muskulös. Er ist barfuß.

»Hi«, antwortet er. »Schön, dich zu sehen.«

Ich denke immer noch: *Verdammt, bist du heiß.* Ich sollte aufhören, ihn so anzustarren.

Der ist doch noch ein Welpe, sage ich mir selbst. Aber ich kann nicht aufhören. Er offensichtlich auch nicht. Dabei gibt es an mir nichts Spektakuläres zu sehen. Ich trage ein altes hellgelbes Kleid mit Spaghettiträgern, das mir ein bisschen an der Brust spannt, aber herrlich um die Beine flattert, sodass es für einen Tag wie heute perfekt ist. Meine Haare habe ich zu einem Half Bun nach oben gebunden, der Rest lockt sich ungehindert um meine Schultern.

»Hast du mich nicht gehört, Odina?«, höre ich Avery fragen.

»Was?«

»Jake will wissen, was du trinken möchtest.«

»Wasser«, sage ich und spüre den irrsinnigen Drang, mich wieder dem Fremden zuzuwenden. Als könnte ich etwas verpassen.

»Hast du ein Gespenst gesehen?«, fragt Avery.

»Äh, nein«, erwidere ich. Oder doch. Vielleicht schon. Ist der Kerl echt? Muss so sein, denn für ein Gespenst wäre er auf verschwenderische Weise attraktiv.

Ich reiße mich zusammen und nicke zu dem Unbekannten. »Möchtest du uns nicht vorstellen, Ave? Ist das ein neues Bandmitglied?«

Eigentlich unspektakuläre Züge, aber ein spektakulärer Body, so viel ist klar. Und ein auffallend irritierendes Grinsen unter den Stoppeln am Kinn, die die Bezeichnung Bart nicht verdienen.

»Äh …«, stottert Avery, und einen verrückten Moment lang glaube ich, dass sie auch Probleme hat, in der Gegenwart dieses viel zu schönen Kerls zu sprechen. Aber Avery hat nie Probleme zu sprechen, und außerdem hat sie nur Augen für Jake. *Augen …* Moment mal. Ich schaue in Averys Gesicht, in dem das gleiche wachsame Paar Augen sitzt und die Stirn sich darüber exakt im gleichen geometrischen Muster runzelt wie die des vermeintlich Unbekannten. Und dann weiß ich, warum mir das Brett draußen bekannt vorkam. Und weiß, wer da vor mir steht wie ein frisch dem Meer entstiegener Halbgott.

»Noah!«, platzt es aus mir heraus, zusammen mit einem

dümmlichen Lachen. »Himmel, haben sie dir Wachstumshormone verabreicht?«

Ausgerechnet Noah. Averys kleiner – nicht mehr so kleiner – nervtötender, aber harmloser – gar nicht mehr so harmloser – Bruder.

Noah lächelt unmerklich. »War nicht nötig, O.«, sagt er und stößt sich vom Geländer ab.

O. Ich hatte vergessen, dass er für alles und jeden immer einen Spitznamen parat hat. Dieser einzige Buchstabe aus seinem Mund macht meine Beine weich und butterig. Er geht langsam auf mich zu.

Ich halte die Hände abwehrend vor meinen Körper, der seltsam auf Noah (Averys kleinen Bruder!) reagiert. Mein Mund ist plötzlich so trocken, dass ich es unmöglich allein auf die Hitze schieben kann.

»Wie alt bist du?«, frage ich unvermittelt.

»Dreiundzwanzig«, sagt er und kommt nicht mehr näher. Zum Glück.

»Das kann nicht sein, gestern hast du uns noch mit Algen beworfen, unsere Erdnüsse geklaut und warst im Stimmbruch und …« Die Fähigkeit, einen Satz zu Ende zu sprechen, kommt mir plötzlich abhanden. Ich schiebe als Lückenfüller ein Lachen hinterher und klopfe dem angeblichen Noah mit einer kumpelhaften Geste auf die Schulter. Das geht gewaltig daneben. Ich unterschätze den Effekt des Körperkontakts völlig. Totaler Systemoverkill. Das trockene Gefühl in meiner Kehle breitet sich aus, ich fühle mich, als würde ich verdursten. Das ist definitiv nicht normal und muss daran liegen, dass ich viel zu lange keinen Sex hatte. Noah als Objekt meiner Begierde käme einer Art Inzest gleich. Oder nicht?

Noahs Gesichtsausdruck passt so wenig zu meiner vermeintlich geschwisterlichen Geste wie meine Gedanken.

Avery lacht schallend. »Ihr zwei seid ja komisch. Odi, willst du mir etwa erzählen, dass du Noah nicht erkennst? Er hat sich doch null verändert. Noah, sei doch nicht so abweisend, die Zeiten, in denen Odina dir Plastikspinnen aufs Bett gesetzt hat, sind vorbei.«

Noah und abweisend? Ich finde ihn überpräsent. Ein Östrogenmagnet.

»Du tust so, als wäre ich zwanzig Jahre jünger als ihr«, sagt Noah. Aber er schaut nicht seine Halbschwester an, sondern mich.

»Fast«, sagt Avery lachend, stellt sich zwischen Noah und mich, legt einen Arm um mich und einen um ihren hünenhaften, langbeinigen, testosteronverseuchten, heißen … stopp, stopp, stopp. Sie legt einen Arm um mich und ihren Bruder. Punkt.

Jake kommt mit einem Glas Wasser für mich zurück, und seine Augenbraue zuckt kurz. Kann er mir nicht einfach das Wasser über den Kopf schütten? Oder am besten zwischen die Beine?

Kurz darauf werden Stühle gerückt, und Isabella und Preston bestehen darauf, sich zu zweit auf die enge Bank am Geländer zu quetschen. Sie befinden sich noch in dieser Phase ihrer Beziehung, in der man pausenlosen Körperkontakt braucht und vermutlich dreimal am Tag Sex hat. Mindestens. Es ist schön, Isa so gelöst zu sehen. Ich werde beim Betrachten der Frischverliebten stellvertretend glücklich.

Alle setzen sich, nur Noah und ich nicht. Wir stehen so lange untätig herum, ich jeden Blick zu ihm vermeidend, bis alle Stühle besetzt sind und nur noch zwei sehr nah nebeneinanderstehende Stühle an der Stirnseite der Tafel frei sind. So eng, dass sich zwangsläufig irgendwelche Körperteile berühren würden. Sein Bein an meinem, seine nackten Füße an meiner Wade. STOPP!

Das ist Noah. Ich werde in der Lage sein, neben Averys kleinem Bruder zu sitzen, ohne mich wie eine ausgehungerte Sirene auf ihn zu stürzen. Was stimmt denn nicht mit mir?

Ich räuspere mich, murmele etwas von Pannacotta und eile nach drinnen. Dort stürze ich auf die Glasschale zu, als wäre sie meine verdammte Rettungsboje. Was jetzt? Es ist zu warm, um das Dessert jetzt schon auf den Tisch zu stellen. Ich schiebe die Schale in den Kühlschrank und hoffe, dass niemand merkt, in was für einen inneren Ausnahmezustand mich die bloße Vorstellung, neben Noah zu sitzen, katapultiert hat.

Ich halte den Blick gesenkt, als ich wieder nach draußen gehe. Merke aber gleich, dass sich die Sitzordnung verändert hat. Jake sitzt neben Noah, sodass der Platz bei Avery frei ist. Neben ihr laufe ich nicht Gefahr, Noah zu berühren. Ich lasse mich neben ihr auf den Stuhl fallen, innerlich zerrissen zwischen Erleichterung und einem seltsamen Anfall von Bedauern.

Jake zwinkert kaum merklich, und Noah … starrt mich in Grund und Boden. Ohne dass aus seinen Augen so etwas wie Schüchternheit spricht. Sofern ich das in der Millisekunde, in der ich mir Blickkontakt zu ihm erlaube, überhaupt adäquat beurteilen kann.

Ich schaffe es, das ganze Essen hindurch nichts zu schmecken, weil ich an Noah denke, aber mir verbiete, ihn anzusehen. Erst als Preston und Isabella unter dem Protest der anderen allein den Tisch abgeräumt haben, erlaube ich mir hochzusehen. Noahs Blick ist immer noch – oder wieder – auf mich gerichtet. Ich halte nicht stand, weil da dieses Gefühl durch meine Venen schießt, das in einen Pornofilm gehört, aber nicht zu einem gemütlichen Barbecue-Abend mit Freunden.

»Was willst du eigentlich nach dem Studium machen?«, wendet sich Preston an Noah.

»Das nächste Studium anfangen«, sagt Avery und gluckst, bevor Noah etwas erwidern kann. »Mein Bruder hat den Hörsaal noch nicht gefunden, aber er weiß, wo die besten Partys steigen.«

»Für mich wäre das mehr wert als ein Diplom«, sagt Sammy, der Bassist von Averys Band Force of Habit, und lacht. Ich wage einen Blick zu Noah.

Avery kickt ihrem Bruder unter dem Tisch gegen das Bein. »Wenn, dann bekommt Noah ohnehin nur ein Diplom fürs Abschleppen schöner Frauen.« Sie zwinkert mir zu. Als ob ich darüber auch nur nachdenken wollte. Über Noah, der flirtet, über Noah, der Frauen abschleppt, über Noah, nackt.

Jetzt johlt Sammy: »Sag das doch gleich, Kleiner.« Die Aussage ist ziemlich lächerlich, denn Noah überragt Sammy um mindestens anderthalb Köpfe. »Du studierst schöne Frauen. Kann mir keinen besseren Studiengang vorstellen.«

Avery zieht eine Grimasse, grinst dann aber wieder ihren Bruder an. Ich kann nicht anders, ich betrachte Noah. Statt eines zufriedenen oder wissenden Lächelns runzelt er die Stirn und schüttelt kaum merklich den Kopf. Und er sieht so aus, als würde er nur deshalb nicht protestieren, weil es ohnehin keinen Sinn hat. Avery merkt gar nicht, was sie bei ihm auslöst. Aber sie hat gute Laune und stichelt ein wenig an ihrem Bruder herum, wie sie es früher auch getan hat. Nichts daran meint sie böse, das weiß ich.

»Noah, komm schon. Diese Schwedin im Auslandssemester, wie hieß sie gleich? Sanna? Das war eine Schönheit! Und die Blondine, mit der du angeblich auf diesem ›Programmierkurs‹ in Daytona warst.«

»Programmierkurs in Daytona, ha, Spring Break, was?«, grölt Sammy. »Noah, du hast es drauf!«

»Das Programm kenne ich, nennt sich Sexcode«, witzelt Rodriguez, der Drummer, und wischt sich die Lachtränen aus den Augenwinkeln.

»Ihr habt doch alle keine Ahnung«, versucht Noah es lahm. Aber er ist das Küken hier, und die erwachsenen Hennen und

Hähne gackern zu laut, als dass er dagegen ankommen könnte. Er wirft mir einen Blick zu. Keinen stechenden wie vorher, sondern einen nachdenklichen.

»Was ist ein radikaler Student? Einer, der alles bestreitet, nur nicht seinen Lebensunterhalt.«

Rodriguez klopft sich auf den Oberschenkel und holt den nächsten Flachwitz aus der Schublade. »Student sagt: ›Ich hab morgen ein wichtiges Meeting mit Investoren.‹ Professor: ›Wieso, triffst du dich mit deinen Eltern?‹«

Noah stöhnt gequält. Der Rest des Tisches lacht. Bis auf Jake. O Mann, ich weiß jetzt, warum Avery ihn liebt. Ich fange an, ihn auch zu lieben. Dafür, dass er mir seinen Platz überlassen hat, und weil er beim Noah-Bashing nicht mitmacht.

Und ehe ich weiß, was ich tue, stehe ich auf und stütze meine Hände auf die Tischplatte und will lauthals verkünden, dass sie alle aufhören sollen, auf Noah herumzuhacken. Allerdings wäre das so was von unangebracht, dass ich gerade noch rechtzeitig die Kurve kriege.

»Ich hole den Nachtisch«, presse ich hervor und verschwinde zum zweiten Mal an diesem Abend übereilt in die Küche. Doch jetzt folgt mir jemand. Das spüre ich an der Art, wie sich die Luft elektrisch auflädt und vor Spannung sirrt, hinter mir ist Noah.

Ich gebe vor, ihn nicht zu bemerken. Ich bin mir seiner Präsenz so bewusst, dass ich die Pannacotta im Kühlschrank nicht gleich entdecke, obwohl ich sie höchstselbst hineingestellt habe. Plötzlich ist da Noahs Arm, der die Kühlschranktür aufhält und mir dabei so nah kommt, dass sich alle Härchen an meinem Körper aufstellen. Alarmiert oder erregt. Vielleicht beides.

Ich drehe mich mit der Schüssel um, aber er steht trotzdem noch so eng bei mir, dass wir uns fast berühren.

»Odina Bianchi«, sagt er leise und legt den Kopf schief. So wie

Avery es auch manchmal macht. Und es ist gut, dass mir die Ähnlichkeit auffällt. Sie hält mich davon ab, einen Mann in ihm zu sehen. Meinen Körper hindert es allerdings nicht daran, völlig unangemessen auf ihn zu reagieren.

»Wirklich schön, dich wiederzusehen«, sagt er, als müsste das unbedingt erneut betont werden.

»Ja, nicht wahr, ich meine, was für ein Zufall. Ausgerechnet hier«, plappere ich und breche ab, als ich merke, was für ein Unsinn das ist. Mein Hirn läuft anscheinend auf Sparflamme. Kein Wunder, bei der Energie, die mein Körper benötigt, um sich von einer sexuellen Attacke auf Noah zurückzuhalten.

»Im Haus meiner Eltern«, sagt Noah und lacht, »wirklich ein Riesenzufall.«

Dann lächelt er warm. »Aber im Ernst, wie geht es dir, O.? Was macht Jamie? Ave hat mir ein paar Fotos gezeigt. Er sieht dir so ähnlich. Ist bestimmt ein toller Junge. Ich wette, du bist wahnsinnig stolz auf ihn.«

Es sind Phrasen, aber sein Blick ist offen, interessiert.

Jamie. Er weiß von Jamie.

»Ja, das bin ich. Stolz auf ihn. Jamie, meinen Sohn«, stottere ich. Dann straffe ich die Schultern. »Danke. Es geht mir gut. Ich, ich meine, meistens. Ist nicht so, dass alle von uns ihre Träume verwirklicht haben wie deine Schwester. Aber es ist okay, ich bin zufrieden.«

»Medizin, oder?«, fragt er. »Das war dein Traum.«

»Ja.«

»Und dann kam Jamie?«

»Genau, dann kam Jamie«, sage ich. »Und alles war anders.«

»Läuft es nicht meistens anders als gedacht? Heißt nicht, dass es schlechter ist.«

»Nein, nicht zwangsläufig.«

Noah greift nach etwas unten im Kühlschrank und berührt dabei beiläufig meine Hand. Nur mit der Fingerspitze. Wahrscheinlich hat er es nicht gemerkt. Ich schicke ein Stoßgebet an Jake, dass er mit mir den Platz getauscht hat. Nicht auszudenken, was es mit mir anstellen würde, wenn Noah und ich uns für länger als den Bruchteil einer Sekunde berühren würden.

»Du surfst noch?«, frage ich, weil ich durch das Küchenfenster seinen Truck mit dem Brett sehe. Und mich unbedingt ablenken muss.

»Klar«, strahlt er, »immer noch mit Hannibal.«

Einen Moment lang weiß ich mit diesem Namen nichts anzufangen, dann fällt mir Noahs alte Gewohnheit wieder ein.

»Dein Brett? Hannibal ist dein Surfbrett?«

»Jap. Sag bloß, deine Vespa hat keinen Namen?«

»Nein, tatsächlich nicht. Die Zeiten, in denen ich Dingen Namen gegeben habe, sind vorbei.«

Der Roller heißt Betty, aber das werde ich ihm nicht sagen. Es ist viel wichtiger zu betonen, dass es kindisch ist, Dingen Namen zu geben. Auch wenn ich es eigentlich rührend finde.

Noah reibt sich über seinen Bartschatten. »Lust, mal mit mir rauszupaddeln? Hast du Colette noch?«

»Du weißt noch, wie mein Brett heißt?«

»*Hieß*.« Er kostet das Wort aus. »Du bist ja zu erwachsen, um den Dingen in deinem Leben Namen zu geben.«

Und mit diesen Worten lässt er mich stehen.

• • •

Noah spielt die Hauptrolle in meinem Traum. Eine Oben-Ohne-Hauptrolle in einer Mischung aus einem Italowestern und einer Folge *Vikings*. Ich wache mit der Hand in meiner Schlafanzughose auf und bin einen Augenblick lang so verwirrt, dass ich neben mir die leere Betthälfte abtaste, in der Befürchtung (oder Hoffnung?), Noah könnte tatsächlich dort liegen. Doch natürlich liegt da nur die kaum benutzte dicke Winterdecke. Ich spüre die Erregung kräftig in mir nachbeben und ärgere mich, aufgewacht zu sein. Jamie ist unten bei meinen Eltern, also erlaube ich mir die Augen noch einmal kurz zu schließen und fühle nach, was das eben gewesen ist, versuche mir Noahs Gesicht vorzustellen, seine dunkle Stimme, die mir ein eindeutiges Angebot macht. Ich seufze leise, berühre mit meinen Fingern meine Klitoris, reibe sanft daran. Ich bin feucht. Und das ist eine Premiere. Ich kann mich nicht erinnern, je so erotisch geträumt zu haben. Noch nie hatte mein Unterbewusstsein einen solchen Einfluss auf meinen Körper. Ich fahre mit den Fingern tiefer, will die Erregung auskosten, taste über meine vor Lust angeschwollenen Schamlippen. Und dann klopft es an meiner Wohnungstür. Hastig ziehe ich die Hand aus der Hose. Wahrscheinlich klopft es nicht zum ersten Mal, wahrscheinlich bin ich genau davon aufgewacht. Der Regen donnert aufs Dach, und der Wind heult wie ein alter Kojote mit Heimweh.

Ich rappele mich hoch, stopfe mein weites T-Shirt in die Schlafanzughose, nehme einen Morgenmantel vom Haken an der Tür meines kleinen Schlafzimmers und werfe ihn über. Nicht, weil mir kalt ist. Sondern weil ich ahne, wer an der Tür ist, und ich keinen BH trage. Wie ich es hasse, dass er mich mit seinen Blicken dazu bringen kann, mich bedecken zu wollen. Wie ich es verabscheue, dass er überhaupt noch irgendeine Art von Wirkung auf mich hat. Auf dem Weg zur Tür raffe ich rasch die Papiere auf dem Küchentisch zusammen und stopfe die Zeitungsausschnitte, den Textmarker und den Notizblock, auf dem ich bereits so viele potenzielle Mietadressen durchgestrichen habe, in die Schublade unter der Anrichte. Das alles geht niemanden etwas an, und am wenigsten Wilson. Die Chancen, dass er ungeduldig vor der Tür wartet, stehen bei 99 Prozent. Das hier ist mit Sicherheit einer seiner Bettelbesuche. Man kann die Auftritte meines Ex nach Uhrzeiten kategorisieren. Kommt Wilson am Morgen, ist es meist ein Versöhnungsversuchsbesuch, bei dem er tränenreich versucht, mich von seinen Vorzügen zu überzeugen. Besuche in der Früh sind zum Glück selten geworden. Kommt er gegen Mittag, ist es ein Ich-esse-mit-Besuch, dann hat er keine Lust oder kein Geld, sich selbst etwas zu essen zu machen. Wenn ich ihn rauswerfen will, hat meist Jamie etwas dagegen. Am schlimmsten sind seine abendlichen Besuche. Je weiter der Abend vorangeschritten ist, desto unangenehmer wird es. Er wartet für gewöhnlich eine Uhrzeit ab, zu der Jamie schon schläft, drängt sich an mir vorbei und lässt sich auf dem Küchenstuhl nieder, um mir die halbe Nacht auf die Nerven zu gehen und meinen Kühlschrank zu plündern. Mit Glück schläft er danach nicht mit dem Kopf auf dem Tisch ein. Dieses Mal werde ich all das verhindern. Ich öffne die Tür nur einen Spaltbreit, stemme mich mit dem rechten Arm in den Rahmen. Hinter Wilson kann ich die Stelle sehen, wo seine Stiefel ein Loch in die Gipswand getreten haben. Papa hat mir mehrmals angeboten, sich darum zu kümmern. Aber mir ist es wichtig, dass mich die Narbe im Putz jeden Tag daran erinnert, was für ein impulsives, narzisstisches Arschloch Wilson ist.

»Was willst du?«, schnappe ich, als ich in seine blitzenden, dunkelbraunen, fast schwarzen Augen sehe, auf seinen Mund mit dem harten Zug.

»Dich«, erklärt er mit diesem Schlafzimmerblick, der in mir inzwischen einen Würgereiz hervorruft.

»Danke, ich hatte gerade Sex«, sage ich unbeeindruckt. Wilson hebt die Augenbrauen, sieht an mir vorbei, dann angewidert auf meine Jogginghose, und schließlich lacht er. Früher habe ich ihn sehr gerne lachen gehört. Ich fand diesen rauchigen Ton anziehend.

»Sex? Du?«, fragt er ungläubig. Als wäre er es nicht gewesen, der Jamie gezeugt hat, sondern ein Klon von ihm mit besonders schlechtem Geschmack. Er legt seine Hand gegen meine Schulter und drückt mich leicht zur Seite, dann lauscht er in den Raum hinein. Wie ich es hasse, dass er so kräftige Hände hat. Ich schließe kurz die Augen.

»Mit dir selbst?«, lacht er jetzt, und sein Lachen wird zu einem hässlichen Grölen. »Wer will dich schon ficken?«

Sein Ton passt so gar nicht zu diesem attraktiven, großen Mann mit den markanten Gesichtszügen, dem dunklen Teint und dem gelockten Haar. Zu spät hab ich gelernt, wie gut er andere mit seinem Look täuschen kann.

Wilson ist ein Arschloch, und ich bin dumm genug gewesen, mich auf ihn einzulassen. Immerhin war ich schlau genug, Jamie zu bekommen und seinen Vater so schnell wie möglich zu verlassen. Losgeworden bin ich ihn dennoch nicht, was zum größten Teil daran liegt, dass Wilson trotz seiner Charakterschwächen kein schlechter Vater ist. Im Gegenteil, er macht das gut, wenn er sich dazu herablässt, Zeit für seinen Sohn zu erübrigen. Und das ist auch der einzige Grund, weswegen ich ihn in meinem Leben dulde.

»Es regnet, willst du mich nicht reinlassen? Lass dich nicht beim Sex stören.«

»Was willst du?«, wiederhole ich und stemme das Bein zusätzlich gegen den Rahmen. Ich halte die Stellung und verteidige meine Festung. Ich muss an Avery denken, an das Konzert, welches sie mit ihrer Band Force of Habit hier auf Harbour Bridge gespielt hat. Wie stark sie auf dieser Bühne stand, wie wenig sich

Avery von einem Sturm wie diesem aus dem Konzept bringen lassen würde. Selbst Isa hat sich tapfer ihren Dämonen gestellt.

»Ich brauche Geld«, sagt Wilson so selbstverständlich, als frage er nach einem Taschentuch.

»Ich habe kein Geld.«

Er grinst breit. »Dann wird es Zeit, dass du dir welches besorgst. Du schuldest mir was!«

In all den Jahren mit Wilson habe ich nicht gelernt, meine Gefühle so zu kontrollieren, dass sie sich nicht mehr zu einem unentwirrbaren Knäuel ballen, sobald er mit Unverschämtheiten um sich wirft. Das Knäuel nimmt mir die Luft zum Atmen, aber ich bleibe stehen, halte mich aufrecht in der Tür. Es ist auch schon vorgekommen, dass ich geweint habe. Nicht aus Traurigkeit, sondern wegen dieser himmelschreienden Ungerechtigkeit.

Ich schulde Wilson gar nichts. Im Gegenteil, er schuldet mir den Unterhalt für Jamie der letzten sieben Jahre. Seit seine Schrauberwerkstatt bankrottgegangen ist und sein Onkel die Poolreinigungsfirma aufgegeben hat, verdient er seinen Lebensunterhalt mit Gelegenheitsjobs, von denen ich nichts wissen will. Es reicht mir, dass er mir versichert hat, Jamie niemals in seine dubiosen Geschäfte hineinzuziehen.

»Du ziehst weg. Ihr alle zieht weg. Du nimmst meinen Sohn mit nach Itaka-Land! Dafür kann ich wohl verlangen, dass du mich finanziell unterstützt!«

Abgesehen von dieser lächerlichen Logik, klingt »Itaka-Land« aus seinem Mund so seltsam, dass ich unwillkürlich laut lachen muss.

»Und wenn ich ihn mit nach Taka-Tuka-Land nehme, Wilson, ist das mein gutes Recht!«

»Deine berühmte Freundin ist hier, du könntest sie anpumpen.« Er macht sich noch größer, als er ohnehin ist. Worauf will er hinaus? Er meint ja wohl nicht … Ich schnappe nach Luft.

»Avery?«, platze ich heraus.

»Die Chica ist Millionärin!« Er reibt die Finger aneinander.

»Und was hat das mit mir zu tun?«

»Du weißt genau, was das mit dir zu tun hat! Du könntest ihr drohen!«, schlägt Wilson vor.

Hat er diese ausgeprägte Falte zwischen den Augenbrauen schon immer gehabt? Oder manifestiert sich sein mieser Charakter nun auch langsam in seinem Aussehen?

»Und womit sollte ich ihr drohen?«, frage ich. Obwohl mir gar nicht danach ist, tauche ich meine Stimme in jenen amüsierten Unterton, den Wilson verabscheut. Was für schlechte Menschen wir beide sind. Immer darauf bedacht, dem anderen möglichst viel Leid zuzufügen.

»Du könntest behaupten, du hättest Beweise, dass sie etwas mit Josies Verschwinden zu tun hat.«

Dass er es wagt, ihren Namen auszusprechen. Ich spüre, wie mir die Kontrolle entgleitet. Wie mir kalt im Innern wird und ich mich von Sekunde zu Sekunde schwächer fühle. Ich bin diesen ständigen Auseinandersetzungen mit Wilson einfach nicht mehr gewachsen. Manchmal denke ich, es wäre doch besser für Jamie und mich gewesen, aus Wilsons Umkreis zu verschwinden.

»Niemand interessiert sich mehr für diese alte Geschichte!«, gebe ich scheinbar gleichmütig zurück und sage stumm ein dankbares Ave-Maria für den Geistesblitz auf, den Küchentisch freizuräumen. Nicht auszudenken, wenn er die Zeitungsanzeigen gesehen hätte. Der Gedanke daran gibt mir neue Kraft. Ich straffe die Schultern und richte mich auf.

Wilson legt seine Hand gegen meine Schulter und drückt zu. »Lass mich rein! Du hurst hier nicht rum, während mein Sohn im

selben Haus schläft und du seinen Vater nicht in die Wohnung lässt!«
Dass diese Behauptung absurd ist, nachdem er noch vor wenigen Augenblicken behauptet hat, es würde ohnehin niemand Sex mit mir haben wollen, entgeht ihm. Solche logischen Schlüsse kann Wilson nicht ziehen. Es ist Teil seines Naturells, unfair zu sein.

Statt der trüben Brühe meiner Hilflosigkeit kocht jetzt blanke rote Wut hoch. Bin ich nicht auch einmal eine starke Frau gewesen? Bin ich nicht ebenso frei und selbstständig gewesen wie Avery? Hat Isa nicht erst gestern bewiesen, dass man auch alte Verhaltensmuster ablegen und sich befreien kann? Muss ich nicht auch für mich selbst kämpfen?

Während in meinem Kopf die Melodie von einem der älteren Force-of-Habit-Songs spielt, »Fuck Fahrenheit«, ein lauter, wütender Rhythmus, tue ich etwas, was ich noch nie zuvor getan habe. Mit einem einzigen Satz bin ich hinter der Tür, drehe die Schulter und ramme sie mit voller Wucht gegen das Türblatt. Dann schiebe ich den Riegel vor und bleibe schwer atmend auf der anderen Seite stehen. Tränen laufen über meine Wangen. Das ist keine Lösung, aber es ist viel besser, als ihn die ganze Nacht zu ertragen, meinen guten Schinken an ihn zu verfüttern und mir dabei anhören zu müssen, dass ich doch sowieso zu dick sei, um überhaupt noch etwas zu essen. Ich bin es so leid. Ich bin keine kleine, folgsame sizilianische Hausfrau, ich bin Monica Bellucci verdammt noch mal!

»Du dumme Hure«, schimpft Wilson vor der Tür. »Als ob dich jemand ficken würde. Ich hab es auch nur aus Mitleid getan. Ich mach dich fertig.«

Und in diesem Moment beschließe ich, dass es noch nicht genug ist. Monica Bellucci würde sich das nicht anhören. Und Avery Winter auch nicht. Nicht einmal Isa. Was Lee gemacht hätte, ist sowieso klar. Ich sehe ihren kleinen, drahtigen Körper vor mir, Lees entschlossenen Blick, in den der Zorn von Amerikas gesamter Unterschicht passt, dann hole ich tief Luft, öffne so leise wie möglich die Tür, schwinge mein Bein nach vorn und trete Wilson mit voller Wucht in die Weichteile. Er schaut kurz verdutzt, dann schmerzverzerrt. Als ich die Tür ein zweites Mal vor seinem Gesicht ins Schloss werfe, weine ich nicht. Ich lache befreit. Ich werde das schaffen. Avery ist wieder da. Und ich habe noch immer die kleine Tasche über mir in den Dachbalken. Es könnte schlimmer sein. Wilson könnte noch hier wohnen, Wilson könnte mich schlagen, Wilson könnte Jamie schlagen. Es könnte wirklich schlimmer sein. Ich habe noch ein Zuhause, ich habe einen Job, und ich habe Freundinnen.

Love wins. Always and Forever

Folge uns auf Social Media:

@foreververlag

@foreverbyullstein

forever.ullstein.de